Dirk Stermann

Stoß im Himmel

DIRK STERMANN

Stoß im Himmel

Der Schnitzelkrieg der Kulturen

ULLSTEIN

Die Romanhandlung ist auch dort, wo sie an realen Schauplätzen spielt, an reale Umstände anknüpft und reale Personen einbezieht, ausnahmslos fiktiv.

2. Auflage 2013

ISBN 978-3-550-08034-0

© 2013 Ullstein Buchverlage GmbH, Berlin
Alle Rechte vorbehalten
Gesetzt aus der Swift und der Optima
Satz: LVD GmbH, Berlin
Druck und Bindearbeiten: CPI – Clausen & Bosse, Leck
Printed in Germany

Where men may not be dancin',
though the wheels may dance all day;
And men may not be smokin',
but only chimneys may.
      Gilbert Keith Chesterton

INTRO

August 2012. New Ulm, Sleepy Eye, Mankato, Magnolia, Kanaranzi. Am Straßenrand eine Armee toter Waschbären. Daneben eine Welt voller Getreidespeicher und Wassertürme. Zwischen Sioux Falls und Sioux City über den Big Sioux River. Rechts geht es nach Fargo, North Dakota, wo in meiner Vorstellung Männer in Häckslern enden – kopfüber.

Immer weiter geradeaus. Ich will mir den Weg anschauen, den sie genommen hat, damals, im Winter 2011 – jetzt, im Sommer darauf. *The end of my world*, hat Rosa über diese Gegend geschrieben. Ich fahre auf der 90 Interstate, ihr hinterher. Mit 65 mph, etwas mehr als 100 km/h, langsamer als mein Schatten.

Zwischen Humboldt und Canistota fahren Häuser auf Rädern und sechs gelbe Leihlaster von Penske. Da ziehen viele um, wahrscheinlich weg von hier. Mit Recht. Um der inneren Leere etwas anderes entgegenzusetzen als diese äußere hier. Die gelben Laster verschwimmen mit der tiefstehenden Sonne und den Weizenfeldern zu einer gelben Fläche. Vielleicht ist Rosa damals im Winter auch hinter solchen Umzugswagen hergefahren. Penske, Penske, Gluske.

Strichgerade Straßen. Man könnte auch mit Lenkradsperre fahren. Hunderte von Harleyfahrern, alle auf dem

Weg zum jährlichen Treffen nach Sturgis. Die Frauen auf den Rücksitzen dehnen schon einmal ihre Vaginas. Bald werden sie auf Bierflaschen reiten müssen, während die Bärtigen dazu biertrinkend Unverständliches grölen. Eine halbe Million Motorradfahrer treffen sich jährlich im August in diesem 6000-Seelen-Nest. Ohne Motorradhelm fahren sie, natürlich. Dafür mit Tüchern oder Stahlhelmen auf dem Kopf. Hier sieht man mehr deutsche Weltkriegshelme als bei der Wehrmachtsausstellung.

Die meisten von ihnen tragen Ohrstöpsel. Der Krach ist für die anderen gedacht. An den Tankstellen können die Biker Kappen mit dem Aufdruck *Big Cock County* kaufen.

Manche haben während der Fahrt eine Zigarette im Mund. Der Fahrtwind macht jeden Zug unmöglich. Zu dumm zum Rauchen.

Eine riesige Werbetafel: *Visit Worlds Only Corn Palace.* Ein Palast aus Getreide – seit 1921 steht das Gebäude, ein hausgewordenes Erntedank, hier im Corn Belt der USA.

Plötzlich schwarzer Himmel. Blitze. Gott macht Fotos fürs Archiv. Tornado Country, der Herr spielt mit seinem flachen Land. Die Prärie lockt Schlechtwetterfronten an wie das Licht die Motten. Hier hält den Sturm nichts auf. Vom Norden Kanadas nimmt er Anlauf, schießt über die Ebene und bläht sich immer weiter auf, bis er alles über den beiden Dakotas ausgießt. Starkstrom aus dunklen Wolken. North und South Dakota sind ein El Dorado für Blitzforscher und Tornadofreunde.

Durch Aurora County biege ich ab auf den Highway 281. Stickney hat 334 Einwohner, verkündet ein Schild am Ortseingang. Trotz 30 mph Geschwindigkeitsbegrenzung ist man nach Sekunden schon nicht mehr da. In Corsica, dem Nachbarort, leben doppelt so viele Menschen, und es gibt laut Schild über 65 Geschäftsleute. Wahrscheinlich 66.

Ich nähere mich Platte, South Dakota, und damit den Schoenhuts. Platte, Charles Mix County. 1367 Einwohner. Auf dem Wasserturm steht: *It's possible in Platte*. Vor einer der elf Kirchen befindet sich ein Schild: *God does not keep us from lifes storms. He walks with us through them.*

Rosa Gluske hätte gesagt: »Gott hat einen Gehfehler.« Aber ich habe auch noch nie eine Familie kennengelernt, die so sturmzerzaust war wie die wunderbaren Gluskes. Von ihnen handelt diese Geschichte. So, wie ich sie aufgeschrieben habe nach diesem ereignisreichen Sommer, nachdem ich alles geordnet habe: Rosas Briefe, die Notizen, die ich mir gemacht habe nach den Gesprächen mit Rudi und Laetitia, und den merkwürdigen »Roman« von Paul Maria Suess.

Ich erinnere mich, dass ich gerade ein Ei im Glas aß, als ich ihren Bruder Rudi Gluske zum ersten Mal traf. Ein weiches Ei im Glas – später hätte ich mich das nicht mehr ohne weiteres getraut.

ICH

Ich hatte Ferien. *Willkommen Österreich* machte Pause. Ich hatte nichts geplant und wollte einen ganzen Sommer lang in Wien bleiben, zum ersten Mal seit Jahren. Ich hatte immer gehört, wie ruhig und entspannt es hier im Sommer sei. Wie ungrantig die Stadt dann sei, wie gut ihr die Hitze stehe. Ich sollte schnell merken, dass es ganz und gar nicht entspannt werden würde.

Ich stieg in der Kettenbrückengasse in die U4. Aus einem der Zeitungsständer am Eingang der von Otto Wagner entworfenen Station hatte ich mir eine Gratiszeitung genommen. Ich las im Stehen:

Gen zeigt: Hitler mit Afrikanern verwandt.
In Liverpool wurde John Lennons Toilette versteigert.
Ein Schwein hat 3377 Fans auf Twitter und eine Haushaltshilfe 41 Nägel im Körper.
Ein Kätzchen kommt mit vier Ohren zur Welt – besser folgen tut die süße »Luntik« aus Wladiwostok aber auch nicht.
Nordkorea zahlt Schulden mit Ginseng.

Ich war auf dem Weg in die »Sztuhlbein Brötchenstube« in der Schwertgasse im ersten Bezirk. Ich hatte mir vorgenommen, jeden Monat mein Stammcafé zu wechseln. Jetzt, im Juni 2012, war es das »Sztuhlbein«.

Eine Durchsage: »Bitte überlassen Sie Ihren Sitzplatz bei Bedarf Frauen mit Kin...«

Das Band riss ab. Frauen mit Kinn sollte ich also meinen Platz überlassen. Ich las weiter in der Zeitung:

Idee des Tages? Schachtel-Designer Erik Askin will durch eine neue Form von Zigarettenschachteln das Rauchen unattraktiver machen. Die neue Form mache das Transportieren der Schachteln unpraktischer.

Neben mir saß ein Volksschulkind. Es las auch das Umsonstblatt, war aber auf einer anderen Seite als ich: »U10 Kids Station«. Ich blätterte hin. Das war kein weiter Weg, denn die Zeitung hatte nur wenige Seiten. Man konnte sie zwischen zwei U-Bahnstationen auslesen, wenn man wollte.

Die Kinderseite war graphisch albern gestaltet. Bunte Buchstaben mit Tiergesichtern. Das K von »Kids« war ein Känguru, das I ein Igel, das S ein Stachelschwein. Es gab eine Witzzeichnung: Zwei Hunde gehen durch die Wüste, und der eine Hund sagt: »Wenn nicht bald ein Baum kommt, mach ich in die Hose.«

Das Mädchen war Brillenträgerin. Sie nahm die Brille ab, zog ein Brillenputztuch aus der Tasche und wischte sich damit über die Augen. Ich hatte noch nie einen Menschen gesehen, der sich die Augen putzt. War aber bei der Feinstaubbelastung in den Städten keine dumme Idee.

Die »Lesecke« in der *U10 Kids Station* war sehr überschaubar. Sie bestand aus einem kurzen Text: *Superknut*. Ich las ihn zwischen Kettenbrückengasse und Karlsplatz.

SUPERKNUT

Unruhe. Gebannt starren alle auf die Türe. Wachsende Unruhe. Man hört Schritte hinter der Türe. Größte große Unruhe. Die Klinke bewegt sich. Die Türe öffnet sich. Grenzenloser Jubel.

»Jetzt macht mal halblang. Ich bin's doch nur«, seufzt Knut. Aber seine Eltern und die vier Großeltern und die dicken Tanten jubeln ihm zu. Durchs offene Fenster fliegt ein Schwarm Vögel in die Wohnung.

»Guckt mal, Amseln«, sagt Knut, aber alle haben nur Augen für ihn. Er trinkt ein Glas Milch, und alle applaudieren.

»Mann, das ist doch nur Milch«, murrt Knut, aber alle sind begeistert. Seine Schwester Irma hat beim Kinderyoga fliegen gelernt und zeigt es voller Stolz, aber weil Knut sich gerade jetzt am Kinn kratzt, jubeln alle nur ihm zu.

»Schaut, wie er sich kratzt. Am Kinn, der Knut. Bravo, Bravao, Bravinski!« Alle, auch die brasilianische und die russische Tante, klatschen in die Hände, während Irma resigniert wieder landet.

R. G. (Morgen geht's weiter.)

Ich stieg am Karlsplatz aus und ging am Musikverein mit seinem berühmten Goldenen Saal vorbei und am Hotel Imperial zum Ring. Es war Viertel nach neun, die Luft war klar, und Wien sah aus, als stünde ein Schönheitswettbewerb an, bei dem sich die Stadt einiges ausrechnete.

Ich schlenderte quer durch den ersten Bezirk, am Café Schwarzenberg, der Walfischgasse und dem Haus der Musik vorbei, über die Seilerstätte und die Himmelpfortgasse.

Vor dem Café Frauenhuber saßen drei Damen und spielten Karten. Die Kärntner Straße ging ich hinauf, über den Stephansplatz, den Graben und die Tuchlauben zu den Neun Chören der Engel und dann über den Judenplatz zur Schwertgasse.

Im »Sztuhlbein« schimpfte ein Israeli, wir seien alle Antisemiten, weil sich jemand darüber beschwert hatte, dass er rauchte. Er sah aus, als sei er schon einmal gestorben, Er war kugelrund, hatte eine Stoppelglatze, ein lächerlich weißes Gebiss und fleischige Lippen, die immer feucht waren, so als würde er sie immer wieder mit Schmalz einreiben. Er erinnerte mich an meinen russischen Freund Aleksey, den ich am Naschmarkt kennengelernt habe. Wir standen damals nebeneinander bei »Prof. Falafel« und warteten auf die ganz frischen Falafeln, die Gözde, mein Lieblingsfalafelverkäufer, gerade für uns zubereitete. Am Naschmarkt war eine Art Falafelkrieg ausgebrochen. »Dr. Falafel« hatte dort zwei Stände, mit großartigen Falafeln. Eine Großfamilie aus Israel betrieb sie. Sie waren Marktführer, bis »Prof. Falafel« eröffnete, eine jordanisch-ägyptische Großfamilie, für die Gözde arbeitete. Ein lukullischer Nahostkonflikt.

Mit seinen dicken Fingern bediente sich Aleksey aus einem 500-Gramm-Schälchen mit Humus. Seine ganze Hand war voll klebrigem Kichererbsenpüree und Sesampaste. Er sei Geschäftsmann, sagte er. Als er bemerkte, dass ich Deutscher war, erzählte er mir, er sei 1989 Handelsattaché der UdSSR in West-Berlin gewesen. Die amerikanischen Kollegen hätten ihn damals gewarnt: »Ihr müsst aufpassen«, sagten die Amerikaner. »Euer Gorbatschow, auf den müsst ihr aufpassen!«

Aleksey fuhr jetzt direkt mit der Zunge in den Humus. »Natürlich«, schmatzte er, »die Amis hatten Angst, dass sich was veränderte. Für sie persönlich. Jeder von den Offizieren hatte in Berlin eine Villa, voll eingerichtet, vom Schirmständer bis zum Klopapierhalter. Das hat alles die Bundesrepublik bezahlt. Die Amerikaner haben schön blöd geschaut, als das vorbei war. Von wegen: ›Mr Gorbatschow, tear down this wall.‹ Einen Scheiß wollten die. Die hätten eher mitgeholfen, die Mauer noch ein bisschen höher zu bauen. Phantastische Villen waren das – Grunewald, Wannsee … Vom Feinsten!«

Was genau für eine Sorte Geschäftsmann er war, habe ich nie herausgefunden. »Mal mehr Import, mal mehr Export – je nachdem«, hatte er mir einmal erklärt.

Aber ich wusste: Falls einmal eine wirkliche Krise ausbrechen sollte, war es wichtig, Leute wie Aleksey zu kennen. Inmitten der größten Hungersnot wüsste er immer, wo es ein gutes Kalbsschnitzel gäbe. Er lebte in einer 400-Quadratmeter-Wohnung am Kohlmarkt, »aber ganz spartanisch eingerichtet«, wie er jammernd meinte. »Ich habe nichts und brauche nichts«, sagte er.

Er hatte vielleicht nichts, doch davon reichlich. Aleksey war ein spendabler Freund, hielt sich aber an ein Gebot des Modezopfes Karl Lagerfeld: »Ja, ich werfe mein Geld zum Fenster hinaus; aber ich schaue genau nach, wo es hinfällt!«

Im »Sztuhlbein« bimmelte eine Fahrradklingel – ein angenehmer Klingelton. Am Nebentisch hielt sich ein kleiner junger Mann mit feuerroten Haaren bis zum Arsch das Handy ans Ohr.

»Säckchen?«, hörte ich ihn sagen. Wie einer Doku über

Headbangen in Irland entsprungen sah er aus. Vor ihm auf dem Kaffeehaustisch stand ein Laptop. Ich konnte von meinem Platz aus den Bildschirm sehen. *Superknut* stand da. Und weiter:

> Knut verdreht die Augen, deshalb bemerkt niemand, dass seine fünf Tage alte Cousine Mia die Worte »Konfektionsgröße Mammut« ruft.
> »Nein, wie er die Augen verdreht, der Knut! Bravo, Bravao, Bravinski!«
> Die fünf Tage alte Mia resigniert und beschließt, so lange stumm zu bleiben, bis ihr ein Kleid der Konfektionsgröße Mammut passt wie angegossen.
> R. G. (Morgen geht's weiter.)

Er legte auf, und ich fragte ihn, ob er R. G. sei. Ich hätte in der U-Bahn gerade von Superknut gelesen, und ich wüsste schon, dass man das nicht tue, aber ich hätte ihm auf den Bildschirm geschaut und gesehen, dass er gerade an einer Fortsetzung schriebe.

»Ja. Ich heiße Rudi Gluske«, sagte er. Er war auch Deutscher, das weichere Wienerisch hatte seine Aussprache aber schon geschmeidiger gemacht.

»Dirk Stermann«, erwiderte ich.

»Guten Tag, Dirk Stermann.«

»Guten Tag, Rudi Gluske«, sagte ich. Später meinte Laetitia einmal, Rudi habe ein Herz aus Butter. Das spürte ich schon bei unserer ersten Begegnung.

Vor dem Café stand ein weißer Mini mit ungarischem Nummernschild. Am Steuer saß eine junge Frau. Das Verdeck des Cabriolets war heruntergeklappt. In unglaublicher Lautstärke dröhnte plötzlich Ostblock-Techno durch die geöffnete Tür. Die Fensterscheiben vibrierten. Als sollte die ganze Gasse, wenn nicht der ganze Bezirk beschallt werden.

»Das ist so eine Art Györ-Scooter«, schrie Rudi mir herüber. »Ungarische Foltermusik. Man wünscht sich eiserne Vorhänge vorm eigenen Ohr!«

Die junge Frau blickte selbstsicher aus ihrem Cabrio zu uns ins Café. Als wisse sie, dass sie die Herrscherin des Krachs war, und sei auch noch stolz darauf.

»Meine Nachbarin!«, brüllte Rudi weiter, um den Lärm zu übertönen. »Die blöde Kuh arbeitet in der ungarischen Botschaft. Und ihre Botschaft ist, dass sie die Lärmhoheit hat über uns. Meine Freundin sagt, sie sei eine Lärmfotze!«

Die Lärmfotze lächelte und fuhr rückwärts gegen die Einbahnstraße aus der Schwertgasse.

Die Schwertgasse geht von der Wipplingerstraße ab. Am Ende der Gasse steht die aus dem 14. Jahrhundert stammende Kirche »Maria am Gestade«, an deren Außenfassade ein steinernes Porträt des Dichters Heinrich Suso Waldeck hängt. Darunter steht:

Der ich meiner so müd und am Vergehen bin
Mich verlangt nach Dir Du ewiger Anbeginn

Jemand hatte *Ayatollah, kumm eini* neben das Kirchenportal gesprayt.

Das Polnische Institut am Tiefen Graben befindet sich

bei der Stiege am Gestade. Auf der anderen Seite der Wipplingerstraße liegt der Judenplatz mit dem Lessing-Denkmal und der Holocaust-Mahntafel. Hier steht das »Haus der bürgerlichen Schneider«, die prachtvolle »Böhmische Hofkanzlei« und auch die Gastgewerbefachschule der Wiener Gastwirte.

Von dort kam Laetitia jetzt ins »Sztuhlbein«. Sie ging nicht, nein, sie wirbelte herein. Ihre kurzen, dünnen, blonden Haare wollten in jede Richtung, als sei Laetitia viel zu schnell unterwegs für jede Art von Frisur. Sie war sehr klein, trug aber flache Schuhe. Knapp über eins fünfzig, schätzte ich. Eine stolze Zwergin. Sie war wütend. Ihre vollen Lippen schienen die Nasenspitze zu berühren. Beim Tauchen würde sie sich die Nase nicht zuhalten müssen.

»Ein Faschist!«, schimpfte sie. »Soll er sich seine Nazilaibchen selber machen. Ich koch nicht in Reih und Glied, alors!« Sie umarmte Rudi stürmisch, und sein Herz aus Butter zerfloss offensichtlich.

Laetitia wollte Köchin werden. Sie war gerade im ersten Lehrjahr und ärgerte sich über den autoritären Ton, der in der Schule herrschte.

»Sie verwechseln die Küche mit der Fremdenlegion. Wenn ich angeschrien werden will, sag ich's Ihnen schon. Ich will kochen, nicht Krieg führen, mon Dieu! Wenn ich eine Kartoffel wär, ich würde mich nicht von Ihnen schälen lassen. Wenn ich ein Hummer wär, ich würd Sie mitreißen in den Topf mit dem kochenden Wasser! Und wenn ich in die öden Laibchen Koriander geben will, dann tu ich das! Und wenn ich Senfkörner hineingebe, dann, weil es besser ist als der Mampf aus tausend Jahren! Sollen sie doch alle im Gleichschritt kochen und brav sein. Zappa hat gesagt, je langweiliger ein Kind ist, desto mehr Komplimente bekommen die Eltern!«

Laetitia bestellte sich ein Glas Sekt. Frau Sztuhlbein, die Wirtin, brachte es ihr. Es beruhigte sie nur unwesentlich:

»Und wenn ich Albondigas machen will, dann mach ich das. Muskat, Knoblauch, Rotwein, Eier, Chiliöl. Oder griechisch: Oregano, Piment, schwarze Oliven, Parmesan. Verstehst du? Mit Faschiertem steht dir die ganze Welt offen. Elsässer Fleischschnecken, ägyptisch mit Koriander – weißt du, wie gut? Mit Zimt und Baharat und Pinienkernen für die Füllung, mit einer Joghurt-Minze-Sauce oder Ingwer, Kreuzkümmel, süßer Paprika. Alles ist möglich, aber wir?« Sie machte ihren Ausbilder nach. »Rindsfaschiertes, Salz, Pfeffer, Brösel, Zwiebel, Petersil. Rindsfaschiertes, Salz, Pfeffer, Brösel, Zwiebel, Petersil. Aus! Faschistenfaschiertes. Die Laibchen werden in die goldgelbe Uniform gezwängt. Seit zwei Wochen! Ich werde zwischen den immer gleichen Laibchen zur Kochhospitalistin!«

»Säckchen«, sagte Rudi liebevoll und strich ihr durchs Haar.

Laetitia kam aus Auxerre im Burgund. Rudi und sie hatten sich dort kennengelernt. Sie hatte einen Auftritt als Sängerin im »Le Silex« gehabt, einem kleinen Club der mittelalterlichen Stadt. »Capitaine des mots« hatte sie sich genannt – Kapitänin der Worte. Ihr regionaler Hit damals hieß *Je préfère vous écrire*. Der Song lief ausschließlich auf Radyonne, einem alternativen Studentensender, und war die punkige Coverversion eines Musikstücks für Kinder.

»Liebe braucht Bewegung«, hatte sie kurz vorher ihrem

damaligen Freund gesagt und sich wegbewegt, hin zu dem rothaarigen Deutschen, der kleiner war als sie an diesem Abend. Sie trug Highheels, und Rudi war der erste Mann, den sie überragte. Laetitia sprach damals kein Wort Deutsch, Rudi nur rudimentär Französisch. Sie studierte Literatur in Auxerre, sang in Clubs und verdiente sich ihr Geld als Schleusenwärterin. Sie arbeitete wechselweise an der Écluse Mailly-la-Ville oder der Écluse Ravereau, zwei idyllischen kleinen Schleusen an der Yonne mit kleinen steinernen Schleusenhäuschen, hübsch bepflanzt, und mit großen Obstbäumen, unter denen sie sitzen und lesen konnte, wenn nichts zu tun war. Viel gab es nicht zu tun. Der Canal de Nivernais war keineswegs überlaufen. Das Burgund war ohnehin gemächlicher als das Mittelmeer.

Das alte Herz Frankreichs. Hier war sie aufgewachsen, bei ihrem Ururgroßvater in Mailly-le-Château. Die Yonne macht in Mailly eine 180-Grad-Kurve. Hoch am Steilufer über dem Fluss thront das Château, das Mailly seinen Namen gegeben hat. 500 Einwohner leben hier mit Blick ins Tal der Yonne, die hier »sehenswert mäandriert«, wie es in einem Handbuch für Hausbootfahrer heißt. Es gibt einen steilen Weg mit zahlreichen Stufen aus brüchigem Schieferstein, der nahe der Brücke zwischen den Häusern hindurch nach oben führt.

»In Mailly-le-Château ist mein Großgroßgroßvater geboren. So klein und aufregend wie der Hoden einer Amsel. Sagt man das so?«

Rudi zuckte mit den Schultern. »Eher nicht«, sagte er.

»Egal. Bei uns ist's nicht chic. Alles ist da, ohne Behauptung. Weil eigentlich nichts da ist. Die Boulangerie hat mittwochs geschlossen. Der Supermarkt auch. Der Coop in Lucy-sur-Yonne hat mittwochs auch geschlossen. Und die Bar Tabac. Auch die Épicerie. Alles hat geschlossen. Die Post, die Boucherie, die Charcuterie. Alles zu. Ein Installateur hat geöffnet. Eigentlich. Aber er hat auch meistens zu. Da komm ich her. Hier die müde Yonne, dort der Kanal. Ich komm aus einem komplett zerschleusten Land! Völlig verschleust! Und wundervoll!«

Als Schleusenwärterin wartete Laetitia, bis ein Boot in der 20 Meter langen Schleuse war. Dann drehte die kleine, junge Frau die eiserne Kurbel, die die Mechanik aus dem 19. Jahrhundert in Gang setzte, und das massive hölzerne Schleusentor öffnete oder schloss sich. Das Wasser lief aus, und das jeweilige Schiff senkte sich um drei oder vier Meter, oder das Wasser kam hinein, und das Schiff hob sich. Dreimal pro Schleusung musste sie all ihre Kraft aufwenden, um die Kurbel zu bedienen. Sie hatte schmale Arme, war aber sehr stark. Nach der Schleusung wünschte sie den Leuten auf dem Boot lächelnd eine gute Fahrt, legte sich neben die mit Stiefmütterchen bepflanzten Blumenkübel in einen alten Liegestuhl und las. Auf einem Tisch stand Honig, den sie für sieben Euro pro Glas an Touristen verkaufte. Darunter, im Schatten, eine Flasche Wein und ein Krug mit Wasser.

»Viele Engländer, Deutsche und Holländer fahren mit dem Hausboot. Auch Franzosen. Weil du hier glücklich sein kannst. Weil du plötzlich calme wirst. Egal, was die Welt vorher mit dir angestellt hat. Du fährst mit acht km/h ganz langsam durch die Felder. Trauerweiden machen Schatten, Fischotter und Reiher begleiten dich, und auf den Weiden siehst du die glücklichen Kühe des Burgund. Weiße Kühe, Charolais nennt man die Rasse. Sehr süß und vollkommen zufrieden.«

Ich las später nach, was die weißen Kühe so besonders macht. *Im lebenden Zustand zeichnen sie sich durch ihre scheu-neugierige Art und eine gewisse robust-urtümliche Optik aus, im gekocht-gegrillten Zustand durch ihre Schmackhaftigkeit und Zartheit,* lobte ein Reiseführer.

Laetitia war nach der Schule für kurze Zeit in Paris gewesen und hatte dort im 10. Arrondissement in der Boutique »Eva Tralala« gearbeitet, später dann in einem von Westafrikanern geführten Schönheitssalon mit dem schönen Namen »Jesus Cosmetiques«. Aber nachdem ihr Ururgroßvater betrunken mit einem Motorrad verunglückt war, zog sie zurück ins Burgund, um ihn zu pflegen.

Rudi war von Anfang an verliebt in sie. Als er sie in Auxerre auf der Bühne des »Le Silex« sah, die Haare zerzaust, als habe sie gerade wilden Sex gehabt, die Konzentriertheit ihres Körpers, ihre Kraft und ihre braunen Knopfaugen, zerfloss er, als habe er sein Butterherz in die Sonne gelegt. Sie strahlte.

Rudi war von Wien aus aufgebrochen, noch bevor seine Schwester Rosa krank wurde und nachdem seine Großmutter beerdigt worden war. Das war im Sommer 2010. Er hatte keine Ahnung, was er mit seinem Leben anfangen sollte. Er und seine Schwester hatten sich bei der Beerdigung gestritten. Sie hatte eine Stange Flirt ins offene Grab ihrer an Lungenkrebs gestorbenen Großmutter geworfen. Und eine Stange Smart und eine rote Marlboro. Rudi hatte das nicht gefallen. Er stellte sich vor, dass die Wiener Großmutter jetzt auch in der Ewigkeit nicht vom Rauchen loskäme. Die letzten Wochen, in denen sie langsam erstickt war, waren furchtbar gewesen. Aber Rosa hatte behauptet, es sei ihre Entscheidung gewesen, zu rauchen, und nicht die Entscheidung der Zigarette, geraucht zu werden.

»Erinnerst du dich nicht an das Lied, das sie mit uns gesungen hat, als wir nach Mamas Tod zu ihr kamen?« Rosa begann zu singen:. »›Bei Prag verlor ich auf der Streife das Bein durch einen Schuss, da griff ich erst nach meiner Pfeife und dann nach meinem Fuß!‹ Die Wien-Oma *wollte* rauchen. Willst du ihr das im Himmel jetzt verbieten, Rudi?«

Er war wütend gewesen und hatte sie am Zentralfriedhof im warmen Septemberwind stehenlassen. Bei ihren letzten lebenden Verwandten, den Schoenhuts aus South Dakota, die extra angereist waren. Gary, Gail, Gertrud, Glen, Gus, George, Geraldine, Gwendolyn, Greg, Gracie, Georgia und Gabriel. Die Geschwister ihrer Mutter Gretchen und deren Kinder.

Nach dem Tod von Ludger, Rudis und Rosas Vater, war Gretchen mit den Kindern in Düsseldorf geblieben. Als Rosa sechs Jahre alt war und Rudi vier, verdrehte sich Gretchen ihr Knie. Sie fuhr mit den Kindern ins Florence-Nightingale-Krankenhaus nach Kaiserswerth. Beim routinemäßigen Röntgen sah man Schatten auf der Lunge. Zwei Wochen später war sie tot. Die Kinder kamen zur Wien-Oma in die große Altbauwohnung Stoß im Himmel 3.

Hilde Blaha, wie die Wien-Oma eigentlich hieß, war 17, als sie 1945 in Wien einen amerikanischen Soldaten kennenlernte: Garth Schoenhut aus Platte, einem Dorf am

Missouri in South Dakota. Sie zog mit ihm auf die Farm seiner Eltern und bekam sieben Kinder, deren Vornamen in Familientradition der Schoenhuts alle mit G begannen.

Platte hatte 1000 Einwohner und 11 Kirchen, 1 Saloon, 1 Bäckerei, 1 Motel. Die Farm lag außerhalb des Ortes. Menschenleeres Land. Ein paar Weiße, wenige Indianer.

Meriwether Lewis und William Clark waren 1804 zu einer Expedition aufgebrochen. Von Camp Dubois aus, in der Nähe von St. Louis, fuhren sie mit 33 Männern in drei Booten nach Westen in damals unbekanntes Land. Im September erreichten sie die Great Plains im heutigen South Dakota – für sie ein Paradies mit unerschöpflichen Nahrungsquellen. Bisons, Hirsche, Biber. Lewis und Clark waren die ersten Weißen, die Kontakt mit Indianern hatten. 50 Jahre später war die Hälfte aller Indianer tot, wegen Mumps oder Masern. Stolze Krieger starben an Kinderkrankheiten.

Die Farm der Schoenhuts: Wenn man am Horizont eine Staubwolke sah, konnte man langsam mit dem Kaffeekochen beginnen, weil der Besuch noch eine Weile bis zur Farm brauchen würde. Hier lebte Hilde, die rauchende Europäerin. »Rauchen ist nicht notwendig, aber Menschen sind auch nicht notwendig«, meinte sie. »Ich komm aus einer Familie von Tabaktrinkern. ›Tabaksaufen‹ haben die Leut früher gesagt. Die Sauferei des Nebels.« Hilde blies den Rauch aus, und der Raum wurde zu einem nebligen London. »Nass rauchen. Mit unglaublicher Begierde den Rauch einzuschlürfen – was für eine Wonne. Schau, Gretchen«, sagte sie zu ihrer Jüngsten, die auf ihrem Schoß saß und vom Qualm umarmt wurde.

Jahre später saßen Rosa und Rudi auf ihrem Schoß. Die

Zigarette brannte noch immer in ihrem Mund. »Hörst du, wie es ganz leicht knistert, wenn du sie anzündest? Als würde ein ganz ein kleiner Kamin entfacht. Mein eigener Hilde-Schlot muss dampfen. Genussvoll und bedächtig wollen wir rauchen, damit die Hofburg nicht wieder Feuer fängt!«

1668 war ein ganzer Trakt der Wiener Hofburg abgebrannt, 1834 ein großer Teil von Wiener Neustadt in Schutt und Asche gelegt worden. In beiden Fällen war unvorsichtiger Tabakrauch der Grund gewesen.

»Na ja, um die Hofburg tut's mir leid. Aber Wiener Neustadt? Das war das Beste, was man mit dem öden Kaff anstellen konnte. Ich kenne Wiener Neustadt, und ich kenne die Provinz. Ich habe in Platte gelebt. Wir hatten Aufkleber an den Autos, auf denen stand: *This is not the end of the world but it's fucking close!* Wenn ich in Platte mit eurem Großvater im Saloon war, spuckte er seinen Kautabak in die Spucknäpfe am Boden. Aus drei Metern Entfernung traf er haargenau hinein. Ein brauner dünner Strahl Kautabak zischte exakt ins Ziel. Euer Großvater konnte spucken! Es war eine Hetz. Und ich passte auf, dass der Saloon nicht abbrannte und die klitzekleine Stadt. Ich häng am Leben, wisst ihr?«

1633 war Konstantinopel abgebrannt, woraufhin 25 000 Raucher hingerichtet wurden. »Kopf ab! Das waren Anti-Raucher-Kampagnen, die es in sich hatten!«, sagte die Wien-Oma. »Aber in unserer Familie konnte man uns mit Enthauptungen nicht beeindrucken. Wir haben alle geraucht. Meine Großmutter rauchte schon. Also eure Ururoma. Schaut einmal!«

Die Wien-Oma suchte in ihrem Wohnzimmerschrank eine Schuhkiste. Darin lag ein Taschentuch mit Spitzen und einem eingestickten Spruch. »Das gehörte ihr. Ihr Schneuztuch. Könnt ihr das lesen?« Die Schrift war verschnörkelt. Hilde las es Rudi und Rosa vor:

> Ich brauche diesen Staub mit Luft und Überfluß
> Damit ich Asch und Erde
> Fein oft erinnert werde:
> Mensch, lerne, was du wirst und wenn man leben muß!
> Johann Christian Günther

»Ist das lieb? Früher hieß die Austria Tabak ›Österreichische Tabakregie‹. Das hat mir immer gut gefallen. Der österreichische Tabakregisseur. Wir alle Schauspieler in einem großartigen Tschickstück, eine brennende Tragödie, eine rauchende Komödie. Unsere Bühne ein riesiger Aschenbecher. Schon die dicke Maria Theresia hat das Tabakmonopol eingeführt. Früher haben die Leute selber ihren Tabak angebaut, aber das hat sie verboten, weil's zu einträglich war für unsere geschäftstüchtige Kaiserin. Und Joseph II. hat die Kriegskrüppel mit Verschleißteilen versorgt, der Sozi unter den Fürsten. So lang gibt's das schon, dass Behinderte bei Trafiken bevorzugt werden. Weil ich hier oben in meinem Kopf nicht ganz richtig bin, bekomm ich in meiner Trafik immer als Erste meine Tschick, egal, wie lang die Schlange ist!«

Hilde war patriotische Raucherin. Eine Großtante von ihr hatte im Klagenfurter Werk gearbeitet. »Über 600 Arbeiter. 1897 hat sie dort gearbeitet. 17 Millionen Zigarren und 33 Millionen Zigaretten in einem Jahr haben sie damals hergestellt. Ist das nicht unglaublich?«

Weder Rosa noch Rudi konnten sich unter diesen Zahlen etwas vorstellen, aber beide nickten ehrfurchtsvoll.

»Und zum Vergleich, Kinder, um euch den Triumphzug der österreichischen Zigarette vor Augen zu führen: Was glaubt ihr, wie viele Zigaretten wurden 2005 in Linz und Hainburg hergestellt, bevor die britischen Räuber sich die Austria Tabak für *an apple and an egg* unter die schmutzigen Nägel gerissen haben? Was schätzt ihr?«

»Ich weiß nicht. Sehr viele?«, riet Rosa.

»Kluges Mädchen«, sagte die Wien-Oma. »Sehr viele. Nämlich 36 Milliarden. Da staunt's ihr beiden, was? 36 Milliarden Zigaretten in einem Jahr für so ein kleines Land wie Österreich. Ist das nicht großartig? Ich hab 2005 aber auch wirklich sehr viel geraucht!«

Wieder nickten beide.

Die Schließung der letzten österreichischen Zigarettenproduktion in Hainburg 2011 hatte Hilde Schoenhut, geborene Blaha, nicht mehr erlebt.

Garth brachte ihr auf der Farm in Platte das Autofahren bei, das Schießen und das Branden der Rinder. Sie hatten nur 50 Rinder, aber für jemanden, der in Wien im 1. Bezirk aufgewachsen war und nur Hunde, Katzen und Tauben kannte, bedeutete das was. Oft sah sie wochenlang niemanden außer ihrer Familie. Vielleicht hatte sie deshalb so viele Kinder bekommen, damit was los war daheim. South Dakota ist so groß wie Deutschland, hat aber nur 800 000 Einwohner. Es gab damals nur ein einziges chinesisches Restaurant im ganzen Staat, und zum nächsten Kino fuhr man sechs Stunden mit dem Auto.

Die Kinder gingen in Platte zur Highschool und in Vermillion aufs College. Hilde liebte ihren wettergegerbten Mann, aber sehnte sich zurück nach Wien. Als Garth 1984 bei einem Tornado von einem Eisenträger erschlagen wurde, der wiederum von einem Blitz getroffen worden war, so dass die Todesursache unsicher war – war er an den Schädelverletzungen gestorben oder am Stromschlag? –, verkündete Hilde ihre Heimkehr nach Österreich. Die Kinder waren groß genug.

Gretchen, die Jüngste, brach ihr Biochemiestudium an der Universität von South Dakota ab und begleitete sie nach Europa. Hilde zog in den 1. Bezirk in den Stoß im Himmel 3. Sie war wieder daheim. Die Stadt hatte sich verändert. Gott sei Dank. Die graue Nachkriegs-Ostblock-Tristesse war aufpoliert worden.

»Man könnte Wien inzwischen fast für eine westliche Metropole halten. Ich war fast 40 Jahre in Amerika, aber eigentlich war ich nie weg«, sagte sie zu ihren Enkeln, als sie im Sommer 1992 in der »Aida« saßen und Punschkrapfen aßen.»Wisst ihr eigentlich, dass Amerika so heißt, wie es heißt, weil der Kartograph Martin Waldseemüller aus Freiburg im Breisgau den neu entdeckten Erdteil nach Amerigo Vespucci benannte?«

Während sie noch am Punschkrapfen kaute, zündete sie sich eine Flirt an. In Amerika hatte sie ausschließlich Marlboro geraucht, weil es dort weder Flirt noch Smart zu kaufen gab; keine Produkte von Austria Tabak. Dann nahm sie einen Schluck von ihrer Melange. Auf ihrer Oberlippe hatte sich ein kleines Milchschaumbärtchen gebildet, in dem Teigbrösel schwammen. Dazu hing ihr nun lässig die Zigarette im Mund.

»Waldseemüller war ein Fleischhauersohn. Vor 500 Jahren. Er war wie berauscht von den Berichten Vespuccis. Die Frauen in dem neuen Land seien nackte, üppige Augenweiden und so lüstern, dass sie Männern den Saft von einem gewissen Kraut zu trinken gäben. Sobald sie dieses zu sich genommen hätten, blähte sich ihre männliche Rute auf. So steht's bei Vespucci.«

»Was heißt lüstern?«, fragte Rudi, damals drei Jahre alt.

Die fünfjährige Rosa grinste. »Das sind Lampen. Teure Lampen. Wie im Schloss.«

Die Wien-Oma lachte hustend Rauch aus und bekam kaum Luft. Verschluckte sich. Ihre Augen füllten sich mit Tränen. Sie schnappte nach Luft, aber es kam keine. Es dauerte, bis sie sich gefangen hatte.

Rudi hatte ihr mit großen Augen ängstlich dabei zugesehen. »Du wirst an den Zigaretten sterben«, sagte er.

»Ach was, so ein gesunder Lungenkrebs wirft mich nicht um«, sagte Hilde und zündete sich an der Flirt, die sie während des Anfalls in den Aschenbecher gelegt hatte, eine neue an. »Der Krebs besorgt dir nur ein früheres Rendezvous mit Gott, aber verabredet bist du so oder so mit ihm.« Sie nahm Rosa an der Hand, und beide lachten und sangen zusammen das Knallerballer-Lied, das Hilde den Enkeln beigebracht hatte:

Schneider, süßer Herzenswaller!
Rooch nich solchen Knallerballer!
Heut noch riechen meine Kleider,
sehr nach jestern, lieber Schneider!

Nach der Beerdigung seiner Großmutter fuhr Rudi vom Zentralfriedhof in den 1. Bezirk und packte seine Tasche. Es war August 2010. Er war 20 Jahre alt. Seine Großmutter hatte Rosa und ihm Geld und die Wohnung Stoß im Himmel 3 vererbt. 10 000 Euro hatte er nun und keinen Plan. Rosa und seine Oma hatten bis kurz vor deren Tod regelmäßig im Raucherraum des Allgemeinen Krankenhauses gesessen – die Wien-Oma schon unter großen Schmerzen und atemlos. Wegen der Lungenentzündungsgefahr blieb das Fenster zu. Die Luft war aus dem Rauch verschwunden. Kein Quentchen Sauerstoff war im Raum. Noch drei Tage vor ihrem Tod saßen Rosa und die Wien-Oma da und redeten. Rudi hatte sie angefleht, vernünftig zu sein. Aber die Oma lächelte ihn nur müde an, und Rosa sabotierte seine Versuche mit Lungentorpedos der Marke Gauloises Blondes.

Jetzt lag Hilde unter der Erde mit ihren Stangen Flirt, Smart und Marlboro. Ein Flirt mit dem Teufel. Als sein Vater starb, war Rudi noch ein Baby. Als Gretchen starb, war er mit drei Jahren immer noch zu klein, um Erinnerungen zu haben. Die sterbende Wien-Oma hatte er jedoch sehr bewusst erlebt.

Er war erschöpft. Traurig und erschöpft. Rosa würde nach Düsseldorf gehen, in die Heimatstadt ihres Vaters, und bei Andreas Gursky Fotografie studieren – dann wäre er ganz allein. Sie hatte schon ein Semester an der Universität für Angewandte Kunst in Wien studiert und eine Serie mit Tieren gemacht. Eine Tierarmee. Sie hatte kleine Stahlhelme hergestellt und sie Wellensittichen aufgesetzt, Sperlingen und Spatzen, aber auch Katzen und Hunden. Soweit die Tiere es zuließen, hat sie ihnen auch feldgrüne Uniformen genäht und angezogen. Dann fotografierte sie die Tiere, als seien sie in einer Schlacht. *Vegetevolution – the animal spring* hatte sie die Serie genannt. Gursky gefiel's – sie würde an die Kunstakademie gehen, und er wäre ganz allein in Wien.

Rudi nahm die Tasche und das Geld und fuhr zum Westbahnhof. Er kaufte sich ein Interrailticket. Es war ein kühler, klarer Sommertag. Am Bahnhof waren andere Rucksackreisende in seinem Alter. Ein Tiroler stand neben ihm am Gleis. Für zwei Wochen wollte er auf Interrail fahren – Abenteuer! Neben ihm stand ein deutlich älterer Mann, ebenfalls mit Rucksack. »Mein Vater«, erklärte der junge Tiroler. »Wir fahren zu zweit. Sicher ist sicher. Man weiß ja nicht!« Der Alte nickte ihm zu.

»Na dann, tolle Abenteuer mit deinem Vater«, sagte Rudi und stieg ein.

Hütteldorf. Der Wiener Wald. Er schlief ein.

Nach dem Konzert im »Le Silex« schlenderten Rudi und Laetitia zusammen mit Tulip durch die engen Gassen mit den windschiefen Fachwerkhäusern zum Quai de la Republique. Sie hatte ihre Highheels ausgezogen und trug sie in der Hand. Zwei kleine Menschen inmitten großer Gefühle.

»I like your red thatch. Your hair. It is impressing. You must pay attention, when you go cycling. That your hair will not come into the spokes, the wheels.«

Laetitia lachte. Tulip, ihr französischer Hirtenhund, humpelte zwischen ihnen. Seine Krallen waren herausgerissen worden, weil er damit Gänse attackiert hatte. Tulip hatte ursprünglich Odile Dhuicq gehört, der Nachbarin ihres Urururgroßvaters, die einen Bauernhof führte, der für seine Gänsestopfleber bekannt war. Die Vogelgrippe und die damit verbundenen Vorsichtsmaßnahmen hatten sie beinahe ruiniert. Sie wollte den hinkenden und gänsejagenden Hund erschießen, also kümmerte sich Laetitia um Tulip. An ihrer Wohnungstür in Mailly-le-Château hing jetzt ein Warnschild: *Attention au chien bizarre!* Bizarr war Tulip in der Tat. Er roch nach Pansen und Andouillette, der Kalbsdarmwurst, um die man Auxerre und Burgund auf der halben Welt beneidet.

An einer Weide begrüßte Laetitia die Kühe mit Namen. »Claudette, Adelais, Ginette, Lilou, darf ich euch vorstellen?«

»Rudi«, sagte Rudi.

»Rudi«, wiederholte sie. »Kühe mit Namen geben mehr Milch, wusstest du das? Man hat das herausgefunden. Bei Kühen, die einen Namen tragen, liegt der Ertrag um 258 Liter pro Jahr höher als bei namenlosen Tieren. Ich heiße Laetitia.«

»Laetitia«, wiederholte er.

Später saßen sie an der Yonne und schauten auf die Hausboote, die vor Anker lagen. Die Schleusen waren über Nacht geschlossen, auf dem Fluss und im Kanal herrschte Ruhe. Sie flocht ihm die Haare zu einem Zopf und küsste ihn. Tulip kam mit seiner Schnauze zwischen sie und leckte ihnen übers Gesicht. Der Pansengeruch trübte kurz die Szene. Laetitias Haare standen in alle Richtungen. Sie drückte Rudi auf den Boden der Quaimauer. Er war erstaunt über ihre Kraft. Er verirrte sich in die Landschaft ihres Gesichts. Und es gefiel ihm, sich in ihr zu verirren. In dieser Nacht in

Auxerre wurden seine rote Mähne und ihr dünnes, blondes Haar zu einer Frisur.

Laetitias Eltern waren nach Vietnam gegangen, als sie 15 war. Auf Phu Quoc hatten sie ein kleines Hotel am Strand eröffnet. Leider wurden dort immer wieder Touristen von der Strömung erfasst und ertranken. Schlechte PR – wenig Gäste, wenig Geld.

Sie zog zu Ulysse Hervé, ihrem Ururgroßvater. 101 war er, als sie 2006 in sein Haus kam. Ulysse war Sozialist. Er hatte als Bub noch den legendären französischen Sozialistenführer Jean Jaurès gesehen.

Er musterte Rudi streng, als sie sich das erste Mal in Mailly-le-Château begegneten.

»Er ist Deutscher?«, fragte Ulysse.

»Er ist in Deutschland geboren, lebt in Wien, und seine Mutter war Amerikanerin.« Laetitias Haare waren vollkommen verfilzt, weil sie gerade miteinander schliefen, als der Alte anklopfte.

»Er ist sehr klein«, sagte Ulysse. »Sehr klein und Deutscher. Aber wie ich sehe, ist er unten stark!« Ulysse lachte, und Laetitia zog die Decke über den nackten, rothaarigen Mann in ihrem Bett.

»Rotes Schamhaar?«, fuhr Ulysse fort. »Wenn er nackt auf der Straße steht, halten die Autos an, weil sie denken, die Ampel zeigt rot!« Ulysse bekam einen Lachanfall und musste sich an der Tür festhalten. Tulip sprang begeistert an ihm hoch.

»Die deutschen Sozialisten, pah, welche Schlappschwänze«, sagte Ulysse, als er sich wieder gefangen hatte.

»Reden nur, tun nichts. Bevor deutsche Sozialisten einen Bahnhof besetzen, lösen sie vorher eine Bahnsteigkarte. Am Ende sagen sie: ›Liberté? Fraternité? Egal!‹.«

Er ging kurz aus dem Zimmer und kam mit einer Flasche Crémant und drei Gläsern zurück. Ulysse Hervé war Sozialist und liebte Crémant de Bourgogne. Der Crémant hatte seinen Namen von der Creme, dem Schaum, der sich beim Einschenken bildet. Acht Millionen Flaschen Crémant lagern in Bailly in einem Bergstollen, und Ulysse Hervé sah aus, als lagerten sie dort nur für ihn.

»Trink, mein Schatz! Und der Rote soll auch trinken. Santé! Am 1. Mai werden wir deinen kleinen Freund hissen, jetzt soll er trinken, der Deutsche. Die Deutschen finden schwer ein Mittelmaß – entweder zu schlapp oder zu streng. Oh, diese Sozialisten aus dem Osten. Ich war in Karl-Marx-Stadt, heute heißt es Chemnitz – haben sie Marx auch umbenannt in Chemnitz? Rotkäppchensekt musste ich trinken, was für Kinder. Gebrüder-Grimm-Gesöff, wer soll so etwas trinken?«

Man wollte den Sozialismus zerstören, das wurde Ulysse klar, als er den ersten Rotkäppchensekt trank. Rotkäppchensekt und Spreegurken – das war alles? Dafür sollte man in die neue Zeit ziehen? Er kam damals zurück nach Lucy-sur-Yonne und erklärte den Genossen, dass sogar die Nazis besser getrunken hätten.

»Wer seinem Gaumen keine Freude gönnt, kann mir am Arsch vorbeigehen, ich furz ihm in sein Arbeiter- und Bauerngesicht. Voilà!« Ulysse öffnete eine zweite Flasche, diesmal Rosé. »Was wollten wir? Besser leben. Verteilen, was da ist. Und wer das nicht kapiert, dem nehmen wir es weg. So simpel ist das. Aber ihren Sekt, den können sie dem bösen Wolf geben, hab ich mir damals gedacht. Von dem nehm ich nicht einen Schluck. Den möchte ich nicht teilen. Pah! Den sollten sie behalten, diese konterrevolutionären Arschnasen!«

Ein Salonkommunist ohne Salon war er. Ulysse hatte noch eigenhändig Frachtschiffe auf der Yonne gegen den Strom bis nach Clamecy gezogen, weil die Pferde im Ersten Weltkrieg gebraucht wurden. Alleine hatte er ein mit Chablis beladenes Boot gezogen. Auf dem Treppelweg hatte er sich Meter um Meter vorgekämpft, das Tau um den Bauch gewickelt, 30 Kilometer flussaufwärts, 1917, da war er zwölf Jahre alt. Und in Clamecy am Nivernais hatte er den Flößern geholfen. Oberhalb des Wehrs bei der Schleuse wurden Baumstämme gesammelt, bis der Fluss kilometerlang ein einziges Holzlager war. »Es war kein Wasser mehr zu sehen, so viel Holz war da. Dann begannen wir, aus den Stämmen Flöße zusammenzubinden. Bis zu 72 Meter lange Flöße. Neun Tagesreisen über die Yonne und die Seine bis nach Paris haben wir sie geschwemmt.« Ulysse krempelte sein Hemd hoch und zeigte eine Tätowierung. Das Wappen der St.-Nicolas-Bruderschaft, der Bruderschaft der Flößer: zwei schräg gekreuzte blaue Flößerhaken.

Rudi hatte von all dem wenig verstanden, denn Ulysse sprach Französisch. Laetitia übersetzte. Sie liebte ihren Ururgroßvater, der so stark wie ein 60-Jähriger schien – wie ein 60-Jähriger, der stark wie ein Baum war. Natürlich war er im Zweiten Weltkrieg in der Résistance gewesen. Er hatte die Deutschen aus der Höhle in Bailly gesprengt, wo sie Waffen bauen wollten. Es war seine Höhle, seine Crémant-

Höhle – da kannte er keinen Spaß, als Sozialist, Franzose und Trinker. Die St.-Nicolas-Bruderschaft hatte die Deutschen aus dem Tal geschossen.

»Sagt man ›furchteinflößend‹?«, hatte Laetitia gefragt, nachdem sie erst ein paar Wochen im Goethe-Institut Deutsch lernte. Sie war ein unglaubliches Sprachgenie. Während Rudi Französisch sprach wie ein Neandertaler, fragte sie bereits nach Feinheiten. »Sie waren Furchteinflößer, die Männer von St. Nicolas«, schwärmte Laetitia. »Ulysse und die starken Jungs. Da hatten die Nazis pas de chance!«

Nach dem Krieg arbeitete Ulysse am Canal du Nivernais. Er hob die Fahrrinne aus, verstärkte den Uferschutz und reparierte die alten Schleusen. Daneben war er gewählter sozialistischer Deputierter in Lucy-sur-Yonne, der größeren Schwester von Mailly-le-Château.

Ein Bruder von Laetitias Vater lebte auch mit im Haus, Louis Hervé. Louis hatte das Down-Syndrom. Nach einem Schlaganfall war außerdem seine rechte Gesichtshälfte gelähmt. Louis bewachte das Kriegerdenkmal in der Mitte des kleinen Hauptplatzes mit der Inschrift:

1914–1918
Lucy-sur-Yonne, ses enfants, morts pour la France.

Die Namen der gefallenen Kinder von Lucy-sur-Yonne standen dort. Damals war auch irgendein Louis Hervé unter den Toten. Deshalb fühlte Louis sich verantwortlich. Tag und Nacht versuchte er dort auszuharren. Sobald er eingeschlafen war, trug Ulysse ihn nach Hause ins Bett. Jede Nacht.

Ulysse hatte Bärenkräfte. Rudi ging manchmal mit ihm ins Holz und half ihm beim Fällen und Zerschneiden. Es war unheimlich. Ulysse konnte halbe Bäume alleine stapeln, ohne Hilfsgeräte, mit bloßer Muskelkraft. Stämme, die 200 oder 300 Kilo wogen. Der Mann war deutlich über 100, aber körperlich in weit besserem Zustand als der mehr als 80 Jahre jüngere Liebhaber seiner Ururenkelin.

Während sie arbeiteten, schimpfte Ulysse auf die Banken. Die City of London wollte er mit der Bruderschaft besuchen gehen. Banker waren für ihn schlimmer als die Nazis in der Höhle von Bailly, weil sie bereits gewonnen hatten. »Die Nazis hatten Gesichter. Aber wie sehen internationale Geldströme aus? Das Kapital hat uns besiegt, weil wir nicht wachsam waren. Wir hätten sie mit Gewalt stoppen müssen. Abknallen, aufhängen, wenn sie nicht zuhören. Wir waren human – und was ist das Ergebnis? Die Untoten zählen das Geld, das uns allen gehören müsste!«

In den 70er Jahren hatte Ulysse bei Texas Oil gearbeitet. Das hatte Rudi von Laetitia erfahren. Er war überrascht. »Wie kann das sein? Er war Kommunist und schon damals viel zu alt dafür!«

»Er hat in Nigeria für Texas Oil nach Öl gesucht. Im Dschungel. Alle 50 Meter Probierbohrungen.«

»Probebohrungen. Ich fass es nicht, wie phantastisch du Deutsch sprichst. Das ist wie ein Wunder. Wir sollten Zeitungen und das Fernsehen anrufen, dich ausstopfen lassen und im Goethe-Institut ausstellen. Die beste Deutschschülerin der Geschichte: Laetitia Hervé.«

»Mit deinen vielen Haaren lass ich mich ausstopfen. Dann bist du immer in meiner Nähe. Okay, darauf lass ich mich ein, Monsieur. Ja, alle 50 Meter Probebohrungen, alle 100 Meter Dynamit. So haben sie sich durchs Land gearbeitet. Mein starker Ulysse hatte dort furchtbare Angst. Kannst du dir das vorstellen? Ulysse und Angst? Er fürchtete sich, wenn er im Dunkeln zum Pinkeln aus dem Zelt musste. Er pinkelte ins Schwarze, ins Nichts. Und das schwarze Nichts machte unheimliche Geräusche. Das war furchtbar für ihn.«

»Trank er Sekt im Urwald?«

»Natürlich«, lachte sie. »Kannst du dir vorstellen, dass er sonst dort gewesen wäre?«

»Aber ich versteh das trotzdem nicht«, sagte Rudi. »Er als Linker in einer erzkapitalistischen Ausbeuterfirma? Im Wald ruft er jeden Tag die Revolution aus, aber vor 30 Jahren hat er noch mit Mitte 70 dem Klassenfeind den Arsch geputzt? Texas Oil ist ja nicht gerade Amnesty International.«

Sie lachte. »Alle geologischen Informationen aus seinen Bohrungen gab er weiter an eine Gruppe von schwarzen Studenten aus Lagos. ›Your oil is your oil‹, sagte er. Aber das Pinkeln, das machte ihm Angst.«

»Und die Amis?«

»Die waren ihm egal. Die bezahlten ihn, und er machte seine Arbeit, so what? Die Weitergabe an die Nigerianer war ein Extra, eine Zusatzschicht, die er Texas Oil nicht verrechnete.«

Als Rudi in seinem Hilfsfranzösisch am nächsten Tag mit Ulysse im Wald über Nigeria und Texas Oil sprechen wollte, winkte der alte, starke Mann direkt ab. »Eine Riesenscheiße haben die mit dem Öl gemacht. 1983 haben sie eine Militärdiktatur begonnen. Dafür soll ich gezittert haben beim Pissen? In ständiger Furcht, dass mir ein Löwe den Sack abbeißt? Für eine Militärjunta beißt mir ein krankes Nilpferd in die Eier? Hast du schon mal gesehen, was die für Zähne haben? Ich will nie mehr zwischen wilden Tieren pinkeln. Nie mehr. Nicht mal für die Revolution.«

Rudi fragte sich damals, ob Ulysse noch Sex hatte. Tage später sah er Odile Dhuicq aus seinem Schlafzimmer kommen. Odile war 73. Aber Ulysse mochte scheinbar deutlich jüngere Frauen.

ICH

Ich fuhr in der U4. Ein arabischer und ein dänischer Diplomat saßen mir gegenüber, offenbar auf dem Weg zur UNO-City.

»Er will, dass seine Frau verschleiert geht und nicht nackt«, sagte der Araber.

»Nackt? Sie geht nackt herum?«, fragte der Däne.

»Nicht wirklich nackt. Aber wenn sie nicht verschleiert geht, ist sie für ihn nackt.«

»Sie sind Saudi?«

»Ja.«

»Ich habe gehört, dass in Riad Gotteskrieger nicht mehr eingesperrt werden. Die Saudis geben ihnen jetzt Kunstunterricht, schenken ihnen ein Auto und lassen sie eine Braut aussuchen, um sie zu läutern. Resozialisierung für Al-Kaida-Kämpfer. Sehr liberal. Die haben Erdbeerlimonade im Kühlschrank und bekommen gebratene Wachteln zum Mittagessen. Ein Schwimmbad gibt's und sogar Rasen, mitten in der Wüste. Die einzige Bedingung, um in dieses Paradies zu kommen: Du musst radikal sein. Dann gibt's Brainwash-Programme mit Kunsttherapie und Aggressionsbewältigung. Wenn man entlassen wird, gibt's eine kostenlose Wohnung, dort in Hayar – so heißt das Viertel. Ein Schlafzimmer rosarot und goldfarben gestrichen mit einem King-size-Bett und einer Braut darin, verschleiert oder nackt. Und zusätzlich noch 33 000 Dollar! Großherzigkeit gegenüber den Tätern soll deren Hass und Rachsucht besiegen. Als ich das gelesen hab, wollt ich mich gleich anwerben lassen.«

»Ich kenn das Projekt«, sagte der Saudi. »Die makellose Erfolgsbilanz der ersten Zeit ist inzwischen ein bisschen getrübt. Neun Absolventen aus Hayar wurden mittlerweile wieder verhaftet. Und im Januar haben zwei weitere ehemalige Häftlinge im Internet verkündet, sie hätten die Al-Kaida-Führung im Jemen übernommen.«

Ich dachte mir, dass die Weltwirtschaftskrise tatsächlich existent sein musste, wenn Saudis mit der U-Bahn fuhren.

In der Gratiszeitung las ich:

Gericht nimmt Kind weg – wegen Karies.

Pfarrer vergisst aufs Brautpaar! Dechant versetzt Festgesellschaft in Wien-Floridsdorf. Beinahe-Eheleute sind jetzt sauer auf Priester: Kirchenaustritt.

Mutter rettet totes Baby.

19 Kandidaten bluten – Zwiebelmassaker bei SAT1-Kochshow.

Ich blätterte um.

SUPERKNUT

Knuts Schwester Irma sagt: »Ich habe heute von der Königin von Jordanien einen Kuss auf die Stirn und Salz aus dem Toten Meer geschenkt bekommen, weil ich sie aus der Donau gerettet habe. Sie ist aus einem Ausflugsdampfer gefallen und kann nicht schwimmen, wahrscheinlich weil sie nur das Tote Meer gewohnt ist, da drin kann man ja Zeitung lesen. Ihr Mann, der König Abdullah, hat sich sehr gefreut, weil er seine schöne Frau sehr liebhat, und er hat mir einen Palast in Amman geschenkt, wo wir ...«

»Kannst du mal ruhig sein? Knut möchte vielleicht etwas sagen«, rufen ihre Eltern, ohne sie anzusehen.

»Nö, eigentlich nicht. Toll, das mit der Königin«, sagt Knut und nickt seiner Schwester anerkennend zu.

»Ach, paperlapapapao«, meint die brasilianische Tante. Alle nennen sie Großtante, weil sie über 1,90 m ist und an beiden Ohren Warzen hat, groß wie Weintrauben.

»Ja, paperlapapanski«, stimmt ihr die russische Tante zu. Sie heißt Größttante, weil sie über 2 Meter groß ist und eine Warze in der Pupille hat, so groß wie eine Mandarine. »Königin, na wenn schon. Aber Knut, beiß doch noch mal ab von der Tortinski!«

Und Knut beißt in die Mangokokostorte, die seine brasilianische Tante ihm zu Ehren gebacken hat, obwohl heute ja eigentlich der Geburtstag seiner Schwester Irma ist.

»Und wie sie ihm schmeckt, die Tortao«, ist die brasilianische Tante entzückt und wackelt mit den Weintraubenwarzenohren.

Und alle singen: »Hoch soll er leben, hoch soll er leben, drei

Mal Knut!« Auch seine Schwester Irma singt mit, allerdings leise. Plötzlich sitzt Knut, wie auch immer, bei allen vier Großeltern auf dem Schoß, und alle geben ihm gleichzeitig einen Kuss auf die Stirn, und zwar auf die gleiche Stelle.

»Das gibt's ja nicht. Ist das ein Trick? Wie könnt ihr mich denn alle gleichzeitig auf genau dieselbe Stelle küssen?«, fragt Knut verdutzt und kräuselt die Stirn.

»Gesehen, wie er die Stirn kräuselt? Klasse, was?« Knuts Eltern sind stolz wie Knut auf Knut. Das sagen sie so, wenn was besonders viel oder besonders gut ist: »Das ist ja toll wie Knut« oder »hoch wie Knut« oder »schlau wie Knut« oder »voll Knut«. Als Baby schiss er in die Windel? Haste nicht gesehen, wurden alle Omas, Opas und größten Großtanten dieser Welt angerufen. »Kackao?« »Kackinski?« »Bravao!« »Bravinski!«

R.G. (MORGEN GEHT'S WEITER.)

Es waren die *Superknut*-Folgen der letzten beiden Tage. Am Morgen war ich wie immer im »Sztuhlbein« frühstücken gewesen. Rudi war mit Tulip da. Der Hund roch tatsächlich unangenehm nach Pansen, aber wie er so krallenlos in dem kleinen Café herumhumpelte, schloss ich ihn gleich ins Herz.

Rudi saß mit dem Laptop da und schrieb den morgigen *Superknut*. Herr Sztuhlbein, der Wirt, stellte Tulip eine Schale mit Wasser unter den Tisch.

»Das ist gemein, dass er an ihrem Geburtstag eine Torte bekommt, sie aber nicht«, sagte ich.

»Find ich auch«, sagte Rudi. Heute hatte er die Haare zu einem Zopf gebunden.

»Und? Davon kann man leben?«, fragte ich und nickte zum Laptop hin.

»Nein. Ich mach noch Nachmittagsbetreuung in einer freien Schule. Mittagessen für die Kleinen, Hausaufgaben, so was«, erwiderte er. »Davon wird man reich. Wissen Sie, wie Bill Gates noch reicher werden könnte? Wenn er zusätzlich noch als Nachmittagsbetreuer arbeiten würde.«

Laetitia schoss ins Lokal. Sie riss die Tür auf, und schon warf sie sich Rudi an den Hals. Als hätte der Choreograph Chris Haring das mit ihr einstudiert. Eine einzige Bewegung: aufreißen, zu ihm stürmen, umarmen.

»Und, Säckchen, wie war's beim Zahnarzt?«, fragte er.

»Was sind das für Leute? Ich hab dir gesagt, ich wette, man sieht meine Liebe zu dir auf dem Röntgen. Und nichts. Die würden Verliebtsein nicht mal erkennen, wenn es im Eulenkostüm in ihren Nasen performte!« Sie gab ihm einen Kuss auf den Mund. »Wusstest du, dass faschierte Laibchen auf Türkisch ›Frauenschenkel‹ heißen? Sexy, was? Da hätte Portnoy auch statt der Leber beschwerdefrei Rindsfaschiertes nehmen können, um sich beim Masturbieren nicht so allein zu fühlen!«

Sie lachte, und ich erinnerte mich daran, wie eine Studentin im Schottenrock einmal meine Buchhändlerin Anna Jeller fragte, ob sie etwas empfehlen könne, woraufhin Anna Jeller der stockkonservativen Christin genau jene Szene beschrieb, in der Mike Portnoy es mit der Leber aus dem Eiskasten trieb. Die Schottenberockte würde niemals Philip Roth für den Nobelpreis vorschlagen, das sah man ihrem angewiderten Gesicht an.

Laetitia war gleich um die Ecke bei »Angel Smile« zur Zahnvorsorge gewesen. Sie hatte die starken Flößerzähne ihres Ururgroßvaters geerbt. Ihr Gebiss war ein Schock für jeden Zahnarzt, der Geld verdienen wollte. Hätten alle Wiener Zahnmaterial wie Laetitia, man würde Wiener Zahnärzte daran erkennen, dass sie Obdachlosenzeitungen verkaufen. Jetzt warf sie Rudi mit ihrer Verabschiedungsumarmung fast vom Stuhl, und weg war sie. Wirbelwind wäre eine zu schwache Umschreibung.

»Wow«, sagte ich.

»Wow«, entgegnete Rudi.

»Die ist ja wirklich – wie sagt man da …«, suchte ich nach einem passenden Wort.

»Toll? Phantastisch? Die großartigste Person der Welt? So ein Wort müssen Sie suchen«, sagte Rudi.

Es war, als habe sie uns alle umgerührt. Als seien wir vorher eine zähe, dickflüssige Suppe gewesen und nun plötzlich aufgeschäumt und leicht. Tulip, Rudi und ich sahen sehnsuchtsvoll zur Tür.

»Gut, ich muss dann mal. Die Schule ruft. Ich hab heute Kochdienst«, sagte Rudi und packte den Laptop ein.

»Was gibt's denn?«, fragte ich.

»Schnitzel. Nicht so gut wie bei Laetitia, aber ich geb mir Mühe.«

»Sagen Sie – Entschuldigung, aber Sie haben Ihre Freundin eben ›Säckchen‹ genannt. Ich weiß nicht, aber mir würden viele passendere Kosenamen für diese wunderbare Frau einfallen.«

»In Frankreich, an unserem ersten Abend, da sprach sie kein einziges Wort Deutsch.«

»Das gibt's doch nicht, sie spricht Deutsch, als hätte sie es vor uns beiden gelernt!«

»Ist aber so. Sie ist nicht einfach nur sprachbegabt, sie ist eine echte Wortkapitänin. Sie ist damals im Club aufgetreten, und ich sprach kaum Französisch. Ich hab dann zwei Crémant an der Bar gekauft und bin zu ihr gegangen und hab gesagt: ›Sektchen?‹ Sie verstand ›Säckchen‹. Ohne ein Wort Deutsch zu können, fragte sie: ›Un petit sac?‹«

Rudi war fast eineinhalb Jahre in Mailly-le-Château geblieben. Er half Ulysse, der mit seinen riesigen Händen ganze Wälder ausreißen konnte. Laetitia hatte in der Bibliothek der Uni Auxerre inzwischen alles gelesen, was sie interessierte. Sie brach ihr Studium ab und arbeitete den ganzen Sommer über an der Écluse Mailly-la-Ville oder der Écluse Ravereau. Sie bemalte die kleinen Schleusenhäuschen in Pastellfarben, pflanzte Tomaten und Zucchini und Radieschen und schmierte die Schleusentore. Wenn Rudi nicht von Ulysse im Wald oder am Kanal gebraucht wurde, radelte er zu ihr und brachte Käse mit und Brot und Crémant. Sie liebten sich zwischen zwei Schleusungen, nach und vor den Schleusungen, winkten den Touristen auf ihren Hausbooten zu und wunderten sich über angeleinte Hauskatzen an Deck. Sie schwammen zusammen in der Yonne, lagen im Schatten unter den Apfelbäumen, lebten wie in einem Werbefilm für *Glücklich leben*.

Von seiner Schwester Rosa hörte Rudi nichts. Er hatte von Auxerre aus mal versucht, sie an der Düsseldorfer Kunstakademie zu erreichen, aber die Frau am Telefon kannte keine Rosa Gluske. Er hinterließ trotzdem seine Adresse in Frankreich für den Fall, dass Rosa ihn erreichen wollte.

Rudi brachte auch Louis Essen und Getränke ans Kriegerdenkmal und blieb eine Weile neben ihm stehen. Der rothaarige Deutsche und der downsyndromte Franzose bewachten gemeinsam die Inschrift *Louis Hervé*, welcher als Kind von Lucy-sur-Yonne sein Leben im Kampf gegen die Deutschen verloren hatte. Louis gab Rudi die Hand. So standen sie da. Das war Rudis neue Familie. Ulysse, Laetitia, Louis und Tulip. Rosa war weit weg.

In Frankreich erhielt er einen Schnellkurs in zivilem Ungehorsam. Mit Ulysse und zwei Flößern der Bruderschaft vernagelte er die Tür des Büros der Front National in Auxerre. Sie besorgten sich Umleitungsschilder der Gendarmerie und sorgten so für ein unerklärliches Minus beim örtlichen McDonald's.

Frédéric und Didier waren knapp unter 100, dafür aber gut unterwegs, auch wenn sie nicht annähernd die Form von Ulysse hatten. Rudi war der Ängstlichste der vier.

Laetitia lachte über sein Zaudern. »Die sind erfahren«, sprach sie ihm Mut zu. »Stell dir vor, 300 geballte Jahre Widerstand. Die haben sich nie was gefallen lassen. Man hat den Flößern die Flöße weggenommen und ihren Beruf, aber einem Flößer kannst du die Eier nicht wegnehmen. Höchstens im Urwald beim Pinkeln, aber nicht an der Yonne!«

Industrie gibt es im Burgund kaum. Die Charolais-Rinder und die Bressehühner, die Weine und die Ölmühlen prägen das Land. Nur in der Hauptstadt Dijon sind ein paar Betriebe ansässig. Dorthin fuhren sie, um die Arbeiter an ihre Rechte zu erinnern. Ulysse stand in einer Senffabrik und hielt eine flammende Rede.

»Arbeiter! Arbeiter der Faust! Senfarbeiter! Ich bin Deputierter der St.-Nicolas-Bruderschaft aus dem Département Yonne. Ich weiß, wie es ist: Ihr arbeitet, ihr fresst, ihr sauft, ihr vögelt eure Frauen und manchmal nicht nur die. Ihr werdet gemütlich, Arbeiter, und genau das wollen die!« Er zeigte mit seinem massiven Zeigefinger in Richtung der Büros. »Sie füttern euch, damit ihr müde werdet und vergesst, dass dieser Senf ...« – Er ließ unbehandelte Senfkörner durch seine geballte Faust rinnen. Sehr eindrucksvoll sah das aus, fand Rudi. – »... dass dieser Senf euer Senf ist! Ohne euch sind es nur Körner. Kein Mensch würde seine Andouillette damit würzen. Erst ihr, wenn ihr diese dummen Körner – die noch gar nicht wissen, was in ihnen steckt – wenn ihr die veredelt; erst ihr, wenn ihr diese kleinen Eier wichst. Und wenn das Gold kommt, dann ist das euer Gold! Vergesst das nie! Sie tun alles, damit ihr das vergesst. Sie geben euch diese Krümel!« Diesmal warf Ulysse die restlichen Senfkörner auf den Boden. »Ich aber sage euch: Nehmt euch das Gold! Denn ihr habt es gemacht!«

Die sieben Arbeiter der Senffabrik klatschten zaghaft, aber eher, um dem Alter des Redners Tribut zu zollen, schien es Rudi. Trotzdem, Ulysse blieb unbeirrt. Noch am gleichen Tag fuhren er, seine zwei Freunde und Rudi nach Chalon-sur-Saône. Dort werden Unterseeboote gebaut. Über die Saône und die Rhône werden die Schiffe ins Mittelmeer transportiert. Ulysse hatte Informationen, dass U-Boote für Saudi-Arabien in Chalon-sur-Saône gebaut würden.

Ulysse lenkte den alten Renault-Kastenwagen. Vor mehr als 20 Jahren hatte er feierlich seinen Führerschein zurückgegeben, aber natürlich war er immer weitergefahren. Die drei Hundertjährigen und Rudi hielten Äxte in der Hand,

Motorsägen lagen auf der Ladefläche. Als sie in Chalon-sur-Saône ankamen, war es bereits dunkel. Obwohl die Werft fürs Militär arbeitete, konnten sie ungehindert zu Fuß am Fluss bis zum großen Werkstor vorstoßen – der alte Treppelweg führte direkt dorthin. Seit 70 Jahren war er zugewachsen, aber die drei Flößer legten ihn in einer unglaublichen Geschwindigkeit frei. Mit einer Machete schlug Ulysse einen Keil ins Dickicht, Frédéric und Didier säbelten dann den Rest beiseite. Rudi trug die Äxte und die beiden Motorsägen.

Schließlich waren sie nahe genug. Sie konnten das riesige Tor sehen, durch das laut Ulysses Informationen das arabische Despotenboot am nächsten Morgen vom Stapel laufen sollte. Sie begannen, Baum um Baum zu fällen. Präzise und schnell arbeiteten sie, alle bis auf Rudi. Nach vier Stunden, kurz nach Mitternacht, ließen sie 20 Baumstämme zu Wasser. Rudi hatte einen Baum geschafft, die beiden Hundertjährigen acht, die übrigen hatte Ulysse erledigt. Mit Seilen umwickelten sie die Stämme: Das Floß war fertig. Ulysse hatte nebenbei noch drei lange Stangen fabriziert, mit denen er und die beiden St.-Nicolas-Brüder das Floß lenkten. Rudi saß ängstlich in der Mitte des schwimmenden Holzes. Am Tor lockerten sie die Seile, und die Stämme lösten sich. Behende sprangen die drei auf den einzelnen Stämmen hin und her, während Rudi ins Wasser fiel. Er krabbelte an Land und sah, wie die Alten die Stämme so dirigierten, dass sie sich komplett verkeilten. Die ganze Ausfahrt, eine künstliche Bucht, war unpassierbar geworden. Ulysse steckte seine Stange, mit der er gelenkt hatte, zwischen zwei Stämme, und hängte ein Transparent daran.

In seiner ungelenken Altherrenschrift stand dort: *Quand l'injustice devient loi, la résistance devient un devoir!*

»Was heißt das?«, fragte Rudi.

»Das musst du doch kennen«, rief Ulysse empört. »Brecht. Du kommst doch aus Brechtland. ›Wo Unrecht zu Recht wird, wird Widerstand zur Pflicht!‹ Das weiß ich sogar auf Deutsch!«

In Montceau-les-Mines schissen die drei Flößer vor das Haus eines rassistischen Rinderzüchters, der einen senegalesischen Arbeiter schikaniert hatte. Rudi weigerte sich und musste sich konterrevolutionäre Darmtätigkeit vorwerfen lassen. Sie ließen Bressehühner in Beaune frei, die dort nicht artgerecht gehalten wurden, und in Sens warteten Rudi, Frédéric und Didier zwei Stunden vor einem Fachwerkhaus, in dem Ulysse pfeifend verschwunden war.

»Was hat er vor?«, fragte Rudi. »Scheißt er dort wem vors Bett?«

»Bett stimmt, scheißen hoffentlich nicht«, lachte Didier. »Unser Held holt sich seine Belohnung ab.«

»Hier wohnt Charlotte. Seine alte Flamme. Eine sehr schöne Frau. Sie haben schon vor 70 Jahren Sex gehabt. Das nenn ich eine Affäre.« Frédéric nickte anerkennend.

»Und wir warten, bis er wiederkommt?«, fragte Rudi.

»Genau, und zwar in jeder Bedeutung. Du kannst dich einstweilen ein wenig umschauen in Sens. Hier ist Frédéric Moreau zur Schule gegangen«, sagte Frédéric.

»Kenn ich nicht. Wer ist das?«

»Der Held in *L'Éducation sentimentale*. Ein Roman von Gustave Flaubert. Frag die kleine Laetitia, sie kennt jedes Buch der Welt.«

Natürlich kannte Laetitia das Buch. »*Die Erziehung des Herzens* heißt es auf Deutsch. Das ist Flauberts letzter vollendeter Roman. Die traurige Geschichte der Quarante-Huitards, der Revolutionäre von 1848. Moreau scheitert in allem. Er kommt von hier, will in Paris Großes erleben, aber bleibt eine kleine, traurige Wurst. In *Manhattan* von Woody Allen sagt die Hauptfigur Isaac, also Allen, dass *L'Éducation sentimentale* einer der Gründe sei, warum es sich zu leben lohne.«

»Kennst du Charlotte, seine Geliebte?«

»Ich kenne eine Charlotte in Sens und eine in Nevers, eine Mathilde in Dijon und eine Cathérine in Autun. Das sind alles Spitzenfrauen. Spitz und Frauen, mit einem guten Männergeschmack. Mein Ulysse beglückt die Ü70 des Départements und die Ü80 und alle drüber, die noch können und nicht prüde sind.«

Sie lagen unter dem Obstbaum. Es gab keine Boote zu schleusen, und sie schleuste seine Hand in ihr Höschen.

»Spitze Ü20-Frau«, sagte Rudi und war schneller ausgezogen, als er schauen konnte.

Die kleinen Städte des Burgund waren von allen Kriegen verschont geblieben. Mit dem Rad und Tulip an seiner Seite fuhr Rudi von der Schleuse zurück nach Mailly-le-Château. Es war wie eine Radtour durchs Mittelalter. In Châtel-Censoir holte er unterwegs frische Honiggläser vom Pfarrhaus, bei Bailly hielt er an und sah den Weinbauern bei der Arbeit zu.

Gelesen werden die Trauben für den Crémant de Bourgogne mit der Hand und dann in löchrigen Behältern transportiert – der austretende Saft verhindert, dass die Gärung unkontrolliert einsetzt. Jeder im Burgund kennt sich aus mit Wein. Aus 150 Kilo Trauben werden maximal 100 Liter gepresst. Nach der Filterung wird der Wein mit dem Likör zusammen in Flaschen abgefüllt. Die mit Kronkorken verschlossenen Flaschen werden auf Holzlatten gelagert – Tausende. Per Rüttelmaschinen erhalten die Flaschen alle sechs Stunden eine Achteldrehung, und das eine Woche lang. Früher hatte man das händisch gemacht. Das ist Kontemplation: Alle sechs Stunden lang eine Flasche um ein Achtel drehen.

»Macht man immer noch«, hatte ihm Ulysse erklärt. »Magnumflaschen werden noch immer händisch gerüttelt. Man rüttelt 6000 Flaschen pro Stunde, jede Flasche, fünf Wochen lang. Das ist Kultur, verstehst du? Nicht Fast Food Slow Drink! Mit Liebe und Wissen. Mit Bedacht!«

Während des Rüttelns werden die Flaschen immer steiler und schließlich kopfüber mit dem Flaschenhals nach unten gelagert. Das Rütteln hat die Aufgabe, den Bodensatz im Flaschenhals zu versammeln. Dann wird der Hals auf minus 25 Grad tiefgefroren, wodurch das Hefegemisch zu einem Eispfropfen gefriert. Der Verschluss kann nun entfernt werden, und die Kohlensäure treibt den Eispfropfen aus der Flasche. Da nun Flüssigkeit fehlt, wird mit der Dosage, einer Mischung aus Wein und Zucker, aufgefüllt, ehe die Flasche mit dem endgültigen Korken, dem Drahtgebilde, das die Burgunder »Agraffe« nennen, und einer Folie verschlossen wird.

»Die Korken der Flaschen muss man wie Molotowcocktails knallen lassen«, hatte Ulysse Rudi erklärt. »Nach dem

Motto: Hört uns, Ihr Herren, wie erheben unser Glas gegen Euch. Aufs Leben! Auf den Mut!«

Rudi hatte ihm im Gegenzug ein Lied von Fanny van Dannen vorgesungen, das der 107-Jährige fortan immerzu pfiff.

> *Ich will den Kapitalismus lieben,*
> *ich will und kann es nicht.*
> *Und das wird solange weitergehen,*
> *bis einer von uns zusammenbricht.*

Rudi setzte sich wieder aufs Fahrrad. Die Honiggläser schlenkerten am Lenker, Tulip humpelte krallenlos neben ihm her, die glücklichen Kühe Burgunds schauten ihn an, und Tulip lief ihm vors Vorderrad. Rudi stürzte, Tulip jaulte, die Rinder starrten. Die Gläser mit dem Honig schlugen auf den Asphalt, so wie er selbst, er stützte sich in die Scherben, mit der Wange küsste er die Straße, in ihn bohrte sich Glas, alles in einem Moment …

Als er sich wieder hochrappelte, merkte er: Er hatte sich das Glied aufgerissen. Zwei Gliedlappen ließen sein Gemächt zerbrechlich wirken. Von Geschlechtsteilen spricht man – Rudi hatte es nun erlebt.

Die Weinbauern riefen einen Arzt, einen Veterinärmediziner, der gerade dabei war, einen Esel zu behandeln. Der nähte sein Glied.

»Beim Esel hätt ich länger nähen müssen und mehr Garn gebraucht«, erklärte der Arzt. Aber da war Rudi schon ohnmächtig geworden.

»Säckchen?«

»Hm?«

»Ich hab Schmerzen.«

»Ich weiß, mein Schatz. Ich habe die Blutung mit meinen Binden gestillt«, sagte Laetitia.

»In meinen erotischsten Träumen hab ich mir immer so eine Krankenschwester wie dich gewünscht«, stöhnte Rudi. »Aber in diesen Träumen hab ich nicht aus dem Schwanz geblutet.«

»Gut, du bist halt unpässlich, mein Schatz. Hast deine Tage. Ich werde sexuell Rücksicht auf dich nehmen. Obwohl es mir schwerfällt. Denn dein Schwanz riecht nach Honig. Du wirst Bienen anlocken. Jeder Gattung.« Sie lächelte, ihr Gesicht nahe an seinem. »Der Tierarzt hat dir empfohlen, in der nächsten Zeit keine Erektionen zu kriegen«, sagte sie.

»Dann musst du den Raum verlassen. Wenn du hier bist, kann ich mich nicht daran halten. Ich werde an meiner Erektion sterben.«

»Okay – ich hab im Wartezimmer eh einen netten Esel kennengelernt. Ich sage dir, so ein Rohr! Den würd ich nicht von der Bettkante stoßen. Er wartet noch auf deinen Erektionstod, dann ziehen wir zusammen.«

»Laetitia?«

»Ja?«

»Du gefällst mir sehr, sehr gut!«

»Du mir auch, Rudi Gluske.«

ICH

Ich war bei Gözde am Naschmarkt und aß frische Falafeln. Die Hitze stand in der Stadt. Das Obst schien träge und das Gemüse müde.

Gözde schüttelte den Kopf. »Du warst nicht dabei. Wieso schreibst du ›Du gefällst mir – du mir auch‹? Stand das auch in den Unterlagen?«

»Ich schmück's halt ein bisschen aus. Aber wenn du sie gesehen hättest, die zwei … das wird so oder noch schöner gesagt worden sein.«

Ich hatte ihm die Episode gezeigt, weil ich wusste, dass ihm das gefallen würde. Das geteilte Glied mit der Binde, die Gleichzeitigkeit männlicher und weiblicher Symbolik. Gözde ist transsexuell, auf dem Weg, ein Mann zu werden. Gözde ist als Frau auf einer Marmarainsel geboren worden. Inzwischen hatte er am Kinn einen dünnen schwarzen Flaum, die Stimme war noch hell, aber er rauchte wie ein Mann. Wenn man ihn als Kind fragte: »Bist du ein Junge oder ein Mädchen?«, antwortete er: »Ja.«

»Ist ihm das Bändchen gerissen, oder was?«, fragte Gözde.

»Nein, die Scherbe hat ihm nur die Vorhaut aufgeschlitzt.« Ich biss herzhaft in die Falafel, die ich in Humus getaucht hatte.

Gözde nickte. Er hatte sich viel mit Operationen im Genitalbereich beschäftigt. Im Moment überlegte er, sich die Brüste wegoperieren zu lassen. Ich riet ihm ab: zu gefährlich; er habe eh kleinere Brüste als viele Männer, soweit ich dies durch sein »Prof. Falafel«-Hemd hindurch beurteilen könne.

»Abgebunden«, sagte er.

Sein Hauptziel war aber eine Namensänderung. Gözde ist kein guter Name für jemanden, der ein Mann sein will. Gözde bedeutet »Lieblingsfrau des Sultans«. Vor den Brüsten steht also für Gözde ein neuer Name. Im Moment ist er für Ari.

»Ist Ari ein türkischer Name?«, fragte ich ihn.

»Nein. Armenisch. Ich dachte mir, wenn ich schon als transsexueller Türke zu einer Minderheit gehöre, warum dann nicht auch noch einen Minderheitennamen?«

»Sie werden dich dafür hassen.«

»Das bin ich gewohnt«, antwortete er. »Um noch einmal über primäre Geschlechtsmerkmale zu sprechen: Ist es verheilt? Oder hat sie sich für den Esel entschieden?«

»Alles in Ordnung. Du musst dir keine Sorgen machen. Ich hab nachgefragt. Die Narbe ist verheilt. Er spürt jetzt fast mehr.«

»Honig ist sehr wirksam. Er hatte Glück. Marmelade wäre schlechter gewesen. Honig ist Naturmedizin.«

»Laetitia ist auch eine Art Naturmedizin. Sie hat dir auch gefallen, stimmt's? So unter Männern.«

»Unter Männern …«, wiederholte er und hielt kurz inne. »Hier standen kürzlich nebenan beim Schnapsmann zwei Männer. Mit graumelierten Dackeln an der Leine. Bei der Verabschiedung sagten sie: mit Rauhaargruß.«

»Tja«, sagte ich. »So sind wir. Überleg dir das noch mal. Noch kannst du!«

»Du Vogel!«, entgegnete er. »Kann ich nicht!«

DIE TABAKTRINKERIN

1. Brief

Wien, AKH, 15. 8. 2011

Lieber Rudi,
auf dem Weg ins Allgemeine Krankenhaus musste ich auf der Nussdorfer Straße stehen bleiben, weil ich keine Luft bekam. Ich ging ein paar Schritte – und hielt wieder an. Direkt vor einem Geschäft für orthopädische Strümpfe. So wie diese venenkranken Omas mit ihrer Schaufensterkrankheit. Irgendein sportliches deutsches Arschloch ging an mir vorbei und sagte: »100 Meter sind für österreichische Leichtathleten die klassische Mittelstrecke, was?« Ich hab ihm gesagt, ich hätte Aids und er könne mich jederzeit ohne Gummi in den Arsch ficken.

In der Notaufnahme habe ich etwas beobachtet, das Du mir nicht glauben wirst: Ein Schweizer oder Vorarlberger klagte über schlimme Schmerzen in der Hüfte. Und der junge Arzt, ein Koreaner, der aussah wie ein teigiges Kind? Tastete ihn ab und setzte sich dann an den Computer. Weil ich hinter ihm saß, habe ich gesehen, dass er gegoogelt hat. Der hat die Symptome eingegeben und auf die häufigsten Treffer vertraut. Ich weiß, dass das Internet von den Asiaten gebaut wird, aber geht das nicht zu weit? Immerhin hat Dr. Seoul dann noch auf Wikipedia nachgeschaut. Das wirkte fast seriös.

Keine Ahnung, ob der Schweizer geheilt wurde, ich wurde dann nämlich auf die Innere gerollt. Der Koreaner wird nach der Behandlung sicher seine Jause ausgepackt haben. Kleine, lebendige Kraken, denen er mit den Stäbchen in den Kopf sticht, sie in Sojasauce und Sesam tunkt, um sie dann runterzuschlucken. Bei diesem Gericht muss man sehr schnell essen, weil sich die Kraken mit ihren Tenta-

keln sonst am Gaumen festpicken, und dann stirbt man, bevor man satt ist. So wie ich. Ich scheine noch während der Vorspeise zu sterben. Ich bin aber nicht satt, Rudi!!!

In meinem Zimmer liegt eine Trümmerfrau. Ihr fehlt die komplette Ferse. Die steckt in einem Stiefel in Ostpreußen. Sie hatte sich monatelang bei ihrer Flucht in dem arschkalten Winter die Stiefel nicht ausgezogen. Als sie es dann tat, blieb die Ferse einfach im Stiefel picken. Sie war mit einem Wiener verheiratet, der aber schon nach ein paar Stunden Krieg gefallen war. Der schlechteste Soldat der Wehrmacht. Von da an wurde sie von der Familie ihres Mannes gedisst. Als sie in Wien ausgebombt wurde, zog sie in ihre ostpreußische Heimat, wo sie fersenlos den Mongolen nicht weglaufen konnte und in ein Gangbang mit der Roten Armee geriet. Jetzt hat sie Nervengürtelrose. Dagegen gibt's kein Medikament. Sie hat Schmerzen, die man nicht lindern kann. 15 Selbstmordversuche hat sie hinter sich. Sie wimmert neben mir, die ganze Nacht. Ich liege mit offenen Augen da und höre ihr zu. Nicht einmal Morphium hilft.

Gestern Nacht ist sie im Klo gestürzt. Ich stand mit meinem Infusionsständer am Arm auf und betrat das Klo. Da lag sie. Ausgemergelt, mit gelbem Gesicht und totem Blick. Ich half ihr auf, dabei riss die Kanüle. Ich blutete auf ihren Fuß.

Es war 3 Uhr früh. 3 Uhr früh am Samstag. Um diese Zeit hätt ich tanzen sollen. Trinken. Küssen. Kiffen. Vögeln. Aber nicht auf fersenlose Omafüße bluten, Rudi! Ich glaube, ich habe geweint. Die Suizidpreußin hat mich in den Arm genommen. Knochengerüsttröstung. »Immerhin wirst du nichts spüren«, hat sie gesagt. Aber sie wollte mir das nicht garantieren. Wir beide wissen, dass Krebsler wie ich langsam ersticken. Für jede Tschick, die ich geraucht habe, eine Panikattacke mehr. Kannst Du mich retten, Rudi?

Heute Morgen kam eine ehrenamtliche Fußpflegerin und hat

meiner Nachbarin die Hornhaut an der verbliebenen Ferse weggeraspelt. Es rieselte aufs Handtuch wie Parmesan.

»Botox hilft gegen Depression«, meinte die Fußpflegerin.

»Gut«, habe ich geantwortet. »Man bringt sich zwar trotzdem um, wird aber faltenfrei gefunden.«

»Ich möchte sterben«, kam es von der Nervengürtelrosigen.

»Ich werde sterben«, hab ich gesagt.

»Nicht so schiach reden«, hat die Fußpflegerin erwidert.

Ich hoffe, Dir geht's gut, Rudi.

Rosa

2. Brief
          Wien, Krankmachhaus, 22. 8. 2011

Rudi,
kannst Du Dich an den Friedhof im Wienerwald erinnern? Ich habe ein Foto von dem Spruch über dem Eingangstor gemacht: »Wir sind, was ihr werdet, ihr seid, was wir waren.« Weißt Du noch? Ich frag mich, wo ich gerade steh. Irgendwo dazwischen. Mit starkem Trend zu denen.

Ich bin Deine große Schwester, Kleiner. Darum muss ich Dich beschützen, so lange ich kann. Falls man irgendwann zu Dir sagt, eine Bronchoskopie sei gar nicht so schlimm: Glaub denen kein Wort! Es ist eine Lüge, Rudi! Du glaubst, du erstickst. Der Schlauch ist dicker als deine Luftröhre, du würgst und spuckst Schaum, und du kotzt und versuchst, den Schlauch herauszureißen, aber sie halten dich fest, bis sie fertig sind. Und sie schieben den Schlauch immer weiter, du musst ihn schlucken, während du würgst. Sie schieben den Schlauch an deinem Adamsapfel vorbei – du glaubst, dein Hals *platzt. Ersticken – es ist, als würdest du ersticken, während die Ärzte neben dir stehen. Aber sie helfen dir nicht, sondern lassen dich ersticken. Also, wann immer man zu Dir sagt, »Herr Gluske, wir machen bei Ihnen eine Bronchoskopie«, ich würd mich anscheißen, von oben bis unten. Aber sie machen's nur, wenn sie etwas Furchtbares in dir vermuten.*

Einer meiner Ärzte heißt übrigens Dr. Asino. Das ist kein Witz. Dr. Esel aus Venezuela. Das verbindet uns zwei, nicht? Ich hoffe, Dein Tierarzt hat Dir mit seinen tollwutverseuchten Händen nicht den Schwanz angesteckt, sonst schäumst Du demnächst beim Wichsen. Das würde Deiner Französin nicht gefallen. Ich mache mir Vorwürfe, dass ich Dir nicht besser Fahrradfahren beigebracht habe. Wir hätten nie die Stützräder abmontieren dürfen. Hast Du jetzt eigentlich zwei Penisse? Dann könnte ich hier im Spital mit Dir angeben. Guten Tag, ich habe Lungenkrebs, und mein Bruder hat zwei Schwänze!

Neben mir liegt eine Steirerin. Eine Kropferte. So nennt man die Steirer, weil sie in der Steiermark alle Jodmangel haben. Bei irgendeinem Atomdings fallen die als Erste um. Sie schläft gerade, wahrscheinlich für immer. Sie hat ganz leblose Hände, wie die Hände einer Wasserleiche. Ihre Nägel sind blau lackiert, die Haut der Hand ist völlig unpigmentiert, wie weicher, weißer Kaugummi. Die Finger sind knöchellos und wulstig, wie mit Mehl gefüllte, ausgeleierte Schläuche.

Ihr Mann war eben da. Er sieht aus wie sie, nur dass er bei Bewusstsein ist. Er glotzte sie einige Minuten an, und dann sagte er zu mir: »Meine Frau isst mit spitzem Mund. So als würde sie das Essen mit der Innenseite der Lippen langsam zermalmen. Am Anfang unserer Ehe liebte ich die Art, wie sie kaut. Heute hasse ich das.«

Krass, was? Ich hab ihm gesagt, dass sie ja jetzt eh intravenös ernährt werde und ihm das ja ganz gut gefallen müsste. Er glotzte mich an und ging.

Du siehst, mir geht's gut.

Mir geht's nicht gut.

Ich werde sterben.

Ich habe mich unglaublich über Laetitias Brief gefreut. Wieso findet sie mich? Wieso Du nicht? Bist Du sicher, dass sie Französin ist? Sie schreibt so gut Deutsch, dass der Bachmannpreis nach ihr benannt werden sollte. Laetitia-Hervé-Preis. Den hast Du ja wohl gewonnen. Ich freue mich so für Dich.

Rosa

SUPERKNUT

Die Kirche »Maria am Gestade« läutete Mitternacht, begleitet von ungarischem Techno aus der Nebenwohnung im Stoß im Himmel.

»Wieso hast du ihr geschrieben, Säckchen? Und wieso hast du mir das nicht gesagt?«

»Weil ich so verliebt in dich war, dass ich fast geplatzt bin, Rudi. Ich wollte es allen sagen, sogar den Kühen, und ich wollte, dass deine Schwester weiß, wie glücklich du bist. Weil ich wusste, wie wichtig sie dir ist und wie sehr du an sie gedacht hast – wie ein trotziges Kind. Deshalb hab ich mich erkundigt. Es war nicht so schwer. Sie war im Krankenhaus, aber sie durfte dazwischen nach Hause. Dort lag mein Brief an Rosa. Sie hat nicht geantwortet, also nicht nach Mailly. Ich dachte, okay, sie ist auch trotzig. Macht ihr das unter euch aus, dachte ich. Auf jeden Fall wüsste sie jetzt, wo sie dich finden kann, hab ich mir gedacht. Und dass es dir sehr gut geht. Dass es uns sehr gut geht.«

DIE TABAKTRINKERIN

3. Brief

Wien, Allgemeine Verunsicherungs-Krankenanstalt,
2. 9. 2011

Lieber Rudi,
ich wurde in die Pneumologie verlegt, nachdem dort endlich ein Bett frei geworden ist. Das ist das Gute: Dass bei uns Imarschdaheimigen schnell die Betten frei werden. Die Fersenfrau hat's geschafft. Sie ist aus dem Fenster gesprungen. Aus dem 2. Stock. Die Ärzte sagen, sie sei kopfüber gesprungen, sonst hätte es nicht funktioniert. Ohne sich mit den Händen zu schützen, ist sie aufgeschlagen. Ihr Gehstock lehnt an ihrem Bett. Sonst ist alles weg.

Auf der Pneumologie musst Du mal darauf achten, wie es auf den Klos riecht. Das sind reine Raucherklos. Die Kehlkopflosen stecken sich die Zigaretten ins Loch im Hals. Dead Man Smoking.

Jean Nicot ist ein Schwein. Hat Tabak als Heilpflanze in Europa eingeführt. Dr. Tod.

Am Gang hab ich Herrn Svihalek kennengelernt. Er qualmte noch aus dem Hals. Er war früher bei der Wiener Polizei ein hohes Tier. Wurde frühpensioniert, weil er Mist gebaut hatte. Sie hatten einen Tipp bekommen, dass am Flughafen Schwechat in einer Boa Constrictor angeblich Drogen geschmuggelt würden. Sind mit Blaulicht zum Flughafen. In der Maschine aus Kolumbien war tatsächlich eine Schlange. Sie haben sie geröntgt und nichts gefunden. Svihalek aber war sich so sicher, dass er die Schlange aufschneiden ließ. Sie haben die Boa also aufgeschlitzt – und nichts gefunden. Der Zoo in Schönbrunn, für den die Boa gedacht war, hat sich tierisch aufgeregt, und natürlich auch die von Vier Pfoten. Obwohl, wenn man mich fragt, sind die nicht wirklich für Schlangen zuständig. Das wären eher die von Null Pfoten, oder? Jedenfalls wurde der starke Raucher ein Schlangenopfer.

Er sagt, er muss rauchen, weil unsere Station im 7. Stock ist und er Nikotin braucht, das beuge der Höhenkrankheit vor. Er hat mir erzählt, dass viele Bergsteiger das geglaubt haben. 1905 hatte die englische Kangchenjunga-Expedition 25 000 Zigaretten dabei, als sie den dritthöchsten Berg der Welt besteigen wollte.

Krebszellen in der Lunge verraten sich durch Stoffwechselprodukte im Atem. Ich rieche nach Krebs, Rudi, wusstest Du das? Als ich das gelesen habe, hab ich stundenlang geheult.

Ich habe einer Frau bei der CT zugehört. Sie war um die 70 und hatte einen kleinen Kropf. Irgendwas Schlaffes am Hals, und drunter ein Knubbel. Sie wollte sich eigentlich nur den Knubbel wegnehmen lassen. Sie wurde untersucht, und dann sagte der Arzt: »Das lohnt sich bei Ihnen nicht mehr, irgendwas Kosmetisches zu machen.« Auf diese Weise hat sie von ihrem unheilbaren Krebs erfahren. Beim Einfühlsamkeitskurs hat dieser Onkel Doktor offenbar gefehlt.

Dr. Djafari, mein Arzt, hat mir von einer Patientin erzählt, die nicht sterben kann. Eine Mutter, Mitte 30, zwei Kinder. Sie müsste längst tot sein, aber sie stirbt einfach nicht. Weil sie ihrem Mann nicht zutraut, dass er sich um die Kinder kümmert. Dr. Djafari hat mit ihrem Mann gesprochen und ihm erklärt, dass er sie davon überzeugen müsse, dass mit den Kindern auch ohne sie alles funktioniere. Ihr Mann weigert sich. Er will ja nicht, dass sie stirbt. Wenn er ihr glaubhaft versichert, dass er ein guter Vater für die Kinder ist, bringt er sie um. Deshalb tut er so, als sei er überfordert. Er schreit die Kinder in ihrer Gegenwart an, damit sie nicht stirbt. Ist das krank? Oder Liebe?

Dr. Djafari hatte schon einmal so einen Fall. Ein Bauunternehmer, knapp über 40. Der Krebs hatte sich bei ihm bereits ins Rückenmark vorgefressen. Er konnte seine Beine nicht mehr bewegen. Das wird mir auch blühen, meint Dr. Djafari. Das ist dann der Moment, wo du dem Tod nicht mehr weglaufen kannst. Der Bauunternehmer lag da, und alle warteten auf seinen Abgang. Aber er konnte nicht, weil seine Firma noch nicht abgewickelt war. Die Zukunft seiner Mitarbeiter war nicht geklärt. Er fühlte sich dermaßen verantwortlich für sie, dass er sie nicht verlassen konnte. Also richtete Dr. Djafari ihm ein provisorisches Büro im Krankenhauszimmer ein: Laptop, Aktenordner, Drucker. Zwei Wochen arbeitete der Bauunternehmer wie ein Besessener. Am Ende schickte er die letzte Mail ab und starb.

Wollt ihr fleißige Tote sehn? Dann müsst ihr zu uns Sterbenden gehn.

Wär ich katholisch, müsst ich dem Krebs dankbar sein, weil er mir ein früheres Rendezvous mit Gott verschafft. Bin ich aber nicht. Gott ist nicht mein Typ. Ich such mir meine Rendezvous lieber selber aus. »Ich weiß nicht, wohin Gott mich führt, aber wenn er diese Richtung beibehält, schlage ich vor, dass er allein weitergeht.« Kennst Du Bettelheim? Ach, Rudi.

Meine Kastanien sind im Feuer, und keiner kann sie rausholen.
Ich umarme Dich. Oder: Je t'embrasse, wie man bei Euch sagt.
Rosa

SUPERKNUT

»Wieso hat sie die Briefe bloß nie abgeschickt?«, fragte ich Rudi.

»Die Briefe lagen fast alle in ihrem Koffer, bis auf den letzten. Rosa brauchte mich, aber sie wollte mir nicht im Weg stehen. 20 Briefe.« Rudis Augen füllten sich mit Tränen.

Wir waren in der Wohnung Stoß im Himmel 3. Es gab überhaupt nur Nummer 1 und 3. Die Gasse war keine 30 Meter lang. Nummer 2 existierte nicht. Am Haus hing eine Gedenktafel:

In diesem Haus wurde am 11. Juni 1770 die k. u. k. Real-Handlungs Academie gegründet, die Stammanstalt vieler berufsbildender Schulen.

Das düstere Treppenhaus, die riesige Wohnungstür. *Deutsche Migranten* hatte Rosa an die Tür geklebt, eine Überschrift aus der *Kronenzeitung*. Die Wohnung war groß; hohe Decken, knirschendes altes Parkett, die Möbel der Wien-Oma, Hilde Schoenhut, geborene Blaha. Auf den Fotos: Sie rauchend, die zwei Kinder lachend neben ihr. Sie mit Cowboyhut beim Rodeo, im Hintergrund Pferde mit zusammengebundenen Hoden. Gemeinsam mit Garth und allen Kindern vor der Farm, rauchend. Garth mit Kautabak? Man ahnt es. Seine Oberlippe war aufgebläht.

Laetitia war in der Küche und kochte. »Wir haben Gas. Ich liebe Gas«, sagte sie. In der Schule waren noch immer Laibchenwochen. So rasant und stürmisch sie in jeder Bewegung war, so konzentriert und genau war sie beim Kochen. »Die Idioten sind so plump in der Birne. So ungraziös. Schaut, ich habe Karpfen püriert. Und Zander. Zanderzitronenmousselaibchen. Möchte jemand kosten? Oder Karpfenlinsenestragonlaibchen?« Die Arbeitsplatte der Wien-Oma-Küche war für ihre Körpergröße zu hoch. Sie stand beim Kochen auf einem Bildband über die Kalkalpen.

Wie immer, wenn mir etwas sehr gut schmeckt, bekam ich von ihren Laibchen feuchte Augen. »Phantastisch, Laetitia«, sagte ich, und sie nickte. »Speisen wie Gott bei einer Französin. Hättet ihr euch eigentlich vorstellen können, dort zu bleiben?«, fragte ich.

»In Mailly? Natürlich«, antwortete Rudi. »Es war großartig. Ein bisschen anstrengend, das schon, weil Ulysse so unruhig und voller Tatendrang ist. Er wird die Welt auch in den nächsten 100 Jahren alleine retten wollen. Didier ist inzwischen gestorben. Und Charlotte auch.«

»Die aus Sens?«, fragte ich.

»Nein, die andere, aus Nevers. Ich war jedenfalls sehr glücklich dort. Wir beide waren glücklich.« Er blickte zu Laetitia rüber und lächelte. »Wir haben darüber gesprochen, ein Hausboot zu kaufen und auf dem Kanal zu leben. Immer durch diese wunderbare Landschaft zu gleiten. Unser eigenes Schiff. Sie die Capitaine des Mots, ich ihr Popeye, klar.« Sein Gesichtsausdruck änderte sich. »Willst du ein Foto von Rosa sehen?«, fragte er mich

»Ich hab sie schon gesehen. Neben deiner Großmutter.«.

»Da war sie sechs. Nein, ich meine, wie sie jetzt aussieht …« Er stockte. »Wie sie aussah.«

Ich nickte. Er zeigte mir erst ihre Fotos von den Tieren mit den kleinen Stahlhelmen. Ich verstand Gursky – ich mochte die Bilder auch. *Apocalypse now* der Kanarienvögel, ein Stalingrad der Sperlinge und Spatzen. Rudi zeigte mir auch ihre Bilder von einer Schneemannarmee: hunderte kleine Schneemänner, die der Künstler Christian Ruschitzka mit einer Schneemannform gebaut hatte. Und eine Serie aus Venedig. Dort hatte sie die Künstlergruppe *Gelatine* dabei fotografiert, wie die sich gegenseitig dabei fotografierten, wie sie von verschiedenen Brücken in den Kanal fielen. Das Foto von dem Friedhof im Wienerwald war auch dabei. *Ihr seid, was wir waren, wir sind, was ihr werdet.* Schließlich zeigte er mir das letzte Foto, auf dem beide Geschwister zu sehen waren. Vor dem Tod der Großmutter wurde es aufgenommen. Beide vorm »Flex« am Donaukanal. Nebeneinander sitzen sie auf der Kanalmauer, lassen die Beine baumeln und halten sich an der Hand. Sie trägt ein uraltes Lassie-Singers-T-Shirt. *Nur weil wir keine Ausbildung haben, machen wir den ganzen Scheiß,* steht drauf. Sie war blond, größer als er, und schaute direkt in die Kamera. Ganz jung. Neugierig. Ihr grüner Rock passte nicht zum blauen T-Shirt. Sie war barfuß. Hatte die Haare hochgesteckt. Eine Zigarette im Mund.

»Rosa«, sagte Rudi.

»Sie schaut so ebenmäßig aus«, sagte ich und hatte das Gefühl, was Sexistisches gesagt zu haben. Als hätte ich gesagt, eine schwarze Frau sei gazellenhaft.

»An dem Tag spielte Duran Duran Duran. Eine New Yorker Kunstcombo. Ich kannte die nicht, aber Rosa schon. Rosa hat alles gekannt. Sie trank im ›Flex‹ immer Wein, obwohl sie wusste, dass der Wein dort grauslich ist und Kopfweh garantiert. Sie mochte auch die Band »Die Mäuse«. Ich fand's Scheißmusik, aber sie kannte sich viel besser aus als ich. Eigentlich in allem. Nur im Auf-sich-Aufpassen, da war sie schlecht. Viel schlechter als ich.«

DIE TABAKTRINKERIN

4. Brief

Wien, AKH, 17. 9. 2011

Liber Rudi,
liber – wie Du siehst, gehen mir die ersten Synapsen flöten. Hier ist ein Aidspatient, dem sein Arschlochvirus die Hirnzellen stiehlt. Er musste gelöscht werden. Er sah aus, als hätte man ihn getortet, dabei war's Löschschaum. Er hatte sich die brennende Zigarette in den Bademantel gesteckt und wär fast selber im endgültigen Aschenbecher gelandet. Du siehst, auch ich habe ein erfülltes, spannendes Leben.

In der Cafeteria saß eine junge Frau am Nebentisch. »Gibt's was Vegetarisches?«, fragte sie die Kellnerin. »Nehmen S' ein Würstel«, antwortete die.

Da fiel mir ein, wie wir beide mal mit der Wien-Oma beim Fleischhauer waren. Du hast eine Scheibe Wurst bekommen. Der Fleischhauer beugte sich zu Dir runter und sagte: »Und? Wie sagt man?« Du hast nichts gesagt. Er fragte wieder: »Und? Wie sagt man?« Und Du hast geantwortet: »Wurst!« Wien-Oma und ich, wir waren beide stolz auf Dich.

Die Mutter von den beiden Kindern ist heute früh gestorben. Ihr Mann hatte vorher ein langes Gespräch mit ihr. Ich hab ihn gesehen, wie er aus ihrem Zimmer kam. Die Kinder hatten draußen gewartet. Er umarmte sie. Dann nahm er sie an der Hand.

Mich nimmt keiner an die Hand. Ich werd wohl alleine gehen das letzte Stück.

Deine Krankenschwester

5. Brief
      Wien, AKH, Krebskajüte, angedockt an eine Krebskiste,
                     20. 9. 2011

Lieber Rudi,
erinnerst Du Dich an Omas 80. Geburtstag? Wir haben ihr eine Stange Smart geschenkt. Smart, schwarzweiße Packung. Die Parte unter den Packungen. Die Wien-Oma sagte damals: »Ich hab immer geraucht. Mein Leben lang. Jetzt bin ich 80. Wer weiß, vielleicht, wenn ich gesünder gelebt hätte, wär ich heut schon 90?«

Ich bin mir nicht sicher, ob der Spruch von ihr war oder ihrem geliebten Torberg. Die Wien-Oma glaubte dem Torberg ja auch, dass das Raucherbein nichts mit dem Rauchen zu tun habe, sondern nach dem österreichischen Internisten Franz Ferdinand Raucher benannt sei.

Wenn wir Zahnschmerzen hatten, zündete sie eine Smart an und ließ uns ziehen. Wir sollten mit dem Rauch den Mund ausspülen, weißt Du noch? Rauchen gegen Zahnschmerzen, das war ihr Ding. Ich denke viel an sie. An ihren Tod. Du schliefst. Ich saß an ihrem Bett. Sie bekam kaum Luft und lächelte.

»Um die Ecke muss jeder«, sagte sie und streichelte mich mit ihrer dürren Hand.

Mit meiner dürren Hand winke ich Dir zu.
Rosa

SUPERKNUT

Rudi legte den Brief auf den Tisch.

»Die Wien-Oma hat immer geraucht. Bestimmt 60 Smart oder Flirt am Tag. Und rote Marlboro, weil sie die in Amerika geraucht hat. Sie rauchte am Klo, am Telefon, im Bad, im Bett, am Tisch, im Sitzen, Stehen und Liegen. Die Zigarette danach, die davor und die mittendrin. Wir hatten hier in der Wohnung überall Aschenbecher stehen. Ich zeig's euch.«

Er öffnete einen Küchenkasten. Vier Regale waren voll mit unterschiedlichsten Aschenbechern.

»Als wir beide vor einem halben Jahr aus Frankreich zurückgekommen sind, haben wir drei Monate gelüftet. Der Tabak hatte sich in die Wände gefressen, der Rauch war stofflich geworden. Nur wenn sie wirklich krank war, rauchte sie nicht. Daran merkte sie, dass sie krank war – wenn ihr die Zigarette nicht schmeckte.«

Laetitia schüttelte den Kopf. »Wenn ich krank bin und die Zigarette schmeckt mir nicht, dann beweist das noch lange nicht, dass die Tschick zur Gesundheit gehört. Wenn du rauchst, willst du zeigen: ›Schau, ich hab keine Angst. Ich hab meine Nerven beisammen. Mir ist alles wurst!‹«

Rudi streichelte ihr über den Bauch. »Die Wien-Oma hatte keine Angst. Sie war eine mutige Frau. So wie Rosa. Rosa war vielleicht sechs oder sieben, da stolzierten die beiden zusammen die Wipplinger Straße auf und ab, beide eine Smart im Mund, und sangen ein Lied aus den Zwanzigern:

Ja, früher rauchte ich R6
Und Attihah und Nil
Und macedonisches Gewächs
Und sonntags ne Brasil

Abends im Bett, als ich nach dem wunderbaren Essen längst gegangen war, sagte Laetitia zu Rudi: »Rauchen macht dumm, hat euer Goethe gesagt. Rauchen und Biertrinken.« Laetitia nahm seinen verheilten Schwanz in den Mund und zog daran wie an einer Zigarre. »Goethe hat gesagt, ihr werdet schon alle sehen, was diese Bierbäuche und Schmauchlümmel aus Deutschland machen werden. Goethe war Antifumiker. Sag, Rudi, hast du einen Zigarrenspitzenabzwicker?«

»Tut mir leid, ich bin schon beschnitten. Das wüsstest du, wenn du beim Blasen nicht so oberflächlich wärst. Meine Mutter war Amerikanerin. Sie war links, aber nicht, was meine Vorhaut betrifft. Da war sie eine Schoenhut.«

»Und was sie nicht weggeschnitten hat, hat die Honigscherbe erledigt. Mein armer kleiner, süßer Mann. Wo kommen eigentlich all die kleinen Vorhäute hin? Werden die gesammelt? Oder kommen die in den Biomüll? Aber vielleicht hilft dir das ja auch. Wenn so ein Gotteskrieger dich in die Luft sprengen will, schnell Hose runter und rufen: ›Wir sind Brüder! Untenrum bin ich wie du. Ich Zigarrenspitzenabgezwickter, du Zigarrenspitzenabgezwickter. Pack die Bombe wieder ein, nimm dein kleines Schwesterlein, und dann nix wie raus an Wannsee!‹«

»Die Mutter der Wien-Oma rauchte auch«, fuhr Rudi fort. »›Flotte Türken‹, Qualitätszigaretten von Eckstein und Söhne aus Dresden. Sie hat eine Packung aufgehoben. Die letzten flotten Türken meiner Urgroßmutter. Vier Zigaretten waren noch in der Packung. Die hatte sie nicht mehr rauchen können. Auf der Packung waren drei dunkle Kinder mit einem roten Fes auf dem Kopf und einer Zigarette im Mund. Die Wien-Oma sagte immer, das seien wir drei: sie, Rosa und ich.«

»Mein Knallerballerherzenswaller«, flüsterte Laetitia. »»Der warme Atem des Mittags«, hauchte sie in sein Ohr. »Und die Kraft aller Fruchtbarkeit sind in ihm. Der Dunst heißer Erde und Meere, fremder Blüten und glühender Sonne!«

ICH

Gözde rief mich an. Er war unzufrieden mit mir. Mein Kritiker von »Prof. Falafel« hatte Recht. Die Geschichte mit dem Gotteskrieger ergibt an dieser Stelle keinen Sinn. Worüber spricht sie da? Wer will wen in die Luft sprengen? Der Skandal und seine Folgen kamen ja noch gar nicht vor. Tatsächlich aber, so habe ich es auch Gözde gegenüber erklärt, hätte ich so viel Material zum Verarbeiten, dass ich durchaus mal durcheinanderkommen könne.

»Es ist ja noch nicht viel passiert«, beruhigte mich Gözde. »Keine Panik. Die Schuhe immer erst ausziehen, wenn man am Fluss ist.« Er wolle mich nur ermahnen, mich nicht zu verzetteln. Mehr nicht. Außerdem seien genau jetzt frische Falafeln da. Ich könne ja nicht nur schreiben und sichten. Und ob ich was gehört habe von Rudi und Laetitia. Nein, schade. Jedenfalls, ich wisse ja, wo ich ihn finden könne.

»Kolay gelsin – möge dir die Arbeit leicht von der Hand gehen.«

»Hayirli Isler, Gözde – gute Geschäfte«, antwortete ich.

Kurz darauf saß ich wieder einmal in der U4 und las:

Deutscher überfiel Tankstelle mit Kieselstein. – Nur mit einem Kieselstein bewaffnet, hat gestern Abend ein unbekannter Mann im deutschen Hanau versucht, eine Tankstelle zu überfallen. Wie die Polizei mitteilte, betrat der Täter den Verkaufsraum und verlangte von dem Kassierer die Herausgabe des Geldes. Als dieser sich unbeeindruckt zeigte, warf der Räuber den Stein nach dem Angestellten, verfehlte ihn aber. Der 39-jährige Angestellte erwies sich als der bessere Werfer. Er hob den Kieselstein auf, warf ihn zurück und traf den Räuber am Kopf. Der Mann ist seither auf der Flucht.

Ich blätterte um.

Pensionist schießt Gratulant nieder. Opa dachte an Einbrecher.

China: 100 Kilometer langer Verkehrsstau nach 10 Tagen aufgelöst!

Sehr süß: Kate Moss will hausgemachte Pflaumenmarmelade auf den Markt bringen.

Ein Jugendlicher in der U-Bahn weigerte sich, für einen älteren Mann aufzustehen. »Rücksichtslos!«, schimpfte der Alte. »Wieso?«, erwiderte der Junge. »Wenn jeder an sich denkt, wird an alle gedacht.«

SUPERKNUT

Plötzlich läuft ein dreibeiniges Pferd durchs Haus. Auf sein Fell hat jemand »0894521359« gesprayt.

»Was soll das denn?«, fragt Knuts Vater.

»Das ist eine Telefonnummer in München«, sagt Irma. »Von einem Pferdefleischhauer. Wahrscheinlich ist das Pferd weggelaufen, als es gesehen hat, dass der Pferdefleischhauer es ernst meint, nachdem er das eine Bein schon abgesägt hat. Der Pferdefleischhauer heißt übrigens …«

»So ein Quatsch«, ruft der Vater. »Woher willst du wissen, wie der Metzger heißt?«

»Sie kann alle Telefonnummern im deutschsprachigen Gebiet auswendig. Fast 100 Millionen Nummern. Festnetz und Handy«, erklärt Knut stolz, und alle sind wieder ganz hingerissen von ihm.

»Was der Bub alles weiß: phänomenalinski!«, jubelt die russische Tante und schenkt ihm einen Wodkakaugummi und einen Goldzahn ihrer eigenen Tante.

»Ja, Phantastao!«, jubelt auch die brasilianische Tante und schenkt ihm ein Stück Regenwald, das sie in ihrer Damenhandtasche nach Österreich geschmuggelt hat.

In dem Stück Regenwald ist ein winziger, seltener Vogel und etwas Tropenholz, das Irma sich nimmt. Aus ihrer Umhängetasche zieht sie eine Säge und beginnt das Tropenholz zu bearbeiten, etwa zehn Sekunden lang. »Fertig«, sagt Irma und legt die Säge aus der Hand. Ein tadelloses Pferdeholzbein. Sie montiert dem Pferd das Bein an und wischt die Telefonnummer vom Fell. »Sicherheitshalber. Sonst ruft noch irgendein Trottel den Pferdefleischhauer an.«

»Den Pferdefleischhauer? Hab ich längst angerufen«, sagt der junge Opa, der ein Jahr jünger ist als der alte Opa und früher bei der Polizei war. Dort wurde er aber rausgeschmissen, weil er immer auch alle Polizisten anzeigen wollte. Seitdem steht der junge Opa oft wochenlang auf der Straße, um Leute bei irgendwas zu ertappen und sie dann anzuzeigen. Und wenn er sie bei nichts ertappt, zeigt er sie trotzdem an. Er trägt einen Hut.

R. G. (Morgen geht's weiter.)

ICH

Ich stieg in der Herrengasse aus und lief zu Fuß über die Freyung und den Tiefen Graben. Ein deutscher Tourist rief einem orthodoxen Juden »Shalömchen« zu, und gefühlt jeder Zweite schleckte an einem Bioeis vom Eis Greissler in der Rotenturmstraße. Bioeismacher aus der Buckligen Welt. Hundstage. Zwei Wochen vor Schulferienbeginn. Wiens Wind nahm eine Auszeit, die Hitze wurde nicht aus der Stadt geweht. Sie stand, und alle hatten zwei Gänge runtergeschaltet.

Im »Sztuhlbein« traf ich einen ehemaligen Profifußballer. Mit 17 hatte er seinen ersten Profivertrag bei Austria Wien unterschrieben, in den 80er Jahren. Im entscheidenden Meisterschaftsspiel stand er zum ersten Mal im Kader und saß auf der Ersatzbank neben dem legendären Trainer Hermann Stessl. Austria Wien gegen Salzburg – er war sehr aufgeregt, sein erstes Spiel, das Spiel auf Messers Schneide, 70. Minute, Hochdramatik, er war kurz davor zu kollabieren. Stessl hatte 70 Minuten lang kein Wort gesagt, dann aber, in der 70. Minute, wandte er sich an seinen Kotrainer und fragte: »Hearst, host du an Rasenmäher?«

»Wos?«, fragte der Kotrainer irritiert.

»Waaßt, maner is hin, könntest mir du deinen ausburgen?«

Am Nebentisch saß eine betrunkene Amerikanerin. Sie trank morgens um neun Weißwein und prostete uns ständig zu. »Cheers«, rief sie.

»Sicher Cheersleaderin«, sagte mein Fußballerfreund.

Rudi kam rein. Aufgelöst.

»Ich hab gerade mit Ulysse telefoniert. Louis ist tot. Es hat einen Sturm gegeben, eine Art Windhose. Neben dem Denkmal ist eine Kirche, dort war ein Gerüst. Ein Betender war von einem Stein erschlagen worden, der sich aus der Decke gelöst hat, und deshalb wurde renoviert. Das Gerüst wurde von dem Windstoß umgeworfen und ist auf Louis und das Denkmal gefallen. Er lag mit dem Kopf auf dem Namen Louis Hervé. So hat man ihn gefunden. Wir fahren hin.«

Vier Tage waren sie weg. Ohne Rudi, Laetitia und Tulip war die kleine »Sztuhlbein-Brötchenstube« leblos. Ich frühstückte mit einem befreundeten Kameramann, der für Südosteuropa zuständig ist. Ein sympathischer Rumäne. Sein erster Einsatz war im Balkankrieg.

»Wir drehten mit der Nase. Wo es roch, waren Massengräber, da filmten wir«, erzählte er.

Eine elegante Dame, der man den 1. Bezirk am Blick ansah, behauptete: »Die Grünen fangen wieder an, Pullover zu stricken und sich an Grashalme zu ketten, wenn Rasenmäher kommen!«

»In Kärnten brennen Kinderbücher von Janosch, weil sie glauben, er sei Slowene«, sagte ein Student an einem anderen Tisch.

»Alle besinnen sich auf ihre Wurzeln bis zur völligen Besinnungslosigkeit«, seufzte seine Freundin. »Ich war in

Sarajewo bei einem Konzert von Franz Ferdinand. Die ganze Zeit hab ich mir gedacht: Was passiert, wenn Franz Ferdinand erschossen wird?«

Sie sprachen über Studentenproteste – Demos fürs Gratisstudium in Österreich. Die größten Demos gab's in München, Hamburg und Köln. Und über einen neuen Trend, der sehr cool und angesagt sei, die größte Provokation im öffentlichen Raum: nachts heimlich Graffitis übermalen. Einfach weiß übermalen. Eine weiß gestrichene Wand, das macht die Sprayerspießer fertig.

Mit Joy frühstückte ich. Sie ist Sängerin und schwarz. Joy erzählte mir von einem Erlebnis in einem schicken Münchner Lokal. Sie ging zur Bar, um zu zahlen, hinter ihr stand zufällig auch ein Schwarzer. Die Kellnerin fragte: »Zahlen Sie für beide?« Wir lachten.

Mit Gözde traf ich mich zum Rakitrinken. Gözde war berühmt für seine Rakiräusche. »Der türkische Fleischhauer, der seinen Stand am Naschmarkt gegenüber von ›Prof. Falafel‹ hat, heißt mit Familiennamen Etyemez«, rief er lachend. »Der Name bedeutet ›Er isst kein Fleisch.‹«

Bis 1934 waren die Türken namenlos, dann, im Zuge von Atatürks Reformen, konnte sich jeder einen Namen aussuchen. Der Vorfahre des Metzgers hatte nicht wissen können, welche Berufe in seiner Familie mal ergriffen werden würden.

»Und weißt du, wie der türkische Pianist im ›Interconti‹ heißt? Parmaksiz – ›Ohne Finger‹.« Gözde trank noch einen Raki. »Yeter Parmaksiz. Yeter ist das achte Kind gewesen, deswegen der Name. Yeter heißt ›Es reicht‹. Wenn du mal einen Dursun triffst, kannst du auch davon ausgehen, dass die nicht verhütet haben und er viele ältere Geschwister hat. Dursun bedeutet ›Es soll aufhören‹.«

Er füllte sein Glas wieder mit der milchigen Flüssigkeit. »Ich muss aufpassen«, sagte er. »Ich bin berühmt für meine Filmrisse. Für meine Räusche und dafür, mich an nichts erinnern zu können. Manchmal bin ich so betrunken, dass ich gar nicht mehr weiß, ob ich Männlein oder Weiblein bin«, lachte er.

»Ich hab auch regelmäßig Filmrisse beim Trinken«, sagte ich und stieß mit ihm auf unsere Gedächtnislücken an.

»Wusstest du, dass viele Juden aus Deutschland in die Türkei ins Exil gegangen sind? Sie bekamen von den türkischen Behörden das Wort *Haymatloz* in ihre Pässe gestempelt. Eingetürktes Deutsch. Du würdest bei unseren Behörden Türk Stermann heißen. Prost.«

»Prost.«

»Als ich noch ein kleines Mädchen war«, erzählte er, »da liebte ich Geschichten über den verrückten Sultan Ibrahim. Er schoss mit der Armbrust wahllos auf Passanten, weil er Potenzprobleme hatte. Dann ließ er sich erfolgreich behandeln und fickte fortan vor Publikum.«

»Verrückt«, murmelte ich und trank mein Glas leer. Die Alkoholkristalle machten sich bereits in meinem Gehirn breit. Dort würden sie auch morgen noch alles verkleben, was sich bewegen sollte.

Im Hintergrund lief türkische Musik. Gözde breitete die Arme aus und schnippte mit Daumen und Zeigefinger zur Musik.

»Gözde, schläfst du eigentlich mit Frauen oder mit Männern?«, fragte ich.

»Bana ne. Da leg ich mich nicht fest. Ich schlafe mit intelligenten Menschen, das Geschlecht interessiert mich nicht so«, antwortete er, stand auf und tanzte zur Musik, zusammen mit fünf bärtigen Männern, die mich mit »Arkadas« – Freund – begrüßt hatten. Ich schenkte mir noch ein Glas ein.

»Was ist mit dem Eiermann«, rief Gözde mir von der Tanzfläche zu.

»Eiermann?«, fragte ich.

»Ja. Rudis Vater. Hast du dir das schon durchgelesen?«

»Morgen«, murmelte ich, stand auf und torkelte auch auf die Tanzfläche.

DER EIERMANN

EIN ROMAN VON PAUL MARIA SUESS

DIE EINZIGE WIRKLICHE STAATSFORM IST DIE ANARCHIE. ABER DAFÜR BRAUCHEN WIR EINEN STARKEN ANARCHISTEN.

Als Ludger einmal nicht mit Grippe im Bett lag – was höchst selten geschah, denn Ludger war äußerst anfällig für jeden noch so kleinen, jeden noch so unauffälligen, jeden noch so unbedeutenden Virus –, da setzte er sich an seinen wie neu erhaltenen, fast noch unbenutzten und doch schon mehrere Jahre alten Schreibtisch aus schwarz lackiertem Kiefernholz (ein Erbstück seiner 1973 bei einem Flugzeugunglück auf den Kanaren ums Leben gekommenen Eltern, deren Überreste niemals gefunden wurden. Der Flugschreiber dagegen war unversehrt. Ludger wäre es umgekehrt lieber gewesen. »Ich hätte lieber meine Eltern unversehrt gehabt als den Scheiß-Flugschreiber. Warum sind die Flugzeuge nicht aus dem Material der Flugschreiber gemacht?«), mit insgesamt 14 Schubladen (die kleine, die klemmte, mitgezählt), zog an der drittobersten Lade von rechts und holte ein bedrucktes Blatt Papier hervor, das er behutsam auf die großflächige Schreibtischplatte legte. Dann stutzte er. Er besann sich darauf, dass er in gesundem Zustand lange und verschachtelte Sätze hasste. Verschachtelt und lang waren seine Grippephasen, verschachtelt wie moderne Spitäler, in denen sich kein Fenster öffnen ließ, und lang wie die Liste der Medikamente, die schachteltonnenweise in Ludgers Wohnung herumlagen und nicht halfen. Natürlich. Würde eines der Medikamente wirken, gäbe es die anderen nicht.

Gesund, wie er sich fühlte, gelobte er Besserung. Er bekreuzigte sich, in umgekehrter Reihenfolge. Erst Brust, dann Schulter, dann Stirn. Und dann an den Sack. Das Schiff, das sich Gemeinde nennt, ertrug er nur vom Ufer aus. ▬▬▬▬▬▬
▬▬▬▬▬▬▬▬▬▬▬▬▬▬▬▬▬▬▬▬▬▬▬▬▬▬▬▬▬▬▬▬
▬▬▬▬▬▬▬▬▬▬▬▬▬▬▬▬▬▬▬▬▬▬▬▬▬▬▬▬▬▬▬▬
▬▬▬▬▬▬▬▬▬▬▬▬▬▬▬▬▬▬▬▬▬▬▬▬▬▬▬▬▬▬▬▬
▬▬▬▬▬▬▬▬▬▬▬▬▬▬▬▬▬▬▬▬▬▬▬▬▬▬▬▬▬▬▬▬
▬▬▬▬▬▬▬▬▬▬▬▬▬▬▬▬▬▬▬▬▬▬▬▬▬▬▬▬▬▬▬▬
▬▬▬▬▬

Während der Schulzeit in Düsseldorf hatte Ludger einen Klassenkameraden, Mathias. Ein begnadeter Fußballer. Zumindest jemand, der spielen konnte, wie Ludger es nie können würde. Mathias lebte mit seinen Eltern auf der katholischen, linken Rheinseite und spielte dort in der Jugendmannschaft seines Vereins für Leibesübungen. *Mathias hat 2 Füße* hatte Ludger in sein

Tagebuch geschrieben. »Mathias schießt links wie rechts und hat mit beiden Beinen einen richtigen Bumms«, hatte Mathias' Vater, ein Fliesenleger, ihm erklärt.

ICH

»Ein Tagebuch? Es gibt also ein Tagebuch meines Vaters? Wo ist das?«, fragte Rudi. »Ich würd doch viel lieber das Tagebuch meines Vaters lesen als diesen Schrott. Diesen jämmerlichen Text, den er Roman nennt. Der Quatsch wäre nie von einem Verlag angenommen worden. Mein Vater muss herhalten für diesen Blödsinn. Tote können sich nicht wehren, das ist eine Schweinerei. Man muss immer schon zu Lebzeiten bestimmen, wer eine Biographie über einen schreiben darf – und vor allem, wer nicht.« Er wandte sich an mich. »Du dürftest meine zum Beispiel schreiben.«

»Mach ich«, sagte ich.

Ganze Passagen waren in dem *Eiermann*-Manuskript geschwärzt. Dazu gab's immer wieder Anmerkungen von Professor Mundprecht, der bei Rosas Vernehmung nach ihrer Verhaftung im Auftrag der DHS übersetzte. Dass ein solcher Text tatsächlich Gegenstand staatlicher Ermittlungen werden konnte, verblüffte mich. Das Siegel mit dem Adler und der Inschrift *U. S. Department of Homeland Security (DHS)* war auf jede Seite gestempelt worden.

Über *Bumms* hatte Prof. Mundprecht ein Fragezeichen gemacht und das Wort eingekringelt. Gewisse Dinge passten den Amerikanern schon hier am Anfang nicht.

DER EIERMANN

▬▬▬ Als Mathias sang: »Danke, dass ich danken darf«, sagte Ludger: »Ich bin Protestant. Für mich ist der Papst nur irgendein greiser Narr in einem weißen Kleid. Und ich bedank mich sicher nicht dafür, dass ich mich bedanken darf!« ▬▬▬
▬▬▬▬▬▬▬▬▬▬▬▬▬▬▬▬▬▬▬▬▬▬▬▬
▬▬▬▬▬▬▬▬▬▬▬▬▬▬▬ Kurz vor der Wohnungstür des Fliesenlegers war eine Bushaltestelle, an der Ludger abgesetzt wurde. »Danke«, sagte er noch, und in sein Tagebuch schrieb er damals: *Mathias ist fromm und foult trotzdem seine Gegenspieler.* ▬▬▬▬▬▬
▬▬▬▬▬▬▬▬▬▬▬▬▬▬▬▬▬▬▬▬▬▬▬▬
▬▬▬▬▬▬▬▬▬▬▬▬▬▬▬▬▬▬▬▬▬▬▬▬
▬▬▬▬▬▬▬▬▬▬▬▬▬▬▬▬▬▬▬▬▬▬▬▬
▬▬▬▬▬▬▬▬▬▬▬▬▬▬▬▬▬▬▬▬▬▬▬▬
▬▬▬▬▬▬▬▬▬▬▬▬▬▬▬▬

▬▬▬▬▬▬▬▬▬▬▬▬ Er hasste Symbolik. »Symbolik ist dick und fett, stinkt säuerlich aus dem Mund, und ich weiß genau, welche Farbe die Kleider dieser Symbolik haben.« Und er hasste diese matschgrüne Militär-Khakikack-Farbe, die eigentlich gar keine Farbe war, sondern alles dafür tat, dass niemand sie als Farbe erkennen konnte. Und die steingrauen Socken rochen nach wunden Füßen, schlechtem Essen und durchnässten Kleidern. Natürlich hatte es damals nicht immer geregnet, doch wenn Ludger an diese Socken dachte, dann fühlte er sich verschnupft und fiebrig, und seine Nase erinnerte sich an den modrigen Geruch der in Pfützen vollgesogenen Bundeswehrstrümpfe. Beim Bund hatte er sich die Anfälligkeiten für diese kleinen, widerlichen Viren durch die nassen Füße und die kalten, klammen, ewig feuchten Hosen, Hemden und Socken geholt. Im Herbst 1980 war das. In Ludgers Gedächtnis war seine Kleidung während seiner Wehrdienstzeit durchgehend nass, trocknete niemals, und bei jedem Nachdenken, Nachfühlen und Erinnern wurde sie immer feuchter, bis sie tropfte, bis sie in seinem Kopf einem Wasserfall glich, einem Kleidungswasserfall, einem Textilmonsun, in dem er sich bewegen musste. Mit den Niagarafällen bekleidet durch Pfützen robbend, während die Wolken brachen und sich von überall auf ihn ergossen, so hatte er sich in Erinnerung.

Mundprecht hatte ein großes Rufzeichen über diese Passage gemacht und hinter das Rufzeichen noch ein kleines. Vielleicht, weil die Niagarafälle vorkamen?

Keinem Arzt und keiner Krankenschwester hatte er es beweisen können. Keinem Amt, keiner Versicherung, und vor allem nicht der Bundeswehr. Doch Ludger wusste, was er wusste. Nämlich, dass er vor seiner Bundeswehrzeit resistent gewesen war. Nie hatte er Taschentücher gebraucht, Fieber war ihm fremd gewesen, und im Bett hatte er nur gelegen, wenn er schlief. »Klein, aber robuster als ein Pferd«, hatte man über ihn gesagt. Aber auch Pferde hatte man schon kotzen sehen, und er erinnerte sich genau daran, wie es war, als er das erste Mal noss. Das plötzliche Kitzeln und die Explosion. Verwirrt blickte er auf den Auswurf und rieb sich die feuchten Augen. Er erinnerte sich, wie ein Tropfen auf seine Oberlippe fiel und noch einer. Die Flüssigkeit tropfte aus seiner Nase.

▬▬▬▬▬▬▬▬▬▬▬▬▬▬▬ einer längeren Übung gewesen, als er keine Pfütze und kein Wasserloch auslassen durfte, als er auf dem Bauch in dreckig-kaltem Wasser lag, während der Regen auf seinen Rücken prasselte.

Er erinnerte sich in jedem Detail an die Nachtwache in nassen Strümpfen, an den undichten Schlafsack und die fehlerhaften Regenponchos. An das Wasser, das in die klobigen Schuhe kroch und in den Kragen, und an den nächsten Tag, der sich vom ersten in nichts unterschied. Und an das Zelt, unter dem sich während eines nächtlichen Wolkenbruchs eine Wasserlache bildete. Ganz genau fühlte er noch die nasse Unterwäsche und den Flusslauf, durch den sie weitermarschieren mussten, und den Bach, der reißend war, und die glitschigen Steine, auf denen er ausrutschte und mitsamt dem Rucksack und seinem Gewehr, einer ▬▬▬ ins Wasser stürzte. Statt eines wärmenden Feuers oder einer hilfreichen Hand hagelte es im Dauerregen wüste Beschimpfungen der Vorgesetzten, denen ein Alltagsbild Stalingrader Prägung im Kopfe herumspukte. Er hatte noch den Husten vor Augen, den grünen Schleim, und dass er noch Tage später in der Kaserne fror, wusste er ebenso noch wie die Farbe seiner Lippen, und dass das Blau ihm blieb, als trüge er Lippenstift. Ja, Ludger wusste, was er wusste. Jeder Auswurf und jedes Taschentuch erinnerte ihn daran. Schon der Anblick seines Bettes genügte, um Bilder in ihm aufsteigen zu lassen. Dunkle Bilder. Schlammgrün. Y-grün. Er wusste, was er wusste. Und Wissen ist Macht.

Seit Jahren schrieb er in den Phasen, in denen es ihm gelang, die Viren von seiner Person abzulenken, Briefe. Über das Düsseldorfer Telefonbuch besorgte er sich Namen und Adressen derer, die ihm vom Klang her geeignet schienen. »Das klingt«, sagte er, wenn ihm ein Name gefiel. Namen wie Bornträger oder Kleinrensing. »Das klingt schon so«, sagte er, wenn ihn etwas störte, etwa an Namen wie Hartmann oder Steinbrecher.

(*Names exist*, hatte Mundprecht angemerkt.)

Jeden fertig zugeklebten und vollständig adressierten Brief notierte er in einer dicken, roten Kladde. »Post ab« stand darauf. Er führte genau Buch, schließlich ging es hier um die einzige regelmäßige Arbeit, der er nachging.

Das fertige Blatt, das vor ihm auf dem Schreibtisch seiner vor Teneriffa zu Brei gewordenen Eltern lag, faltete er einmal, noch einmal und steckte es dann in ein Kuvert, auf dessen Rückseite der Absender in dunkler, geschwungener, deprimiert wirkender, melancholischer Schrift zu lesen war:
Ludger Gluske
Grippekranker
Seine Adresse und Bankverbindung schrieb er in gewollt zittriger Schrift mit dicker, schwarzer Tinte darunter. Als hätte er für diesen Hilfeschrei seine letzte Kraft aufgebraucht. Ein herzzerreißender Anblick für einigermaßen sensible Betrachter. Als aufmerksamer Leser musste man den Schmerz spüren, den die handschriftliche Mitteilung dem Absender bereitet haben musste. Welches Leid. Welche Qual.

Mein Name ist Ludger Gluske. Ich bin 21 Jahre alt und Opfer der deutschen Bundeswehr. In mir tobt ein Krieg, in dem ich keine Alliierten habe. Außer Ihnen, wenn Sie bereit sind, mich zu unterstützen. Ich sollte SIE verteidigen – und wer verteidigt jetzt MICH? In mir wüten Viren, gegen die die Rote Armee ein Karne-

valsballett ist. Ich bin so krank, dass ich keiner Arbeit nachgehen kann. Während Ihre Kinder studieren und ihr Leben lieben, liege ich rotzend und schwitzend unter einer Decke. Hiermit fordere ich Sie auf: Verteidigen Sie jetzt mich, nachdem ich für Sie von der Bundeswehr misshandelt worden bin. Spenden Sie Geld an unten angeführtes Konto und schreiben Sie ans Kreiswehrersatzamt Düsseldorf und ans Bundesverteidigungsministerium in Bonn, dass Sie nicht bereit sind, in einem Land zu leben, wo mit jungen Menschen derartig nachhaltig wirksamer Irrsinn betrieben wird! Ich muss jetzt meine Medikamente nehmen. Ich habe, wie sehr oft, über 39 Grad Fieber und Schüttelfrost. Ich bin ein Waisenkind, das keinen Frieden findet. Helfen Sie mir. Scheißen Sie mal auf Brot für die Welt und kümmern Sie sich um Ihren lieben Mitbürger Ludger Gluske, der schuldlos von einem Schweinesystem zu lebenslänglicher Krankheit verurteilt worden ist. Ich habe seit über 20 Monaten eine nicht abklingende Grippe. Be a Mensch!

Ihr Ludger Gluske

Ludger klebte den Brief zu und adressierte ihn an einen W. Helm, Steinmetz, Oberbilker Allee 16, 4000 Düsseldorf, wobei er, wie so oft, aus reiner Unkonzentriertheit die Telefonnummer mit dazuschrieb. Er änderte den Fehler aber nicht, denn er fand, dass auch dieses Missgeschick für ihn von Vorteil sein konnte. Er hörte die bestürzten Leute ausrufen: »Der arme Mensch muss von dieser verdammten Krankheit ja völlig verwirrt sein!«

In Wirklichkeit sagten die Leute ganz andere Dinge, aber die Wirklichkeit war von Ludgers Zimmer so weit entfernt wie die Gesundheit und seine Militärsocken, die er bei einem Urlaub in Almeria kurz nach dem Ende seiner Bundeswehrzeit in eine Betonmischmaschine geworfen hatte. Damals glaubte er noch, es würde reichen, vor den Viren ins Ausland zu fliehen, bevorzugt in ein Land, in dem es selten regnet. Er hatte zu dem Zeitpunkt schon chronische Gliederschmerzen und dauerhaft entzündete Mandeln, wegen des Bronchialhustens, der den Hals reizte. Seine Augen waren trüb, und seine Haare klatschten an seiner rotfleckigen Stirn. So sah er in seinen fieberfreien Phasen aus. Wenn die Krankheit ihn aber niederstreckte und er sich mit glasigen Augen verzweifelte Kämpfe mit seinem unsichtbaren Gegner lieferte, bekam man Angst.

Er war in ein Reisebüro gegangen, um dort eine Reise zu buchen, »in eine Gegend, wo es Temperatur hat, man aber keine bekommt«, hatte er gesagt. Der Reisemann buchte seinem schwitzenden Kunden Almeria. »Kaum Regentage – ideal«, hatte er gesagt, und schon am nächsten Tag stieg Ludger in Málaga aus dem Flugzeug, um auf der glitschigen Flugzeugtreppe auszurutschen. Er hatte die »kaum Regentage« erwischt und kurz nach seiner Ankunft sie ihn. Er flog noch am selben Abend zurück. Die Betonmischmaschine einer Baustelle am Flughafen blieb das einzige, was Ludger damals von Spanien gesehen hatte. ▬▬▬

▬▬▬▬▬▬▬▬▬▬▬▬▬▬▬▬▬▬▬▬▬▬▬▬▬▬
▬▬▬▬▬▬▬▬▬▬▬▬▬▬▬▬▬▬▬▬▬▬▬▬▬▬
▬▬▬▬▬▬▬▬▬▬▬▬▬▬▬▬▬▬▬▬▬▬▬▬▬▬
▬▬▬▬
▬▬▬▬▬▬▬▬▬▬▬▬▬▬▬▬▬▬▬▬▬▬▬▬▬▬
▬▬▬▬▬▬▬▬▬▬▬▬▬▬▬▬▬▬▬▬▬▬▬▬▬▬
▬▬▬▬▬▬▬▬▬▬▬▬▬▬▬▬▬▬▬▬▬▬▬▬▬▬
▬▬▬▬▬▬▬▬▬▬▬▬▬▬▬▬▬▬▬▬▬▬▬▬▬▬

▬▬▬ und schrieb in deutlicher und klarer Schrift den Namen

W. Helm hinein. Dahinter notierte er die Zahl 2164. Er blätterte im Telefonbuch und entschied sich für Christa Hengstbach, Kaiserswerther Straße 132.

(Name exists, M.)

Bis 2200 kam er noch, dann streckte er sich. Er stand auf, steckte sich ein Fieberthermometer in den Po und stellte das Radio an. Es lief die Goombay Dance Band, *Sun of Jamaica*. Ludger machte sich ein Rührei, zwei Spiegeleier und ein gekochtes Ei, um es den Cholesterinschweinen von der Pharmaindustrie zu zeigen. Die steckten alle unter einer stinkenden, muffigen Decke: die Cholesterinschweine und die Bundeswehrschweine, die Scheißämter und die Apothekenpfeffersäcke. *Außerparlamentarischer Apotheker* hatte er auf ein T-Shirt drucken lassen. Apo-Apo.

(*Apo-Apo* hatte Mundprecht eingekringelt. Ursprünglich hatte er ein Fragezeichen hingemalt, es dann aber durchgestrichen und durch ein Rufzeichen ersetzt. Das heißt, je länger er darüber nachgedacht hatte, war Apo-Apo in seiner persönlichen Warnstufe von blau auf gelb hinaufgerutscht.)

»36,6«, stellte Ludger zufrieden fest, bejahte sich selbst die Frage, ob er Verdauung gehabt habe, fühlte seinen Puls, sagte erneut »Ja« und wünschte sich weiterhin gute Besserung. Im Bad schaute er in den Spiegel. Seine Augen schienen klarer, der trübe Krankheitsfilm wurde durchlässig.

Er sah sich an. Er war 21. Seine Haare sahen so scheiße aus, als wären sie in einer Fritteuse gewesen. Er wusch sich die Haare.

Der Schaum auf seinem Kopf hatte das gleiche Weiß wie sein Körper. Wie eine Japanerin sah er aus, fand Ludger. Die Sonne meidend, kränklich, klein und zierlich. Düsseldorf war die Stadt mit den meisten Japanern außerhalb Japans, und hier stand eine junge Japanerin unter der Dusche, ihre Alabasterhaut pflegend.

Er trocknete sich ab und sah den dunklen Rauch. Die Eier waren verbrannt. Er öffnete die Fenster, erkältete sich mit nassem Haar, und der Virus war erwacht, pflichtbewusst und voller Tatendrang. »An die Arbeit«, rief er, der Virus. ▬▬▬▬
▬▬▬▬▬▬▬▬▬▬▬▬▬▬▬▬▬▬▬▬▬▬▬▬▬▬
▬▬▬▬▬▬▬▬▬▬▬▬▬▬▬▬▬▬▬▬▬▬▬▬▬▬
▬▬▬▬▬▬▬▬
▬▬▬▬▬▬▬▬▬▬▬▬▬▬▬▬▬▬▬▬▬▬▬▬▬▬

DIE TABAKTRINKERIN

6. Brief

Wien, AKH, 23. 9. 2011

Lieber Rudi,
im Bett von der Gürtelrose liegt jetzt eine 32-jährige Frau. Ich habe Angst vor ihr. Sie hatte einen Autounfall. Sie ist mit dem Kopf gegen den Rückspiegel gedonnert. Ihre Stirn platzte auf, und Gehirnmasse trat aus. Im Schock hat sie sich mit der rechten Hand ihr Hirn von der Stirn gewischt – den Teil des Hirns, in dem der Charakter steckt. Frontal enthemmt, nennt Dr. Djafari das. Sie ist zu einem Monster geworden, Rudi, wirklich. Sie kann nur noch essen, trinken und masturbieren und sich wie ein Arschloch verhalten. Wenn ihre Kin-

der sie besuchen, brüllt sie sie an und versucht sie zu attackieren. Sie schlägt wild um sich und hat kalte, wütende Augen.

Du wirst jetzt sagen: »typisch grantige Wienerin«, aber es ist wirklich beklemmend. Lady Zombie nenn ich sie. Es ist wie beim Casting für den letzten Teil des Exorzisten. Starke Pfleger mussten sie eben festhalten, als Dr. Djafari ihr die Nähte aus dem Kopf gezogen hat. »Da ist nichts Liebenswertes mehr drin«, sagte er. »Das, was uns unterscheidet von einem Mähdrescher oder einem Pitbull, ist bei ihr weg. Sie ist nur noch ungezügeltes, unterstes Bedürfnis. Der Mensch in ihr, die Mutter und die Geliebte, die sind bei dem Unfall ums Leben gekommen, aber sie selbst lebt weiter. Ich habe ein Monster erschaffen. Wenn sie gestorben wäre, hätten ihre Kinder später sagen können, wir hatten eine tolle Mutter; sie ist bei einem Verkehrsunfall ums Leben gekommen, als wir noch klein waren. Dann hätten sie ihre Mutter in guter Erinnerung behalten. Aber so? Jeden Tag Halloween. Mit einem spuckenden, kratzenden Stück Trieb. Das ist wie Charakter-Aids. Alles Gute weg, und nur der Mist bleibt übrig!«

Drei Pfleger brauchte es, um ihr den Knieverband zu wechseln. Beim Unfall hatte sich der Autoschlüssel in ihre Kniescheibe gebohrt. Alles nicht so richtig aufbauend.

Einer der Pfleger hat mir gesagt, dass 24 Menschen auf der Station gestorben sind, seit ich hier liege. Links und rechts von mir. Er sagte: »Das ist Business. Ich roll sie ins Zimmer, sie sterben, ich roll sie wieder raus. Das ist mein Job. Davon lass ich mir nicht den Abend kaputtmachen.«

Na ja. Immerhin steckt nichts in meinem Knie. Vom Krebs lass ich mir doch nicht den Abend kaputtmachen.

Deine große Schwester
Rosa

7. *Brief*
Wien, Krebsclub, 26. 9. 2011

Lieber Rudi,
es ist unmöglich zu schlafen. Die Enthemmte wichst in einer Tour. Sie scheuert sich wund, hört aber nicht auf. Sie grunzt und schreit und stöhnt. Na ja, so erleb ich in den letzten Tagen doch noch geglückte Sexualität.

Ich ärgere mich, meine Zeit so verschissen zu haben. Ich bin mal unglaublich schnell zum Südbahnhof gelaufen, um einen Zug nach Graz zu erreichen. Gerast bin ich und total außer Atem am Bahnsteig angekommen. Ich klang wie die Enthemmte, nur ohne Lust. Völlig außer Puste. Aber der Zug hatte über eine Stunde Verspätung. Ich bin gerannt, um zu warten. Dieses Bild geht mir nicht mehr aus dem Kopf.

Oh Mann! Ich tret der gleich zwischen die Beine, wenn das nicht aufhört. Meine Peepshow des Grauens. Zum Abendessen um 17 Uhr (!) gab's naturtrüben Apfelsaft und gedämpftes Gemüse. Ich hab's stehenlassen. Gedämpft und naturtrüb bin ich selbst.

Ich will Dich nicht belasten, Rudi. Denk an La Rochefoucauld, Du spinnerter Franzose, Du.

Rosa

SUPERKNUT

»La Rochefoucauld?«, fragte Rudi.

»François de la Rochefoucauld. Er hat die Natur der Menschen beobachtet und ein Buch geschrieben. *Réflexions ou sentences et maximes morales.* Sie meint wahrscheinlich den berühmten Satz: ›Wir alle sind stark genug, um zu ertragen, was anderen zustößt.‹«, antwortete Laetitia.

»Ich nicht«, sagte Rudi.

»Ich weiß, mein süßes Butterherz«, erwiderte Laetitia.

Die Beerdigung von Louis auf dem kleinen Friedhof von Lucy-sur-Yonne war sehr bewegend gewesen. Die letzten Flößer von St. Nicolas sangen *Adieu* von Patrick Bruel, Laetitia begleitete die alten Männer am Klavier. Die *Marseillaise* spielten sie natürlich auch.

> *Aux armes, citoyens,*
> *Formez vos bataillons,*
> *Marchons, marchons!*
> *Qu'un sang impur*
> *Abreuve nos sillons.*

Das zerstörte Denkmal mit der Inschrift *1914–1918 Lucy-sur-Yonne, ses enfants, morts pour la France* hatten sie als seinen Grabstein eingesetzt und hinter *Louis Hervé* sein Todesjahr gemeißelt: *2012*.

Ulysse war sehr schweigsam. Im Laufe seines 107-jährigen Lebens war ihm eine mittlere Kleinstadt an Freunden und Verwandten weggestorben. Er schien des Todes langsam überdrüssig zu sein. Er selber hatte ihn längst besiegt. Ulysse war stärker als der Tod, aber Louis' Tod hatte ihn müde gemacht.

Sie betranken sich zu dritt im alten Steinhaus in Mailly-le-Château mit Crémant de Bourgogne. Tulip saß neben Ulysse und bewachte ihn mit seinem Pestatem.

»Wusstet ihr, dass Didier Alzheimer hatte?«, fragte Ulysse.

»Nein, das wusste ich nicht. Er sprach nicht viel«, sagte Laetitia.

»Und Frédéric hatte grünen Star«, sagte Ulysse. »Sie haben sich mal meinen Renault ausgeborgt. Didier ist gefahren. Nach Dijon. Didier hat den Wagen geparkt. Nach ein paar Stunden haben sie mich angerufen. Sie konnten den Wagen nicht mehr finden. Didier konnte sich nicht erinnern, wo er den Wagen abgestellt hatte, und Frédéric konnte ihn nicht sehen.« Er trank einen Schluck. »Irgendwann ist's genug. Irgendwann reicht's«, sagte er und stand auf. Das halbleere Glas ließ er stehen.

Laetitia und Rudi gingen mit Tulip zusammen runter zur Yonne und sahen vom Gras aus den Hausbooten bei ihrer ruhigen Fahrt zu. Penichette um Penichette fuhr an ihnen vorbei. Mütterliche Schiffe, mit abgerundetem Bug. Acht km/h. Da konnte man schauen. Da beruhigte sich der Puls. Da hörte man die Welt.

»Rudi?«

»Ja, Säckchen?«

»Du bist mein großes Glück.«

DER EIERMANN

Nach dem Tod seiner Eltern im Ferienparadies Teneriffa, das für sie zum ewigen wurde, hatten sich Schwestern seines Vaters um Ludger gekümmert. Die Gluske-Schwestern. Tante Ulla, Tante Bea, Tante Claudia. Klein und dick, alle drei. Die Gluskes wurden nie sehr groß.

Die kleingeratenen Gluske-Schwestern waren Drillinge. Ludger erinnerte sich an seine Großmutter, die auf einem Familienfest einmal gesagt hat: »Ich hab die Drillinge mitten im Zweiten Weltkrieg bekommen. Lieber wären mir Zwillinge mitten im Dritten Weltkrieg gewesen!« Am liebsten aber hätte sie nur Ludgers Vater im Ersten Weltkrieg bekommen.

Ludger empfand neben seinen Tanten jede andere Frau als jung. Es gab fieberfreie Abenteuer. Manche steckte er an. »Tut mir leid. Ich war unachtsam. Weißt du, so lange bin ich schon krank. Ich bin nicht mehr so locker, wenn ich gesund bin.« Viele Abenteuer waren es nicht, denn er verließ kaum das Haus. Oft waren die Tanten monatelang die einzigen Frauen, die er sah. Ulla, Bea, Claudia. »Besorgt, bekümmert und behämmert«, lautete sein Urteil über die drei Gluske-Sisters. »Guckt nicht so!«, sagte er zu ihnen, egal, wie sie guckten. ▆▆▆▆▆▆▆
▆▆▆▆▆▆▆▆▆▆▆▆▆▆▆▆▆▆▆▆▆▆▆▆▆▆▆▆▆▆
▆▆▆▆▆▆▆▆▆▆▆▆▆▆▆▆▆▆▆▆▆▆▆▆▆▆▆▆▆▆
▆▆▆▆▆▆▆▆▆▆▆▆▆▆▆▆▆▆▆▆▆▆▆▆▆▆▆▆▆▆
▆▆▆▆▆▆▆▆▆▆▆▆▆▆▆▆▆▆▆▆▆▆▆▆▆▆▆▆▆▆
▆▆▆▆▆▆▆▆▆▆▆▆▆▆▆▆▆▆▆▆▆▆▆▆▆▆▆▆▆▆
▆▆▆▆▆▆▆▆▆▆▆▆▆▆▆▆▆▆▆▆▆

An seiner Wand hing ein Poster, das ein Waldstück zeigte. An einem Baum ein offizielles Schild: *Waldsterben verboten. Der Innenminister.* ▆▆▆▆▆▆▆▆▆▆▆▆▆▆▆▆
▆▆▆▆▆▆▆▆▆▆▆▆▆▆▆▆▆▆▆▆▆▆▆▆▆▆▆▆▆▆
▆▆▆▆▆▆▆▆▆▆▆▆▆▆▆▆▆▆▆▆▆▆▆▆▆▆▆▆▆▆
▆▆▆▆▆▆▆▆▆▆▆▆▆▆▆▆

Eine Frau fuhr einmal mit ihrer Zunge über seinen fiebrigen Körper. Das Salz seiner Haut schmeckte nach Wick MediNait.

Wäre Ludger zehn Zentimeter größer gewesen, hätten ihn die

meisten Menschen als klein bezeichnet.

Er empfand es als Manko, drei Viertel des Jahres krank im Bett zu liegen. Er fühlte sich allein. Ohnmächtig und im Stich gelassen. Was war das für ein Lebensentwurf? Krank sein und Bettelbriefe verschicken. In einer winzigen Zweizimmerwohnung in Düsseldorf.

Wenn er aus dem Fenster schaute, auf die Brunnenstraße, sah er gesunde Menschen ihren Alltag leben. Im Nebenhaus befand sich das Programmkino »Metropol«. Er hatte Teile von dessen Schaufensterdekoration geklaut. In rosafarbenen, 50 Zentimeter hohen Schaumstoffbuchstaben hatte im offenen Schaufenster *Vorhof zum Paradies* gestanden, Werbung für das wenig gelungene Regiedebüt von Sylvester Stallone. Ludger hatte so viele Buchstaben wie möglich genommen und war fortgerannt. Bei ihm zu Hause standen nun die rosafarbenen Buchstaben. *RADIES*. Pa fehlte. Dem Wort – und Ludger.

Wenn das Fieber verschwand und die Grippe durch das leicht geöffnete Fenster kroch – »Junge, du brauchst Sauerstoff!« –, schlossen die Gluske-Schwestern das Fenster wieder. Er wurde kräftiger, stand mit unsicheren Beinen auf. Er hatte Angst vor Muskelschwund.

Ludger träumte einmal von Porzellanknochen, die fein säuberlich auf einem feierlich gedeckten Tisch aufgebaut waren, um den seine Tanten mit Hut saßen und bei einem Ober in verschlammter Uniform Sahnetorten bestellt. Der Ober hatte die Bestellung verweigert, weil man Sahnetorten nicht tarnen könne.

SUPERKNUT

»Ich hasse das«, sagte Rudi. »Wie kommt der Vollidiot dazu, so zu tun, als könne er in den Kopf meines Vaters schauen, und Träume fabulieren? Reicht's nicht, dass er seine dämlichen Eindrücke schildert? Außerdem steht bei mir auch mein Leben lang schon *RADIES*. Ich vermiss meinen Vater – und dieser Mensch hier gaukelt mir vor, wie er getickt haben soll? Ich hasse ihn!«

Ich erzählte Rudi von einem Bekannten, einem Psychiater. Er hatte Nachtdienst in der Baumgartner Höhe, der Wiener Psychiatrie. Ein Rollstuhlfahrer hatte geträumt, Österreich werde von China angegriffen. Er setzte sich in seinen Rollstuhl und rollte zur nächsten Kaserne nach Hietzing – er wollte das Bundesheer warnen. Er machte am Kasernentor einen Riesenlärm, und schließlich trat die Nachtwache aus dem Wachhäuschen. Der junge Wehrdiener war zufällig ein Austro-Chinese. Für den Rollstuhlfahrer war klar, er war zu spät gekommen – die Asiaten hatten Österreich längst besiegt. Er zitterte am ganzen Körper, als er bei meinem Psychiaterfreund eingeliefert wurde.

DER EIERMANN

Er duschte nicht. Er stank. Nach Eau de fièvre. Er murmelte: »Myokarditis: so mies und wie: Dysenterie, anal mal gastrointestinal und wie: Coxsackie, it's time for Inkubation, mein Sohn!«

Er starrte auf sein Bett. Ulla, Bea und Claudia hatten es frisch überzogen. Er suchte das Kopfkissen, konnte es aber nicht finden, denn die Tanten hatten es unter die Decke ans Kopfende gelegt. Ludger sah die kleine Erhebung. Wie ein rot-weiß karierter Kindersarg sah sein Bett aus. Seine Gedanken wurden dunkel und schwer. Unruhe überfiel ihn, als hätte er viel zu viel Kaffee getrunken, viel zu viel, als wollte der Puls ins Freie springen, aus seinem Körper heraus. Alles in ihm pochte. Vielleicht sogar die Organe. Er setzte sich starr auf einen Küchenstuhl. Herz, Lunge, Leber, Niere, Bauspeicheldrüse, alle drängten hinaus. Vorsichtig hob er beide Arme, streckte sie gen Himmel, versuchte ruhig zu atmen. Versuchte es. Versuchte ruhig und tief zu atmen.

Lange saß er so da. Atmete tief und ruhig. Bis das Kaffeegefühl verschwand. Die Gedanken, die trübdüsteren, blieben. Gedanken wie Flugzeugabstürze, bei denen der Flugschreiber verloren bleibt. ▬▬▬▬▬▬▬▬▬▬▬▬▬▬▬▬▬▬▬▬

Er vermisste seine Eltern. Wie jedes kranke Kind hatte er Sehnsucht danach, von ihnen beschützt zu werden. Der Küchenstuhl erschien ihm zu hoch. Ihm war schwindlig. Er schlug sich mit der flachen Hand gegen die Stirn. Und setzte sich auf den Boden. Ein Anfang.

In der Schule war er nach dem Tod seiner Eltern kurz ein Star gewesen. Keiner kannte jemanden, der abgestürzt war. In der *Tagesschau* hatte man von dem Absturz berichtet. 155 Tote, und seine Eltern mittendrin. In der Schule stand er in einer Traube von Kindern. Sie wollten mehr erfahren. Aber er wusste nicht mehr. »Sind sie verbrannt? Sind sie zerschellt? Sind sie explodiert?« Er wusste es nicht. Er wusste nur, was in der Zeitung gestanden hatte: Direkt nach dem Start war die Maschine am 3. Dezember 1972 in Los Rodeos auf Teneriffa explodiert. Eine Convair 99 Coronado der Spantax. 155 Menschen starben, darunter 143 Deutsche, darunter seine Eltern.

Das Interesse an ihm ließ irgendwann nach, seine Eltern blieben tot. Er hatte Erinnerungen und den Schreibtisch mit der Lade, die klemmte. Er stellte sich oft vor, in der Lade sei ein Brief seiner Eltern. Eine Art Vermächtnis. Letzte liebevolle Worte. Ein Testament, das es im realen Leben nicht gegeben hatte, jung, wie sie bei ihrem Tod waren. Aber die Lade ließ sich nicht öffnen.

Bald kursierten Witze. Warum muss man bei Spantax vor dem Start einen Trainingsanzug anziehen? Weil man später in Turnhallen aufgebahrt wird.

Ludger saß aufrecht auf dem Boden und starrte *RADIES* an. Ein Anfang. Aufrecht saß er. Gestreckt. Atmete langsam. Blähte auf. Hielt die Luft an, als würde er kiffen. Prustete in Intervallen aus. Atmete, blähte, prustete. Verbrannt? Zerschellt? Explodiert? Atmete, blähte, prustete. Genau wie Paul Maria, sein Freund und Militärpriester, es ihm gezeigt hatte. »Du musst versuchen, dich dabei zu spüren«, hatte er gesagt. »Wenn es wieder passiert, dann einfach atmen, blähen, prusten und dich dabei spüren!«

Ludger versuchte alles, strengte sich an, blähte sich auf, blähte, bis seine Schläfen pochten. Endlich ließ er sich seitlings fallen. Nichts hatte sich verändert. Das Zimmer, das Poster mit dem sterbenden Wald, das Bett, der Schreibtisch, die 14 Schubladen und er. Knapp am Zwergenwuchs vorbei war er das exakte Gegenteil des Kindes auf der Brandt-Zwieback-Packung – so rote Wangen, jede Körperzelle happy. Und er? Blass, kein eingebildeter Kranker, egal, was man ihm sagte. Er war ein Kriegsopfer im Frieden, er war wie die einbeinigen Weltkriegopas und die blinden Senfgasrentner. Natürlich konnte die Bundeswehr (wahrscheinlich) nichts für seine Körpergröße, aber sie trug Schuld an seinem Zustand.

Er schloss auf dem Boden liegend die Augen. Sein albernes Apo-Apo-T-Shirt war verschwitzt.

Sein Freund Boris brachte ihm Obst. Ludger stand vor dem Fenster. Rabenschwarzer Blick.

»Ludger?«, fragte Boris vorsichtig. »Alles in Ordnung?«

Ludger starrte weiter aus dem Fenster und schüttelte den Kopf. »Diese Krankheit tötet mich nicht. Aber sie zerstört mein Leben!«, sagte er. »Verstehst du? Sie zerstört mein Leben!«

Boris nickte und wusch ihm das Obst.

SUPERKNUT

»Boris?«, fragte ich. »Wer ist das?«

»Er und mein Vater kannten sich, seit sie krabbeln konnten. Ein Fahrradpostbote. Fuhr bei Wind und Wetter. Ein ganz feiner Kerl. Er warf für meinen Vater immer die Bettelbriefe ein. Ludger hätte sich das Porto niemals leisten können.« Rudi schaute Laetitia lange in die Augen.

»Qu'est-ce qu'il y a?«, fragte sie und lächelte.

»Toi«, sagte er und strich ihr eine Strähne aus dem Gesicht.

»Weißt du, was euer Problem ist?«, fragte sie. »Das Gluske-Problem. Ihr sucht euch zu große Feinde. Die Armee, mon Dieu – ist das nicht ein bisschen viel für einen einzigen kleinen Mann? Und Marlboro? Ein Mädchen gegen Marlboro? Das ist wirklich ein bisschen viel, n'est-ce pas? Vielleicht ein bisschen zu mächtig, oder? Niemals kämpfen, wenn man nur verlieren kann, mein Schatz!«

»Und das sagt die Ururenkelin von Ulysse?«

»Genau deswegen sage ich das. Ulysse hat sich immer mit Gegnern angelegt, die er besiegen konnte.«

»So wie die Nazis? Waren die nicht auch 'ne Nummer zu groß für einen starken Flößer?«

»Und wer hat gewonnen, Rudi? Die Nazis mussten die Höhle in Bailly räumen und haben dann auf der ganzen Linie verloren.«

»Aber bei dem Kampf hatte Ulysse auch starke Verbündete. Die Amis, die Russen.«

»Ja, und genau das ist das Gluske-Problem. Ihr wollt das alles alleine machen, ohne starke Verbündete. Das ist lieb, aber nicht so sehr klug.«

»Ich hab dich.«

»Ja. Du hast mich. Das ist sehr klug von dir.«

DER EIERMANN

Ludger dachte daran, Paul Maria anzurufen. Er hätte zu gern gewusst, was Paul Maria dazu sagte, dass auf die Briefaktion noch keine einzige Antwort gekommen war. Und überhaupt: Was trieb dieser Mensch eigentlich? Nicht ein einziges Mal hatte Paul Maria ihn während der letzten Grippeperiode besucht. Ludger bezweifelte, dass ein katholischer Standortpriester auf einem mittelgroßen Schießübungsplatz der Bundeswehr so viel Arbeit hatte, dass keine Zeit für einen Besuch blieb. Ein paar letzte Salbungen – oder schossen die dort so schlecht, dass das wie am Fließband ging? Taufen und Geburten waren an diesen Orten ja eher die Ausnahme. Was um alles in der Welt trieb denn dieser Pfaffe überhaupt?

Paul Maria machte nicht viel. Er saß häufig da, blickte in den Chefhimmel und aß Peperoni. Wenn der Himmel ihn zu langweilen begann, dachte er an seinen Vorgänger, der vor einigen Jahren an Darmkrebs gestorben war.

»Gott ist doch ein Arschloch«, hatte der Kollege ihm gesagt, als die Metastasen zu wandern begannen.

»Die meisten Bosse sind Schweine«, hatte Paul Maria ihm geantwortet, und der sterbende Kollege hatte genickt.

Manchmal las er in der Bibel. Das altersschwache Testament. »Wer glaubt, dass Meere sich teilen, wird ziemlich nass«, hatte er sich notiert. Ihm war der rechte Schwung abhanden gekommen. Er fühlte sich wie ein Wehrpflichtiger des Herren, der zu faul für die Verweigerung gewesen war. Er hatte Theologie studiert, weil er Gott als Erklärung verblüffend verrückt fand. Richtig ulkig. Faszinierend, dass das so breit akzeptiert wurde. Dass man sich sonntags weltumspannend traf, ohne zu kichern. Dass er Prüfungen in Fantasy ablegen musste. Dass er mit älteren Herren über den Himmel sprach, als gäbe es ihn, so wie Prostatabeschwerden oder Wurst und Käse. Dass Frauen und Männer sich über Vorhöllen und heilige Geister unterhielten, ohne in der Zwangsjacke abgeführt zu werden. Das faszinierte ihn.

Er war ein guter Student, quietschvergnügt. Er lachte viel. Aber er bemühte sich auch darum, einen Glauben zu haben, bis er eine Arbeit von Vilayanur S. Ramachandran las, einem Neuro-Theologen, der Experimente mit Epilepsiepatienten gemacht hatte, bei denen er auf eine Art Gottesmodul im Hirn gestoßen war. Der hübsche Theologiestudent las sich weiter ins Thema ein und stieß auf Persingers Religionshelm, mit dem man über elektromagnetische Stimulationen des Schläfenlappens spirituelle

Erfahrungen herstellen konnte. Für Paul Maria stand schnell fest, dass die Neuro-Theologen recht hatten und dass der Glauben aus einer Vermittlungsstörung zwischen den beiden Hirnhälften entstanden sein musste.

»Wenn ich jetzt noch einen Gott lieben soll, muss es schon ein sehr hilfsbedürftiger sein«, notierte er sich damals.

SUPERKNUT

»Quatsch. Bullshit. Das ist ein Zitat von Novalis, nicht von ihm«, rief Laetitia, der man auch wirklich gar nichts vormachen konnte.

»Neuro-Theologie. Davon hab ich noch nie gehört«, sagte Rudi.

»Das Allmächtige steckt im Hirn, Baby, du musst nur fest dran glauben«, meinte Laetitia. »Dieser Inder Ramachandran hat die Köpfe meditierender Mönche und betender Nonnen durchleuchtet und dabei eine drastische Aktivitätsminderung in einem Hirn real beobachtet, das normalerweise der Orientierung dient.«

»Was heißt das? Fromme sind orientierungslos?«

»Na, um das zu erkennen, braucht's keine Wissenschaft, oder? Da reicht das bloße Auge. Dieser Monsieur Persinger hat diesen Helm entwickelt, den er in den Siebzigern ›Religionshelm‹ genannt hat. Er setzte einer Testperson einen umgebauten Motorradhelm auf und feuerte spezielle magnetische Felder auf den Kopf ab, klar? Et voilà: Viele der Versuchspersonen berichteten, eine eigentümliche ›Präsenz‹

gespürt zu haben. Einige flohen entsetzt, weil sie meinten, dem Teufel begegnet zu sein. Viele glaubten, dass Gott da gewesen sei.«

»Dass Gott da gewesen sei?«

»Oui, dass Gott da gewesen sei. Gott ist nur ein magnetisch induziertes Neuronenflackern.«

»Wow«, sagte Rudi. »Gott also doch nur ein Flackern. Wenn das so leicht ist, wird es vielleicht bald schon beim Friseur fünf Minuten Erleuchtung für fünf Euro geben. Erst Trockenhaube, dann Religionshelm.«

»Aber was ich nicht begreife« – Laetitia fasste sich an den Kopf – »wenn er nicht an Gott glaubt, warum wird er dann Militärpfarrer?«

»Vielleicht, weil man gar nicht an Gott glauben kann, wenn man in den Krieg zieht. Nicht mal an ein Flackern. Wenn man sieht, was da passiert, ist doch so ein Glauben nur im Weg.«

DER EIERMANN

Paul Maria blieb Geistlicher, weil er es nicht fassen konnte. Als gehörten alle zur Gemeinschaft der Irren. Vor gelangweilten Soldaten über einen nicht vorhandenen Gott zu sprechen, das war wie der Versuch, Wasser an die Wand zu nageln: plemplem. »Und Gott sagte, es werde Licht« – aber niemandem ging eins auf. Ich glaube an die heilige Ente, das wiehernde Pferd und an die ungewollte Empfängnis.

Die Soldaten waren zwischen 18 und 28 und saßen in seinem Gottesdienst, weil sie sonst Dienst hätten tun müssen. Gottesdienst oder Putzdienst, da fiel die Wahl leicht. Besser ein nicht existierender Gott, als den existierenden Grind aus den Ritzen des Kameradenbetts zu kratzen. Und weil es Gott nicht gab, konnten sie ihn auch nicht hören. Es war egal, was Paul Maria sagte. »Lots Frau erstarrte zur Salzsäule, Lot selbst wurde zu Pfeffer.« Keine Reaktion. »Gott übte nur, als sie den Mann schuf.« Nichts. »Und Rosa Luxemburg brach das Brot.« Nichts. »Charlie Chaplin in der Löwengrube. Als Gott brannte, sprach der Dornbusch: So geht's auch, alter Mann!« Nichts.

Paul Maria hatte versucht, den Standort zu wechseln. Nach drei Jahren hatte er sich um seine Rezivilisierung bemüht. Doch das Ansuchen wurde abgelehnt. »Anpassen ist Christenpflicht«, rief ihm ein Kollege aus einem vorbeifahrenden Leopard-I-Kampfpanzer zu, der zu seinem schwarzen Talar einen Stahlhelm trug. Paul Maria fotografierte ihn für seine Sammlung. Er sammelte Fotos von Kollegen, aufgenommen bei Manövern oder Übungen. Seelsorger im Einsatz. Er klebte die Bilder in einen Ordner. *Feuer frei, Jesus!* stand darauf.

SUPERKNUT

»Wie Rosas Fotos. Ihr Deutschen habt's mit Stahlhelmen. Ihr werdet mit Helm geboren und fotografiert euch gegenseitig die Helme«, sagte Laetitia.

»Ich hab keinen Helm«, sagte Rudi.

»Doch. Deiner ist rot und reicht dir bis zu deinem süßen Arsch!«

DER EIERMANN

Ein Schießübungsplatz, mittelgroß und mitten im Emsland gelegen, zwischen Lingen und Haselünne. Trostlos wie das Emsland selbst. Auf dem Schießübungsplatz ▬▬ Seine »Kirche« sah aus wie der Seminarraum einer Dickdarmkrebsvorsorge: ein Truppenbesprechungsraum, für den es sich nicht lohnte, sein Leben zu riskieren. Käme ein Feind, er würde rufen: »Bitte sehr, eingetreten«, und dann selber nichts wie weg. 45 Quadratmeter Deutschland, wie es nicht besungen wird. Der Raum hieß intern »Emsland B« und war zum Gebetszimmer umfunktioniert worden. Ein ungebetenerer Raum war schwer zu finden. Schlafend und dösend lagen seine grünen Schäfchen auf den Bundeswehrfunktionsstühlen, für die die Designer keine Preise, sondern Tritte in den Bauch bekommen haben müssten. Unbebetet.

Zur täglich angebotenen Seelsorge kam ein einziger Soldat, ein Protestant auch noch, also vom Feind, und nicht seiner hilfsbedürftigen Seele wegen, sondern um mit dem katholischen Standortpriester Backgammon zu spielen. Paul Maria spielte gern, um die Ödnis des Tages zu durchbrechen, doch gegen diesen Schützen Malmendier war kein Pfaffenkraut gewachsen. Verliert man jeden Tag gegen den immer gleichen Gegner, verliert der Geduldigste irgendwann die Lust am Spiel und die Geduld. Paul Maria hatte beides längst verloren. Am liebsten hätte er den Schützen Malmendier darauf aufmerksam gemacht, dass er als Lutheraner in »Emsland B« gar kein Aufenthaltsrecht hätte. »Malmendier, gehen Sie jetzt. Sie dürfen sich in diesem Aufenthaltsraum nicht aufhalten!« Aber schließlich war Malmendier sein einziger Zeitvertreib, und den wollte er sich nicht auch noch nehmen. Also spielte er grimmig weiter und verlor im Namen des Herrn Spiele, Nerven und Geld.

Malmendier: klein, rund, blond, durchsichtiges, dünnes Haar. Leicht schief sitzende Brille, unangenehm hohe Stimme und schräges Lächeln. Bei diesem Spiel war er genial. Er spielte aggressiv, schnell und präzise. Gnadenlos, selbstsicher. Kein Zug war zufällig, alles folgte von Anfang an einer Idee, einem System. So war er dem Zufallsprinzip der Würfel überlegen. Die Würfel konnten ihn nicht stoppen. Kein Pasch des Gegners hielt die Walze auf, die er über das Brett schob. Von den Soldaten wollte deshalb schon lange niemand mehr gegen Malmendier spielen. Seine haushohe Überlegenheit hatte sich sogar bei frisch Eingerückten schnell herumgesprochen. Also musste sich der Priester aus Langeweile und Christenpflicht opfern. Er war bereits hoffnungslos verschuldet bei dem als Soldaten hoffnungslos untalentierten Protestanten.

Malmendier kam aus dem Ennepetal. Mit schlechten, bemoost wirkenden Zähnen war er Paul Marias Bezugsperson in seinem tristen Standortleben rund um den roten Ascheplatz und zwischen »Emsland A« (Lutheraner) und »Emsland B« (Katholiken). Man musste sehr genügsam sein in so einem Leben. Wenn man durch die Gänge ging und Männer sah, die einen Schuhsack auf dem Kopf trugen und blind ihr Gewehr ölten, und wenn man stehen blieb, minutenlang, weil nichts ringsum interessanter schien, dann durfte man von einer Leere sprechen, die aufs Gemüt schlug.

Man sagt, mit der Zeit setze die Gewöhnung ein, aber bei Paul Maria setzte sie nicht ein. Sie entfernte sich mit jedem Schuss, der auf den Übungsplätzen fiel. Es fielen viele Schüsse. Die Bundeswehr versuchte, mit Tiefffliegern von diesem Lärm abzulenken, aber erfolglos. Früher hatte er gedacht, dass Schüsse pfeifen. Doch sie waren wie dumpfe Rülpser, die die Luft zerreißen: kurz und trocken.

Wenn er verzweifelte, verlor er noch höher gegen Malmendier. Malmendier selbst war immer gleicher Stimmung. Er pfiff nie vor Vergnügen, er fluchte nie vor Wut. Er lächelte sein schiefes Lächeln, als habe er eine Gesichtslähmung. Als sei ein Teil seines Kiefers aus der Verankerung gefallen. Ein Gesicht auf der schiefen Bahn. Eine Nach-unten-Mimik. Das Gestell der Brille war nicht verbogen, die Brille saß schief, weil Malmendier verbogen war. Dazu eine Stimme, als habe er eine Glasscherbe geschluckt, die über die Stimmbänder kratzte. Und dieser Mensch stand ihm am nächsten. »Zocker-Ökumene« nannte Paul Maria ihre Treffen. Denn er war praktischer Christ. Theoretisch konnte man es nicht sein.

SUPERKNUT

»Was hat das alles mit deinem Vater zu tun? Wird das erklärt in der Nachvergangenheit?«, fragte Laetitia und gähnte. Tulip lag neben ihr und schnarchte. Die stinkende Felltulpe.

»Was meinst du mit ›Nachvergangenheit‹? Die Zukunft?«

»Oh Rudi! Natürlich ist die Nachvergangenheit später. Mein Großvater ist Vergangenheit, er ist tot. Ulysse ist Vorvergangenheit, aber auch Präsens, weil er noch lebt.«

»Und wie er lebt«, lachte Rudi. Ulysse Hervé, eine Flasche Bailly Lapierre AOC Crémant de Bourgogne in der Hand. Oder einen Noir & Blanc. Oder einen trockenen Baigoule, direkt aus der Höhle in Bailly, wo sie gelagert und gedreht werden, wenige Kilometer entfernt vom berühmten Chablis.

»Paul Maria hat meinen Vater am Rhein kennengelernt«, sagte Rudi.

»*He was sitting at the river but he was thinking of the sea.* Kennst du das Lied über den Massenmörder von Düsseldorf von dem Amerikaner, der auch über uns beide ein Lied geschrieben hat?«

»Was? Wen meinst du?«

»Randy Newman. *Short People.*« Laetitia lachte. Sie war so schön, so, wie sie müde neben ihm lag, ihre Haare in allen Richtungen. »Und er hat ein Lied geschrieben über den Massenmörder Peter Kürten, den Vampir von Düsseldorf. *In Germany before the war.* Er hat neun Frauen umgebracht und einem Schwan in den Hals gestochen und das Blut getrunken.«

»Der arme Schwan«, sagte Rudi, der halbe Düsseldorfer.

DER EIERMANN

In der Messe Düsseldorf fand 1986 ein »schießfreier Kirchentag« statt – ein Treffen aller katholischen Standortpriester im Heeresdienst. Ludger war seit mehr als einem Jahr schon wieder Zivilist und versuchte, im nahe gelegenen Rhein Fotos zu entwickeln. Er war fieberfrei und hatte gelesen, dass das durch den Cocktail aus Insektiziden, Fungiziden, Herbiziden, Zink, Kupfer und Cadmium, den der Fluss enthielt, möglich sei, wozu Sandoz und Ciba-Geigy sicher fleißig beigetragen hatten. Tote Aale konnte man damals heugabelweise abschöpfen. Unter Jugendlichen galt es als Mutprobe, eine Hand in den Rhein zu halten.

Die Schweizer Gift-Manager waren damals die verhasstesten Menschen des Rheinlands. Man wollte sie täglich mit Fischsuppe aus dem Rhein füttern und die Kinder der Chemie-Bagage in den Rhein werfen. Sie mit ihrer eigenen Giftbrühe kaputtmachen. Ludger wollte das. Sein friedlicher Freund Boris meinte nur: »Ich bin nicht der Richter. Ich bin das Opfer.«

Auf den Stufen am Rheinufer saß eine Messehostesse. Sie war schwanger und verweint. »Mit ihren verheulten Augen sah sie fast aus, als hätte sie auch Grippe«, sagte Ludger später. Das Kind war von einem der Standortpfarrer. Der Seelsorger aus dem Kreiswehrersatzamt Wuppertal-Elberfeld hatte sie sitzenlassen. Er sei bereits mit der Kirche verheiratet, und eine Scheidung käme für ihn als Katholiken nicht in Betracht. In der Messe hatte sie ihn zum ersten Mal seit drei Monaten wiedergesehen und war von ihm verleugnet worden. Damit sie ihn nicht vor seinen Kollegen in eine unangenehme Situation bringen konnte, hatte der Kirchenmann die Geschäftsführung der Messe Düsseldorf darum gebeten, sie ausschließlich in der Küche einzusetzen und nicht in den Saal zu lassen.

Ludger wurde wütend, als er das hörte. Sie überragte ihn. Der kleine Mann mit den fiebrigen Augen nahm ihre Hand und zog sie über die Rheinwiesen zur Messe. Durch den Mitarbeitereingang betraten sie die Halle. An seiner Hand ging sie mit dem entschlossenen kleinen Mann an der Küche vorbei in den Saal. Mit der anderen Hand fuhr sich Ludger durch sein klebriges Haar und schob den schweren Samtvorhang zur Seite. Ihm war, als beträte er eine Bühne.

Ein Redner erzählte gerade Manöverschwänke. Graumeliert, randlose Brille. »Ich habe viel erlebt auf Manövern, ich war bei der Harten Faust dabei, '79, bei unserer Großveranstaltung mit den englischen und amerikanischen Kollegen, Spearpoint, 102 000 Soldaten, ein Riesending. Ich bin gerade im Planungsstab für Kecker Spatz, aber das Witzigste hab ich erlebt beim Flinken Igel!« Er kicherte. Nahm die Brille ab und setzte sie wieder auf. »Nachschubbataillon, Luschentruppe, Bürste, Haare, schwarz, kennen wir alle, diese Pappenheimer, alle im Eimer, klar. Ich war live dabei, ein Spaßvogel, Gott ist mein Zeuge, fragt der Feldwebel, prima Mann, übrigens, also fragt der einen Schützen, ›Schütze soundso, wie verhalten Sie sich, wenn das Kommando ertönt: Freiwillige vor?‹. Darauf der: ›Ich trete zur Seite, damit die Freiwilligen vortreten können!‹« Großes Gelächter.

Die Tische waren zu einem überdimensionalen Kreuz angeordnet. Man war bereits beim Nachtisch, es wurde Götterspeise gereicht. An den Wänden hingen Bundeswehrplakate: Bilder von Tornados und Alpha Jets, erste Bilder vom Jäger 90, vom Marder, dem Minenwerfer Skorpion. Sentimentale Bilder vom Pionierpanzer 1, der gerade eingestellt worden war, vom Flugabwehrraketenpanzer Roland und Bilder vom guten alten Raketenwerfer 100 SF, der schon seit den späten 60ern im Einsatz war, klaglos. *Der Leopard II – unser stärkstes Stück,* schwärmte ein Plakat.

Der Graue am Rednerpult konnte mit dem Zwischenrufer mithalten. »Noch eine Dienstvorschrift: Beim Erreichen des Gipfels sind die Gehbewegungen selbständig einzustellen!«

Hinter dem Rednerpult hing ein kleines Kreuz, an dem der leidende Jesus hing; daneben eine etwas größere bildliche Darstellung der Jungfrau Maria.

Die schwangere Kellnerin zeigte auf einen der Priester. Er saß am oberen Ende des Tischkreuzes. Auch graumeliert. Drahtig, nicht unattraktiv, mit halboffenem Mund Götterspeise kauend. Ludger ging auf den Tisch zu und blickte den schwarzgekleideten Mann an. Vom Podium wurde der nächste Soldatenkalauer nachgeschossen. »Ich hab Ihnen befohlen, Ihren Helm einzugraben, Soldat! Von Helmabsetzen hab ich nichts gesagt!« Großes Gelächter. Auch der Graumelierte schmunzelte und wischte sich mit der Serviette Reste der Götterspeise aus den Mundwinkeln. Jetzt sah er den verschwitzten Zwerg mit der schwangeren Kellnerin, und seine Haltung wurde steif. Er streckte seinen Körper, als erwartete er einen Angriff. Suchend sah er sich nach der Geschäftsführung um.

»Verzeihen Sie«, sagte Ludger sehr laut. »Aber ich wurde gebeten, Sie zu fragen, ob Sie damit einverstanden sind, wenn der kleine Zölibat abgetrieben wird. Es ist eigentlich nach der Frist. Ich soll Sie fragen, weil Sie als Vater ja mitbetroffen sind!«

Unruhe entstand am oberen Teil des Kreuzes. Standortpfarrer starrten ihn an. Der Graumelierte erhob sich, eine ausschlagartige Errötung im Gesicht, als hätte er den Kopf in den Rhein gehalten, öffnete den Mund zu einer möglichen Entgegnung, aber Gott ließ ihn mit einer Eingebung im Stich. Sprachlos stand er da.

Der Redner redete sich weiter in Stimmung: »Ein Junge wird eingezogen, oben bei mir in Osnabrück. Vom ersten Tag an murmelt er immer nur: ›Ei, wo isser denn? Ei, wo isser denn?‹ Den ganzen Tag. Schließlich wird er für verrückt erklärt, und als er seinen Entlassungsschein in den Händen hält, strahlt er übers ganze Gesicht: ›Ei, da isser ja!‹«

Der Graumelierte schien sich zu fangen. Er ging einen Schritt auf die Kellnerin zu und deutete eine Umarmung an. »›Unser Verhältnis war spirituell und beratender Natur«, sagte er heiser. Die Ohrfeige, die sie ihm gab, hallte klatschend durch den Saal. Der gutgelaunte Redner verstummte, einzelne Militärprediger erhoben sich von ihren Stühlen, als wollten sie einschreiten. Ludger brüllte in den Raum: »Wer von euch Heinis ohne Schuld ist, der werfe die erste Handgranate!«

Plötzlich wurde er von hinten umgerissen und zu Boden geworfen. Paul Maria hielt ihn fest umschlossen im Schwitzkasten. Als das Wort »Handgranate« fiel, hatte der praktische Christ sofort reagiert. ▬▬▬▬▬▬▬▬▬▬ Paul Marias Muskeln waren auch unter seiner schwarzen Uniform deutlich zu erkennen. Er war sehr stark und der kleine, chronisch geschwächte Ludger kein Gegner für ihn. Die Schwangere schrie, und der Graumelierte trat dem am Boden liegenden Ludger gegen die Schläfe. Dann wurde Ludger von Paul Maria aus dem Saal getragen.

»Dürfte ich fragen, wohin Sie mich tragen?«, fragte Ludger.

»Hinaus«, antwortete Paul Maria.

»Das heißt, Sie sind auf der Seite von diesem Schwein? Zeigen Sie auch jungen Frauen, wie der Heilige Geist ordentlich in sie einfährt?«

»Nein, ich bin nicht auf seiner Seite«, sagte der stattliche Militärpfarrer. »Ich bin nicht auf der Seite von diesem Schwein!«

SUPERKNUT

Laetitia lachte laut auf. »Schreibt er wirklich ›der stattliche Militärpfarrer‹? Oh Mann, wie eitel ist er? Da hat dein Vater aber wirklich Glück gehabt, von so einem stattlichen, großen Mann auf den Händen getragen zu werden. Dein Vater hat sich's gutgehen lassen.« Laetitia wehrte Tulip ab, der sein Mundgeruchsmaul auf ihren Kopf legen wollte. »Oh, wie süß, der Pfarrer Suess.«

»Er spricht sich nicht ›süß‹ aus, er sprach's wie Suez aus, wie der Kanal. Paul Maria Suez.«

»Uh, dunkle Haare, Suezkanal, ein Typ wie Omar Sharif, was?«

ICH

60 Männer zur Prostitution gezwungen.
Vermisstes Känguru »Sumsi« in der Steiermark entdeckt.
Bei Traktor-Reparatur Opa überrollt – tot.
Flugbegleiter zum Abspecken verdonnert. 28 Flugbegleiter der Turkish Airlines wurden vom Dienst suspendiert: zu dick.

Zwei Schüler unterhielten sich in der U-Bahn über ihre Kunstprofessorin. Sie hatten mit Speckstein gearbeitet. Der 12-Jährige hatte eine Eule versucht. Er hatte an dem »Scheißstein« gefeilt, aber den »Scheißschnabel« nicht hinbekommen. Die »gschissene« Kunstprofessorin hatte ihm gesagt, so sei die Eule »a Schaaß« und er bekäme »an Fünfer«. Er hatte sie gebeten, ihm zu helfen. Die Lehrerin hatte daraufhin widerwillig an »dem Scheißschnabel« gefeilt – wohl zu viel: »Der Scheißschnabel« brach ab. »Und jetzt?«, hatte der 12-Jährige gefragt. »Jetzt ist's ein Fleck. Fünf!« war die Antwort der »Scheißtrommel«.

Hinter mir saß ein Mann, der im Fernsehen ein Interview mit der Frau von Thilo Sarrazin gesehen hatte. »Da gab's eine Sammelbeschwerde von 50 Eltern. Sie würde im Unterricht die Beherrschung verlieren und die Kinder anschreien. Waaßt, die ist Lehrerin oben in Berlin. Sie hat im ARD gesagt, sie schreit nicht im Unterricht. Sie hat gsagt, es gibt Kollegen, die legen's darauf an, von ihren Schülern geliebt zu werden, ihr ist Respekt aber wichtiger.«

»Was ist das eigentlich für ein Landsmann, der Sarrazin?«

»A Deutscher.«

»Na, des is oba ka richtiger deutscher Name. Dillo Sarrazin. Ist des nicht eher so aus dem Abendland?«

»Du maanst Murgenland, aber naa. Des is a Piefke. Und sei Oide wurde wahrscheinlich von irgendwelchen Türken verklagt.«

»Oarg!«

»Sag ich ja, hearst, kriegst du no irgendwos mit, du Koffer?«

Ich blätterte zu Rudis Seite.

SUPERKNUT

Irma soll das Pferd so lange festhalten, bis der Münchner Metzger da ist.

»Wie weit bist du mit dem Puzzle, Knut?«, fragt Knuts Vater.

»Geht so«, sagt Knut. »Ich hab erst zwei Teile zusammengesteckt. Aber Irma hat ihres fertig. Sie ist wahnsinnig gut im Puzzlen. Sie hat einen VW Golf in Lebensgröße geschafft. 750 000 Teile. Sie hat nur zwei Stunden dafür gebraucht!«

»Na ja, ein Auto! Das ist ja auch nicht so schwer«, sagt sein Vater. »Um was geht's in deinem Puzzle noch mal, Knut?«

»Um einen Ball. Das Puzzle hat acht Teile, aber ich kann's nicht.«

»Ein Ball!«, rufen alle. Eine ruft »Ballao«, eine andere »Ballinski«.

»Knut! Du bist unser Superknut«, ruft seine Mutter und drückt ihn fest an ihren Busen. Dann kommt die Schaum-Oma zum Knutschen. Die heißt so, weil sie aus dem Mund schäumt, sogar wenn sie schläft. Man weiß nicht, warum. Aber einmal war sie im Kaufhaus über Nacht in der Geschirrspülmittelabteilung eingesperrt. Seit diesem Tag schäumt sie. Und die bärtige Oma zwickt ihm liebevoll in die Nase. Wahnsinnig liebevoll, jemand anderen in die Nase zu zwicken! Aber immer noch besser, als an einem unrasierten Kinn zu schaben. Bart-Oma hätte einen Bart bis zu den Knien, wenn sie sich nicht mehrmals täglich rasieren würde. Sie kommt aus Weißrussland und war früher Hammerwerferin, da hat sie täglich mehrere Kilo Pillen essen müssen. Davon bekam sie einen Bart und eine sehr tiefe Stimme, aber den Hammer schmiss sie von Weißrussland bis Schwarzrussland. Sie ist übrigens auch die Schwester der russischen Großtante. Warum die so groß ist, bleibt ein Rätsel. Sie sagt, das sei, weil sie aus einem großen Land komme.

»Aha, und alle Inuit sind kalt, weil sie in der Kälte leben«, sagt Irma, die langsam von ihrem Geburtstagsfest genervt ist.

»Inuitinski? Was meint sie?«

»Inuitao?«

»Inuit. Eskimos«, erklärt Knut und sieht, wie seine Eltern stolz den stolzen Großeltern zunicken.

»Superknut!«, rufen sie im Chor.

Irma sagt leise: »Die Inuit haben 80 verschiedene Wörter für Schnee.«

»Wahnsinn«, flüstert Knut ihr zu, und zu den anderen sagt er: »Irma spricht die Sprache der Inuit. Sie hat es sich selbst beigebracht. Sie ist der klügste Mensch der Welt.«

Da lachen alle, die ganze Familie. »Knut, aber das bist doch du! Du bist der tollste und klügste und schönste Mensch auf der Welt, nicht wahr, Irma?«, ruft der Vater, und ihm wird von allen Seiten recht gegeben. Rechtao und Rechtinski.

»Oh Mann«, sagt Knut.

R. G. (Morgen geht's weiter.)

Rudi war nicht im »Sztuhlbein«. Er hatte die letzte Woche durchgehend Dienst in der Célestin-Freinet-Volksschule in der Porzellangasse im 9. Bezirk. Freinet war ein französischer Kommunist, der in den 20er Jahren eine Reformpädagogik entwickelte, die davon ausging, dass Kinder lernen wollen. Ein revolutionärer Ansatz. Die Kinder in der Freinet-Schule bestimmten weitgehend selbst, was sie lernten, mit wem sie dabei zusammenarbeiten wollten und wie viel Zeit sie dazu brauchten. Ulysse hatte ihm den Job von Mailly-le-Château aus besorgt.

»Freinet ist mein Mann«, sagte Ulysse. »Keine Noten, die Kinder machen ihre eigenen Regeln als Kooperative. Die kleinen, süßen Kacker verwalten sich selbst. Nichts von diesem Demütigungsstress von denen da oben. Die Herrschenden können sich in die Toilette werfen, und wir ziehen ab!«

Die Schüler bekamen keine Zeugnisse, sondern schätzten am Ende des Schuljahres bei einer Selbstbeurteilung ihre Arbeit ein und zogen Bilanz ihrer geleisteten Arbeit. Dabei wurden, so das Ziel, Fähigkeiten zur kritischen Selbstbeurteilung entwickelt.

»Wenn ich Scheiße gebaut habe, weiß ich das selber, oder nicht? Wenn ich etwas nicht kann, brauch ich doch niemanden, der mir das sagt und mir eine Scheißbeurteilung ins Heft schreibt. Wozu? Célestin, ich kannte ihn – wunderbarer Mann, Gewerkschaftsmann, seine Frau Elise, sehr dunkel, sehr schön. Er hat mir gesagt: ›Schau, Ulysse, alle sollen buckeln? Nein! Angst haben? Nein! Sie sollen selbst bestimmen, selbst verwalten, demokratisch lernen, selber Regeln aufstellen und sich an die halten, Streit ausfechten, ohne einen Lehrer, der ›Ruhe‹ brüllt.‹ Mein Freund Célestin hat den Kindern das Wort gegeben, kleinen Menschen wie dir, Rudi. Die Freinet-Klassen sind ein Laboratorium der Sozialerziehung.«

»Noch nie was davon gehört«, hatte Rudi am Telefon gesagt. Das war kurz, nachdem er und Laetitia im Februar 2012 nach Wien gezogen waren.

»Natürlich nicht. Die Deutschen und Österreicher! Skeptisch waren sie alle – Freinet, ein Franzose und ein Sozialist …! In der Weimarer Republik haben sie ihn gehasst und auch in der frühen Bundesrepublik. Starke Kinder? Wer wollte das? Aber heute gibt's Schulen, die nach Célestins Vorstellungen arbeiten. Ich such dir eine, Rudi. Ich lass meine ganzen linken Kontakte spielen. Österreich schadet's auch nicht, aufrechte kleine Menschen zu haben. Nicht nur

Schüler wie Gerber. Schließlich ist das vielleicht das Land meiner Urururenkel«, sagte der 107-Jährige.

Obwohl Rudi keine pädagogische Ausbildung hatte, schaffte es der lange, alte Arm aus Frankreich, ihm den Job in der Porzellangasse zu besorgen – nicht als Lehrer, sondern als Nachmittagsbetreuer. Die Kinder waren überwiegend Bobokinder: Söhne und Töchter einer aufgeklärten, städtischen Kunst- und Medienschickeria. Dazu ein paar Ärzte und Anwälte und leider nur fünf ausländische Kinder, obwohl man die mit Freinet so gut hätte integrieren können. Aber die wenigen türkischen und serbischen Eltern rund um die schicke Porzellangasse interessierten sich nur bedingt für französische Reformpädagogik der 20er Jahre.

Schulleiterin war Magistra Marianne Hundertpfund, eine umtriebige 60-jährige Sozialdemokratin mit rot gefärbtem Haar. Sie schrieb regelmäßig Leserbriefe an liberale Tageszeitungen zu Schulthemen, und unregelmäßig ließ man sie sogar Gastkommentare schreiben. Mit dem Wiener Schulinspektor war sie gut befreundet und schaute drauf, dass ihre Schule medial präsent war. In Schulrankings – das war ihr wichtig – galt es, einen Top-15-Platz innerhalb der Wiener Volksschulen zu behaupten. Mag. Hundertpfund hatte ihn durch die Schule geführt, ihm die Friedensecken gezeigt und die Arbeitsecken, die Arbeitskarten, Lexika und Bücher. Sie nahm ihn mit zu einem Morgenkreis, und er hörte, wie der Klassenrat der 7-Jährigen beschloss, sich heute eher auszuruhen. Eine aus der Klasse zeigte ihm ihren individuellen Tagesplan und ihr Lerntagebuch. »Ich bin sehr schlecht in Rechnen, aber gut in Purzelbaum«, erklärte sie ihm.

»Gut«, sagte er. »Ich auch.«

Die Kleine lachte.

»Vier Dinge sind uns wichtig«, meinte Frau Hundertpfund. »Freie Entfaltung der Persönlichkeit, kritische Auseinandersetzung mit der Umwelt, Selbstverantwortlichkeit des Kindes und Zusammenarbeit und gegenseitige Verantwortlichkeit. Können Sie das unterschreiben, Herr Gluske?«

»Klar. Aber das sind fünf Dinge«, sagte er.

»Gut, dann Deal«, sagte Mag. Hundertpfund, und er hatte den Job. »Teamlehrer« war seine offizielle Bezeichnung. Bei Exkursionen war er dabei und bei Büchernächten. Wenn jemand ausfiel, machte er Sportunterricht oder war einfach da, wenn jemand etwas brauchte. Tatsächlich jedoch arbeiteten die Kinder so selbständig, dass sie praktisch niemanden brauchten.

Seine Kollegen, die echten Lehrer, waren lässige Typen. Fünf junge Frauen, drei erfahrenere Lehrerinnen über 50 und zwei männliche Hippies, die mit ihren Schülern täglich Traumtrommel spielten – Steel Pan, das Nationalinstrument Trinidads. Eines der wenigen Instrumente, das im 20. Jahrhundert erfunden wurde.

Die Atmosphäre in der Schule war so gelöst, dass Rudi nicht verblüfft gewesen wäre, wenn man in einer Arbeitsecke gekifft hätte. Es war angenehm, dass man mit den Kindern ganz normal reden konnte und nicht in diesem albernen Erwachsener-Kinder-Stil.

»Hattest du schon mal einen Eisprung?«, fragte ihn Lara, 8.

»Nein«, antwortete er.

»Ich auch nicht. Wir sind zu jung«, sagte sie.

DER EIERMANN

»Du solltest weniger Eier essen«, sagte Paul Maria, als Ludger sich sein fünftes hartgekochtes Ei in den Mund schob.

»Und du solltest deinen Soldaten was predigen und nicht mir«, antwortete Ludger und begann damit, sein sechstes Ei zu pellen.

»Malmendier isst nur die Schalen der Eier. Eier an sich mag er nicht. Die Schalen hingegen seien ausgezeichnet, meint er.« Paul Maria rührte in seinem Kaffee.

»Dein Malmendier weiß, was gut ist. Hühner kriegen auch die Schalen zu fressen, dann werden die Schalen ihrer eigenen Eier besser. Kalkhaltiger. Komisch«, sagte Ludger mampfend. »Hab ich noch nie versucht. Vielleicht ist das tatsächlich die richtige Art, sein Ei zu essen? Vielleicht essen wir seit Tausenden von Jahren den falschen Teil vom Ei? Wer sagt denn überhaupt, dass man das Innere essen soll? Deine Kirche? Dieser Malmendier gefällt mir. Der scheißt auf Traditionen.«

Ludger schob sich vorsichtig ein Stück Schale in den Mund. Es knirschte unangenehm. »Wieso bist du eigentlich nicht bei deinen grünen Schäfchen?«, fragte er.

»Es gibt zurzeit nichts zu beichten.«

»Du solltest deine Leute nicht alleine lassen. Wer weiß, ob nicht gerade jetzt jemand an deine Tür klopft, der verzweifelt ist, weil sein Maschinengewehr klemmt, und du als seine letzte Hoffnung bist nicht da?«

Draußen regnete es. Niederrheinmonsun. Paul Maria verspürte keine Lust, sich wieder auf den Weg zu machen. Für wen auch? Für Malmendier? Wer sonst würde sein Fehlen bemerken?

»Wieso bist du hergekommen?«, fragte Ludger, der ein frisches braunes T-Shirt mit hebräischen Buchstaben und einer Flasche

Bier drauf trug. Ein Maccabee-Werbehemd – das koschere Bier aus Israel, das brotig riecht und blechern schmeckt, als tränke man feuchtes Gras.

»Ich bin vor Malmendier geflohen. Er hat mich mürbegezockt«, antwortete Paul Maria, dem sein elegantes schwarzes Hemd stand. Er sah hervorragend aus.

SUPERKNUT

Laetitia ahmte den ihr Unbekannten nach. »Ich sehe hervorragend aus. Ein Beau Gottes! Du weißt, Rudi, ich habe wirklich viele Bücher gelesen, aber Herr Suezkanal ist für mich ganz weit vorne. ›Er sah hervorragend aus‹ – das ist ganz großes Kopfkino.«

DER EIERMANN

»Dem Emmentaler?«, fragte Ludger.

»Ennepetal. Malmendier kommt aus dem Ennepetal.«

»Und was machst du, wenn die Russen kommen? Wenn du schon vor einem Brettspiel mit einem kleinen, dicken Mann wegläufst? Malmendier wird die roten Horden immerhin im Backgammon besiegen, aber du?« Ludger saß inzwischen an seinem Schreibtisch mit den 14 Laden und steckte einen weiteren Brief in ein Kuvert.

»Du wirkst nicht sehr enthusiastisch bei deiner Arbeit«, sagte Paul Maria. »Glaubst du nicht sowieso, ganz unter Freunden, dass das sinnlos ist?«

»Sinnloser als deine Arbeit? Ich weiß nicht«, antwortete Ludger und fuhr mit gespieltem Enthusiasmus mit seiner Arbeit fort.

Im Regen fuhr Boris am liebsten. Wenn die Tropfen an seinen Augenbrauen hängenblieben und langsam auf die Lippen fielen, da fühlte er sich lebendig. 22 und lebendig. Entscheidend war, die Hose vor Nässe zu schützen. Er hatte verschiedene Plastiktüten als Regenschutz ausprobiert, bis sich eine Marke herauskristallisierte: LDPE-Plastiktüten aus Hochdruck-Polyethylenfolie von Markusmühle, einem Trockenfutterhersteller für Hunde. Keine war so widerstandsfähig, und eine Trockenfuttertasche schien ihm auch das Logischste, um sich vor Nässe zu schützen. Diese Tüten waren sein Grundmaterial. Mit schmalen Metallverstärkungen hatte er seitlich Regenrinnen eingenäht, die über die Schuhe hinausragten, so dass der Regen seiner Plastikhose keinen Schaden zufügen konnte.

Die Trockenfutterhose sah man so vielleicht in Mailand oder Paris auf Laufstegen, aber als chic hätte sie trotzdem keiner bezeichnet. Sie sah nicht gut aus, für einen Fahrradpostboten war sie jedoch praktisch.

»Arschloch«, brüllte ihn ein Kind an, das im strömenden Regen vor dem Graf-Recke-Stift stand und mit einem Stein nach ihm warf. Bescheuertes Heimkind. Suchte wahrscheinlich über den Stein körperliche Nähe.

»Der Kaffee ist gut geworden, wenn man dünnen Kaffee mag«, sagte Paul Maria. »Wie viele Briefe hast du bis jetzt verschickt?«, fragte der Priester und schlürfte den Kaffee elegant von der Untertasse wie ein Franzose.

ICH

Polyethylenfolie hatte Mundprecht eingekringelt. Auch *Trockenfutterhose*. Hatte das FBI die Hose nachbauen lassen oder die CIA? Hatte Prof. Mundprecht, Dekan an der South Dakota State University Brookings, Leiter des Fachbereichs »German Literature«, den Typen von der Homeland Security gesagt: »Schaut euch das mal an. Ich übersetz hier was, das könnte interessant sein. So eine Hose, ich weiß nichts Genaues, aber Polyethylenfolie, wer weiß, was man damit alles machen kann. Das Mädchen hat vielleicht was dabei? Trägt sie eine Trockenfutterhose? Vielleicht könnte man ihre Kleidung untersuchen lassen?« Die allernächste Frage: War Mundprecht ein unterbezahlter Wichtigtuer, der an Amerikas unwichtigstem College unbegabten Bauern Deutsch beibrachte, das er selber wahrscheinlich kaum beherrschte? Wäre er ein echter Deutschakademikerfreak gewesen, wäre er nicht in Brookings, sondern wenigstens in Des Moines oder Omaha Professor.«

Mundprechts Notizen im Eiermann-Manuskipt, das ihm über Rosa in die Hände gefallen war, beschränkten sich auf Einkringeln, »!« und »?« Ansonsten hatte er jede Menge gestrichen. Alles Weitere schien eine Nummer zu groß für ihn.

Mundprecht war reiner Übersetzer. Ohne Macht. Ich habe versucht, über die akademische Laufbahn von Professor William Ebenezer Mundprecht etwas herauszufinden. Veröffentlichungen gibt es keine, aber seit 1992 taucht er in der Liste der ständigen, freien Dozenten auf. Außerdem scheint er in den Semesterferien nicht von der South Dakota State University bezahlt worden zu sein, denn ein Prof. William Ebenezer Mundprecht wird auch als Mitarbeiter der Chevron-Tankstelle in Mitchell geführt. Auch diese Tatsache deutet nicht darauf hin, dass Mundprecht zu den führenden Germanisten des Landes gehört. Aber bestimmt zu den führenden Germanisten unter Amerikas Tankwarten.

Vielleicht ist auch der Begriff »Universität« für das, was in South Dakota akademische Realität ist, schlichtweg irreführend. Für die 800 000 Einwohner des Präriestaates gibt es sechs Universitäten. Trotzdem hat South Dakota nicht den Ruf eines modernen Timbuktu. Niemanden hörte man je sagen, South Dakota sei das Alexandria des Mittleren Westens. Das Niveau der Universitäten muss man sich als bescheiden vorstellen. David Foster Wallace hätte seine berühmte *Das hier ist Wasser*-Rede wohl nicht vor Uni-Absolventen in Spearfish, Madison, Vermillion oder Aberdeen gehalten.

Wer bei Mundprecht Deutsch studiert, tankt bleifrei ein bisschen Bildung. Reifenwechsel, Öldruck, Thomas Mann. Darf ich Ihnen die Windschutzscheibe waschen? Und ein wenig Büchner?

Aber in dem kleinen, stickigen Raum der American Legion in Platte, South Dakota, damals im Winter 2011, war Professor William Ebenezer Mundprecht der offizielle

Übersetzer, der Paul Marias »Roman« einschätzen musste, auf mögliches Gefahrenpotential hin. Es ging um Amerikas Sicherheit, hier in den in die Jahre gekommenen Räumlichkeiten der Veteranenorganisation. Es lag an ihm. Die Verantwortung lag schwer auf Mundprechts ölverschmierten Schultern. Der Roman und die Aussagen dieser jungen, blassen, rauchenden Frau. Um ihren Vater ging es darin, so viel war Mundprecht immerhin klar. Ein Mann im Krieg mit dem Nato-Partner. Da war Mundprecht auf der sicheren Seite, wenn er möglichst viel Gefahrenpotential im Text erkannte. Und Mundprecht sah viel davon. Denn der Dekan der South Dakota State University in Brookings liebte seine Heimat, und seit 9/11 war jeder in diesem wunderbaren Land vorsichtig.

SUPERKNUT

»Ich hätt gern gesehen, wie der schöne Kardinal elegant den Kaffee schlürft«, spottete Laetitia. »Wie Richelieu mit dem Zucker zwischen den Zähnen und dann von der Untertasse runtergeschlürft. Ein Glückspilz, dein Vater, Rudi, von einem so kosmopolitischen Bonvivant nachgerufen zu werden!«

»Er wollte einen Roman über meinen Vater schreiben. Keinen Nachruf. Und er selbst spielt eben mit.«

»Ein Roman? Rudi, entschuldige, ich bin nur eine kleine Schleusenwärterin von einer kleinen Écluse in der Provinz, aber das ist kein Roman. Der Mann will kein Pfarrer sein, okay, das versteh ich, aber wenn er ein Schriftsteller sein will, dann muss er auf ein Wunder von seinem Gott warten. Dass der Butter aus Scheiße macht, oder wie man sagt!«

»Aber das ist alles, was ich habe von meinem Vater«, sagte Rudi.

DER EIERMANN

»2254«, antwortete Ludger. Er schaute aus dem Fenster auf den prasselnden Regen. Der Wind hatte zugenommen. Blätter torkelten orientierungslos durch die Luft, und die Menschen in der Brunnenstraße kämpften mit ihren Regenschirmen. Fußgänger wurden von vorbeifahrenden Autos angespritzt. *Wusch.* Er sah die Bespritzten schreien. Ludger schrie mit.

Er sprang auf und rannte aus der Wohnung, das Treppenhaus hinunter, auf die Straße. Durchs Fenster konnte Paul Maria sehen, wie Ludger sich mitten auf die Fahrbahn stellte und wild gestikulierend versuchte, die Autos zu stoppen. Sie hielten nicht. Sie wichen dem Irren aus, der ein T-Shirt in einer fremden Sprache trug. Altbier war das nicht in dem Glas. Er lief ihnen nach, wollte sie an der Ampel beim Getränkeladen abpassen und sah selbst aus wie Mark Spitz 1972 im Münchner Olympiabecken, nur viel kleiner, rothaariger, bartloser, aber nass wie Spitz. ▬▬▬ ▬▬▬▬▬▬▬▬▬▬▬▬▬▬▬▬▬▬▬▬▬ Hoffnungslos und verspottet von denen, zu deren Hilfe er gekommen war. Sie riefen Dinge, aber er hielt trotzig aus. Autos, die spritzten, wurden zu Gejagten, PS gegen MS, bis Paul Maria wie Sancho Pansa seinen Herrn Quichotte auf den Arm nahm und ihn von seinen Feinden forttrug – den Autos, den Menschen und dem Regen.

Das Fieber erwachte. Der Schüttelfrost. Die Gliederschmerzen. Als würde den Knochen das Füllmaterial ausgesaugt. In Ludgers Kopf wurde sein Hirn zu heißer Butter geschmolzen. Paul Maria saß an seinem Bett und wachte.

SUPERKNUT

»Manchmal zerreißt es mich vor Trauer«, sagte Rudi. »1986. Da war er so alt wie ich jetzt.«
»Wieso bist du eigentlich nie krank, Rudi?«, fragte Laetitia. »Ich hab dich noch nie krank gesehen. Du kommst nicht nach deinem Papa.«
»Vielleicht ist es eine spätpubertäre Auflehnung gegen meinen Vater.«

DIE TABAKTRINKERIN

8. Brief
Wien, Krebskammer, Station 18H, 28. 9. 2011

Lieber Rudi,
liebe Grüße von den anderen Bronchuskarzinomen soll ich Dir ausrichten. Ich hab's mir hier richtig gemütlich gemacht. Zum Glück ist das AKH nicht so eine anonyme Krankenfabrik, sondern eine Art chillige Partylounge. Schlappe 2200 Betten gibt's, 22 Stockwerke ist es hoch, fast 10 000 Menschen arbeiten hier. Du siehst, ich bin mitten im Leben oder mitten im Sterben – betrachte es, wie Du willst. Ich bin hier gut aufgehoben. Immerhin haben die hier vor ein paar Jahren weltweit die erste menschliche Zunge verpflanzt. Ich möchte

allerdings nicht die Zunge von der Frontal-Enthemmten im Mund haben und dann immer nur grunzen und schimpfen – »Fut. Oarsch. Hur.« *Bitte, Rudi, falls mir die Metastasen jemals in den Mund wachsen und ich mich nicht mehr wehren kann, dann mach ihnen das bitte klar. Ich verlass mich auf Dich.*

Der bekiffte Pfleger hat mir gesagt, dass durchschnittlich 1500 Leute im AKH pro Jahr sterben, aber 2400 Babies auf die Welt kommen. Ich hab ihn gebeten, mir ein Kind zu machen, sodass ich das Gefühl haben könnte, ich sei auch wegen einer Geburt hier. Aber mein ungefickter Körper gebiert nur Müll in sich drin, den sie hier mit Gegenmüll bekämpfen wollen. Ich stell mir mein Innenleben vor wie eine Müllkippe in Manila.

Im AKH gibt's 123 Aufzüge. Werde ich noch alt genug, mit jedem einmal zu fahren? Der Aidskranke hat schon wieder in seinem Bademantel geraucht. Er entwickelt sich trotz aufgeweichtem Endstadiumshirn zu einer Art Feuerperformancekünstler. Wahrscheinlich weiß er, dass ihm hier nichts geschehen kann – es gibt 30 000 Brandmelder und 60 000 Sprinklerköpfe. Du siehst, ich weiß genau, wo ich bin. Ich kenn mein krankes Grätzl.

Der Präsident des Tabakkonzerns PM soll 1962 gesagt haben, es gebe immer mehr Belege dafür, dass das Rauchen positive pharmakologische Effekte für den Raucher habe. Das sehen sie hier in AKH-City etwas differenzierter. Vielleicht sollte man ihn mal besuchen? In Gluske-Tradition? Was meinst Du, Rudi? Sollte man ihn mal besuchen? Ihn und seine CEOs of Death? Mal hallo sagen? Eine gschmackige Eierspeis im Arm?

Dich umarmt Deine größte Schwester aus dem größten Krankenhaus Europas.

Rosa

DER EIERMANN

»Gehen Sie auf Ihren Posten, Schütze!«

»Mir ist kalt!«

»Uns allen ist kalt, Gluske! Gehen Sie zurück!«

»Es regnet. Meine Sachen sind nass. Bis auf die Socken bin ich klitschnass.«

»Und wenn Ihre beschissenen Innereien nass wären, gehen Sie zurück, Gluske! Und wenn Ihre Leber tropft und ich Ihre Milz auswringen könnte. Gehen! Sie! Zurück! Sofort! Das ist ein Befehl!«

»Ich muss ins Warme. Augenblicklich, Herr Unteroffizier. Ich friere fürchterlich. Ich werde krank.«

»Gehen Sie zurück, Mann!«

Und anstatt nein zu sagen, geht Ludger. Und in den Socken erwacht etwas zum Leben, streckt sich, reibt sich die Augen – »Wo bin ich?«. Wachsen Brüderchen und Schwesterchen – »Wo sind wir nur? Wir sind so viele und sind so stark, was fangen wir nur an?«.

»Geht wieder weg!«, schreit Ludger.

»Aber Ludger!«, rufen die Viren. »Wir sind doch eben erst gekommen!«

»Haut ab, ich will euch nicht!«

»Oh, er will uns nicht. Das ist aber keine gute Basis. Keine gute Basis«, rufen die Viren.

»Basis? Basis wofür?«

»Fürs Leben, Ludger. Unser gemeinsames Leben. Für unser gemeinsames, erregendes Leben!«, jauchzen die Viren und klettern von den Socken, springen in die Schuhe, ziehen sich die Beine hinauf, suchen Öffnungen und finden sie, im Kragen, der Hose, den Ohren, verteilen sich überall. »Fürs Leben, Ludger«, rufen sie bumsfidel und quietschvergnügt. »Gehen Sie zurück auf Ihren Posten, Schütze Gluske!«, lachen sie ihn aus.

»Aber mir ist furchtbar kalt. Meine Zähne schlagen aufeinander. Meine Lippen sind blau, ich zittere bei jedem Wort. Ich friere. Ich werde noch krank!«

»Ha! Der war gut. ›Ich werde noch krank.‹ Beömmeln vor Lachen könnten wir uns. Er weiß es noch nicht«, zerkugeln sich die Viren vor Wonne und Lebenskraft.

»Was weiß ich noch nicht?«

»Du bist es schon! Du bist es schon!«

»Was bin ich?«

»Krank bist du. Du bist doch schon krank. Gehörst uns doch schon, du gehörst uns doch schon«, singen sie und tanzen und halten sich freudig an den Händen.

»Nein!«, schreit Ludger.

»Doch«, rufen die Viren und klatschen rhythmisch in die Hände. »Wir sind gekommen, und wir bleiben, kleiner Ludger.«

»Haut ab! Geht weg!«, jammert Ludger.

»Aber, aber«, lachen die Viren. »Nie. Niemals.«

»Wach auf, Ludger«, rief Boris. »Alles in Ordnung, du träumst.«

SUPERKNUT

»Ich finde es immer peinlich, wenn ich solche Träume lese«, sagte Laetitia. »Es ist immer irgendwie affend.«

»Affig.«

»Ja, und zu intim. Ich träum eigentlich immer nur von Sex, aber nicht von Socken und Viren.«

»Und warum, Säckchen? Gibt's dafür eine psychologische Erklärung?«

»Eher eine physiologische.«

»Und zwar?«

Laetitia lachte und küsste ihn auf die Nasenspitze. »The answer, my friend«, sang sie, »is a blowjob in the wind.«

DER EIERMANN

»Möchten Sie ein paar Socken kaufen?«, fragt ein dicker Mann, auf dessen Ladentheke nur Weißbrotstangen liegen.

»Aber Sie verkaufen doch Weißbrot«, stottert Ludger.

»Spezialität. Die Socken sind im Weißbrot«, sagt der dicke Mann, zieht kurz eine klebrige Socke aus dem Teig und schiebt sie schnell wieder zurück.

»Aber das ist ja widerlich«, sagt Ludger angeekelt. Er schüttelt sich.

»Wollen Sie probieren? Sind noch ganz feucht.« Der dicke Mann ist ganz entzückt.

»Niemals!«, ruft Ludger und will sich abwenden, doch jetzt ist der dicke Mann plötzlich ganz schnell und wirft ihn herum. Er reißt Ludgers Mund auf, Ludger kann sich nicht wehren, der dicke Mann hat Bärenkräfte, und jetzt schiebt er ihm eine meterlange Weißbrotstange hinein. »Schlucken! Sie müssen schlucken! So schlucken Sie doch!«, brüllt er. Der Bäcker trägt plötzlich einen Helm. Ludger würgt, aber der Dicke stopft ihn weiter. Und plötzlich kommen drei identische Frauen und brüllen im Chor »Schlucken!«, und der Dicke hält ein Thermometer in der Hand und steckt es den drei Frauen gleichzeitig in den Po, und so dirigiert er den Frauenchor. »Schlucken! Schlucken! Schlucken!«

Ludger kann nicht mehr sprechen. Die Weißbrotstangen verstopfen seine Atemwege, die Brösel verteilen sich in seinen Bronchien. Er muss würgen, aber der Dicke stopft weiter. Immer länger werden die Brote. Immer gewaltiger. »Schlucken, schlucken, schlucken!«, rufen die Frauen. Je mehr er würgt, umso mehr Brot schieben sie nach.

»Holst du einen Eimer und was zum Aufwischen?«, fragte Boris.

»Ich mach schon«, sagte Paul Maria, der jetzt bereits seit drei Tagen bei der Arbeit fehlte. Er war unrasiert, was ihm verdammt gut stand. Sein kantiges Kinn und die dunklen Stoppeln ließen ihn wie einen Südländer aussehen.

SUPERKNUT

Laetitia und Rudi sahen sich an und platzten vor Lachen.

Rudi machte Kaffee. Als er die Espressomaschine vom Gasherd nehmen wollte, fiel sie um. Der brennend heiße Kaffee verbrühte seine rechte Hand, bis auf den kleinen Finger.

Später saß er vorm Laptop und wischte erneut mit dem sauberen Finger über die Tastatur. An allen anderen Fingern war Salbe. Er versuchte, nur mit dem kleinen Finger zu tippen, verfiel aber dann doch in sein altes Zweizeigefinger-System und musste erneut Salbe von der Tastatur wischen. Rudi trug das alte Lassie-Singers-T-Shirt von Rosa. *Nur weil wir keine Ausbildung haben, machen wir den ganzen Scheiß.*

Der Vater von Ben, einem Kind aus der Célestin-Freinet-Volksschule, arbeitete als Chefredakteur bei der Gratiszeitung. Als Rudi sich einmal während einer Büchernacht für die Kinder Geschichten ausgedacht hatte, war Bens Vater am nächsten Tag zu ihm in die Nachmittagsbetreuung gekommen und hatte ihn gefragt, ob er Lust habe, eine Kinderrubrik zu übernehmen. Dass sich eine Gratiszeitung eine Kinderseite leistete, wunderte ihn. Eigentlich gab's da nur Einspalter, die ganze Welt und Österreich kompakt: Titten und Society, wobei diese beiden Seiten kaum unterscheidbar waren. Aber seit die junge Herausgeberin ein Kind hatte, gab's jeden Tag auch eine Kindergeschichte. Während ihrer Schwangerschaft auch eine zusätzliche Wellness-Seite: Schwangerschaftsgymnastiktipps, Schwangerschaftsyoga, Schwangerschaftswalking. Die Baby-Diät der Promis. Hätte sie Zwillinge bekommen, hätte es wohl jeden Tag eine Doppelausgabe gegeben.

50 Euro bekam Rudi pro Geschichte. Vor ihm hatte Gedeon Preminger die Kinderseite betreut. Preminger schrieb Fantasyschrott: roboterhafte Halbwesen, Kreuzungen aus Ratten und Mädchen, lodernde Städte, chronisch feuerspeiende Vulkane, Stichflammen in ewig schwarzer Nacht … Bei Preminger retteten hünenhafte blonde Buben süße Hunde aus den Klauen metallener Zukunftsmonster. Er hatte sich für seine Phantasiewelt sogar eine eigene Sprache ausgedacht: Lunasisch, eine fiktive Mondsprache. »Ich gehe schlafen« hieß »kudavo dorm«. »Ich gehe bald schlafen« hieß »kudavo subit dorm«.

Die Herausgeberin Diana Mihfus war mit dem Tolkien für Arme unzufrieden. »Mir ist das alles egal, Gedeon. Für mich klingt das wie Italienisch, von einem Slawen gesprochen. Schau dich mal um. Setz dich in die U4, fahr von Hütteldorf bis Heiligenstadt und zähle, wie viele Kinder Italienisch mit slawischem Akzent sprechen, Gedeon, niemand versteht ein einziges Wort. Gott sei Dank! Was ist das für eine kranke Welt, in die du die Kinder vor der Schule schicken willst? Mädchenratten? Haben sie dir ins Hirn geschissen, Preminger? Wirklich. Wie lang warst du unser Mitarbeiter, morgen nicht mehr mitgerechnet?«

Preminger wurde mitsamt seiner Phantasiesprache nach Hause geschickt, und Bens Vater organisierte für Rudi einen Termin bei Frau Mihfus.

Rudi hatte sich im Verlagsgebäude am Donaukanal bei ihr vorgestellt. Er hatte gewartet und auf das Schiff nach Bratislava geschaut, das am Schwedenplatz ablegte. Der Twinliner. Twin-City – als sei Wien mit der slowakischen Hauptstadt eineiig verwandt.

Er sah das Gebäude der OPEC. Davor stand ein Wagen, der Fahrer gestikulierend auf der Straße daneben. Vielleicht kein Benzin mehr im Tank? Rudi blickte auf die Eingangstür des OPEC-Gebäudes, und tatsächlich kam ein Araber heraus mit einem Kanister und einem Trichter in der Hand und betankte das Fahrzeug. Rudi wusste nicht, wie das einzuordnen war. War das ein Zeichen dafür, dass alles menschlicher wurde und die großen Geschäftemacher sich wieder auf die kleinen Dinge besannen? Oder war das ein Indiz für die Knappheit der Ressourcen?

Diana Mihfus war Ende 20 und durchtrainiert. Die Baby-Diät der Promis hatte sie eisern durchgezogen. Sie war groß, schlank und sah aus wie eine aufgedonnerte Libanesin, wahrscheinlich, weil ihr Vater reich war und aus Beirut kam. Er hatte im Bürgerkrieg 1982 sowohl die Libanesische Front als auch die südlibanesische Armee, die Marada-Brigade, die Tiger-Miliz, die Amal-Bewegung, die Hisbollah und die Kurden mit Waffen versorgt. Nur von den Syrern hatte er sich ferngehalten, und bei den Mullahs aus dem Iran wollte er sich auch nicht die Finger verbrennen. Als jedes Gebäude in Beirut mehrmals komplett zerstört worden war, überwiegend von Waffen aus seinem Arsenal, nahm Mihfus sein hart erarbeitetes Geld und ging nach Wien. Dort kaufte er große Teile des 1. Bezirks und seinen Kindern jedes Spielzeug, das sie haben wollten. Im friedlichen Wien konnte er zeigen, dass auch er einen weichen Kern hatte.

»Interessant. Und Ihre Mutter ist Amerikanerin? Gretchen?« Diana blätterte in seiner Mappe. »Gretchen und Rudi Dutschke ...«

»Nicht Rudi Dutschke. Ich heiße Rudi Gluske.«

»Und Ihr Vater ist Rudi Dutschke.«

»Nein, mein Vater hieß Ludger Gluske.«

»Ja, er ist tot, nicht? In Berlin? Hat ihm nicht jemand von dem Ohnsorg-Theater in den Kopf geschossen?«

»Nein, mein Vater wurde überfahren.«

»Aha. Interessant. Amazing.« Diana Mihfus war auf die American International School in Wien gegangen und hatte kurz in England studiert, bevor sie Lust bekam, eine Gratiszeitung zu führen. »Und jetzt sind Sie in Österreich?«

»Ja.«

»Interessant. Und jetzt wollen Sie Kindergeschichten schreiben? Sie sind doch selber noch ein halbes Kind. Sollten Sie nicht kiffen und Mädchen an die Brüste fassen?«

»Das schließt sich nicht aus«, murmelte Rudi.

»Amazing. Und schreiben Sie auf Deutsch? Oder wollen wir die Kinder schon wieder mit Gagasprache fertigmachen?«

»Auf Deutsch«, sagte er.

»Superknut, ja?«

Er nickte.

»Amazing. Ich habe eine Tochter«, sagte sie und lächelte. Durch ihre transparente Bluse zeichnete sich ein lilafarbener BH mit Spitzen ab.

»Amazing«, sagte er.

ICH

1 Mutter, 4 Töchter, 13 Brust-OPs und 3 Liter Silikon: Diese Damen haben 63 000 Euro investiert – in ihre Brüste.

Amerikanerin wollte Seele per Internet versteigern.

Aus einer Scheune in Wolkersdorf (NÖ) stahlen zwei Männer (29 und 48 Jahre) zehn Schafe und brachten sie auf einen leerstehenden Bauernhof. Auch der Diebstahl von zwölf Ferkeln soll auf ihr Konto gehen.

Passagierjet klebt auf Asphalt. In Washington blieb wegen der großen Hitze ein Passagierjet auf der Startpiste kleben.

Kinder-Uni-Studenten enthüllen: Bundespräsident Fischer wollte Lokführer werden!

Eine wie aus Sandra Bullock geklonte Frau sprach in ihr Handy: »Gott gibt denen, die mich kennen, zehnmal mehr, als sie mir gönnen. Ja. Weiß ich nicht. In der Nähe von Retz. Nein. Nicht im Sommer, da ist alles hübsch. Nein, ich schau mir Häuser, für die ich mich interessiere, immer im November an. Wenn's grau ist und trüb.«

Mein Handy läutete auch. Ich hatte mir von Laetitia den diskreten Fahrradklingelsound besorgt. Es war Gözde.

»Merhaba. Ich kann heut Abend nicht mit dir Raki trinken gehen. Tut mir leid. Wusstest du eigentlich, dass ich von Raki immer einen Filmriss bekomme?«

»Ja, Gözde. Darüber haben wir beim letzten Mal schon gesprochen.«

»Echt? Kann mich nicht mehr erinnern. Ich geh heut abend zu Bülent Ceylan. *Wilde Kreatürken.*«

»Aha. Na dann, viel Spaß.«

»Der hat wie dein Rudi Haare bis zum Arsch. Früher dachte ich immer, Männer haben lange Haare, wenn sie keine Freundin haben, weil sie dann wenigstens das Gefühl haben, etwas Weiblichkeit sei da.«

»Alles klar, Gözde. Kolay Gelsin.«

Im Hintergrund vernahm ich durch den Hörer, wie jemand Falafeln bestellte. Bei »Prof. Falafel« boomte das Geschäft.

»Sagol«, sagte Gözde und legte auf.

SUPERKNUT

»Konfektionsgröße Mammut«, schreit die vier Tage alte Mia wieder, und alle schütteln den Kopf. »Was für ein Blödsinn. Mammutgrößenkonfektion, was soll denn das sein?«

»Das ist eine Konfektionsgröße für stattliche Herren und stattliche Damen«, brüllt's von draußen rein. Der Pferdefleischhauer aus München. Wie geht denn das, dass der so schnell da ist? Nun, er ist zufällig in der Stadt, und dann bekommt er den Anruf vom jungen Opa. Knut macht ihm die Tür auf, und sofort verlangt der Pferdefleischhauer nach einem Bier. »In München ist's ein schöner Brauch, dem Pferdefleischhauer eine Maß Bier zu schenken, wenn's recht ist!« Und als er sein Bier vor sich stehen hat, prostet er Irma zu. »Auf das Geburtstagskind! Ich kenn dich. Ich hab dich in einer Kochshow im Fernsehen gesehen! Zusammen mit dem Schuhbeck und dem Mälzer. Du hast ihnen was gezeigt, gell?«

»Das ist meine Schwester. Sie heißt Irma und kann unglaublich gut kochen. Sie ist erst vier Jahre alt, aber sie kann Châteaubriand kochen, dass man weinen muss, so gut schmeckt das.«

»Unser Knut«, sagen schnell die bärtige Oma und die Schaum-Oma. »Unser Knut kann noch viel besser kochen.«

»Ich kann nicht kochen. Ich hab nur einmal eine Fertigsuppe versucht. Ich krieg nicht mal das Wasser zum Kochen!«, ruft Knut.

»Die Fertigsuppe war delikat. Phantastisch, Herr Metzger. Pfundig, wie sie in Bayern sagen«, rufen der junge und der alte Opa.

»Pfundigao«, ruft die brasilianische Tante.

»Pfundiginski«, ruft die russische Tante.

»Is scho recht«, murrt der Pferdefleischhauer, nimmt sein Pferd und geht. »Kimm, Leberkäs, gemma hoam.«

»Und?«, fragt Irma ängstlich. »Werden Sie ihn jetzt schlachten?«

»Na, i ziag mit eam auf den Gnadenhof für alte Pferde und

rüstige Herren mit Konfektionsgröße Mammut. Wiederschaun, und fürs Bier und fürs Pferd vergelt's Gott.«
R. G. (Morgen geht's weiter.)

Rudi war schon in der Célestin-Freinet-Volksschule, aber Laetitia saß mit Tulip im »Sztuhlbein«.

»Wir haben in der Kochschule gerade Gottesdienst. Ulysse würde mich in die Suppe schmeißen, wenn ich da hingeh. Auch gut, hab ich eine Stunde frei.« Sie hatte eine Reisetasche dabei.

»Verreist du in der Freistunde?«, fragte ich. Mir fiel erneut auf, dass sie aussah, als sei sie aus einem Nabokov-Roman gefallen.

»Ich hab meine Arbeitskleidung gewaschen. Schau!« Sie öffnete die Tasche. »Berufskleidung für Mädchen an der Gastgewerbefachschule: zwei Kochhauben, zwei Kochschürzen, rot. Zwei Halstücher, weiß, zwei Kochhosen, zwei Kochjacken, zwei Küchenhangerln, also Geschirrtücher, ein Paar hohe Arbeitsschuhe, eine Latzschürze, blau. Meine Uniform im Krieg mit der Hitze, der Konsistenz und der Zeit.«

»Gefällt's dir dort?«, fragte ich.

»Der Judenplatz muss der Zenit der Kochkunst sein! Das ist unser Motto. Kommt drauf an, bei wem du lernst. Die Laibchenwochen sind furchtbar. Ich mein, jeder kann ein faschiertes Laibchen zubereiten, richtig? Eine Bulette, damit du weißt, wovon ich sprech. Weißt du, ich habe für Ulysse gekocht. Er ist strenger, als Franz Zodl je war. Essen, trinken, Revolution. Kennst du Franz Zodl? Österreichs berühmter Fernsehkochdirektor. Der Häferlgucker. Kennst du sein berühmtes Kochbuch? *Alles Topf'n und a Schaaß*.«

»Das glaub ich dir nicht«, sagte ich.

Sie lachte. »Okay, *Alles Topf'n und a Kas*. Zodl war lustig nach außen, aber nach innen streng. Kochen ist Konzentration, kein Spaß. Wenn du Freude haben willst, werd Hobbykoch. Im Moment gefallen mir zwei Dinge am besten: Gardemanger und Barista.«

»Noch nie gehört«, sagte ich.

»Kaltmamsell. Gardemanger macht in der Küchenbrigade die kalte Küche: Fische, Muscheln, Krustentiere, Geflügel, Wild und Wildgeflügel, Pasteten, Terrinen, Galantinen, der ganze geile Kram. Barista ist die Kaffeekennerin. Ich hab bei uns in der Kochschule den Barista-Wettbewerb gewonnen. Innerhalb von 15 Minuten musste ich vier Espressi, vier Cappuccini und vier Signature Drinks herstellen. Also Eigenproduktionen. Zack, zack, zack, Blumendeko auf dem einen Cappuccino, Drachendeko auf dem anderen. Voilà: Laetitia Hervé winkt fröhlich vom Siegertrepperl mit ihrer Kochschürze, rot, und ihrem Halstucherl, weiß.«

DER EIERMANN

Ludger schaute aus dem Fenster. Sein Fenster zur Welt. Vor seinem Haus fanden Bauarbeiten statt. Tiefbau. Ein Türke stand in der Grube. Er trank aus einer 1,5 Liter Colaflasche, und während er trank, rülpste er. Der Türke sah zu ihm hoch und winkte. »Arkadas!«, rief er.

»Kollege heißt das«, übersetzte Paul Maria.

»Wieso, ist der auch krank?«, fragte Ludger und schloss grußlos das Fenster.

»Ludger, hast du dir eigentlich schon mal überlegt, was du machen willst? Arbeiten? Studieren? Irgendwas?«

»Nein.« Er hatte seine Arbeit. Er war krank.

DIE TABAKTRINKERIN

9. Brief
Wien, Arschlochkrebs-Hütte, 1.10.2011

Meine frontotemporal demente Nachbarin wurde mitsamt ihrem Morbus Pick entlassen. Die Enthemmte ist auf freiem Fuß und wird wahrscheinlich irgendwo FPÖ-Bezirkschefin. Ich wünsch dem Seelenzombie alles Gute. Ihre kreidebleichen Kinder und ihr panischer Mann haben sie abgeholt. Die können sich auf eine lustige Zeit mit der Mama freuen.

Und was soll ich noch hier? Ich hab eine Druidin aus Niederösterreich kennengelernt, mit einer lässigen Chemofrisur. Sie hat mir einen langen Vortrag darüber gehalten, dass ich nicht der Schulmedizin vertrauen solle. Stattdessen hat sie mir empfohlen, alles, was mich kränkt, auf einen Zettel zu schreiben und diesen Zettel dann zu zerreißen – jeden Tag. Und ich soll auch jeden Tag gegen die Strömung an einem Fluss entlanggehen oder einem Bach. Und jeden Tag soll ich drei Liter Wasser trinken, so dass das Gift aus meinem Körper fließen kann. Ich soll mich gesund pissen.

Ich hab's Dr. Djafari erzählt. Er sagte, er kenne keinen Fall, wo ein Bronchuskarzinom weggepisst worden sei. Aber ganz ehrlich, Rudi, mir scheint's wahrscheinlicher. Hier sterb ich unter Toten in Zimmern, deren Fenster ich nicht öffnen kann. Da sterb ich doch lieber, indem ich gegen die Strömung geh.

Lach mich nicht aus. Ich habe den Zettel geschrieben. Mit allem, was mich kränkt. Nein, ich habe nicht geschrieben, dass Du mich am Zentralfriedhof vor dem Grab von der Wien-Oma hast stehenlassen. Du hast mich nie gekränkt, Rudi. Mich kränkt, dass mein Körper mich verrät. Mich kränkt, dass meine Mutter tot ist und mein Vater. Mich kränkt, dass die Wien-Oma nicht an meinem Bett sitzt. Mich kränkt, dass ich viel zu jung für diesen Scheiß bin. Mich kränkt, dass man mir den Dreck nicht rausoperieren kann. Mich kränkt, dass es nicht reicht, meine Ernährung umzustellen oder mal Sport zu machen. Mich kränkt, dass alles zu spät ist, obwohl ich erst am Anfang bin. Mich kränkt, dass die PM-People in Kauf nehmen, dass es meine Bronchien zersprengt. Mich kränkt, dass die Schweine aus der Tabakindustrie nicht hier liegen. Mich kränkt meine Blödheit – deren Gewissenlosigkeit und meine Dummheit. Mich kränkt, dass die das hinnehmen. Mich kränkt, dass ich denen nicht meine Metastasen auf den Tisch knallen kann.

Du kränkst mich nicht, Rudi. Du hast mich noch nie gekränkt. Du kannst niemanden kränken, Rudi. Du bist viel zu sanft. Wie sollte ich Dir böse sein? Ich freue mich so für Dich. Wenn ich hier lieg und meine Kanüle anstarre und die Scheiß-Deko-Bilder an der Wand, dann stell ich mir vor, wie es Dir geht. An Deinem Fluss. Mit ihr.

Und dann wird mir ganz warm ums Herz.

Ich hab den Zettel bereits zerrissen. Auf eigenen Wunsch und gegen den Rat meiner Ärzte werde ich zur Donau gehen. Was die Enthemmte kann, möchte ich auch können. Nicht das Masturbieren meine ich, mach Dir mal keine Sorgen, das beherrsche ich, aber raus hier, das will ich auch. Nichts treibt mich, nur der Wind. Was hab ich zu verlieren? Alles. Was kann ich gewinnen? Einen Aufschub vom Nichts.

Deine tapfere Rosa

SUPERKNUT

»Das erinnert mich an Joseph Roth«, sagte Laetitia und ließ den Brief sinken. »*Flucht ohne Ende* heißt das Buch. ›Ich habe nichts zu verlieren‹, schreibt er da. ›Ein Wind treibt mich, und ich fürchte nicht den Untergang.‹ Schöner Satz.«

»Ich stand sicher auch auf dem Zettel. Ich hab ihren Blick ja noch im Kopf. Wir haben nie gestritten, aber am Grab unserer Großmutter schon«, sagte Rudi. Er weinte. »Dass sie mit durchgeknallten Druiden und wichsenden Arschlöchern ihre Zeit vergeuden musste, macht mich wahnsinnig. Sie hätte den ganzen Scheiß mit mir besprechen müssen. Mit mir!«

Laetitia streichelte sein Haar. »Das hat sie doch getan. In ihren Briefen hat sie mit dir alles besprochen.« Sie betrachtete das Foto, das vorm »Flex« aufgenommen worden war.

»Bonjour, Rosa«, sagte sie. »Du Schöne. So jung.«

Laetitia zog sich ihr Hemd über den Kopf und Rudi auf den Boden. Nackt lagen sie auf dem Parkett und sahen auf dem Rücken liegend durchs Küchenfenster in den Wiener Nachthimmel. Es war noch immer heiß und sternenklar.

»Erzähl mir von deiner Mutter. Von Gretchen«, flüsterte Laetitia, nahm seine verbrühte Hand und blies ihm zärtlich auf die Fingerkuppen.

»Ich weiß so wenig von ihr. Ich kann mich kaum erinnern. Sie hatte rote Haare. Und sie sprach ein lustiges Deutsch. Ein bisschen so wie Arnold Schwarzenegger, aber natürlich in einer anderen Tonlage. Sie hatte Deutsch von der Wien-Oma gelernt, auf der Farm. Sie war nicht zweisprachig erzogen worden, weil Garth es nicht mochte, wenn er nichts verstand. Also sprach die Wien-Oma nur manchmal Wienerisch mit ihr.«

»Das ist cool. Deine Mutter sprach wie der Terminator?«

»Sie sprach eine Art Wienerisch mit sehr starkem amerikanischen Akzent. Als sie 1984 mit ihrer Mutter nach Europa kam, reiste sie viel herum. Sie hatte ja nichts gesehen bis dahin – Iowa, mal Nebraska, mal North Dakota, das war's. Sie war ja ein Provinzei. Sie hatte zuvor noch nicht einmal einen Zug gesehen. In Platte gibt es keine Züge. Nun stand sie am Südbahnhof und starrte die Züge an, und mit dem Zug fuhr sie dann auch nach Frankreich, nach Italien, nach Portugal. Meine Mutter entdeckte die Welt. Kolumbus hat ihre Welt entdeckt, und sie entdeckte die Welt ihres Entdeckers. Sie reiste und reiste.«

»Und nach Deutschland fuhr sie auch«, warf Laetitia ein.

»Ja. Mehr als ein Jahr reiste sie durch Europa, und 1986 stieg meine rothaarige Mutter in Düsseldorf aus dem Zug. Sie ging erst durch die Altstadt, und schließlich erreichte sie den Rhein. An der Cäcilienallee setzte sie sich auf die Rheinwiesen und blickte hinüber nach Oberkassel, das im Krieg nicht zerstört worden war, weil die Alliierten von dort aus aufs Zentrum geschossen haben.«

»Möchtest du, dass wir da mal hinfahren?«, fragte Laetitia.

»Ich bin dort geboren, mehr nicht«, sagte er. »Es war die Heimat meines Vaters, nicht meine.«

»Was ist deine Heimat? Wien?«

»Wien? Nein.«

»Dann bist du ›haymatloz‹, so wie die deutschen Juden in der Türkei.«

»Nein, du bist meine Heimat, Säckchen. Wo du bist, bin ich daheim.« Er küsste sie auf ihre kleinen Brüste.

»Und deine Mutter saß also im Gras und blickte auf die Schiffe«, flüsterte Laetitia.

»Ja«, murmelte er. Er legte seinen Kopf auf ihren Bauch. »Neben ihr saß mein Vater im Gras.«

»Dein armer, kleiner Vater.«

»Ja, mein armer, kleiner Vater. Im feuchten Gras.«

»Das war gefährlich für ihn.«

»Stimmt. Aber es war ihm egal. Es hätte auch regnen können, das hätte keine Rolle gespielt.«

»Die Hormone besiegten die Viren?«

»Ja, so stell ich's mir vor.«

»Und die Schiffe fuhren vorbei, und mit ihm war's vorbei. Blitz – Liebe.«

»So in etwa. Gretchen war für ihn die Welt, die ihm verschlossen war – Reisen, die Fremde. Ihre komische Sprache passte zu seinem komischen Leben, und er war ja so verbissen, so in seinem Leben. Das passte zu ihrem ziellosen Umhertreiben, nehme ich an. Neben allem Körperlichen. Ich nehme an, er war zu dem Zeitpunkt fieberfrei.«

»Und sie blieb?«

»Sie blieb. Drei Monate Visum hatte sie. Noch vor Ablauf war sie schwanger. Mit Rosa. Die erste Verwandte in ihrem Leben, deren Namen nicht mit einem G begann.«

»Wovon haben sie gelebt?«

»Luft und Liebe, meinte die Wien-Oma. Ich vermute, genau genommen von Luft und der Liebe der Wien-Oma zu ihrer Tochter. Sie mochte meinen Vater nämlich, obwohl er sie verwirrte. ›Dein Vater war ein merkwürdiger, kleiner

Mann‹, hat sie mir immer gesagt. Die Wien-Oma machte sich natürlich Sorgen um Gretchen und Gretchens Mann.«

»Hat sie ihm empfohlen, gegen die Grippe zu rauchen?«

»Vielleicht Smart? Flirt? Bestimmt. Mein Vater rauchte ja nicht und war krank, vielleicht hätt's also was gebracht, wenn er angefangen hätte. So hat sie bestimmt gedacht. Gretchen hat natürlich geraucht, da war sie ganz ein Mamakind.«

»Natürlich«, wiederholte Laetitia.

»Zur Geburt von Rosa hat die Wien-Oma Ludger anonym Geld überwiesen. Sie hat seine merkwürdige Spendernamenkladde genommen und sich drei Namen rausgepickt. Was weiß ich: Meiermüller, Kugelmann, Tausendschön … Und dann hat sie Überweisungsformulare ausgefüllt. ›Verwendungszweck: Grippe‹.«

»Das war sehr nett von deiner Oma. Die Tschick im Mund und Nettes tun. Sie gefällt mir, deine Oma. Wär was für Ulysse gewesen. Er hätt sie sicher nicht von seiner Bettkante gestoßen.«

DER EIERMANN

Anne, die Hostesse vom »schießfreien Kirchentag«, spülte die letzten Gläser und Tassen. Aus beiden musste sie Bierschaum waschen, denn die Herren hatten auch die Kaffeetassen für ihr Bier benutzt, nachdem der Kaffee getrunken war. Sie war müde und wollte nach Hause zu ihrer Tochter, doch wen interessierte schon eine Hostesse, die sich nicht einmal auf den Po klopfen ließ? Geschweige denn … Seit über einem Jahr arbeitete sie jetzt schon im Offizierscasino des 3. Nachschubbataillons 805. Die weiße Schürze bekam sie gestellt, so wie die schmutzigen Teller und Tassen. Sie hatte diesen Job angenommen, nachdem die Messe ihr gekündigt hatte. Sie war arbeitslos geworden und hatte kurz darauf ihre Tochter bekommen.

Annas Hände rochen nach Emsländer Pils. »Das Gras ist feucht, wie ist's mit dir«, rief eine lispelnde Stimme durch die offene Tür, die sie als jene vom Leutnant Lutz Smetz identifizieren konnte. Er war der einzige Offizier, der lispelte. Smetz hatte seinen Namen nie verwinden können. Sprach er seinen Namen aus, war sein Gegenüber pitschnass. Bevor der gedrungene Leutnant sein Abitur an der Bundeswehr-Abendschule nachgemacht hatte, war er dem Rang nach Stabsunteroffizier gewesen. Stabsunteroffizier Lutz Smetz. Für einen Lispler eine Höllenkombination. Leutnant, das war ungefährlicher. ▬▬▬▬▬▬▬
▬▬▬▬▬▬▬▬▬▬▬▬▬▬▬▬▬▬▬▬▬▬▬▬▬▬▬▬▬▬
▬▬▬▬▬▬▬▬▬▬▬▬▬▬▬▬▬▬▬▬▬▬▬▬▬▬▬▬▬▬
▬▬▬▬▬▬▬▬▬▬▬▬▬▬▬▬▬▬▬▬▬▬▬▬▬▬▬▬▬▬
▬▬▬▬▬▬▬▬▬▬▬▬▬▬▬▬▬▬▬▬▬▬▬▬▬▬▬▬▬▬
▬▬▬▬▬▬▬▬▬▬▬▬▬▬▬▬▬▬▬▬▬▬▬▬▬▬▬▬▬▬
▬▬▬▬▬▬▬

»Ich hab gehört, Sie arbeiten jetzt in der Kleiderausgabe, Malmendier«, sagte Paul Maria und würfelte eine Zwei und eine Drei.

»Sie müssen ziehen«, sagte Malmendier schief lächelnd.

»Strafversetzt, sagt man«, ergänzte Paul Maria.

»Schlechter Zug«, sagte Malmendier und schmiss beide Steine hinaus.

»Der wievielte Brief ist das?«, fragte Boris.

»Nummer 6400«, antwortete Ludger, legte den letzten Brief für diesen Tag auf den beträchtlich großen Stapel mit den anderen Briefen und streckte sich.

»Und? Hast du schon Antwort?«, fragte Boris, während er den Stapel Briefe in seine Tasche packte.

»Soll ich uns eine Suppe machen?«, fragte Ludger, stand auf und ging ins Bad. Er wusch sich die Tintenflecken von der linken Hand und blickte in den Spiegel. Boris stellte sich neben ihn.

»Du siehst anders aus als ich«, stellte Ludger fest.

»Oder du«, sagte Boris.

»Und? Hast du schon eine Antwort?«, fragte Boris noch mal.

Ludger saß am Boden. Ein Anfang war gemacht. Er setzte sich aufrecht hin. Atmete tief und ausdauernd in die Brust hinein, blähte auf, hielt die Luft an und prustete in Intervallen wieder aus. Die Augen hielt er dabei geschlossen. Atmete. Blähte. Prustete. Saß starr dabei. Fühlte sich. Er wusste einfach nicht, wo er anfangen sollte.

»6400«, murmelte er und warf eine Flasche Schlösser Alt gegen die Wand.

Dann schaltete er das Radio ein. WDR 2. Es gab Aufkleber: *EntWDR oder*. Die Sendung hieß *Treffpunkt Ü-Wagen*. Seit tausend Jahren sendete sie täglich. Er hörte die Moderatorin sagen: »Wenn Sie kleiner als 1,50 Meter sind, können Sie natürlich offiziell Zwergenwuchs anmelden.«

»Ja, genau«, ergänzte ein Mann mit einer merkwürdig manipuliert klingenden Stimme. »Mit dieser Bescheinigung in der Hand sind Sie dann automatisch Mitglied bei uns im Bund Deutscher Kleinwüchsiger.«

Ein Anrufer versicherte glaubhaft, über 1,50 Meter zu sein, doch der Vorsitzende des Bundes Deutscher Kleinwüchsiger fiel ihm ins Wort.

»Ich verstehe Ihre Schwierigkeiten, Ihre Größe öffentlich zu machen, die Größe zu haben, über Ihre Kleinheit zu sprechen. Ich bin selber Betroffener. Ich weiß, wie das ist. Nehmen Sie Napoleon. Nur ganz knapp am Zwergenwuchs vorbeigeschrammt, aber ein Riese auf seinem Gebiet. Vergessen Sie Waterloo, das hatte nichts mit seiner Körpergröße zu tun, lassen Sie sich das von niemandem einreden, hören Sie?«

»Erstens redet mir das niemand ein, und zweitens bin ich 1,97 Meter, und ich wollte einfach nur sagen, dass alles, was aus der Norm fällt, Probleme schafft. Ich bin noch dazu Linkshänder.«

Eine Platte wurde eingespielt. Marti Webb, *Take that look off your face*. Große Linkshänder? Um die würd's ein anderes Mal gehen.

Ludger musste ans Bundeswehrkrankenhaus in Osnabrück denken. Der Stabsarzt, ein Student der Medizin, hatte ihn angeschaut, als hätte er Ebola, nachdem er ihm ein Plastikgefäß mit seinem schleimigen Auswurf der letzten 24 Stunden überreicht hatte.

»Sind Sie meschugge, Mann? Wer ist Ihr Vorgesetzter?«, hatte der Stabsarzt gebrüllt und ihm disziplinarische Maßnahmen angedroht. »Sie können mir hier doch nicht ungefragt Ihre grauenhafte Rotzbrühe vorbeibringen! Einigen wir uns drauf, Schütze: Ich bring Ihnen nicht ungefragt meine Stuhlprobe nach Hause, und Sie bringen mir Ihre Säfte nicht vorbei. Ist – das – klar?!«

Eine Krankenschwester hatte ihm außerdem vorgeworfen, sich wie »ein parfümierter Franzose« zu verhalten.

Einen einzigen Sanitäter hatte es gegeben, der ihm unvoreingenommen zugehört hatte. Doch genau da hatte Ludger seine fieberfreie Phase, und der Sani konnte nicht das Geringste feststellen. »Tut mir leid, Sie sind gesund«, hatte er gesagt und den Nächsten gerufen, einen Wehrpflichtigen, der bei einer Übung auf seine nach vorn verrutschte ABC-Tasche mit der Gasmaske gefallen war. »Meine Hoden sind futsch«, jammerte er.

Ludger stellte das Radio leiser, weil das Telefon klingelte.

»Haben Sie mir diesen Brief geschickt?«, schrie ihn eine männliche Stimme aus dem Hörer an, ohne sich vorzustellen. »Das mit der Grippe, sind Sie das?«

»Ja, das bin ich.« Ludgers Puls begann zu rasen. Vor Freude wusste er nicht, was sagen. Eine Antwort! Eine erste Antwort nach 6400 Briefen!

»Dann hören Sie mir mal gut zu«, schrie die Stimme. »Wenn Sie diesen Brief geschrieben haben, dann rate ich Ihnen, sich eine hohe Brücke zu suchen, möglichst über einer Autobahn, und wenn Sie sich nicht trauen, bin ich Ihnen gerne behilflich! Wenn Sie so krank sind, wie Sie behaupten, ist es das Beste, Sie springen. Für Sie und für uns!

»Ich bin zurzeit ja gar nicht krank«, sagte Ludger resignierend.

»Das ist ja noch schlimmer! Eine Unverschämtheit ist das! Belästigen uns mit diesem Scheiß und sind überhaupt nicht krank! Änne!« Er sprach nicht mehr in den Hörer, sondern mit jemandem, der in seiner Nähe war. »Änne! Der ist überhaupt nicht krank! Das ist ja wohl das Hinterletzte, ist das!«

Der Mann legte auf.

Im Radio sangen Kool & the Gang *Ladies Night*. Ludger zog sich an. Es regnete nicht. Er verließ die Wohnung, lief die Brunnenstraße hinunter auf die Friedrichstraße, über den Fürstenwall, die Herzogstraße am alten Ständehaus vorbei zur Königsallee. Er ging durch den Hofgarten zur Cäcilienallee und setzte sich dort auf den Rheinwiesen ins feuchte Gras.

SUPERKNUT

»Könnten Sie nicht bitte versuchen, einmal gute Musik zu hören?«, Rudi schrie durchs geöffnete Fenster in die Nebenwohnung, so laut, dass seine Adern im Hals anschwollen. Er knallte das Fenster zu und vergrub seinen Kopf unter dem Kissen.

»Diese ungarische Hure!«, schimpfte er fast unhörbar in sein Kissen. Tulip und Laetitia wurden wach. Sie klopfte an sein Kissen, und er tauchte wieder auf. Der billige Budapester Beat dröhnte durch den Stoß im Himmel.

»Ich ertrag das nicht«, stöhnte Rudi. »Dieser ostische Puffpop!«

»Erotikelektro!«, ergänzte Laetitia.

»Dildodancefloor«, schimpfte Rudi.

Laetitia lächelte. »Mösenmetal«, schlug sie vor, und beide lachten. Durch ihren französischen Akzent wirkten Laetitias Vorschläge noch vulgärer.

Tatsächlich klang die Musik aus der ungarischen Botschaftswohnung Stoß im Himmel 1 wie billiger Europop, der in Sopron in schäbigen Bordellen wummert. Ankica Nagy war stellvertretende ungarische Kulturattachée, hatte sich aber in der Wiener Diplomatenwelt als »DJane Embässe« einen Partynamen gemacht. Wenn in Botschaften gefeiert wurde, griff man gern auf die 30-jährige Ungarin zurück. So schön die Wohnung der Wien-Oma im Stoß im Himmel 3 auch war, die nervige Nachbarin wog schwer auf der Minusseite, weil sie, mit welchen Drogen auch immer im Überfluss versehen, vor allem nachts am Plattenteller übte. Da ihre Wohnung offiziell zur ungarischen Botschaft gehörte, galt sie als exterritoriales Gebiet. Deshalb durfte auch die österreichische Polizei nicht hinein. DJane Embässe konnte daher so spät und so laut Musik hören, wie sie wollte. Ihr konnte niemand etwas. Und sie liebte es, sehr spät sehr laut Musik zu hören. Fast so sehr, wie in ihrem weißen Mini-Cabrio durch Wien zu cruisen.

»Nuttennoise! Fotzenfunk!«, Laetitia fuhr mächtige Geschütze auf. Unglaublich, wie viel Deutsch sie in so kurzer Zeit gelernt hatte, und was für welches. Nicht so wie die Kulturlady Ankica Nagy, die über »Woschmoschine« und »Äsbästäg« nie hinauskommen würde.

»Tittentechno!« Die Capitaine des Mots zog sich ihr ärmelloses T-Shirt aus und drückte Rudi auf die Matratze. Sie war immer noch sehr stark, die Schleusen hatten ihre Muskeln nachhaltig ausgebildet. Er versuchte sie wegzudrücken, aber es gelang ihm nicht. Ein paar hundert Zeichen am Tag tippen und das bisschen Kinderbetreuung machten keine Sixpacks. Rudi war klein wie sein Vater und schmal. Es fiel Laetitia leicht, ihn unten zu halten, und es gelang ihr, seinen Schwanz zwischen die Füße zu bekommen. Rhythmisch und vorsichtig holte sie ihm mit den Füßen einen runter und schaute ihm dabei in die Augen.

»So ficken Conterganleute«, stöhnte Rudi, aber sie fuhr ihm mit der Hand über den Mund. Ihre Gesichter berührten sich fast. Sie atmete ihm in die Nase. Er spritzte in hohem Bogen ab. Beide schauten überrascht – so hoch!

»Wow«, hauchte Laetitia. Er hatte ihr von hinten hoch auf ihr dünnes, in alle Richtungen stehendes Haar gespritzt. »Der kleine Tod«, sagte sie, rollte sich von ihm runter und küsste sein narbiges Glied. »Fahrradfahren kann impotent machen«, hatte sie damals gesagt, als ihm der Unfall mit den Honiggläsern passiert war. »Sollte man auf jedes Rad als Warnung schreiben. Wer sein Glied liebt, der schiebt.«

Neben dem Bett lag ein Buch von Baudelaire. Laetitia begann darin zu blättern, während Rudi ihr mit dem nicht verbrühten kleinen Finger der rechten Hand eine imaginäre 8 auf den Rücken malte. Über ihrem Steißbein kreiste er und schrieb 8 um 8.

»Vielleicht nehm ich Tulip morgen mit in die Schule«, sagte er. »Morgen ist Tiertag. Jeder kann ein Tier mitbringen.«

»Auch Frau Fünftausenddeka?«

»Frau Hundertpfund? Wenn sie eins hat, klar. Wenn Presse kommt, dann auf jeden Fall; wenn nicht, wird's ihr eher wurscht sein.«

»Ist das dein Buch?«, fragte Laetitia.

»Es gehörte Rosa«, antwortete er.

»›Eine Oase des Grauens in einer Wüste der Langeweile‹. Das hat sie unterstrichen.«

»Sie hatte das Buch in Amerika dabei. Dort muss sie es unterstrichen haben«, sagte Rudi.

»Le grand mort«, murmelte Laetitia. Plötzlich sprang sie auf, riss ein Fenster auf und brüllte: »Arrête!« Drohend fuchtelte sie mit ihren Fäusten.

Es war 3 Uhr morgens, aber die bekokste DJane dachte nicht ans Aufhören. Sie hatte sich zugedröhnt in einen Rausch aufgelegt. Laetitia schnappte sich den Flaschenöffner neben dem Bett und eine leere Flasche Crémant de Bourgogne und lief, nur mit einem Slip bekleidet, auf die Straße. Vom Fenster aus beobachtete Rudi, wie sie an der ungarischen Botschaftswohnung Sturm läutete. Sie schimpfte lautstark auf Französisch und trat mit den Füßen gegen die Tür. Ulysse hätte gefallen, was Rudi sah. Als ihr nicht geöffnet wurde – Koks in der Nase, Kartoffeln im Ohr – und die idiotischen Beats weiterdonnerten, ging Laetitia zur Ecke Wipplinger Straße, wo vor »Angel Smile« ein weißes Mini-Cabrio mit rotem Verdeck und ungarischem Kennzeichen stand. Am Heck klebte ein Aufkleber von »Rave Up«, einem bekannten Vinylladen. Mit dem Flaschenöffner stach Laetitia auf alle vier Reifen der ungarischen Nervensäge ein. Der kleine Wagen sank noch einmal mehrere Zentimeter tiefer. Anschließend hielt sie den Flaschenöffner wie einen Fuckfinger triumphierend in die Höhe. Aus einem Fenster kam Applaus.

ICH

»Ich kenn sie«, sagte Aleksey, als wir bei Gözde nebeneinander um die Wette Falafeln aßen. »Ich hab sie schon oft gesehen: bei den Schweden, den Letten, sie hat in der ivorischen Botschaft aufgelegt, bei uns, bei den Beninern und bei meinem Freund Suparman, dem Indonesier. Cooler Name, Suparman. Sieht auch aus wie 'ne Comicfigur. DJane

Embässe – Idiotenname. Ich mag die Musik nicht, aber in jedem weißrussischen Puff kannst du das hören, und jede ukrainische Nutte kann dir alles mitträllern. Eurovision Song Contest – Musik ohne Drama.«

»Kann das wirklich sein, dass die Wiener Polizei da nichts machen kann?«, fragte ich.

»Wegen exterritorial? Na klar«, erklärte mir Aleksey. »Warst du noch nie auf einer Gartenparty bei deiner deutschen Botschaft? Gut, die Deutschen sind Schleimer und halten sich an Lärmbestimmungen. Aber ich war vor kurzem auf einer Party bei den Bulgaren. Da war sie übrigens auch, deine Embässe. Wunderschön, Gartenfest im Haus Wittgenstein, wo die Bulgaren ihr Kulturinstitut haben, mitten im 3. Bezirk, Parkgasse. Da war auch ein österreichischer DJ, ganz feiner Kerl, Patrick Pulsinger. Morgens um zwei meinte er: Soll ich jetzt mal langsam aufhören, wegen der Anrainer? Da haben ihn alle ausgelacht. Anrainer können scheißen gehen! Ex-ter-ri-to-ri-al! Da können alle aus den Ohren bluten. Wenn die Diplomaten Party wollen, machen sie Party.«

»Der Hase war dem Berg böse, der Berg aber merkte es nicht«, sagte Gözde und strich sich durch den dünnen schwarzen Flaum am Kinn. Er behauptete, keine Hormone zu nehmen. Der Bart also war von selbst gekommen. Ja, die Brüste band er sich ab, aber keine Hormone … Vielleicht bliebe er ja auch transgender, meinte er. Die Möglichkeit wollte er sich noch nicht nehmen.

Aleksey und ich nickten schmatzend.

»Jedenfalls konnte Rudi nicht schlafen in der Nacht«, erzählte ich weiter. »In vielen Nächten vorher auch schon nicht, weil sie die Nacht zum Tag machte, diese egomanische Schlampe.«

»Ich könnte dem ungarischen Botschafter mal stecken, dass auf dem Wiener Parkett gemunkelt werde, sie sei mehr am Karlsplatz unterwegs als auf der Botschaft. Dass sie nur noch ein Näschen hat. Dass Ungarn sich hier zum Gespött mache. Faschisten okay, aber koksende Faschisten?«

»Und dann?«

»Wird sie heimgeschickt, davon kannst du ausgehen. Die beschallt dann wieder Budapester Hinterhöfe. Da wünsch ich ihr dann viel Spaß. Da kommt dann schnell die ungarische Garde anmarschiert und zieht ihr nicht nur den Stecker raus.«

»Ich denk mir nur, dass seine Müdigkeit vielleicht auch eine Rolle gespielt hat. Dass der ganze Mist vielleicht deshalb passiert ist, weil er nicht konzentriert war. Weil er morgens um vier noch seiner Freundin dabei zusah, wie sie aus Notwehr Reifen zerstach. Weil die Bässe auch danach noch weiter hämmerten, er aber um sieben aufstehen musste. Das alles bei der großen Hitze.«

»Ja, es war furchtbar heiß. Hundstage«, sagte Aleksey, für den bei seinem gewaltigen Bauch und seiner Herkunft aus dem arktischen russischen Winter alles über 20 Grad zur Belastung wurde.

»Wem alles schiefgeht, dem bricht der Zahn auch beim Puddingessen ab«, sagte Gözde.

In der U-Bahn saßen mir zwei ältere Damen gegenüber. Beide hatten kleine Hunde auf dem Schoß.

»Wenn alle dich meiden und hassen«, sagte die eine.

»Wie bitte? Was hast du gesagt?«, rief die andere. »Mich? Hassen?«

»Nein, kennst du das nicht? Ein ganz ein lieber Spruch. ›Wenn alle dich meiden und hassen, ob mit oder ohne Grund, wird einer dich niemals verlassen, und das ist dein Hund.‹ Kennst des nicht?«

»Naa, kenn ich nicht. Deppertes Gedicht.«

Nun sagten beide länger nichts. Dann versuchte es die erste wieder.

»Bauchnabelflusen. Wissenschaftler haben ausgerechnet, dass ein Unterhemd bereits nach 1000 Jahren komplett vom Nabel vernichtet werden kann.«

»Was kann man dagegen machen, gegen die gschissenen Flusen?«

»Die Bauchbehaarung abrasieren. Weil die Haare für den Stoff wie Widerhaken sind. Oder man macht ein Bauchpiercing.«

»Ein Bauchpiercing? Geht's noch? Außerdem hab ich keine Bauchbehaarung!«

»Doch. Jeder hat Bauchbehaarung.«

»Nein. Ich nicht!«

Ein solariumgebräunter etwa 14-Jähriger fragte seine Freundin: »Wie viele intelligente Volksmusiker passen in eine Telefonzelle?«

»Kenn ich. Alle«, erwiderte sie gelangweilt und blickte zur Seite.

In der Gratiszeitung las ich:

Passagiere revoltieren wegen Stinkfrucht an Bord.

Mutter verwechselt Schulaufgabe mit Todesnachricht.

Komapatient erwacht – sein erster Wunsch: ein Chickenburger.

Mein Fußballerfreund hatte mir einmal von einem brasilianischen Nationalspieler erzählt, mit dem er ein Jahr lang als Profi in einer Mannschaft zusammengespielt hatte. Der Brasilianer war der mit Abstand bestbezahlte Spieler, verstand im Training in Wien kein Wort und fiel durch sonderbare Eigenheiten auf. So besuchte er eine McDonald's-Filiale und bestellte dort einen Cheeseburger ohne Käse. Die Angestellte gab ihm einen Hamburger, den er ihr zurückschmiss. Nein, er wolle keinen Hamburger. Er wolle, wiederholte er, einen Cheeseburger ohne Käse. Sie versuchte ihm zu erklären, dass ein Cheeseburger ohne Käse ein Hamburger sei, aber das war ihm egal. Er begann wild herumzuschreien. Die Polizei und der Wiener Manager des Fußballclubs wurden geholt. Es bedurfte großer Überzeugungsarbeit, dass der Filialleiter den Vorfall nicht zur Anzeige brachte. Denn der wütende Fußballer hatte inzwischen mit allem um sich geworfen, was er in die Hand bekommen hatte: Tabletts, Happy-Meal-Spielzeug, Ketchup und Mayonnaise, Strohhalme. Der Brasilianer beruhigte sich erst, als der Manager ihm einen Cheeseburger bestellte und vor seinen Augen den Käse abzog.

SUPERKNUT

Der Bundeskanzler und der Bundespräsident standen vor der Tür.
»Oh, Sie wollen sicher zu unserem Superknut?«, säuselte Knuts Mutter stolz und zog die beiden gutgekleideten Herren ins Haus.

»Nein, wir wollen zu Ihrer Tochter. Irma, können wir dich unter sechs Augen sprechen? Ein Staatsgeheimnis«, erklärten sie allen und verschwanden mit Irma in ihrem Kinderzimmer.

»Wow, ein Staatsgeheimnis«, sagte Knut.

»Staatsgeheimao«, sagte die brasilianische Tante.

»Staatsgeheiminski«, sagte die russische Tante.

Nach wenigen Minuten kamen Irma, der Bundeskanzler und der Bundespräsident aus Irmas Kinderzimmer, an dessen Tür Irma in allen Sprachen der Welt Kinderzimmer geschrieben hatte. Selbst in bisher unbekannten Sprachen.

Irma trug ein kleines Köfferchen. »Gut, hier werde ich eh nicht wirklich gebraucht. Ich werde Österreich bei den Vereinten Nationen vertreten. Wie es aussieht, werd ich Generalsekretärin. Ich bin für die nächsten fünf Jahre gewählt. Ich bin dann neun, wenn ich mit dem Job fertig bin. Wir sehen uns dann. Mia?«

Die kleine Schwester blickte auf.

»Der Präsident von Tonga bittet dich herauszufinden, wo es Konfektionsgröße Mammut gibt. Er wiegt 400 Kilo und will nicht wieder nackt zur nächsten UNO-Generalversammlung kommen.«

Mia nickte.

»Du gehst, Irma?«, sagte Knut, und seine Augen füllten sich mit Tränen.

»Ja, Knut. Tut mir leid. Es muss sein.«

»Du lässt mich hier zurück?«

Irma nahm ihn in den Arm und drückte ihn ganz lang. Bis der Bundeskanzler und der Bundespräsident hüstelten. Sie küsste ihn.

»Tschüss«, sagte sie. »Tschüssao und Tschüssinski.«
Dann war sie weg.
Und Knut war, als sei ein Zementsack auf sein Herz gefallen.
R. G. (Am Montag geht's weiter)

ICH

Ich lief am Stoß in Himmel vorbei zum »Sztuhlbein«. Welch ein großer Name für so eine kleine Gasse. Wie sie dazu kam, wird in einer wenig bekannten, aber umso bemerkenswerteren Legende erklärt:

Einst lebte in Wien eine hochmütige Edeldame, deren Tagwerk darin bestand, in prunkvollen Gewändern durch die Stadt zu flanieren und ihren Luxus zur Schau zu stellen. Bei Schlechtwetter verbrachte sie den ganzen Tag vor dem Spiegel oder ließ sich die schönsten und teuersten Stoffe zeigen, um die edelsten auszuwählen und sich Kleider nach der neuesten Mode schneidern zu lassen. Auch sonntags interessierte sie nur Putz und Glanz. Den Gottesdienst hatte sie schon lange nicht mehr besucht.

Als sie an einer Marienstatue vorbeikam, spöttelte sie zur Gottesmutter: »Schau dich an, wie ärmlich du dastehst. Vor dir knien die Leute nieder? Vor mir sollten sie das tun – aus Ehrfurcht vor meiner Schönheit!« Die Umstehenden empörten ihre Worte, doch keiner aus dem einfachen Volk traute sich, etwas gegen die Gräfin zu sagen.

Gegen Mitternacht desselben Tages klopfte eine alte Bettlerin an der Haustüre der Dame. Erzürnt befahl diese, die Frau zu verjagen. Irgendwie schlüpfte die Alte jedoch an der Dienerschaft vorbei und stand plötzlich im Schlafzimmer.

»Du eingebildetes Luder«, fauchte die Alte los. »Wenn ich mir die Lumpen in deinem Schrank anschaue, kommt mir das Grausen. Ich hab da ein Kleid, das tausendmal schöner ist als das schönste, das du je gesehen hast.«

»Du wagst es, so mit mir zu reden?«, empörte sich die Dame. »Scher dich fort!«

Da griff die Alte in ihren Korb und zog ein Stück Stoff heraus, glitzernd und funkelnd und so exzellent bestickt, dass die Gräfin staunend näher kam.

»Lass mich mehr sehen«, bettelte sie, plötzlich ganz freundlich. »Na komm schon! Zeig her!«

Da zog die Bettlerin ein Prunkgewand hervor, aus feinsten Spitzen und über und über mit Goldfäden bestickt und mit Edelsteinen besetzt. Die Gräfin wurde bleich, ihr stockte der Atem. Dann entnahm die Alte dem Korb auch noch einen Schleier, in den die Sterne des Nachthimmels eingewebt schienen, dazu passende Handschuhe und Schuhe.

Als die Gräfin all das sah, beschwor sie die Alte, ihr die Sachen zu überlassen, ganz gleich, was es koste.

»Du hast doch dein ganzes Geld bereits ausgegeben«, erinnerte sie die Frau.

»Ich muss dieses Kleid einfach haben – und wenn ich alles andere dafür verkaufe.«

»Ich mache dir einen Vorschlag: Drei Tage und drei Nächte leihe ich dir das Gewand. Du gibst mir als Lohn das, was in der dritten Mitternacht von dem Kleid bedeckt ist.«

»Jaja!«, schrie die Dame, ohne nachzudenken. »Gib her! Ich probiere es gleich an!«

Die Bettlerin hatte sie da bereits vergessen.

Drei Tage und drei Nächte war sie in Wien unterwegs, erschien auf jedem Fest, in jeder feinen Lokalität, auf jedem Platz, wo sich viele Menschen aufhielten – immer nur so lange, bis alle ihr prunkvolles Kleid gesehen und bewundert hatten. Todmüde kam sie am Abend des dritten Tages nach Hause. Bald würde die Alte das Kleid wieder abholen und ihren Lohn dazu. Erst jetzt begann sie, sich darüber Gedanken zu machen, was wohl mit den Worten »Und du gibst mir als Lohn, was in der dritten Mitternacht von dem Kleid bedeckt ist« gemeint sein könnte. Irgendwas ging da nicht mit rechten Dingen zu.

Schlagartig wurde es ihr klar: »Das bin ich ja selbst! Mich bedeckt das Kleid!«

Schnell wollte sie es ausziehen, doch es ließ sich nicht ablegen – als wäre es an ihrem Körper festgeklebt. Zuletzt versuchte sie, es in Fetzen zu reißen, doch das Gewebe war unzerstörbar.

Da hörte sie, wie die Turmuhr Mitternacht schlug. Beim zwölften Schlag stand mit einem Mal die Alte vor ihr.

»Nun, was ist es, was das Kleid bedeckt?«, fragte sie. »Oh, du bist es! Dann bist du mein – wie du es versprochen hast.«

Ein roter Feuerblitz fuhr durchs Gemach der Gräfin. An der Stelle der Alten stand nun der Leibhaftige und streckte gierig seine Klauen nach der Gräfin aus. Schon berührten sie seine Krallen.

Da wurde ihr ein heftiger Stoß versetzt, so dass sie nach oben fuhr. Das Kleid blieb in den Klauen des Satans zurück. Die Dame entschwebte, in eine weiße Lichtwolke gehüllt, in den Himmel. Zwar war ihr Tod nicht mehr zu verhindern gewesen, doch die Kraft eines Madonnen-Medaillons, das sie unter dem teuflischen Kleid getragen hatte, sowie ihre heftige Reue, die in letzter Minute tief aus ihrem Herzen kam, hatten ihr den »Stoß in Himmel« versetzt.

So hatte Rudi mir die Legende erzählt, und so hatte er sie von der Wien-Oma erzählt bekommen.

Ich war spät dran. Die letzte Rakinacht mit Gözde hatte bis fünf Uhr früh gedauert. Wir hatten zusammen zu türkischen und griechischen Liedern getanzt, gemeinsam mit einer türkischen Großfamilie und einer Gruppe von Wirtschaftsflüchtlingen aus Athen. Gözde hatte sowohl mit einer Türkin als auch einem Griechen, die fatalerweise ein Pärchen waren, sehr intim getanzt. Er wird sich daran nicht erinnern können. Sein Filmriss rettet ihn regelmäßig vor der Scham.

Es war fast mittags um zwölf, als ich mich dem »Sztuhlbein« näherte. Patrycja und Taddeusz Sztuhlbein kamen aus Zakopane und führten die Sztuhlbein-Brötchenstube erst seit wenigen Monaten. Ich traf Taddeusz zufällig an der U-Bahn-Station Schottentor. Zusammen überquerten wir den Schottenring, dann die Schottenbastei, bogen die Helfersdorferstraße links ab, passierten den Börseplatz vorbei und gingen die Wipplingerstraße hinunter in die Schwertgasse.

»Schwertgasse, Pariser Straße, Stoß im Himmel – ganz schön sexy, die Gegend«, sagte ich.

Er lachte. »Es ist von hier aus auch nicht weit zum ›Hotel Orient‹. Falls es Sie mal überkommt«, erwiderte er. Das »Hotel Orient« war Wiens berühmtestes Stundenhotel. »So, wie Sie die kleine Französin immer anschauen …«

»Keine Sorge. Ich find sie wunderbar, aber ihren Freund auch«, entgegnete ich.

»Ich war vor kurzem in Burgund, wegen Wein«, sagte Taddeusz. »Ich hab mir Laetitias Mailly-le-Château vorher auf Google Earth angeschaut. Aber in echt hab ich's dann nicht gefunden. Spooky, was?«

»Es ist sehr klein, und in echt kann man's nicht wie im Netz größer machen.«

Er nickte.

»Rudi ist ein feiner Kerl«, sagte er nach einer kurzen Pause.

»Ja, das ist er«, sagte ich. »Nur der Hund stinkt wie ein Abszess am Arsch des Teufels.«

»Ja, Tulip ist unser Gästetod.« Thaddeusz seufzte. »Hätten Sie Lust auf ein Frühstück, wenn's riecht wie im Maul der Hölle?«

Ich zuckte mit den Schultern. »Ich immerhin frühstücke bei Ihnen.«

»Sie sind ja auch verliebt in die Kleine.«

»Sie etwa nicht?«, fragte ich.

Er zuckte mit den Schultern. »Wenn nicht, hätte ich ihr und dem Hund schon längst in den Arsch treten müssen. Haben Sie übrigens gehört, was sie zu der Ungarin mit dem Mini gesagt hat?«

»Nein. Was?«

»Die Ungarin parkte gerade vor unserem Café, darum hab ich's mitbekommen. Laetitia wartete, bis sie ausstieg, dann sagte sie zu ihr: ›Sie legen Musik auf, die Scheißfliegen anlockt!‹«

»Wow«, sagte ich, und er nickte.

SUPERKNUT

Rudi hatte Tulip mit in die Schule genommen. In der Arbeitsecke der 2. Klasse hing ein Plan.

Eni: Hunt
Marco: nein, kein tier
Elias: Katzenbebi
Jonas: xx
Jaja: Hamster aus Gold
Ben: -
Fatima: -
Shalima: Katse
Luis: -
Salih: Hun
Martin: Kanarienvogel
Lea: ichhabeleiderkaintier
Jim: ich will gerne ein pferd, aber ich hap keins und könts ja eh nich mit in die schule bringen, weils ja zu groß wäre
Alex: Katze
Mae: -
Dalibor: x
Samuel: Hund
Selene: ich habe eine alagie und daf an dem tag nicht in die schule komen

Tatsächlich hatte Frau Hundertpfund jemanden vom Bezirksblatt des 9. Bezirks kommen lassen. Der Fotograf vom *Kurier* hatte kurzfristig abgesagt, aber immerhin.

Frau Hundertpfund stand mit einem ausgeborgten Golden Retriever im Arm neben Shalima mit ihrer Katze und Salih mit einem Huhn.

Schule macht tierisch Spaß in der Célestin-Freinet-Volksschule würde in der nächsten Ausgabe stehen.

Frau Mag. Hundertpfund verzog die Nase, als Rudi mit Tulip an ihr und dem Fotografen vorbeiging.

Im Klassenzimmer herrschte Tohuwabohu. Zwei Hunde, drei Katzen, ein Huhn, ein Goldhamster, ein Kanarienvogel, 17 Kinder, zwei Hippielehrer, dazu jetzt noch Rudi mit Tulip. Die Katzen nahmen Reißaus. Der Goldhamster von Jaja kroch hinter einen massiven Arbeitsschrank, an ihn kam man nicht heran. Elias versuchte, ihn mit Futter herauszulocken, aber die Angst vor Tulip war größer als sein Appetit. Nur das Huhn schien teilnahmslos. Vielleicht erinnerte Tulips Geruch es an die Heimeligkeit des Stalls.

Der Kanarienvogel saß antriebslos in seinem Käfig. Der Klassenrat beschloss, die Fenster und die Türe zu schließen, um dem Kanarienvogel ein Gefühl von Freiheit zu geben.

Doch der Vogel schiss auf den Beschluss des Klassenrats und blieb auf seiner Stange sitzen, als man die Tür seines Käfigs öffnete. Die Katzen rasten noch immer durchs Zimmer, verfolgt von Samuels Hund und Tulips Atem. Die Kinder sollten die Tiere zeichnen und in ihren Biologie-Arbeitsblättern nach Informationen suchen.

»Ein Huhn?«, fragte eine der älteren Kolleginnen ungläubig, als sie einen Blick in die Klasse warf.

»Meins«, sagte der Bub, der als Leo eingeschult worden war, aber jetzt, seit sein Vater vor einigen Monaten zum Islam konvertiert war, von allen Salih genannt werden musste.

»Salih heißt ›Der Fromme‹«, hatte Leo-Salih damals erklärt. »Mein Vater hieß bisher Alfred. Sein neuer Name aus Arabien ist Abdullah, ›Der Diener Gottes‹.«

»Abdullah Fuchspichler?«, hatte Mag. Hundertpfund gefragt.

Abdullah Fuchspichler hatte auf der Universität für Bodenkultur studiert und betrieb jetzt zusammen mit seiner Frau in einem Währinger Hinterhof eine »Stadtlandwirtschaft«. Tomaten und Zucchini bauten sie an, ernteten Äpfel und Trauben und hielten auch Hühner.

Jajas Goldhamster ließ sich nicht überreden, hinter dem Schrank hervorzukommen. Luis, der ohne Haustiererfahrung war, drückte den Schrank gegen die Wand, um den Hamster zu bewegen, sein Versteck zu verlassen. Aber er drückte sehr fest. Man hörte einen spitzen, sehr hohen Ton. Rudi und einer der Hippilehrer schoben den Schrank schließlich ein Stück vor. Der Goldhamster humpelte angeschlagen in Jajas offene Hände.

Marco, dessen Mutter aus Peru stammte, erzählte, sein Großvater züchte Goldhamster.

»Süß«, meinte Jaja.

»In Peru isst man die. Hab ich auch schon. Als wir beim Opa waren, haben wir alle Goldhamster gegessen. Schmeckt wie Hühnchen.«

Für Jaja war das alles ein bisschen viel. Ihr eigener Goldhamster fast zerquetscht, andere aufgegessen. Sie verzog sich in die Friedensecke.

»Wie alt werden Goldhamster denn eigentlich?«, fragte Mae.

»Bei meinem Großvater werden die alle drei Monate«,

sagte der Hamsterexperte der 2 A der Célestin-Freinet-Volksschule.

Kurz vor zwölf verließen Rudi und Tulip die Klasse und betraten die Küche.

DIE TABAKTRINKERIN

10. Brief

Wien, Flex, 6 Uhr. 12.10.2011

Lieber Rudi,
ich ging gegen die Strömung. Mehr als 15 Minuten, mehrmals am Tag. Ich trank drei Liter Wasser, jeden Tag, bis auf gestern, da hab ich das Trinken vergessen. Am Abend kam eine SMS von der Druidin. »Trinken!« Verrückt, was? Vielleicht beobachtet sie mich, oder es gibt mehr zwischen Himmel und Hölle, als in mein Spatzenhirn passt.

Ich hab Düsseldorf abgesagt. Gluske vermurkst Gursky. Die Spatzen müssen sich eine neue Kriegsfotografin suchen, pfeif ich von den Dächern. Ich hab die Druidin, sie ist mein Theophrastus Bombastus.

Die Sonne ist heute lustlos aufgegangen. Irgendwie reicht's ihr – immer die ganze Scheiße hier anleuchten. Die Wolken hängen wie schlappe Säcke am Himmel. Beim Bioeisladen gibt's Muttermilcheis. Ich kauf mir eins und denk an Gretchen.

Wie oft am Tag kann man 15 Minuten lang in einem Fluss gegen die Strömung gehen? Gilt der Donaukanal überhaupt? Ich habe in der Nacht drei Liter schlechten Flexwein getrunken, Rudi. Du weißt, was das heißt. Andere würden sich vor Kopfschmerz vom Uniqua-

Gebäude werfen oder im Badeschiff selbst ersäufen. Deine krebsgestählte Schwester nicht.

Ich habe Ramin gesehen. Er mich aber nicht. Ich stelle mir vor, wir hätten uns geküsst und ich ihm in seine schwarzen Locken gegriffen. Er hätte mich angeschaut und gefragt: »Rosa, wonach riechst du?« Und ich hätte geantwortet: »Nach Krebs, wieso?«

Ich bin eine tolle Freundin. Sterb einfach so weg. Andere verlassen ihre Männer weniger dramatisch.

Als ich damals von meinem bevorstehenden unrühmlichen Ende erfuhr, stellte ich mich tot. Ging nicht mehr dran, wenn er anrief. Übte schon mal Totsein. Er konnte mich nicht finden. Am AKH hing ja kein Transparent mit der Aufschrift RAMIN! HIER DRIN LIEGT ROSA! RETTE SIE!

Wer eine Freundin wie mich hat, braucht keine Feindin. Nicht mal gut zu sterben schaff ich. Vielleicht sollte ich doch zu Dir kommen? Und Dir den Tag versauen?

Im Bus stand neben mir ein dicker Skinhead. Er hatte ein Riesentatoo auf seinem fetten Unterarm: Lieber stehend sterben als kniehend leben. Kniehend mit H. Das ist cool. Aufrechte Legasthenie. Zu seiner Rechtschreibschwäche stehen.

Zu Hause hängen mehrere Nachrichten von Ramin an der Tür. Der Anrufbeantworter ist auch voll: »Rosa, wo bist du?« Hier bin ich. Betrunken und verheult. Kaum mehr Kraft, noch mal gegen die Strömung zu gehen und noch mal. Theophrastus Bombastus von Hohenheim. Paracelsus. Die Paralympics der Medizin. Drei Liter trinken. Sich an eine NÖ-Druidin klammern.

Ich setz mir selber einen Helm auf, Rudi, und fotografier mich. Rosalution. Wenn ich nicht aufhöre zu weinen, steigt der Pegel vom Kanal bedenklich.

Bitte liebe Du. Alles. Und Laetitia. Und das, was Du tust.

Mir hat irgendein gottloses Arschloch ins Hirn geschissen, Rudi.
Man will mich hier nicht mehr. Ich soll gehen. Rosa muss weg.
Ich umarme Dich.

Rosa

DER EIERMANN

In Südafrika erschlugen Weiße Schwarze und entschuldigten sich mit dem Hinweis, dass Schwarze sich gegenseitig genauso erschlügen. In Nordirland erschlugen Protestanten Katholiken und Katholiken erschlugen Protestanten, weil schon ihre Väter sich gegenseitig erschlagen hatten.

Im Emsland spielte ein schwarzgekleideter katholischer Standortpriester mit einem blasshäutigen Protestanten um Geld Backgammon.

Malmendier gewann. Er brauchte dazu weder Entschuldigung noch das Vorbild seiner Ahnen. Die Gewohnheit, seine Gegner am Brett zu schlagen, gehörte zu ihm wie die schiefsitzende Brille. Malmendiers Gedanken beschränkten sich auf die vier Felder des Brettes, während Paul Marias Gedanken abschweiften.

Paul Maria würfelte den dritten Zweierpasch hintereinander. Ausgerechnet das zweite Feld war aber von Malmendiers Steinen besetzt, und darüber grinste Malmendier schief.

Wieder ein Zweierpasch. Nach fast zwei Stunden und zwölf verlorenen Partien.

»Sie sollten mal was anderes würfeln«, sagte Malmendier schief.

»Ach ja?« Paul Maria funkelte ihn an und klappte das Brett zusammen, so dass die Steine nur so flogen. »Von Ihnen muss ich mir hier nicht auch noch solche Ratschläge anhören, Malmendier!«

Malmendier las die Steine vom Boden auf. »Noch ein Spiel?«, fragte er.

Rein theoretisch explodierte in Belfast in diesem Moment eine katholische Bombe.

ICH

Bombe hatte Mundprecht natürlich unterstrichen, aber das hätten die Spezialisten vom DHS zur Not auch ohne den großen Germanisten aus Brookings verstehen können. Selbst die DHS-Leute aus Rapid City, die wahrscheinlich in der DHS-Hierarchie ziemlich weit unten angesiedelt waren. Unter den 208 000 Mitarbeitern des Departments of Homeland Security rangierten die Mitarbeiter aus South Dakota sicher nicht auf den vorderen 200 000 Plätzen.

So wie Mundprecht wohl auch auf keiner Liste der 200 000 wichtigsten Germanisten auftaucht. Es sei denn, man würde so eine Liste für den Staat South Dakota erstellen. Da wäre er ganz weit vorn mit dabei.

Im Zuge meiner Recherchen habe ich tatsächlich einmal mit Prof. Mundprecht telefoniert. Ich erreichte ihn nicht in der Universität, sondern an der Tankstelle. Er hatte natürlich nicht erwartet, auf Deutsch angesprochen zu werden. Trotzdem hätte ich mir von einem Professor für deutsche Literatur mehr erwartet als ein »Sorry, can you repeat that?«.

DER EIERMANN

»Hör dir das an«, rief Dachdecker Rainer Polt seiner Frau zu, die in der Küche stand. »Ein Brief von einem Irren. *Gluske. Grippe en gros.* Völliger Schwachsinn. Hörst du zu?«

»Ich mach gerade Schmorbraten!«

»Du wirst ja wohl schmoren und zuhören können. Also. *Liebe MitbürgerInnen* – der Brief gilt also auch dir –, *mein Hals schmerzt, und meine Fieberthermometer explodieren der Reihe nach. Während Ihre Söhne das Leben genießen, liege ich im Bett und niese.*«

»Wieso? Bist du krank?«, rief seine Frau aus der Küche.

»Ich doch nicht! Das ist der Brief von dem Irren. Er niest.«

»Dann ist ja gut«, sagte sie.

»*Ich bin auch einmal gesund gewesen, wie Sie.* Das bezweifle ich allerdings. *Krank geworden bin ich erst, als ich dem ›Vaterland‹ diente. Das ist ja auch ihr ›Vaterland‹ und ›Mutterland‹.* Wieso setzt der Vaterland in Anführungszeichen? Und was soll das mit dem Mutterland? Mutterland – diese Tunte! *Die Bundeswehr hat meine Krankheit jedoch nicht als Folgeschaden meines Dienstes anerkannt,* blabla, *beigefügt die Fotokopie eines Schreibens vom Versorgungsamt.* Mal sehen, was da steht.«

Polt las vor:

Ihr Antrag nach § 62 des Bundesversorgungsgesetzes (BVG),
1. Die Gesundheitsstörung
        GRIPPEANFÄLLIGKEIT
nach § 1 BVG als schädigende Einwirkung anzuerkennen, wird
        ZURÜCKGEWIESEN
Hochachtungsvoll
Lutz P. M. Kiesewetter

RECHTSBELEHRUNG
Gegen diesen Bescheid kann Klage beim Sozialgericht eingereicht werden.

Polt lachte kurz auf. »Jetzt schreibt er weiter: *Genau das will ich tun, und das ist der Grund, weshalb ich Ihnen schreibe. Für einen Anwalt und eventuell anfallende Verfahrenskosten brauche ich Geld. Geld hat man aber keines, wenn man über einen langen Zeitraum fiebrig im Bett liegt. Wenn dieser Staat ein Rechtsstaat ist, dann muss mir Recht widerfahren. Der Staat sind wir alle. Helfen Sie mit, dass mir Recht geschieht, denn wenn mir Recht geschieht, so geschieht damit auch Ihnen Recht. Der Staat sind wir und nicht irgendein Herr Kiesewetter.* Na, ist der vor der Pumpe geflitzt, oder was?«

»Was?«, rief Frau Polt aus der Küche.

»Hast du mir nicht zugehört, oder was?«

»Ich hab geschmort. Kommst du?«

»Ja«, sagte Herr Polt und warf den Brief in den Müll.

»Ich bin bei Zehntausend. Zehntausend. Der Zehntausendste heißt P. Zwick. Zehntausend. Angenommen, jeder Vierte gibt fünf Mark – das ist realistisch –, dann macht das über zwölftausend Mark. Wer sät, wird ernten«, rief Ludger, als er mit Paul Maria telefonierte.

»Nein«, antwortete Paul Maria mit seiner angenehmen Telefonstimme. »Es geht bei der Bergpredigt nicht um Grippekranke, sondern um Vögel.«

»Du bist ein prima Seelsorger«, murrte Ludger und legte auf.

Er war zufrieden. Zwicks Brief fertig, und neben ihm Gretchen, die sich über den Bauch streichelte und eine Zigarette rauchte.

███████████████████████████████████
███████████████████████████████████
███████████████████████████████████
███████████████████████████████████
███████████████████████████████████
███████████████████████████████████
███████████████████████████████████
████

Die Zeit verging. Und mit ihr Ludgers Optimismus.

Paul Maria war bei einem Manöver, im Schlamm predigen. »Häuserkampf und Andacht. Feuer frei, Jesus. Ein streitbarer Gott. Die Bundeswehr als bewaffnetes Kloster und ich als bewaffneter Abt im Kampf um das heilige Emsland.« ███

███████████████████████████████████
███████████████████████████████████
███████████████████████████████████
█████████████████████

ICH

Wahrscheinlich ging es um Koordinaten zum Manöver? Oder geheimdienstliche Beschreibungen des Emslandes? Was unkenntlich gemacht wurde, muss die DHS-Leute jedenfalls beunruhigt haben. Die Frage ist: Wie sensibilisiert waren sie bei der Beurteilung? Waren sie eventuell zu sensibilisiert? Ohne ein Fachmann auf dem Gebiet der Landesverteidigung zu sein, hatte ich beim Lesen von Paul Marias »Roman« nie das Gefühl, dass dieser seiner eigenen Einschätzung nach sehr gut aussehende Kriegskleriker über umfangreiches Geheimwissen verfügte.

DER EIERMANN

»Das ist Bundeswehrseelsorge: In die Königsherrschaft Gottes jene Träger deutscher Waffen immer enger hinzuführen, die in der Taufe an Christi Gnaden angeschlossen wurden. Und der heiligen Gemeinschaft der Kirche angehören. Gibt es eine schönere Aufgabe als diese deutsche Männerseelsorge? Und ein nationaleres Tun, als über das Haus und den Raum des deutschen Volkes den Überbau der Königsherrschaft Gottes zu heben? In dieser Bindung von Deutsch und Göttlich liegt unser Feld.«

So stand es im Schreiben seiner übergeordneten Dienststelle aus Anlass des Manövers in ▬▬▬▬▬▬▬, zu dem Paul Maria als Seelsorger abgestellt worden war. In seinem dunklen Talar fühlte er sich zwischen den Grüngetarnten als schwarzes Schaf. Im Ernstfall würde er ungetarnt als Erster dran glauben müssen, hatte ihm ein Soldat gesagt. »Ich glaube ohnehin«, hatte er daraufhin gelogen.

Seinen seelsorgerischen Auftrag empfand Paul Maria als rein theoretisch. In Wirklichkeit war seine Anwesenheit so überflüssig wie die Farbe Grün. Bei abgeholzten Wäldern im November ist Grün als Tarnfarbe sinnlos. Welche Farbe hat Kohlendioxid?

Es war Sonntag, und er hätte predigen sollen. Aber statt ihm war Chemnitz von der Dienststelle bestimmt worden, ein alter, ostpreußischer Kollege mit abstehenden Riesenohren an seinem fast kahl rasierten Adlerkopf, die wie Flügel aus Blumenkohl aussahen.

»Grüß Gott«, hatte Chemnitz ihn nur kurz gegrüßt.

»Tag«, hatte Paul Maria geantwortet.

Mit wenigen Blicken hatte Chemnitz die Lage gepeilt. Altar? Kreuz? Oblaten? Wie spät? Die Routine eines Krieges und fast fünfzigjähriger Berufserfahrung spielte er voll aus. In seinem Element macht ihm keiner was vor. Kurze, schnelle Handgriffe, ein Wink, und die Krieger wurden zur Buße gebimmelt.

Der Gottesdienst war im Feld nicht verpflichtend. Paul Maria zählte 34 Männer, ihn und Chemnitz mitgerechnet. Bei mehr als ▬▬▬▬ Soldaten eine ernüchternde Quote.

Es begann zu regnen. Mit scharfer Stimme hob der Ostpreuße an zu sprechen: »Wir wollen das Wort Treue so wenig missbrauchen wie den Namen Gottes, denn es trägt Segnung und Fluch zugleich in sich. Die Segnung für die Würdigen, den Fluch für den, der abtrünnig oder auch nur gedankenlos damit umgeht«, brüllte er in den Platzregen. »Die Treue um jeden Preis sei eure Parole. Treu dir selbst und deinen Aufgaben. Treu deinen guten Vorsätzen. Treu dem Vermächtnis der Toten. Treu deinen Kameraden! Treu deinen Vorgesetzten! Treu deinem Gott, der aller Treu Urquell ist. Christus ist es, der von sich sagen konnte: Ich habe die Welt überwunden. Er stand über allen Stürmen, die über ihn hereinbrachen, als sein großer Opfergang begann. Er ging mitten durch all diese Stürme und blieb Sieger über sie. Möge auch euch allen, ihr tapferen Soldaten, ein starkmutiges und entschlossenes Herz in der Brust schlagen. Mögen euer Mut und eure Treue alle Zeit größer sein als die Schwierigkeiten, die ihr zu bestehen habt. Möge keiner von euch in der Stunde der Gefahr vergessen, dass Gott denen nah ist, die ihn fürchten. Möge euch alle der Aufblick zu Christus wissend, sehend und hellhörig machen, damit ihr an den euch auferlegten Prüfungen des Lebens nicht zerbrecht, sondern immer härter und entschiedener werdet in gegenwärtigen und kommenden Stürmen, die ihr zu bestehen habt. Dazu verhelfe euch der allmächtige Gott.«

Jemand klatschte, als Chemnitz den Altar verließ. Paul Maria sah sich um. Applaus? Bei einer Predigt? Noch dazu bei einer Predigt, wie sie auch vor 40 Jahren hätte gehalten werden können?

»Stachelhaus hat geklatscht«, sagte Malmendier. »Unteroffizier Stachelhaus.«

»Nie gehört«, sagte Paul Maria. »Aber was für ein Blödmann.«

»Fick dich, Pfaffe«, sagte der Blödmann, der in unmittelbarer Nähe gestanden hatte und jetzt Paul Maria mit der flachen Hand hart gegen die Stirn schlug.

Paul Maria war perplex.

»Hast du ein Problem, Schwuchtel?«, setzte Stachelhaus nach. »Fick dich und den Fettwanst. Ich pass mit meinem Arsch in keine Fotze, aber ihr beide versucht's täglich, was?« Er lachte und ein paar der anderen Soldaten auch.

»Ich kenn ihn. Er war mit mir zusammen bei der Grundausbildung. Stachelhaus, ja«, sagte Ludger, als er sich später mit Paul Maria traf. »Ich hab ja damals schnell verweigern wollen. Ich hab mich geweigert zu schießen. Ich kann mich erinnern: Ich bin in das Büro des Kompaniehauptmanns gegangen und hab meine Verweigerung eingereicht. ›Sie sehen fiebrig aus, Schütze. Ist das Ihr Ernst?‹, hat mich der Hauptmann gefragt. ›Jawohl‹, hab ich geantwortet, gegrüßt und mich abgemeldet.«

»So einfach?«, fragte Paul Maria.

»Der Hauptmann war ein schmächtiger Mann mit Halbglatze. Er hätte mir befehlen können, die Waffe zu benutzen, er hätte mich auch einsperren lassen können. Wenn ich geschossen hätte, hätt ich die Verweigerung niemals durchbekommen. Aber dieser Typ war in Ordnung. Ich musste mein Gewehr behalten, es hegen und pflegen und reinigen, aber ich musste es nicht mehr benutzen. Ich bekam auch keine Munition mehr. Wenn die anderen Schießübungen machten, musste ich beim Ziel hocken und die Treffer durchgeben. ›Linke Wange zerfetzt‹ oder ›Bauchschuss‹ oder ›Herz‹ musste ich ins Feldtelefon brüllen. Du kennst ja diese Pappkameraden.«

»Natürlich«, erwiderte Paul Maria.

Probten die anderen Häuserkampf, saß Ludger daneben und bewachte das Sturmgepäck. »Wie soll er denn unsere Sachen bewachen, wenn er gar keine Munition hat?«, hatte sich ein Wehrpflichtiger damals beschwert. Er trug kurzes, dunkles, gewelltes Haar und einen Oberlippenbart.

»Das ist nicht Ihr Problem, Schütze Stachelhaus«, antwortete ein Vorgesetzter.

»Aber es ist mein Gepäck«, insistierte Stachelhaus und blickte Ludger grimmig an. »Spacko!«, knurrte er, nahm sein Gewehr in die Hand und machte sich entschlossen daran, das Übungshaus zu erobern.

Bei einem Kasernenrundgang wurde den Wehrpflichtigen erklärt, wie der Standort am besten zu bewachen sei und wie verdächtige Personen zu überwältigen seien. Stachelhaus zielte mit seinem Gewehr auf Ludger und sagte: »Schade, dass das jetzt nicht geladen ist, du warmes Schwein.«

Während der Grundausbildung war Stachelhaus nach Hannover gefahren, um bei der Polizei einen Eignungstest zu machen. Sein Ziel war es, »Linke wie dich, Gluske, auf Demos zu klatschen«.

»Wenn du genommen wirst, schreibe ich denen einen Brief und erzähle ein bisschen was über deine Einstellung zur Gewalt«, hatte Ludger ihm entgegnet.

»Und wenn ich dich jemals bei einer Demo erwische, mach ich dich fertig«, hatte Stachelhaus geantwortet.

Er wurde nicht genommen und entschied sich daraufhin, Berufssoldat zu werden. »Es war nur mein Rücken, sonst hätten die mich genommen«, erklärte Stachelhaus.

»Habt ihr euch auch über deine Gewaltphantasien unterhalten, du Fastbulle?«

»Klar, hab ich denen alles erzählt. Kein Problem. Nur der Rücken«, wiederholte Stachelhaus, und Ludger hatte das Gefühl, dass er nicht gelogen hatte.

Kurze Zeit darauf betrat Ludger das Kreiswehrersatzamt, um wegen seiner Verweigerung vorzusprechen. In seinem grauen Bundeswehrausgehanzug setzte er sich auf eine harte Kirschholzbank, um dort zusammen mit seinem Gewissen auf die gemeinsame Prüfung zu warten. An der Wand ihm gegenüber hing eine große, holzgeschnitzte Tafel mit den Namen von gefallenen Kriegern des Regierungsbezirks Düsseldorf:

Söhne unserer Erde, gefallen in fremdem Land für unser Ehr und Vaterland, 1914–1918.

An einer langen Tafel saßen vor einer bundesdeutschen Flagge und dem Bild von Bundespräsident Karl Carstens vier Herren.

Drei Rentner und ein Beamter. Auf die gängigen Fragen hatte Ludger sich vorbereitet. Was er täte, wenn ein feindlicher Bomber über dem heimischen Garten flöge, während er mit seiner Familie beim Frühstück säße und neben dem Frühstückstisch zufällig ein Flakgeschütz stünde. Was er täte, wäre er Sanitäter und feindliche Soldaten stürmten die Sanitätsstation, in der Absicht, die Verletzten zu erdolchen? Was er täte, spazierte er mit seiner Freundin durch den Wald und feindliche Soldaten schickten sich an, sie zu vergewaltigen?

Auf all das war er vorbereitet und antwortete, wie man es von ihm verlangte, damit man ihn guten Gewissens als Kriegsdienstverweigerer anerkennen konnte. »Wer so etwas tut, ist ein Verbrecher, und gegen jeden Verbrecher darf ich mich wehren. Aber nicht jeder gegnerische Soldat ist ein Verbrecher, sondern ganz genau so jemand wie ich. Gegen den will ich mich nicht wehren müssen, weil er mir nichts Böses will und nichts dafür kann, in einer anderen Uniform zu stecken. Ob ich das Flakgeschütz benützen würde, weiß ich nicht, weil ich noch nie beim Frühstück in so einer Situation war und auch nicht gerne in so eine Situation geraten würde. Darum will ich ja verweigern.«

Ludger hatte nicht das Gefühl, in seinen eigenen Worten zu sprechen. Er sprach einfach nach, was er gelesen hatte. In seinem fiebrig-grippalen Zustand war Auswendiglernen die einzige Möglichkeit. Sich auf seinen eigenen, kranken Kopf zu verlassen schien ihm zu gefährlich.

Alles schien glatt für ihn zu laufen. Die Herren fragten, und er antwortete. Alles war so, wie es in seinen Ratgebern gestanden hatte.

Die seitenlange, schriftliche Begründung für seinen Gewissensentscheid lag den Prüfern vor, sein Lebenslauf (Waise!), seine Entwicklung hin zu dem Menschen, der er jetzt war und der den Dienst mit der Waffe nicht mit seinem Gewissen vereinbaren konnte. Die Socken und seine Grippe hatte er auf Anraten seines Freundes Boris weggelassen. Zu oft hatte man ihn der Hypochondrie bezichtigt.

Ludger wollte nur weg. Schleunigst. Egal wie. Auch von seinen Erfahrungen während einer Übung hatte er berichtet, »als ich bei strömendem Regen in einem Schützengraben lag und plötzlich einen Menschen im Visier meiner Waffe sah«. Tatsächlich war es Stachelhaus gewesen. Er hatte ihn so lange im dichten Wald gesucht, bis er ihn im Visier hatte. Es war ein angenehmes Gefühl, aber als der Prüfer ihn jetzt nach seinem Gefühl fragte, in jenem Moment, als er jemanden im Visier hatte, sagte Ludger: »Es war ein ziemlich schlechtes Gefühl.«

»Schön, Sie haben sich also schlecht gefühlt. Und sonst?«, fragte der Vorsitzende.

»Na ja, was heißt sonst? Schlecht eben. Unangenehm und schlecht«, sagte Ludger verwirrt. War schlecht denn nicht schlecht genug?

»Und sonst nichts? Sie haben sich nur schlecht gefühlt?«, wiederholte der Vorsitzende seine Frage. Alle starrten ihn an. Das Fieber stieg ihm in den Kopf. Er begann zu schwitzen.

»Furchtbar«, sagte Ludger. »Ich habe mich schlecht und furchtbar gefühlt. Furchtbar schlecht.« War es das? War furchtbar schlimmer als schlecht?

»Furchtbar? Sonst nichts?«, fragte jetzt einer der alten Beisitzer, und Ludger rutschte unruhig auf seinem Stuhl hin und her.

»Herrgott noch mal«, sagte er. »Doch. Es war grausam, ein unglaublich grausames, entsetzliches, unerträgliches Gefühl!« Der Schweiß floss ihm in Sturzbächen über die Stirn.

Die Beisitzer tuschelten und schüttelten die Köpfe.

»Herr Gluske. Ich frage noch einmal. War das alles, was Sie gefühlt haben? Grausam? Entsetzlich? Unerträglich? Schlecht? Furchtbar? Das war wirklich alles? Oder haben Sie noch etwas gefühlt?«, fragte der Vorsitzende, eine Lesebrille auf der Nase.

»Mein Gott, was wollen Sie denn hören? Beschissen? Dass ich mich angeschissen hab? Dass ich geheult habe? Ich mein, was wollen Sie? Ich habe mich schlecht gefühlt! Irre schlecht!«

»Beruhigen Sie sich. Gut, Sie sind sicher, dass Sie nicht mehr gefühlt haben. Ist das richtig?«

Ludger starrte die Prüfer mit glasigen Augen an. Sein hellblaues Bundeswehrhemd unter dem grauen Bundeswehrausgehsakko war schweißgetränkt.

Da er nicht antwortete, wurde er hinausgeschickt, damit sich die Kommission beraten konnte.

»Durchgefallen?«, fragte ihn ein anderer Soldat, der auf seine Verhandlung wartete.

»Wüsste nicht, warum«, antwortete Ludger. Nach wenigen Minuten wurde er wieder hineingerufen.

»Nehmen Sie doch Platz«, sagte der Vorsitzende freundlich und verlas das Urteil. »Ihrem Antrag auf Wehrdienstverweigerung wird nicht stattgegeben, da Sie sich zu einem Zeitpunkt, als Sie einen anderen Menschen im Visier Ihrer Waffe hatten, nur schlecht, aber nicht schuldig fühlten. Bei einer Gewissensentscheidung geht es aber nicht um eine Befindlichkeit, sondern ein moralisches Gesetz, das man sich selber steckt. Sie können sich gut schlecht fühlen bei der Bundeswehr. Schuld hätten wir Ihnen nicht aufladen wollen. Danke, Schütze Gluske. Melden Sie sich bei Ihrer Einheit zurück und schicken Sie den Nächsten herein.«

»Boris, ich fühle mich unschuldig, also habe ich kein Gewissen. Schuldige haben wenigstens ein schlechtes, ich hab gar keins. Ich bin krank und gewissenlos!«, hatte er Boris am Telefon gesagt, bevor er von Düsseldorf zurück ins Emsland gefahren war. Auf der Treppe des Kompaniegebäudes begegnete ihm Stachelhaus.

»Und?«

»Ich hab denen alles erzählt. Ich hab denen gesagt, was ich von Leuten wie dir halte. Sie hätten mich sofort genommen – es war nur mein Rücken«, sagte Ludger.

»Du lügst, du schwules Schwein«, knurrte Stachelhaus, und Ludger fragte sich, wieso eigentlich nicht Leute wie Stachelhaus nach ihrem Gewissen befragt wurden, bevor man ihnen Waffen aushändigte. ▬▬▬▬▬▬▬▬▬▬▬▬▬▬▬▬▬▬

▬▬▬▬▬▬▬▬▬▬▬▬

SUPERKNUT

MEP. Mehl, Ei, Panier. 31 Kinder der Célestin-Freinet-Volksschule blieben über Mittag. Bei vier Moslems hieß das: 24 Schweineschnitzel und 4 Hühnerschnitzel. Drei Kinder ernährten sich vegetarisch. Ihnen machte Rudi Bandnudeln mit Zucchinistreifen und Schafskäse.

»Vegetarier essen meinem Essen das Essen weg«, sagte Hausmeister Stojkovitch, der kurz in die Küche schaute. Er aß lieber Hunnenschwerter – riesige Fleischspieße. Schon Huhn war für ihn nur Beilage.

Rudi hatte sich sein Haar zum Zopf gebunden. Er wälzte die Schweineschnitzel in Mehl. Österreich war mit 66 kg pro Kopf und Jahr beim Schwein die Nummer eins in Europa. Er zog die Schweineschnitzel durchs Ei. In Niederösterreich hatte ein Bauer sein Schwein »Schnitzel« genannt, hatte er in seiner eigenen Qualitätszeitung gelesen.

Jetzt wälzte er sie in Brösel und legte sie in die Pfanne. Zwei Katzen schossen in die Küche, verfolgt von Samuels Hund. Goldbraun briet er die Schnitzel, so wie Laetitia es ihn gelehrt hatte. Die fertigen Schnitzel legte er auf ein großes Tablett. Jetzt begann er mit den Hühnerschnitzeln. Goldbraun backte er auch sie aus. Daneben briet er die Zucchinistreifen kurz an, überträufelte sie mit Zitronensaft und leerte sie in den großen Topf mit den Bandnudeln. Den Schafskäse gab er jetzt erst dazu. Dazu eine Riesenschüssel Salat als Beilage für alle.

Stojkovitch trug den Topf für die Vegetarier und den Salat in den Speiseraum, Rudi das Tablett mit den Schweineschnitzeln und den Teller mit den Hühnerschnitzeln.

Salihs (Leos) Huhn flatterte aufgeregt im Gang. Jaja schrie, der Goldhamster sei ihr entflohen. Der Kanarienvogel hatte sich mittlerweile doch noch für die Freiheit entschieden. Er flog auf Rudi zu, Tulip sprang krallenlos hoch, um ihn mit der Schnauze zu erwischen, so wie einst die Gänse im Burgund. Er sprang vor Rudis Beine. Rudi stolperte, verlor das Tablett mit den Schweinsschnitzeln und ließ auch den Teller mit den Hühnerschnitzeln fallen. Tulip schnappte sich sofort eins.

Rudi lag am Boden, die Schnitzel goldgelb überall am Gang verteilt. Hühnerschnitzel auf Schweinsschnitzel.

Das Schicksal nahm Anlauf.

ICH

Diesmal stieg ich am Stubentor aus. Ich blickte über den Ring hinüber zum Stadtpark und zur Universität für Angewandte Kunst. Hier hatte Rosa studiert. Vorm Café Prückel saß der Programmchef eines österreichischen Privatsenders. Ich begrüßte ihn kurz, und er berichtete mir von neuen Showkonzepten, die er in Deutschland bei Beate Uhse TV gesehen hatte. »*Deutschland sucht den Popp-Star*«, sagte er. »Da gewinnt der, der am besten im Bett ist. Könnten wir auch in Österreich machen.«

»Ja. Gut«, sagte ich und verabschiedete mich.

Ich ging die Bäckerstraße entlang, am »Alt Wien« vorbei, dem Lugeck und dem Hohen Markt. Über die Tuchlauben stieß ich auf die Wipplingerstraße. Rechter Hand lag das Alte Rathaus, dann bog ich ab zu Sztuhlbeins Brötchen.

Dort saß eine Kärntner Slowenin. Sie erzählte einem Freund von Haiders Tod und dass damals alle Kärntner Schüler eine Trauerstunde begehen mussten. »Meine Tochter kam dann nach Hause und war ganz verwirrt. Sie sagte, ›Mama, wir mussten beten zum Haider im Himmel, aber, gelt, wir finden doch, er ist in der Hölle!‹.«

Erst jetzt sah ich Rudi. Er war blass und schwitzte. Ich setzte mich zu ihm. Er trank einen französischen Weißwein.

»Um die Zeit schon?«, fragte ich.

Er starrte in sein Glas, Tulip saß hechelnd neben ihm. Es roch, aber ich hatte mich in den letzten Tagen an die Ausdünstungen des krallenlosen Hirtenhundes gewöhnt.

Er winkte, und Patrycja brachte ihm ein neues Glas.

»Sein viertes«, raunte sie.

»Also. Was ist los, Rudi?«, fragte ich.

»Am Freitag hab ich gekocht, und mir sind die Arschlochschnitzel verrutscht. Die Schweine und die Hühner. Salih ist in der zweiten Klasse. Ein Supertyp, aber sein Vater ist ein Megakotzbrocken. Abdullah Fuchspichler. Ein kompletter Vollkoffer, ein totaler Idiot«, grummelte Rudi und trank.

»Ich versteh nicht ganz.«

»Salih fragte mich, ob sein Schnitzel auch wirklich ein Hühnerschnitzel ist, und ich hab gesagt: ›Ja, ziemlich wahrscheinlich.‹ Und weil er so zögerlich war, aber ich wusste, dass er hungrig war … Mein Gott, da steht ein hungriger Knirps vor dir, ich hab's einfach nicht mehr sagen können, ob Huhn oder Schwein, verstehst du? Ich hab dann gesagt: ›Ja, das ist ein Huhn.‹«

»Und hat er es gegessen?«

»Ja. Ich weiß ja nicht, vielleicht war es ja echt ein Huhn. Möglich. Die Chance liegt 1:7. Ich kann's nicht sagen. Und er hat's gegessen, ich mein, vielleicht schmeckt er den Unterschied ja auch noch nicht, er ist erst seit kurzem Moslem. Erst seit ein paar Wochen. Weißt du, seine Eltern sind so klassisch links, mit allem, was du an Klischees jetzt im Kopf hast. Und nun haben sie Marx oder Trotzki gegen Allah getauscht und ihre Kinder mit auf die Pilgerreise genommen. Können sie ja, ich hab überhaupt nichts dagegen, auch wenn ich find, dass sie die Kinder aus dem Spiel lassen könnten.«

»Find ich auch«, sagte ich und bestellte mir einen Raki zum kleinen Frühstück.

»Heute Morgen Punkt acht dann steht dieser Abdullah Fuchspichler in der Schule. Die Direktorin an seiner Seite und Salih. Abdullah mit einer weißen Häkelkappe auf dem Kopf. Er brüllt mich an: Gegen mich sei Salman Rushdie ein Taliban, ich hätte seinen Sohn gezwungen, ein stinkendes Schwein zu essen. ›Wenn du einem Moslem Schwein servierst und er es nicht weiß, dann trägst du die Sünde!‹, schreit er.«

»Oha.«

»Ich hab versucht, ihm zu erklären, wie das alles war, aber der Mann ist völlig ausgerastet. Er schrie: ›Auch das Huhn gilt als moslemisches Schwein! Alles unrein, aber von mir aus. Doch Sie wollen mein Kind mit Schweinefleisch vergiften?‹ Und weiter: ›Wenn Gott der Erhabene uns etwas auferlegt, handelt es sich um kein Gebot der Spielerei. Alle Verbote sind Elhamdulillah von Allah aufs Schönste bedacht!‹ Er forderte sofortige Konsequenzen …«

»Und deine Chefin?«

»Hundertpfund? Stand neben ihm und schaute betrübt. Kein Wort der Erklärung. Kein Wort der Verteidigung. Sie war auf seiner Seite. Das sei wirklich eine ernste Sache; das hätte sie nicht von mir gedacht. Das wüsste ich doch wohl, dass das eine Riesensauerei von mir sei. Sie verstünde Abdullah Fuchspichler sehr gut, und sie hoffe, dass wir das intern klären könnten und nicht an die große Glocke hängen würden. Sie könne sich schon vorstellen, was da gewisse Leute aus so einer furchtbaren Sache für Kapital schlagen wollten. An dieser Schule herrsche selbstverständlich Meinungs- und Religionsfreiheit, jeder nach seiner Façon, das sei ja wohl ganz klar. Und dann sagte sie noch zu mir: ›Rudi, gehen Sie nach Hause und sagen Sie mir in den nächsten zwei Tagen Bescheid, ob Sie auf eigenen Wunsch an eine andere Schule versetzt werden wollen.‹«

»Im Ernst?« Ich war fassungslos.

»Ich hab gesagt: ›Nein, Frau Hundertpfund, will ich nicht. Ich bin gerne hier. Ich mag die Kinder, ich mag die Lehrer. Ich versteh das Problem nicht ganz.‹ Ich hab mich dann noch bei Salihs Vater entschuldigt, aber seine Antwort war: ›Ich nehme Ihre Entschuldigung nicht an. Sie müssen die Verantwortung selber tragen.‹ Und Frau Hundertpfund nickte dazu ernst und sagte: ›Doch, Rudi, Sie wollen versetzt werden. Herr Fuchspichler hat mir gesagt, wenn Sie nicht gehen, verlassen die moslemischen Kinder geschlossen die Schule. Wir können so eine PR nicht gebrauchen. Gerade wir nicht – wir sind offen für Kinder aus fremden Kulturen. Leider kommen viel zu wenige, und so eine fatale Geschichte bricht uns das Genick ...‹ Blablabla. Weil ich nicht zugestimmt habe, hat sie mich daraufhin auf unbestimmte Zeit suspendiert.«

»Im Ernst?«, wiederholte ich ungläubig.

Auch Patrycja hatte zugehört und schüttelte den Kopf. »Wenn ich für jeden in Österreich lebenden Türken einen Euro bekäme, dessen Lieblingsgericht Schnitzel mit Pommes ist, hätte ich bis zum Ende meiner Tage keine Sorgen mehr«, sagte sie.

»Das heißt, die Hundertpfund hat dich rausgeworfen«, sagte ich.

»Nein, so leicht geht das nicht. Ich hab keine Ahnung, was jetzt passiert.«

Das war auch gut so. Hätte Rudi nämlich gewusst, was noch geschehen würde, hätte er es mit der Angst bekommen.

Tulip winselte leise. Er schien es zu spüren.

SUPERKNUT

»Was machen die Hausaufgaben?«, fragt Knuts Vater.

Knut blickt ihn verzweifelt an. »Ich soll einen Aufsatz schreiben über Raum und Zeit und weiß nicht, was ich schreiben soll. Ich hab bis jetzt nur *Zeitraum* geschrieben. Es sollen aber 200 Wörter sein.«

»Schreib halt 200-mal *Zeitraum*. Kluges Kind. Mein Superknut. Was macht eigentlich Irma? Irgendwas von ihr gehört?«

»Sie ist in New York und rettet die Welt. Sie hat einen Friedensplan entwickelt, den sowohl Israelis als auch Palästinenser total gut finden, aber er darf nicht umgesetzt werden, weil Irma erst vier Jahre alt ist. Unter 60 gilt's juristisch nicht.«

»Siehst du? Dir gelingt einfach alles. Du schreibst 200-mal *Zeitraum*, und sie schafft's nicht mal, die Welt zu retten. Prima, Knut!«

»Primao!«

»Priminski!«

Knut stöhnt und schaut sehnsuchtsvoll aus dem Fenster bis nach New York.

R. G. (MORGEN GEHT'S WEITER.)

ICH

»In Amerika werden pro Tag 235 Leute ins Krankenhaus eingeliefert, weil sie über ihr Haustier gestolpert sind«, sagte Gözde.

»Jeden Tag genau 235?«, fragte ich.

»Sehr witzig. Durchschnittlich natürlich. Serefe!« Er prostete mir mit seinem Rakiglas zu. »Ich muss vorsichtig sein. Ich liebe das Zeug, aber ich trink mich zu schnell in einen Rausch. Dann: Filmriss. Und ich kann mich an nichts mehr erinnern.«

»Ach so?«, fragte ich. Dann fuhr ich mit meiner Schilderung fort. »Das Problem war, die Schnitzel haben wirklich genau gleich ausgeschaut. Es war warm, und er hatte wegen der ungarischen Vollidiotin wenig geschlafen, er hatte 32 Essen gemacht. Er war einfach erschöpft. Ich find, das muss man verstehen.«

»Er hat dann also einfach irgendwelche Schnitzel genommen und auf den Hühnerteller gelegt?«

»Ja, wer weiß, vielleicht waren es ja genau die vier Hühnerschnitzel. Kann ja sein, dass er eh die Richtigen erwischt hat und die ganze Aufregung umsonst war.«

»Ich könnt das riechen. Schweinefleisch riecht nach totem Hund«, behauptete Gözde.

»Ach, wie riecht denn toter Hund? Du riechst an toten Hunden?«

Gözde fuhr sich mit der Hand durch seinen dürren Bart. »Ich rieche an Dingen, das willst du gar nicht wissen«, sagte mein transsexueller türkischer Falafelprofessor. »Und er hat den moslemischen Kindern gesagt, es sei Huhn?«, fragte er weiter. »Und die haben das dann gegessen?« Gözde schüttelte seinen Kopf und schüttete sich Wasser auf einen neuen Raki. Die klare Flüssigkeit wurde milchig. »Es gibt ein arabisches Sprichwort. Für einen guten Freund isst man auch ein rohes Huhn. Aber Schwein? Wieso hat er es überhaupt gesagt? Dumme Gedanken hat jeder, aber der Weise verschweigt sie.«

»Die Kinder haben ja gesehen, wie er über Tulip gestolpert ist.«

Gözde trank sein Glas leer. »Angenommen, du hast ein Schaf vergewaltigt«, sagte er, »so solltest du es nicht selber essen, sondern ins Nachbardorf verkaufen.«

Ich verstand das Gleichnis nicht und schob es auf den Raki.

Am Montag nach dem Sturz überschlugen sich die Ereignisse.

Ich saß morgens in der U-Bahn. Zwei junge Mütter fluchten über den letzten Einkaufssamstag. »Bei Ikea muss man sich bald auch den Ikea-Schlüssel selber bauen«, lamentierte eine der beiden.

Ein 50-jähriger Übergewichtiger sagte zu einem Bekannten: »Puppen, die mir das Sakko abschuppen, nenn ich meine Schuppenpuppen.« Er hatte viele Schuppen. Ich verstand seine Haut. Sie wollte weg von ihm und fiel ab.

Ich las die Zeitung.

Schlumpf-Fan färbt sich blau und kriegt die Farbe nicht mehr ab.

Schlachtbolzen traf Bauer statt Katze.

Jobcenter Leipzig: 6-Jähriger soll zur Berufsberatung gehen.

Überraschung auf dem Ultraschall: Familienvater verlässt Krankenhaus als Frau.
Ich riss die Meldung für Gözde raus.

DIE TABAKTRINKERIN

12. Brief
                                                          Schwechat, 21.10.2011

Lieber Rudi,
schickt mir Erde aus der Steiermark, ich muss Mutter und Tochter begraben. Kennst Du das Lied, Rudi? Da ist jemand nach Amerika ausgewandert. Aus der Steiermark. Und als sein Kind auf die Welt kommt, will er Wasser aus der Steiermark für die Taufe, und dann sterben die Frau und sein Kind, und er will beide in steirischer Erde begraben sehen. Vielleicht sollte ich mir etwas Wiener Erde mitnehmen? Oder Düsseldorfer Erde? Ein bisschen Rhein, ein bisschen Donau? Weißt Du, Rudi, das Leben – das Leben findet statt zwischen dem Schlaf. Du schläfst, und dann wachst du bei der Geburt kurz auf, und wenn du stirbst, schläfst du wieder ein. Eingebettet in Schlaf. Das finde ich tröstend.
Im AKH hab ich sie gehört, die Maschinen, die das Wasser aus der Lunge saugen. Die Menschen, die an die Maschinen angeschlossen sind. Tag und Nacht, ein unangenehmes, lautes Geräusch. Wie die Pumpe in einem Aquarium. Wie eine Kaffeemaschine, aber erstaunlich laut. Du hörst, wie wenig Flüssigkeit da rausgepumpt wird.
»Das wollen Sie nicht, Maderl«, hat eine Frau zu mir gesagt, die an so einer Pumpe hing. Schreckgeweitet meine Augen. Schreckgeweitet ihre.

Weißt Du, ich bin mit der S-Bahn neben der Donau gefahren. Mit der Strömung. Als hätte ich schon aufgegeben. Dr. Djafari hat mir den Aufkleber besorgt. Offiziell, mit Siegel: Medikamententransport. Und die Papiere, hochoffiziell. Ich glaube, er weiß genau, was ich vorhabe. Und ich glaube, er findet es gut. Weil er hier auch immer den Rest vom Schützenfest erlebt: verlotterte Lungen. Wahrscheinlich würd er PM am liebsten selber mal die Pumpe umhängen.

Ich musste daran denken, dass unsere Eltern beide die Box mit den Eiern berührt haben. Gut, dass die Wien-Oma die Kiste aufbewahrt hat. Und den »Roman« von diesem Pfaffen. Ich hasse ihn dafür. Mein Vater war nicht so. Nicht so lächerlich und arm und verschwitzt. Und ich erfahre kaum was über ihn.

Ich vertraue lieber der Wien-Oma. Sie hat gesagt: »Euer Vater war pfiffig. Er war lustig und verschroben. Er war klein und mutig. Er sprach mit rheinischem Akzent, Singsang. Er klang fröhlich und hatte eine angenehme Stimme. Eure Mutter liebte ihn. Sehr.« Das hat die Wien-Oma gesagt. Und wem sollten wir beide trauen, wenn nicht ihr?

Diesen Suess hab ich nie kennengelernt. Mein Interesse an ihm ist auch endlich. Auch Boris kenne ich nicht. Vielleicht hatte unsere Mutter noch Kontakt mit ihnen vor ihrem Tod?

Neben mir sitzt ein fetter Mann im Flughafenrestaurant. Er hat Lamm, Pasta und Apfelstrudel gegessen, ohne zu schlucken. Jetzt sitzt er da und faltet die Hände. Wahrscheinlich betet er, dass es bald wieder was zu essen gibt.

Ich bete nicht, Rudi.

Die PMs sollten langsam anfangen zu beten. Ich muss mich beeilen. Die Gluske-Gruppe: ein Baader-Meinhof-Kompott. Es gibt wenig Großes. Die meisten Dinge sind klein, zögerlich und wirkungslos. Im Tierreich der Weltgeschichte von amöbenhafter Bedeutung. Unsterb-

lich nur in ihrer Bedeutungslosigkeit, ab in den großen Vergessenstopf. Pass auf Dich auf, Rudi. Ich werd's bald nicht mehr können.

Die tiefrosane Traurige.

Die tieftraurige Rosa.

Gleich irgendwo über dem Atlantik. Ich höre auf meinem iPod VIER STUNDEN VOR ELBE 1. Du kennst es, Rudi. Nicht?

SUPERKNUT

»*Vier Stunden vor Elbe 1?*«, fragte Laetitia.

»Element of Crime. Wir waren einmal zusammen im Radiokulturhaus bei einer Radiosession von denen.«

»Ist es ein schönes Lied?«

»Sehr schön. Und sehr traurig.«

Rudi legte die CD *Damals hinterm Mond* ein. Mit einem goldfarbenen Edding stand auf dem Cover geschrieben: *FÜR ROSA ZUM 19. GEBURTSTAG. VOM STOLZESTEN BRUDER DER WELT*

Drüben am Horizont verschwindet eine Landschaft.
Ein Schnitt in die Brust ist der Abschied, doch diesmal fällt er aus.
Ich will mehr für dich sein als eine Schleusenbekanntschaft.
Diesmal, mein Herz, diesmal fährst du mit.

Sieh doch, wie Tausende von Möwen nach Abfall gieren.
Ein Schritt nur, vor uns ist die See, dahinter liegt New York.
Ein Schaum sprüht frech zu uns herauf, wie von tausend Bieren.
Diesmal, mein Herz, diesmal fährst du mit.

Wird dir auch schlecht, über die Reling halte ich dich gerne.
Ein Ritt auf tausend Tonnen Stahl fordert seinen Preis.
Und alt wie der Mensch ist die Sehnsucht nach der Ferne.
Diesmal, mein Herz, diesmal fährst du mit.

Scheiß doch auf die Seemannsromantik.
Ein Tritt dem Trottel, der das erfunden hat.
Niemand ist gern allein mitten im Atlantik.
Diesmal, mein Herz, diesmal fährst du mit.

»Das hat sie gehört, bevor sie Wien verließ«, sagte Laetitia. Rudi konnte nicht sprechen. Tränen.

Sie nahm ihn in den Arm. Wortlos.

»Allein … mitten … im Atlantik«, schluchzte Rudi.

»Sie wird es auch in der Luft gehört haben. Das ist ein wirklich schönes und sehr melancholisches Lied, Rudi. Da hat sie sicher auch geweint, deine starke, große Schwester. Wein um sie, Rudi, um die wunderschöne Rosa. ›Doch diesmal, mein Herz, diesmal fährst du mit‹«, sang sie leise. Laetitia, die viel mehr war für Rudi als eine Schleusenbekanntschaft.

DER EIERMANN

»So viel Wasser«, dachte Ludger. Als seien alle Nord- und Ostseedeiche gerissen. Es hätte ihn nicht gewundert, wenn Öltanker führerlos auf der Brunnenstraße getrieben oder Bohrtürme kopfüber am Bilker Dom hängengeblieben wären. Als würde die Welt ertrinken und kein Bademeister sei da, um sie zu retten.

Seine Gegenwart im April 1987 war ein leerer, hungriger Briefkasten.

Im Sommer, da liebt man sich am Fluss in einer klaren Nacht bei warmer Luft. Er und Gretchen liebten sich nie am Fluss. In klaren Nächten hingegen schon. Und Regennächten. Vor allem in Regennächten. Eigentlich unternahmen sie nichts, aber alles zusammen. Verliebt, wie sie waren. Wenn er krank war, brachte sie ihm Tee und Küsse ans Bett.

In Gretchens *Urlaubssprachführer Deutsch* stand *Grippe* nach *Gicht* und vor *Hämorrhoiden*. Ludger lag irgendwo dazwischen. Sie liebte ihn.

Als der erste Schnee fiel, musste der Unteroffizier Stachelhaus in ▇▇▇▇▇▇▇▇▇▇▇▇▇▇▇▇▇▇▇▇▇▇▇▇▇▇▇▇▇▇▇▇▇▇▇▇▇▇ Torwache schieben. Paul Maria saß zusammen mit Malmendier im warmen Emsland B.

»Und Sie sind sich sicher, Malmendier, dass Stachelhaus heute auch noch Nachtwache hat?«

»Ja. Er hat Nachtwache«, sagte Malmendier und würfelte. Neun Partien hatte er bereits für sich entschieden, aber das war Paul Maria heute egal.

»Sagen Sie, Malmendier, wie kalt wird es heute Nacht?«

»Hab ich Ihnen doch schon gesagt«, sagte Malmendier schief. Alle seine Steine waren bereits im letzten Feld.

»Ich weiß, aber sagen Sie es doch bitte noch einmal«, bat der katholische Standortpriester den evangelischen Zockerkönig.

»Minus zehn. Sie haben verloren.«

Aber Paul Maria fühlte sich gerade nicht wie ein Verlierer.

Major Barkenheim stand in der Herrentoilette und kämmte sich. Leute, die ihn nicht kannten, mussten annehmen, er habe eine sehr schwache Blase, so oft verließ er den Saal, um aufs Klo zu gehen. Er überprüfte seine Frisur im Spiegel. Man nannte ihn den Errol Flynn des Nachschubs. Neben ihm stand Leutnant Smetz und wusch sich die Hände. Smetz war einer der wenigen Menschen, die sich beim Händewaschen nicht im Spiegel betrachteten. Er schaute stattdessen auf seine Hände oder auf den Seifenspender.

»Wissen Sie, Smetz, diese Feste, die Musik und die Frauen …«, sagte Barkenheim und fletschte vor dem Spiegel die Zähne. Zwischen seinen Schneidezähnen setzte sich oft was fest.

»Es ist diese Lust, Smetz. Die kann man mir nicht austreiben. Kein Gewaltmarsch könnte das. Es ist diese Lust, Smetz.«

Leutnant Smetz nickte wissend. Wie viele Menschen mit Sprachfehler hatte er sich ein großes Repertoire an Gesten und Mimik angeeignet. Barkenheim war bekannt für seine Lust. Und wie er jetzt so neben Smetz stand, zähnefletschend, das Haar perfekt gescheitelt, mit Oberlippenbart, im Smoking mit Rangabzeichen, da konnte sich Smetz vorstellen, dass kein Gewaltmarsch daran etwas ändern würde. ▬▬▬▬▬▬▬▬
▬▬▬▬

»Wissen Sie, Smetz, Taktik. Lust und Taktik. Ich hab jahrelang in der Logistik gearbeitet. Ich weiß, wo es langgeht!« Er nickte. »Lust und Taktik. Es ist wie Zielschießen. Laden. Entsichern. Anvisieren. Und Feuern.«

»Bei den Frauen?«, fragte Smetz mit tropfenden Händen unter angelernter Aussparung des »s«.

»Auch, Smetz. Auch. Im ganzen Leben ist es so. Lust und Taktik.«

SUPERKNUT

»Überlassen Sie Ihren Platz bei Bedarf Frauen mit Kinn!«

Es war ungewöhnlich voll und stickig in der U-Bahn. Viele Touristen. Ich hatte nur einen Stehplatz und hielt mich an den orangefarbenen Haltegriffen fest. Neben mir standen zwei junge Frauen.

»Hab ich dir die arge Geschichte erzählt von der Bildhauerin und dem Sumoringer?«, fragte die eine, die ein *Der Nino aus Wien*-T-Shirt trug.

»Naa«, antwortete die andere, die ein *Naked Lunch*-T-Shirt anhatte.

»Urarg. Wahre Gschicht. Da war so eine Bildhauerin, die hat Sumoringer so urspannend gfunden. In Deutschland gibt's auch Sumoringer. Da hat sie den besten von denen gefragt, ob er ihr Modell sitzen kann. Sie hat dann von ihm eine Riesenstatue gemacht, innen hohl, da ist sie in den Sumoringer, also in das Modell reingegangen und hat das von innen ausgehöhlt. Verstehst du?«

»Eh, und?«

»Na ja, der Sumoringer fand das so rührend, dass diese kleine Frau in ihn reingeht, also in sein Modell. Da hat er sich in sie verschossen, der 150-Kilo-Typ.«

»Oarg.«

»Pass auf, es wird noch ärger. Also, sie zischt ab, als sie mit der Arbeit fertig ist. Nach ein paar Monaten läutet's an der Tür bei ihr.«

»Der Sumoringer aus Deutschland.«

»Genau. Aber nicht mehr 150 Kilo, sondern nur noch 100. Er hat exakt ihr Gewicht abgenommen.«

»Die Bildhauerin wiegt 50 Kilo?«

»Ja. Er hat sie so vermisst, weil sie ja nicht mehr in ihm, also seinem Modell war, da hat er sie sich rausgehungert. Romantisch, was?«

»Ja. Aber als Sumoringer ist er jetzt im Oarsch. Den stößt doch jeder von den Bladen sofort aus dem Ring, das Zniachterl.«

Ich las die Gratiszeitung einhändig im Stehen.

Skandal: Lehrer zwingt Türkenkind, Schwein zu essen! Eltern empört!

Auf dem Titelblatt sah man einen blonden Moslem mit Bart und weißer Häkelhaube in Rage. Mit dem Zeigefinger der rechten Hand drohte er mit aufgerissenen Augen ins Fotoobjektiv. Unter dem Bild stand: *Vater Abdullah Fuchspichler droht mit dem Zorn Allahs.*

Mich wunderte, dass niemandem in der Redaktion der Gratiszeitung aufgefallen war, dass Fuchspichler kein sehr türkisch klingender Name war.

Auf Seite 3 folgte ein kurzer Artikel:

Lehrer (23) einer Volksschule in Wien 9 verrutschen Schweineschnitzel und Hühnerschnitzel. Der 8-jährige Salih (Foto) hat deshalb vielleicht gegen das Gesetz des Islam verstoßen, kein Schweinefleisch essen zu dürfen. Der Lehrer wurde suspendiert.

Am Schwedenplatz stieg ich um und kaufte mir zusätzlich noch die *Kronenzeitung*, den *Kurier* und den *Standard*. Fuchspichler hatte es auch dort jeweils auf die Cover geschafft.

Schnitzelkrieg der Kulturen lautete eine Überschrift. Ich las den Artikel:

Weil Lehrer stolpert, herrscht in einer Währinger Volksschule ein

Glaubenskrieg. Für Moslems ist Schweinefleisch ein Tabu, aber dieses Tabu wurde gebrochen, als moslemischen Kindern Schwein als Huhn vorgegaukelt wurde. Volksschuldirektorin Mag. Hundertpfund (Foto) entschuldigt sich bei den moslemischen Eltern und verspricht: »Ab jetzt bekommen auch die nichtmoslemischen Kinder nur noch islamkonformes Essen. Es kommt kein Schweinefleisch mehr auf den Tisch, damit so ein Vorfall nicht mehr möglich ist.« Offenbar reicht das aber dem aufgebrachten Abdullah Fuchspichler (37) nicht: »Wir fordern auch getrennte Essbestecke und Teller für moslemische und nichtmoslemische Schüler!« Bezirksabgeordneter Johann Wetzel (FPÖ): »Ich will, dass mein katholisches Kind Schweinefleisch isst! Dass eine österreichische Lehrkraft solchen Anfeindungen ausgesetzt wird, empfinde ich als Skandal. Meine Unterstützung hat der betroffene Lehrer!«

Unterstützung aus der FPÖ. Ich wusste, jetzt würde Rudi wirkliche Freunde brauchen.

Auf der Kinderseite fehlte Superknut.

DER EIERMANN

Der Grippekranke und sein Gretchen-Mädchen stapften durch den Schnee. Beide mit Ohrwärmern, Hand in Hand.

»Rosa«, sagte er. »Ein Name, den man gut mit in die Ewigkeit nehmen kann.«

DIE TABAKTRINKERIN

13. Brief

NYC, 22.10.2011

Lieber Rudi,
da bin ich. Bereit loszuschlagen. Wild um mich.

Beim Frühstück eben in einem Deli sprach mich die Kellnerin an. »Are you sad or are you European?« – »Both«, habe ich geantwortet.

Im Flugzeug ist was Merkwürdiges passiert. Neben mir saß ein Araber. Vor dem Start las er im Koran und murmelte leise vor sich hin. Dann läutete ein Handy. Es läutete und läutete. Irgendwann sagte ich zu ihm: »Es läutet aus Ihrer Tasche.« Er blickte mich streng an, holte sein Handy raus, nahm den Anruf an und sprach wild und laut auf Arabisch, sprang dann auf und verlangte von der Stewardess, sofort aussteigen zu dürfen. Großer Disput. Schließlich nahm er seine Tasche und stürmte raus. Ein Amerikaner in meiner Reihe stand daraufhin auf und rief für alle hörbar: »Wurde überprüft, ob er noch was im Flugzeug hat? Ich verlange, dass sein Gepäck auf der Stelle ausgecheckt wird!«

Als wir dann gestartet waren, hatte ich komischerweise auch ein mulmiges Gefühl. Dann sagte ich mir: »Rosa, das ist lächerlich. Du stirbst eh. Wovor solltest du Angst haben? Stirbst du lieber am Krebs oder an einer Bombe?«

Der Amerikaner war eh ganz in Ordnung. Er ist Pilot bei einer privaten Charterline. Da können reiche Russen, die zu arm sind, sich einen eigenen Jet zu kaufen, tage- oder wochenweise ein Luxusflugzeug samt Crew ausborgen. Für 25 000 Dollar am Tag. Er fliegt meistens für einen Russen aus St. Petersburg, oft nach Dubai, weil die Frau vom Russen Pelze liebt und Pelze in Dubai billiger sind als in Russland. Wenn sie die Pelzsehnsucht überfällt, kommt der Ami und fliegt sie nach Dubai. Dort sucht sie sich einen Pelz aus, ihre Maße werden genommen, und sie fliegt zurück. Dann muss sie zur Anprobe wieder hinfliegen und dann noch einmal, um den Pelz abzuholen. Drei Flugtage, 75 000 Dollar. So ein Mantel muss in Dubai wirklich sehr viel billiger sein als in St. Petersburg.

Im Flugzeug ging es mir nicht gut. Ich hatte Schmerzen, im Rücken und in den Beinen. Was hat der Lungenkrebs in den Beinen verloren? Tja, die Russin hat ihre Probleme, ich hab meine. Ich hatte starke Medikamente mit an Bord. So ging's dann.

Nach der Landung kamen die Schmerzen wieder. Beim Einreiseschalter musste ich lange stehen. Ein Fettsack der Homeland Security arbeitete wahnsinnig langsam. Ich krümmte mich in der Schlange. Zwei schwarze Frauen brachten mir Wasser.

Nach einer halben Stunde kam ich endlich dran.

»Have you ever been a member of the Nazi Party?«, fragte mich der Dicke. »No. But you, maybe?«, fragte ich zurück, und ab sofort wurde ich von ihm zur Sau gemacht. Irgendwas auf meinem Einreiseantrag hatte ich nicht richtig eingetragen. Er zwang mich, ein neues Formular zu holen und mich wieder ganz hinten anzustellen. Die zwei Frauen, die mir Wasser geholt hatten, boten ihm an, dass sie mir gschwind so ein Formular holen könnten. Er wies sie zurück in die Schlange hinter die Markierung, und zu mir sagte er: »You go back to the end of the line.«

Nach zwei Stunden war ich dann endlich drin im Land der unbegrenzten Arschlöcher. Mit Papas Kiste im Arm. Darauf das offizielle AKH-Pickerl: FOR MEDICAL REASONS. URGENT.

Der Fettwanst in Uniform hat mich nur noch bestärkt in meinem Plan. Das wird ein Heidenspaß. Also nichts für Christen.

Deine Rosa

DER EIERMANN

Malmendier legte eine Ladung blauer Bundeswehrbadekappen in den Versorgungsspind. Irgendwann sollten heute auch die blauen Bundeswehrbadehosen geliefert werden. 500 Stück. Die würde er dann neben die blauen Kappen stapeln.

»Ab einer Wassertiefe von 1,20 Meter nimmt der Soldat selbständig Schwimmbewegungen auf«, las Paul Maria ihm aus der *Zentralen Dienstverordnung* vor. Er wusste, dass Malmendier nicht schwimmen konnte. Er hatte ihn im Wasser gesehen, im Lingener Hallenbad, das einmal pro Woche für die Soldaten reserviert war. Malmendier hatte seine Brille auch im Becken nicht abgenommen. Schief wie die Brille stand er im Nichtschwimmerbereich, bewegungslos und ganshäutig. Mehlfarben war seine Haut. Man befahl ihn ins tiefe Wasser, und Malmendier war keiner, der sich Befehlen widersetzte. Also ging er, Schritt für Schritt, schief die Brille, schief der Gang, ins tiefe Wasser, wo er sang- und klanglos unterging. So wie er ruhig und schief im flachen Wasser gestanden hatte, genauso schief und ruhig ging er unter. Die blaue Badekappe verschwand unter der Oberfläche. Paul Maria war ein ausgezeichneter Schwimmer, sprang ins Becken und rettete den unförmigen Ennepetaler. Malmendier spuckte Wasser und sagte: »Entschuldigung. Ich kann nicht schwimmen.«

»Hören Sie, Malmendier, dieser Stachelhaus bekommt doch seine Ausrüstung auch von Ihnen?«, fragte Paul Maria ihn jetzt in der Kleiderkammer.

Zeitbombe im Meer, las Ludger – so lautete der Titel eines Artikels im *Spiegel*. Er saß an seinem wie neu erhaltenen Schreibtisch aus schwarz lackiertem Kiefernholz. Gedankenverloren zog er an der klemmenden Lade. Sie bewegte sich nicht.

Der Schreibtisch seiner Eltern. Es gab kein Grab, nur eine Absturzstelle. Und eine klemmende Lade.

Gretchen und Rosa lagen in ihren Betten, trocken und warm, während sich in den Weltmeeren und Binnengewässern Milliarden von Viren tummelten. Norwegische Wissenschaftler hatten Stichproben von verschiedenen Gewässern untersucht und im Höchstfall mit zehn Viren pro Milliliter Wasser gerechnet. *Doch dann tat sich, unter der 100 000fachen Vergrößerung durch Elektronenmikroskope, vor den Augen der Wissenschaftler eine ungeahnte Welt auf. Bis zu 250 Millionen Viren, so ermittelten sie mit Hilfe von Spezialmethoden, bevölkern jeweils einen Tausendstelliter Wasser. Schon in einem einzigen Teelöffel Wasser tummeln sich weit über eine Milliarde der kugeligen, faden- und stäbchenförmigen Nukleinsäureklumpen, die keinen eigenen Stoffwechsel besitzen und zur Vermehrung auf Wirtszellen angewiesen sind.* Wesen wie ihn.

»Flüssigkeit«, murmelte Ludger. »Es ist die Flüssigkeit. Tröpfcheninfektion. Beim Niesen fliegen die Viren bis zu fünf Meter weit. Wer schützt uns vor den Flüssigkeiten?«

Die kleinen Kerle bewegen die Welt, konstatierte John Sieburth von der University of Rhode Island in diesem Artikel. Eine Tatsache, die Ludger bereits seit Jahren wusste.

An den Rand der Seite hatte Mundprecht ein großes Ausrufezeichen geschrieben. Und das Wort *Biological* mit einem Fragezeichen und einem Ausrufezeichen darunter.

SUPERKNUT

Mittwoch. Laetitia saß vor dem Computer und las laut die Mails in Rudis Posteingang.

Wer nicht an Allah glaubt und der kein Muslim ist, wird es nach dem Tod eiskalt bereuen! Nämlich mit einem Trip in die Hölle! Mit wem? Den Teufel natürlich. Unser Prophet Muhammed verbietete das Essen von Schweinefleisch, weil das Tier einfach dreckig ist! Ich meine, Kühe wälzen doch nicht wie dumme Tiere im Schlamm rum! Das Schwein ist ein ekelhaftes Tier!

Rudi stöhnte. »Die haben meine Mailadresse über die Homepage der Schule rausgefunden.«

»Wie viele Mails sind das? 50? 60?«

»Ich hab sie nicht gezählt.«

Laetitia öffnete die nächste Mail: *Das Fleisch vom Schwein aenelt dem magen so sehr, das es fast schon nicht mehr als fremdkörper akzeptiert und dem zufolge es dann auch nicht ganz verdaut. Es verteilt sich im Nervensystem, blutbahn usw. das schwein ist das mit abstand ungesundeste und fetteste Tier aller Schlachttiere und das sogenannte Bioschwein ist mit abstand das zweit ungesundeste, es beeinträchtigt mindestens die Leistungsfähigkeit des Körpers indem es schnelle Krankheiten hervorruft, scham und eifersucht dem entzieht. Also ehrlich, all das reicht um meinem eigenen Kopf das Allah mir gegeben hat zu benutzen und es schon so nicht zu essen. Kühlschrank hin Kühlschrank her. Ungeniesbares kannst du einfrieren umdrehen, es ist nach dem du es wieder auftaust das selbe Fleisch das wir lieber nicht anfassen sollten.*

In einer weiteren Mail stand: *Das Schwein ist wirklich vielleicht bzw. sogar das Schrecklichste Tier de Welt ich meine es wälst sich im hsclamm igitt! Dazu noch die Schweinegrippe igitt! Verbietet schweine zu essen!*

»Ich war müde. Ich bin gestolpert. Ich wollte niemanden mit Schweinefleisch zwangsbeglücken«, seufzte Rudi.

»Vielleicht solltest du zu deiner amazing Frau Mihfus gehen und ein Interview geben? Das Ganze aus deiner Sicht erklären?«

»Amazing Mihfus hat Superknut aus der Zeitung genommen. Sicherheitshalber, meinte sie. Sie kommt aus dem Libanon, und sie sagt, sie weiß, wie schnell solche Sachen kippen können. Ich hab sie gebeten, wenigstens auf meiner Seite zu sein mit ihrer Zeitung. Sie sagte, sie sei ein Profi. Amazing sei es, wie schnell die Sache an Dramatik gewonnen habe. Das sei eigentlich ein Glücksfall für sie und die ganze Zunft. So exemplarisch.«

Laetitia öffnete eine weitere Mail.

Warum man kein Schweinefleisch essen sollte ist die latente Gefahr, dass man dadurch in die Homosexualität abgleiten könnte.

Laetitia umarmte Rudi. »Dann werd ich dir nie mehr Schwein zubereiten. Ich will dich nicht an einen anderen Mann verlieren.«

»Schauen wir mal, dass du mich nicht überhaupt verlierst, Säckchen«, antwortete Rudi niedergeschlagen. »Lies das hier mal.«

Laetitia las: *Blindheit ist besser für das Auge, das aus der Schöpfung Allahs keine Lehre zieht. Stummheit ist besser für die Zunge, die kein Dhikr macht.*

»Ich hab nachgeschlagen. Dhikr ist ein intensives Gebetsritual zur Erinnerung Allahs.«

Taubheit ist besser für das Ohr, das der Wahrheit nicht zuhört, las sie weiter, *Tod ist besser für den Körper, der Allah nicht anbetet.*

Sie schwiegen. Der krallenlose Tulip stand zwischen ihnen.

»Was wollen sie? Dich steinigen? Wegen eines Schweineschnitzels?« Laetitia schimpfte auf Französisch. Rudi hörte die Worte »Falaise« und »Chasseneuz«. In Falaise war im späten Mittelater ein Schwein zum Tode verurteilt worden, weil es einen Säugling totgebissen hatte. Der Sau wurden Kleider angezogen, dann wurde das Tier gehängt. Auch Kühe und Pferde wurden damals gehängt oder erwürgt, enthauptet oder aufs Rad geflochten.

»Im 14. Jahrhundert wurde mal ein Schwein hingerichtet, weil es eine geweihte Oblate gefressen hatte«, sagte Laetitia. »Ein paar von den Moslems sind im Kopf immer noch im 14. Jahrhundert. Falaise ist heute und hier.«

»Und Chasseneuz?«

»Barthélémy de Chasseneuz war im 16. Jahrhundert ein Superstar unter den Juristen. In Autun wurde er als Anwalt der Ratten engagiert. Die Ratten hatten die Gerstenernte zerstört, und ihnen sollte der Prozess gemacht werden. Und, voilà, Chasseneuz übernahm den Fall. Erst mal hat er gesagt, dass eine einzige Vorladung für seine Mandanten nicht reichen würde, weil seine Mandanten verstreut lebten. Das Gericht hat ihm recht gegeben. Also wurde in allen betreffenden Dörfern der Ladungsbeschluss amtlich verlesen. Aber, Rudi, stell dir vor: Die Ratten kamen trotzdem nicht zu ihrer Verhandlung! Oh, da war das Gericht empört, aber Chasseneuz entschuldigte ihr Fernbleiben mit der zu großen Entfernung für Tiere mit kleinen Beinen und den Gefahren, die für seine Mandanten auf dem Weg lauerten. Zum Beispiel durch Katzen.«

»Und? Hat er den Ratten zum Freispruch verholfen, dein Chasseneuz?«

»Keine Ahnung, ist nicht überliefert. Aber so wie ich die Sache seh, brauchst du auch einen cleveren Chasseneuz.«

»Du bist mir lieber als ein toter Mittelalteranwalt, Säckchen.«

»Du nimmst mich nicht ernst, stimmt's? Du glaubst, dass das nur Rushdie betrifft oder diesen holländischen Regisseur. Du glaubst, dass das alles inzwischen moderner ist, demokratischer, stimmt's? Pass mal auf, mein Schatz. Die religiös Durchgeknallten haben ein anderes Demokratieverständnis als du. Die glauben, Demokratie heißt, dass bei einer Steinigung alle werfen dürfen. Und zwar auf dich!«

DER EIERMANN

Es war vor Ludgers Haustür geschehen. Mit seinem Rad war Boris dabei, die Brunnenstraße zu überqueren, als ein grüner Lastwagen auf ihn zuschoss. Er stürzte. Der Laster erwischte ihn am Fuß. Die Briefe lagen bis zur S-Bahn-Haltestelle. Der grüne Laster war verschwunden, aber im Programmkino hatte jemand alles gesehen und einen Krankenwagen gerufen.

»Ihm wird was?«, schrie Ludger in den Telefonhörer.

»Der Mittelfußknochen wird ihm weggenommen. Er ist nicht nur gebrochen, er ist zertrümmert. Er kann nicht mehr zusammengeflickt werden. Er muss weg.« Paul Maria war niedergeschlagen.

»Die können ihm doch nicht einfach den Mittelfußknochen wegnehmen«, brüllte Ludger.

»Sie müssen. Ich habe mit dem Arzt gesprochen.«

»Dann ist der Arzt ein Idiot. Ist er Gott? Glaubt er das? Dass er anderen Menschen Knochen wegnehmen darf?«

»Der Arzt ist schon in Ordnung, das ist nicht das Problem. Der Unfall ist das Problem. Ihm selber fehlt übrigens auch ein Zeh.«

»Der Zeh vom Arzt ist mir scheißegal. Wer war das? Wer hat Boris überfahren?«

»Es war ein Laster. Ein grüner Laster. Mehr wusste der vom ›Metropol‹ auch nicht.«

»Bundeswehr? Was glaubst du?« Ludger kniff die Augen zusammen. »Eine Kriegserklärung«, murmelte er.

»Red keinen Quatsch«, entgegnete der besonnene Militärpfarrer.

»Du glaubst an einen Zufall? Grüner Laster, und du glaubst, das ist irgendein Zivilist? Wer hat zu 100 Prozent grüne Laster, Paul Maria? Und wem bin ich mit meinen Briefen ein Dorn im Auge? Was glaubst du?«

»Du steigerst dich da jetzt in was rein. Du glaubst es, aber du weißt es nicht.«

»Ja, glauben und nichts wissen, damit kennst du dich ja aus. Ihr Christen glaubt an Fernbeziehungen, stimmt's? Ihr liebt sogar jemanden, der so weit weg ist, dass man ihn nie sehen kann. Nie. Ich weiß, was ich weiß, Paul Maria.«

Ludger setzte sich an seinen wie neu erhaltenen Schreibtisch aus schwarz lackiertem Kiefernholz und zog ein unbedrucktes

Blatt heraus. Er spannte das Blatt in die Olympia-Schreibmaschine mit dem defekten »y« und schrieb:

An die Standortverwaltung Lingen/Emsland ▬▬▬▬▬
▬▬▬▬▬▬▬▬▬▬▬▬▬▬▬▬▬▬▬▬▬

22. 5. 1988
Ich habe verstanden. Sie schrecken vor nichts zurück. Mich haben Sie um meine Gesundheit gebracht, und jetzt zerstören Sie Füße und Knochen! Das wird nicht unbeantwortet bleiben. Sie selbst veranlassen mich zu Schritten, die meinem friedfertigen Charakter entgegenstehen. Tragen Sie jetzt die Konsequenzen!

Er zog das Blatt aus der Olympia, faltete es einmal, noch einmal und steckte es dann in ein Kuvert, auf dessen Rückseite dasselbe wie auf allen anderen Briefen stand.
    Eine Kriegserklärung. Mann gegen Armee.

DIE TABAKTRINKERIN

14. Brief

NYC, 25.10.2011

Lieber Rudi,
ich war gleich um die Ecke vom »Hotel Chelsea« in einem merkwürdigen Club. Eigentlich sehr spießig eingerichtet, aber an den Tischen saßen ein paar Nackte, denen man Geschlechtsteile auf den Körper gemalt hatte. Bodypainting for sexless people. Ein Asiate, der Bemalung nach zu urteilen ein Mann, sagte zu mir: »Ich fahre nur ungern in Aufzügen, von denen ich nicht weiß, wo sie hinfahren.«

»Wow!«, sagte ich, um ihm das Gefühl zu geben, etwas Tolles gesagt zu haben.

Draußen vorm Lokal stand ein Penner mit einem kleinen Schoßhund im Arm. Jeder hat hier so ein kleines Hündchen, auch die Deklassierten. Je kleiner der Hund, umso höher die gesellschaftliche Stellung. Der Hund des Penners war fast schon dackelgroß.

»I have a list of possible FBI Agents taking money from al-Qaida«, sagte er.

»Ich hab eine genau gegenteilige Liste. Willst du tauschen?«, fragte ich auf Deutsch.

Die wirklich Erfolgreichen haben hier übrigens nicht nur ein kleines Hündchen, sondern ein kleines und zwei oder drei größere. Vier oder fünf Hunde sind der letzte Schrei; ein XXS-Rudel. Schwule tragen ihre Hunde gern als Kindersatz in Tragetüchern am Körper.

Jeder ist in seinem eigenen staubkorngroßen Gehirn König seines eigenen Reiches. Wenn man sich Hamster als erotische Knabbertiere in den Arsch stecken kann, warum sollte man dann nicht auch Hunde an den Nippeln saugen lassen?

Wenn ich die Wahl hätte, Rudi: Ich würde mir 20 Bernhardiner um den Körper schnallen, die mich am ganzen Körper ablecken, 24 Stunden am Tag, wenn ich dafür Lungen hätte, die einfach nur tun, was man von ihnen verlangt, und nicht ohne Sinn und Verstand Gewebe bilden. Ich ließe mir jede Körperöffnung von aggressiven Terriern zuschlatzen, stünde dafür nicht der Tod vor meiner Tür, ohne Einladung, aber mit dem dringenden Wunsch hereinzukommen.

Ich habe auf dem Flug Papas Notizen gelesen. Wusstest Du von diesem kleinen Heft? Es war in der Kiste mit den Fotos, der Box und dem Suess-Mist.

Grippeviren sind 100 Nanometer klein. Sie sind kugelig und

haben Spikes. Cool, was? Tentakeln, die von der Hülle abstehen. Das sind Eiweiße. Die Hämagglutinin-Tentakeln sind dafür da, um an Lungenzellen anzudocken. Das klingt alles wie Krieg der Sterne, findest Du nicht? In denen vermehren sich die lieben Grippeviren. Papa bezeichnet sie als »vertraute Freunde«. Smileys mit Spikes. Sie wurden von vertrauten Feinden zu vertrauten Freunden, als er einen Sinn in ihnen entdeckte.

Mit Grippe steckt man sich normalerweise durch Tröpfcheninfektion an, es sei denn, man hilft nach ☺. Die Erreger haben nichts als Unfug im Köpfchen, greifen Lungenzellen an und lösen so in den Atemwegen Schwellungen und Entzündungen der Schleimhaut aus. Du kannst es nicht gehört haben, Rudi, aber ich bilde mir ein, Papas Rasseln als seinen Grundsound im Ohr zu haben. Sein Niesen. Jeder Mensch hat seinen eigenen Nieston. Der hängt von der Größe des Lungenvolumens und der Stärke des Zwerchfellmuskels ab. Wenn beide gut ausgeprägt sind, kann die Luftsäule, die beim Niesen entsteht, unfassbar beschleunigt werden. In Papas Aufzeichnungen steht, dass Forscher die Geschwindigkeit der Luftmoleküle beim Niesen gemessen haben und Spitzenwerte von bis zu 900 km/h festgestellt haben. Papas Luftmoleküle waren mindestens 900 km/h schnell und haben's verspätet bis nach New York geschafft. If Papas Viren can make it here, they can make it anywhere.

Weißt Du, was mir auffällt? In unserer Familie hat man keinen Beruf. Papa hatte keinen, Mama nicht, ich nicht, Du nicht. Als seien wir aus der Welt gefallen. Irgendwie haben wir zu wenig Tentakeln, um uns ans Leben anzudocken.

In den 30er Jahren hat man entdeckt, dass Grippeviren sich in Hühnereiern am besten vermehren. Warum Viren Eier so geil finden, weiß man nicht. Sagte Mama.

Wie schön ich die Vorstellung finde. Mama erklärt Papa, was sie in South Dakota an der Uni gelernt hat, und er schreibt mit. Wie konzentriert und innig. Als könnte ich ihnen bei diesem Gespräch zuhören. Alles, was ich lese, hat Papa von ihr gehört. Er fragte, sie erzählte. Weil unsere Mutter nicht nur schön, sondern auch klug war.

Es ist ei-gentlich wirklich ei-nfach. Der Saatvirus (!!! Das Wort stammt nicht von mir. Papa hat es so bezeichnet, weil Gretchen es ihm angesagt hat. Wir sprechen über seinen eigenen Auswurf!!! würg. But it's a family affair. Right or wrong – my father) wird in ein paar Eiern vermehrt. Eine kleine Menge reicht, denn Viren lassen sich extrem verdünnen. Mit einem Milliliter lassen sich mindestens 180 000 Eier mit Viren »impfen«.

Und jetzt kommt's: Papa hat nur 60 Eier genommen, aber mehrere Milliliter von seinem Zeugs hineingegeben. Er hat echte Kampfeier hergestellt! Du kannst Dir vorstellen, was für Topmaterial sein Auswurf war. Papa war ja eigentlich ein menschgewordener Virus, a walking flu. Das war ja kein normaler, wässriger Bronchialschleim bei ihm, das war zähester Hustenschleim, endlos lange Molekülketten mit unzähligen Knotenpunkten aus Schwefelbindungen, die die einzelnen Schleimmoleküle zusammenhielten wie Klebstoffbrei.

Natürlich sind es bebrütete Eier, es ist also ein Embryo drin. Klar, der Virus braucht ja lebende Zellen, um sich fortzupflanzen. Hoffentlich krieg ich keinen Stress mit Tierschützern! Das würde mir noch fehlen: »Lungenkrebskranke Tierquälerin auf der Flucht vor Brigitte Bardot und Jonathan Safran Foer«. Drei Tage lang haben die Grippeerreger Zeit, sich im Ei in einer Membran zu vermehren. Dazu werden sie bebrütet, also erwärmt. Wenn man das Ei dann aufschneidet, sieht man Reste vom Eiklar und

Dotter und, wo die Viren injiziert wurden, eine klare Flüssigkeit.
EINE KLARE FLÜSSIGKEIT. Meine Rachetränen.
Ich liebe Dich, Bruderherz.
Rosa

DER EIERMANN

Im luftleeren Raum zwischen Meppen und Haselünne geht die Sonne früher unter als in Osnabrück oder Münster. Weil sie keine Lust auf ihr Dasein hat. Schnell weg, denkt sie sich, wenn sie sich anschaut, was sie da beleuchtet. Dort, im luftleeren Raum zwischen Meppen und Haselünne, wo das Emsland am emsigsten ist, in einem trostlosen Waldstück bei Lingen, einem Truppenübungsplatz, hob Leutnant Smetz den zusammengeknüllten Brief auf, den Major Barkenheim wütend auf einen bei unzähligen Übungen völlig zerschossenen Strauch geworfen hatte. Voller Moorerde war der Brief jetzt, und der lispelnde Moorsoldat Smetz faltete ihn wieder glatt.

»Müssen wir das nicht melden, Herr Major?« Leutnant Smetz wischte sich die Moorhand an seiner Uniformhose ab. »Das ist ja immerhin eine Drohung.«

»Reden Sie keinen Mist, Mann«, antwortete Major Barkenheim und richtete seinen Scheitel. »Wir machen uns doch lächerlich, wenn wir so etwas ernst nehmen. Das erledigen wir selber, auf unsere Art.«

»Und wie reagieren wir, Herr Major?«

»Lassen Sie das meine Sorge sein, Smetz. Ich bin der Verantwortliche«, sagte Barkenheim und schaute auf die Uhr. »Einbruch der Dämmerung«, sagte er.

»Dann müsste es ja bald dunkel werden«, kombinierte Leutnant Smetz, der die *Zentrale Dienstverordnung* gut gelernt hatte.

Wo die anderen Soldaten einen Marschschritt machten, brauchte Malmendier mit seinen kurzen Beinen zwei. Er verschwand fast unter seinem Stahlhelm, der viel zu groß für ihn war und schief auf seinem Kopf hing.

Die Kompanie hielt inne, stand still, rührte sich und trat ab.

»Ich habe eine Frage, Malmendier«, sagte Paul Maria, nachdem Malmendier seinen Helm abgenommen hatte. Klebrig standen seine dünnen Haare zu Berge. »Angenommen, Malmendier, der Unteroffizier Stachelhaus braucht irgendetwas. Dann muss er doch zu Ihnen in die Kleiderausgabe kommen, oder nicht?«

»Kommt ganz drauf an, was er will. Ich hab nur Kleidung«, sagte Malmendier und schob sich die schiefe Brille auf seinem viel zu kurzen Nasenrücken hoch.

»Angenommen, der Unteroffizier Stachelhaus braucht Stiefel, Malmendier. Die würde er doch von Ihnen bekommen?«, fragte Paul Maria.

»Ja, und?«, fragte Malmendier.

»Jetzt mal angenommen, man würde die Stiefel irgendwie präparieren, Malmendier, die Stiefel, die sich der Unteroffizier von Ihnen holt ...«

»Der Unteroffizier hat bereits Stiefel. Können wir jetzt zu Ihnen gehen und ein paar Runden spielen?«

»Ich bin noch nicht fertig, Malmendier. Angenommen, man würde irgendetwas präparieren, das er sich bei Ihnen holt ...«

»Der holt sich nichts bei mir.«

»Mein Gott, Malmendier, irgendetwas wird er sich doch holen«, rief Paul Maria, der sein Gegenüber um beinahe zwei Köpfe überragte.

»Nein. Können wir jetzt spielen?«

»Das gibt es doch nicht. Dieser Stachelhaus muss sich doch irgendwas bei Ihnen holen, Malmendier. Wozu gibt es Sie denn sonst«, schrie Paul Maria.

Malmendier wackelte mit dem Stahlhelm in der kleinen, klobigen Hand hin und her. »Es gibt nur eines, was er sich manchmal bei mir holt«, sagte er zögerlich.

»Aha, also doch. Und das wäre?«

»Erst das Spiel.«

Nach 15 gewonnenen Partien sagte Malmendier: »Socken. Manchmal holt er sich bei mir Socken.«

SUPERKNUT

Donnerstag.

»Wenn's bei uns keinen Alkohol gibt, sind wir gleich Al Kaida, aber ihr dürft's machen, was ihr wollt, oder was?« Der junge Araber saß in der U-Bahn neben einem gleichaltrigen blonden Lehrlingskollegen. Beide trugen Malergewand.

»Das ist mir neu, dass es bei dir keinen Alkohol gibt«, sagte der Blonde. Beide lasen die Gratiszeitung.

Rudis Foto war auf der Titelseite. *Schnitzel des Hasses* lautete die Überschrift.

»Ist der eine Frau, oder was? Wie lang sind denn dem seine Haare, Oida?«

»Was heißt, ich trink Alkohol, Oida? I trink Alkohol? Bist

du deppat? Oida? Hearst, du bist ein Freund? Hearst. Oida.« Theatralisch hob der Araber die Hände zum Himmel. »Ich bat Allah um eine Blume, ich bekam eine Wiese. Ich bat Allah um Wasser, ich bekam einen Brunnen. Ich bat Allah um ein Arschloch, er gab mir deine Nummer!«

»Oida, spinnst, oder wos? Von wo hat der mei Nummer, Oida?«

Beide standen auf und stiegen bei der Station Landstraße aus.

»Einen toten Löwen kann man leicht prügeln«, hatte Gözde gesagt. »Allah ist einzig, der Prophet wahr, der Traubensirup ist schwarz, der Joghurt weiß.«

»Wir müssen ihn irgendwie unterstützen«, sagte ich zu ihm. »Du kennst diese Leute. Ich meine, ist er in Gefahr?«

»Meine Leute? Du meinst transsexuelle Türken? Ich glaub, von uns geht keine Gefahr aus. Das ist doch den meisten Moslems blunzen. Gut, es war nicht in Ordnung. Aber nicht jeden Tag schleckt die Katze Rahm. Schau nicht so tragisch, Dirk. Ein lächelndes Gesicht verdirbt den Hass.«

»Deine türkischen Weisheiten nerven langsam, Gözde.«

»Was weiß ich? Was wir wissen, ist ein Tropfen, was wir nicht wissen, ein Ozean. Das ist doch einfach eine Mediengeschichte. Gestern lief's auf ATV. Dieser irre Bauer und sein Kind wurden interviewt und irgend so eine rothaarige Transe.«

»Hundertpfund«, sagte ich.

»Weiß ich nicht, aber sie sah sehr betroffen aus. Hat so geschaut wie du. Und der Bauer mit der Häkelmütze war in seinem Element. Ich sag dir was, im Koran steht: Wenn jemand dazu gezwungen wurde, ohne das Schweinefleisch zu begehren und ohne das Maß zu überschreiten, so trifft ihn keine Schuld. Wahrlich, Allah ist allverzeihend und barmherzig.«

»Gut. Das heißt, das Kind ist fein raus. Und Rudi?«

»Bist du beim ORF oder ich? Ich bin ein Falafelverkäufer mit zwei Geschlechtern. Bin ich ein Hellseher? Mann! Tu du was. Sag im Fernsehen: ›Liebe Leute, lasst meinen Haberer in Ruh. Und jetzt zum Wetter.‹«

Ich dachte kurz nach. »Vielleicht hast du recht«, sagte ich.

»Beim Fressen gibt's immer Probleme. Wir haben ein Sprichwort: ›Wer sein Vermögen in seinen Bauch hineinsteckt, dessen Kapital sind seine Fäkalien!‹«

An die Hauswand von Stoß im Himmel 3 hatte jemand *SCHWEIN* gesprayt. Aus dem Nachbarhaus hämmerte Technobeat. Der weiße Mini hatte eine abgeknickte Antenne.

»Keine Ahnung, wer das geschrieben hat«, sagte der blasse Rudi. »Könnte ein Moslem gewesen sein oder ein durchgeknallter Patriot.«

»Schwein als Forderung?«, fragte ich.

»Genau. Das Schwein steht jetzt für uns. Skifahren, Walzer, Schweinefleisch. Sieh mal, diesen Brief hab ich heute bekommen.«

Also, ich finde das eine Frechheit!!! Jetzt müssen wir noch Rücksicht nehmen. Jetzt noch absolutes Schweinefleischverbot! Was kommt als Nächstes?

»Oder hier!« Rudi zeigte mir einen weiteren Brief.

Ich habe gerade den Bericht auf ATV gesehen, der über Ihren

Vorfall informierte. Ich bin selbst Lehrer und einfach nur traurig. Traurig darüber, dass eine Schulleiterin einem jungen Kollegen nicht den Rücken stärkt, sondern mit Rückhalt der Schulbehörde »keine weitere Stellungnahme« über die Zukunft des Lehrers abgibt und somit erst den radikalen Schreihälsen den Acker bereitet, um ihre Thesen an die Schultür zu nageln. Traurig. Noch trauriger, dass an einer österreichischen Schule kein Schweinefleisch angeboten wird. Wir sind Österreicher, verdammt noch mal, und dazu gehört neben vielen Errungenschaften unserer Kultur auch der ganz banale Verzehr von Schweinefleisch! Und wem das nicht passt, der sollte sich zurück in seinen eigenen Kulturkreis verdünnisieren. Ich bin es leid!

Rudi holte aus einer der zahlreichen Laden seines schwarzen Kiefernholzschreibtischs einen ganzen Stapel Briefe. »43 Stück. Meine Adresse haben sie, weil ein Fernsehteam in unserer Gasse gedreht hat.«

Ich verstand ihn kaum, weil die Beats so laut dröhnten, dass sich die Briefe auf seinem Schreibtisch leicht bewegten.

»Wie hältst du das aus?«, fragte ich ihn und deutete auf die Wand, hinter der die Ungarin unangreifbar wohnte.

»Ich halt's eh nicht aus. Weder sie noch das hier. Schau. *Ich hab gerade den Bericht auf Puls 4 gesehen und bin zutiefst erschüttert*«, las er. »*Ich bin bald Lehrerin in Österreich und finde es einfach eine Frechheit, wie in diesem Fall mit Ihnen umgegangen wird. Man darf nicht rassistisch sein, schon gar nicht als Lehrperson, aber diese Nationalität darf sich scheinbar alles erlauben.*«

»Aber dieser Abdullah ist doch Österreicher. Hier gerät ja alles durcheinander«, sagte ich.

»Das sind Feinheiten, Dirk. Hier tobt aber gerade etwas

komplett Primitives. Und ich steh mittendrin. Diese Fernsehtrotteln haben dem Wahnsinn Futter gegeben. Jetzt kommen sie alle aus ihren Löchern.«

Der Hund kam hechelnd zum Schreibtisch. Es roch auf allen vieren, es dröhnte von der Seite, und es brodelte ringsum.

Alles Pussis hier in Ö, las ich. *Mich kotzt es dermaßen an, dass man sich hier als Einheimischer mittlerweile wie ein Ausländer vorkommt. Mach das mal bei denen, da wirst du dann gesteinigt oder in einem Erdloch verscharrt. Vielleicht wachen jetzt mal endlich ein paar Leute auf und machen Rambazamba!!!!*

Als Rudi in der Früh mit Tulip zum Stadtpark Gassi gegangen war, hatte ihm ein Mann auf die Schulter geklopft und gesagt: »Ich würd sie alle zwingen ins ›Schweizerhaus‹. Haxn fressen sollen's, die Tschuschen, ganz tief hinein in die Goschen tät ich's ihnen stoßen, was? Das wär's.«

Tulip hatte sich bedroht gefühlt und gebellt. Sein Pestatem hatte den Mann vertrieben.

»Tulip riecht, wie viele denken«, sagte ich.

Ich verließ die beiden und fuhr ins ORF-Zentrum. Im Foyer sah ich auf einem Bildschirm einen jungen, freiheitlichen Politiker. Er war chic gekleidet und sagte: »Mit Fremdenfeindlichkeit oder irgendwelchen Hetzkampagnen habe ich nichts am Hut! Ich finde, es war ein Spitzenbeispiel, wo wir heute stehen, wie schön jeder kuscht und keiner mehr den Arsch in der Hose hat, um zu sagen: ›So, bei allem Respekt voreinander, aber jetzt langt's dann schön langsam!‹«

Ich besuchte eine Kollegin. Sie war Redakteurin bei der *Zeit Im Bild*. Ich hatte ihr mal die Telefonnummer eines Kinderpsychologen im AKH besorgt. Sie war Alleinerziehende mit zwei Kindern. Der ältere Sohn war das Problem. Sie nannte ihn den »Ohnmächtigmacher«; er konnte durch unglaubliche Boshaftigkeit seine kleine Schwester in die Ohnmacht ärgern. Der Professor hatte den Tyrannen erfolgreich behandelt, und ich hatte bei ihr seither einen Stein im Brett.

»Könnt ihr den armen Kerl nicht in die *ZIB 1* oder die *ZIB 2* einladen, damit er das Ganze noch mal richtigstellt? Er ist halt über seinen Köter gestürzt, und jetzt stürzt alles über ihm zusammen.«

»Ja, ich weiß. Ich hab's auf ATV gesehen und bei Puls 4. Strache will heute kommen in die *ZIB 2*, und dann wollen wir's mal gut sein lassen. In die *ZIB 24* könnt er kommen. Da haben wir morgen irgendeinen Imam zu Gast, das könnt doch ganz gut sein als Kombi.«

»Um Mitternacht? Ich will, dass er möglichst viele Leute erreicht. Die machen ihm wirklich Stress!«

»Der Ohnmächtigmacher hat wieder zugeschlagen«, hielt sie dagegen. »Er hat Lina so lange befohlen, dass sie nicht mehr atmen soll, bis sie umgekippt ist. Mitternacht. Mehr ist nicht drin.«

DER EIERMANN

Im Stammlokal des Nachschubbataillons hatte der Brief verschiedene Reaktionen ausgelöst.

»Spielen wir jetzt Krieg? Oder was soll das Ganze?«, fragte Hauptmann Linneweber irritiert.

»Genau das, Linneweber«, antwortete Major Barkenheim. »Man hat uns herausgefordert, oder nicht?«

Stabsarzt Kappes nickte.

»Man fordert uns zum Kampf auf, Linneweber! Wir wären keine Soldaten, wenn wir jetzt wie kleine Mädchen davonliefen und uns dem Kampf nicht stellten. Die Verantwortung abgeben? Petzen wie eine Schwuchtel? Wäre das nicht ein Armutszeugnis, Linneweber?«

»Ich fürchte, ich kann Ihnen nicht folgen, Major. Uschi, zahlen!«

»Schön«, sagte Stabsarzt Kappes. Hauptmann Linneweber verließ das Lokal. ▬▬▬▬▬▬▬▬▬▬▬▬▬▬▬▬▬▬▬▬▬▬▬▬▬▬▬▬▬▬▬▬▬▬

»Sie haben es leichter, Kappes«, sagte Barkenheim. »Ihnen rennen die Leute nicht weg.«

»Mehr als die Hälfte meiner Patienten hat Senk-Spreitz-Füße, wie sollten sie?«, seufzte der Stabsarzt. ▬▬▬▬▬▬▬▬▬▬▬▬▬▬

»Du hast diesen Brief wirklich abgeschickt?« Boris setzte sich in seinem Krankenhausbett auf. »Kaum lässt man dich aus den Augen …«

»Und warum hast du mich aus den Augen verloren? Weil du narkotisiert warst. Und warum wurdest du narkotisiert? Weil sie dir deinen Knochen amputiert haben. Und da soll ich ruhig bleiben? Sie haben die Spirale in Bewegung gebracht, ich hab nur reagiert!«

»Und wo soll diese Spirale hinführen, Ludger?«, fragte Gretchen.

»Ich weiß es noch nicht. Aber ich lasse nicht zu, dass sie dir als Nächstes einen Knochen krümmen oder Rosa«, antwortete Ludger.

»Wie lang geht dieses Spiel schon?«, fragte Boris. »Lass es gut sein, Ludger.«

»Du wirst über den Haufen gefahren, und mich haben sie zum Grippekrüppel gemacht. Was ist mit dir, Boris?«

»Ludger, ich bin auf deiner Seite, falls du das in Frage stellst. Ich habe Tausende Briefe für dich ausgetragen. Aber ich frage dich: Wie lang willst du das noch tun?«

»Also alles hinnehmen? Das schlägst du vor? Schwanz einziehen? 'tschuldigung, die letzten zwei Jahre war ich etwas ungehalten, ich möchte mich entschuldigen, und mein Zustand, na ja, Schwamm drüber? Weiße Fahne, Friedenskonferenz? Die würden nicht mal kommen! Die lachen mich aus, alle. Nein, Boris. Das. Wird. So. Nicht. Gespielt.« ▬▬▬▬▬▬▬▬

▬▬▬▬▬▬▬▬▬▬▬▬▬▬▬▬▬▬▬▬▬▬▬▬▬▬
▬▬▬▬▬▬▬▬▬▬▬▬▬▬▬▬▬▬▬▬▬▬▬▬▬▬
▬▬▬▬▬▬▬▬▬▬▬▬▬▬▬▬▬▬▬▬▬▬▬▬▬▬
▬▬▬▬▬▬▬▬▬▬▬▬▬▬▬▬▬▬▬▬▬▬▬▬▬▬
▬▬▬▬▬▬▬▬▬▬▬▬▬▬▬▬▬▬▬▬▬▬▬▬▬▬
▬▬▬▬▬▬▬▬▬▬▬▬▬▬▬▬▬▬▬▬▬▬▬▬▬▬
▬▬▬▬▬▬▬▬▬▬▬▬▬▬▬▬▬▬▬▬▬▬▬▬▬▬
▬▬▬▬▬▬▬▬▬▬▬▬▬▬▬▬▬▬▬▬▬▬▬▬▬▬
▬▬▬▬▬▬▬▬▬▬▬▬▬▬▬▬▬▬▬▬▬▬▬▬▬▬
▬▬▬▬▬▬▬▬

»Gretchen, was war zuerst da: das Huhn oder das Ei?«, fragte Ludger.

»Hühnerfarmen«, antwortete Gretchen und verließ den Raum, um auf dem Gang eine Zigarette zu rauchen.

DIE TABAKTRINKERIN

15. Brief
Nu Jörg. A cold, cold day in a cold, cold world,
November 3rd, 2011

Lieber Rudi,
die Post bringt allen was. Auch Dir.

Ich sitze seit vier Tagen jeden Morgen im »Pershing Square«. Ein Café unter dem Tunnel, der zum Grand Central Terminal führt. Übrigens einer der wenigen Orte, die ich kenne, die in echt viel besser aussehen als im Film. Vergleich das mal mit dem abgefuckten Franz-Josefs-Bahnhof. Aber gut, vom Franz-Josefs-Bahnhof gehen die Züge nach Krems und Hollabrunn, in New York nach Chicago und Washington. Aber nicht nach Platte.

Von meinem Platz aus seh ich ins Foyer, ein perfekter Ort. 41. Straße East, 120 Park Avenue, Pershing Square, Library Way. Die Bomben, mit denen ich Geschichte schreibe, liegen bei Tom Granate. Was für ein Affenname, findest du nicht? Du kennst Thomas, glaube ich. Er hat mit mir an der Angewandten studiert. Thomas Mönchsberger aus St. Johann im Pongau. Macht hier in New York auf große Hose. Nennt sich »Tom Granate«. So wie Jim Rakete, nur dass der ja wirklich so heißt, also Rakete. Eigentlich Günther Rakete. Günther Rakete klingt viel besser als Jim Rakete, findste nicht?

Jedenfalls nun Tom Granate. Würde mir Lachen nicht so weh tun, würd's mich schütteln. Er wohnt natürlich in Chelsea, weil seine Eltern ein großes Hotel haben und er es sich leisten kann. Er tut, als sei er schwul, um »anzukommen«, wie er sagt, und ist auch für die Schwulenehe. Ich nicht. Ich bin überhaupt gegen die Ehe. Hast Du schon mal irgendwo eine Ehepaar-Parade gesehen? Zu freudlos. Da haben's die Schwulen auf ihren Paraden doch eindeutig lustiger. Aber gut, wenn sie auch verkniffene Eheleute sein wollen, meinen gottlosen Segen haben sie.

Im Chelsea Market hängen Fotos von ihm. Drei, um genau zu sein. In einem dunklen Flur. Indianer in Kriegsbemalung im Seven Up, Indianer in Kriegsbemalung an der Tankstelle, Indianer in Kriegsbemalung bei Burger King. **Native** *heißt die Serie. Er studiert hier an der CUNY. Kostet wahrscheinlich eine Schweinekohle. Ihm ist das wurscht. Wir waren mit seinem Auto an den Chelsea Piers, ein paar Hundert Meter von seiner Wohnung entfernt. Fünf Stunden parken kostet hier 50 Dollar. Aber die Sympathiegranate hat's ja. Bei den Piers hat man die Straße vor lauter Joggern nicht gesehen. »Hier hat sich Sporttreiben zu einem richtigen Sport entwickelt«, hat Tom Schwachomat gesagt. Ein kolossaler Blödmann.*

Findest Du mich undankbar? Immerhin lässt er mich mit meinen süßen Eiern bei ihm wohnen. Aber, mal ehrlich, Rudi, ich muss nicht dankbar sein. Gerade ich nicht.

Der Chelsea Market ist eine ehemalige Keksfabrik, so eine Art Edel-Naschmarkt für Megabobos.

»Tolle location, Thomas«, sagte ich.

»Tom«, sagte er.

Er ist in den letzten Tagen auf einer möglichen Arschlochliste Platz um Platz nach oben geklettert. Er wohnt zusammen mit einem Filmregisseur, der schwul ist, aber auf hetero macht und mich vollgejammert hat, dass er einen Film machen wolle ohne Thema, aber niemand ihm Geld geben wolle. Das Problem eines jeden Spielfilms sei doch gerade das Thema, das schränke doch unglaublich ein, und in seinem Spielfilm gehe es um nichts, überhaupt nichts. Und es gebe weder Entwicklungen noch Figuren noch einen Anfang oder ein Ende. Einfach ein Spielfilm. Konsequenterweise ohne Titel.

»Dann ist's ja nur konsequent, wenn's auch kein Geld gibt«, habe ich ihm gesagt. »Außerdem habe ich noch nie einen Film gesehen. Wie ist denn das so – Film …?«

»Echt? Wow!«, sagte er.

Ich komm nicht mehr gut klar mit Menschen, die Pläne haben. Weil ich nicht mehr erleben werde, ob daraus was wird. An den Piers sieht man auf den Hudson. New York, Tokio und Amsterdam werden bald untergehen, wenn die Meere steigen. Wie in meiner Lunge. Ich klinge beim Gehen wie ein Schwimmbad auf Reisen. Und ich bin die Einzige, die diese stinkende Brühe in mir ausbaden muss. Mal sehen, wer zuerst untergeht, New York oder ich.

Tom Granate machte einen Bobosalat aus Bobofrüchten und ging mir unglaublich auf meine Keksfabrik. Als ich ankam, begrüßte er mich mit den Worten: »Auf was bist du denn drauf? Du schaust ja beschissen aus. Crystal?«

»Nein, Krebs«, sagte ich, und er lachte, als hätte ich einen tollen Scherz gemacht.

Aber die Wohnung liegt günstig. Acht Blocks nur zu PM. Mein Block. Mein Viertel. Meine Stadt.

Ich schaue aus dem Fenster vom Pershing Square Café ins Foyer des PM Building. Hier haben sie meinen Tod abgerechnet, Rudi. Todestantiemen haben sie kassiert. Die Wien-Oma hat fleißig eingezahlt, ebenso Gretchen und ich. Und sie wurden fetter und fetter und fetter und haben sich dann von den Sargnägeln, die wir uns päckchenweise bei ihnen geholt haben, an dieser feinen Adresse einen schmucken Wolkenkratzer gekauft.

Obwohl er gar nicht so schmuck ist. Eher gesichtslos. 130 Meter hoch, 29 Stockwerke aus grauem Granit. Im Gebäude ist eine Galerie. Ob da auch Porträts von Erstickenden hängen?

Surprise: Vor dem Gebäude gibt's regelmäßig Demos von Tabak-

gegnern. Mein Protest ist klein, weiß und von einer Schale umhüllt. Noch. Wann schlüpft der Protest? Was glaubst Du, Rudi?

Das »Pershing Square« hat orangefarbene Lampen. Aber sie können mich hier nicht buddhistisch einlullen.

Im Foyer sitzen zwei Sicherheitsbeamte. Wenn man das Gebäude betritt, sitzen sie links. Ihnen gegenüber sind Drehkreuze. Hier muss man sich ausweisen. Es gibt aber neben den Drehkreuzen einen Extra-Eingang für die Mitarbeiter, die zu dick fürs Drehkreuz sind. Das sind gar nicht wenige. Sie müssen sich nicht ausweisen, ihnen wird aufgedrückt. Auch die Putzkolonnen gehen mit ihrem Putzglumpert hier durch. Dann führt eine Treppe in den ersten Stock. Hier beginnen die Aufzüge. Du siehst, ich kenne mich bei PM schon ganz gut aus.

Man muss jedenfalls nicht zu Ocean's Eleven gehören, um hier reinzukommen. Um 5.30 Uhr kommen die dicken Putzleute, sicher an die 20. Ab 8.30 Uhr tauchen die dicken Büroleute auf. Wenn die Pilgrimfathers damals schon so fett gewesen wären wie ihre Nachkommen, wär die MAYFLOWER *abgesoffen. Leider tauchen die Zentnertonnen nicht alle auf einmal auf, aber bis jetzt kam immer um 8.45 Uhr eine Gruppe von acht bis zwölf Dicken in geschlossener Formation. Da könnte ich mich dazwischenschmuggeln. Wo fällt eine dünne, weiße Frau weniger auf? Zwischen dicken schwarzen Putzleuten oder zwischen dicken weißen Büroschimmeln? Wieso arbeiten die da überhaupt? Du hast mal gesagt, man muss nicht bei Bayern München spielen. Das stimmt. Man wird nicht dazu gezwungen. Und man muss auch nicht bei PM arbeiten. Man verdient es nicht, hier Geld zu verdienen. Mein Mitleid ist so begrenzt wie ihres.*

Nach drei Tagen hab ich ihn übrigens gesehen. Mit drei Bodyguards stand er im Schneeregen auf der Straße. Weil auch er drin-

nen nicht rauchen darf – New Yorker Gesetze. Der Vorstandschef von PM. Ein Brite, grauhhaarig, Brillenträger, selbstzufrieden. Im teuren Wintermantel. Er ist Kettenraucher. Das heißt, er verdient an seinem eigenen Tod. Clever, was? Ich habs gesehen: Er raucht Marlboro Ultralights, der Feigling.

Ein früherer Tabakboss hieß übrigens Geoffrey Bible. Bible! Wo steht, dass Jesus eigentlich eine Trafik aufmachen wollte? Es heißt, er habe seinen Laden umbenannt, um von den schädlichen Produkten abzulenken. Als ob das etwas nützen würde! Nennt euch Altria oder Mutter Teresa oder Tesafilm, man findet euch, ihr Tabakmagnaten.

Je früher am Morgen ich das Gebäude betrete, umso besser. Ich brauche ein leeres Büro. In jedem Büro gibt es sicher ein Gitter, hinter dem ich die Klimaanlage vermute. Das wäre ideal.

Unangenehm sind die vielen Polizisten, wahrscheinlich weil der Bahnhof in unmittelbarer Nachbarschaft ist. Und überall stehen Schilder, die dazu aufrufen, sofort die Polizei zu verständigen, falls einem etwas Ungewöhnliches auffällt.

Eieiei, noch etwas ist mir aufgefallen: Die Touristen fotografieren alles, was eine Uniform trägt. Polizisten und Feuerwehrleute. Wahrscheinlich, weil alle die Bilder von 9/11 im Kopf haben. Aber ich habe gesehen, dass sogar UPS-Mitarbeiter fotografiert wurden und DHL-Typen. Entschuldige, Rudi, aber das sind wirklich keine WTC-Helden, oder?

Ich trage das T-Shirt, das ich mir in Hamburg gekauft habe. Aufgedruckt ist das Kochbuch mit dem besten Titel der Welt: Zum Scheissen reicht's.

Wir werden sehen, Rudi.

Vielleicht krieg ich das noch hin. Das noch hin. Vielleicht. Maybe.

Rosa

ICH

Freitag.
Schweinelehrer heute im TV.
95-jährige erneut mit Mofa auf Autobahn unterwegs.
Alter Schwede: Ami fährt einen Volvo drei Millionen Meilen.
Neue Beauty-Technik aus dem Osten: So klopfen Sie Ihre Brüste größer!

Ich war in Heiligenstadt, um dort fürs Fernsehen ein Interview mit einer Erfinderin zu machen, die sich alle ihre fünf Erfindungen nicht patentieren lassen konnte, weil es ihre Erfindungen bereits gab. Sie schwor, die Ideen selber gehabt zu haben, und war im Gespräch äußerst zerknirscht, aber tatsächlich gab es zum Beispiel den Eiskratzerhandschuh schon zwölf Jahre, bevor sie ihn noch einmal entwickelte.

»Es ist meine Erfindung, dazu steh ich«, zeigte sie sich uneinsichtig.

Ich fuhr mit der U4 zurück. Neben mir saß eine telefonierende Zahnarzthelferin.

»Muselmänner sind die wehleidigsten«, sagte sie ins Handy. »Die kommen erst, wenn's zu spät ist. Weil sie fürchten, dass eine Kontrolle weh tut. Wenn sie dann kommen, ist der Zahn in der Regel nicht mehr zu retten. Reiß mal einem Moslem einen Zahn. Die schreien, dass Allah aus den Ohren blutet.«

Sie knirschte mit den Zähnen. Tagsüber hatte ich das noch nie gehört. Ihre abgeraspelten Zähne machten einen traurigen und desolaten Eindruck. Ihr Kiefer mahlte vor sich hin und zerrieb alles, was der Freudlosigkeit im Weg stand. Ihr Mann war offenbar mit einer blondgefärbten Marokkanerin durchgebrannt.

»Blondgefärbte Burkabraut«, sagte sie nun. »Die Moslemmänner sind verwöhnte Muttersöhnchen, deshalb verhalten sie sich beim Zahnarzt wie Kinder. Kleine verzogene Kinder. Machos mit Karies. Jämmerlich … Was heißt, wenn er eine Schwedin bumsen würde, dann wär ich skandinaviphob? Spinnst?«, fragte sie ihr Telefon. »1001 Ohnmacht, ja, kann man sagen. Mein Mann hat mir Multikulti aus dem Herzen gefickt. Seit sein Schwanz ein sarazenischer Krummsäbel ist, weht meine Toleranz auf Halbmond. Können die sich nicht in ihrem eigenen Kulturkreis betrügen? Warum lassen die mich nicht außen vor bei ihrem Fickterror? Diese Nutte ist die feuchte Möse der Al Kaida, eine feuchte, afghanische Höhle! … Ist mir doch scheißegal, dass sie Marokkanerin ist. Ich hab im Urlaub den Blick gesenkt. In Ägypten. Ich hab das Land nicht gesehen, aber ich kenn die unterschiedlichsten Straßenbeläge. Ich hatte gelesen, dass man als Frau den Blick senken soll, und hab mich dran gehalten, aber diese Wüstenschlampe nicht. Sie hat meinen Mann angeschaut. MEINEN Mann! … Soll ich dir was sagen? Wann immer ein Moslem in die Praxis kommt, mit eitrigen Wurzeln und tiefen Taschen und Karies, die schon am Nerv bohrt – dann freu ich mich. Dann schau ich denen in die Augen. Ich sag kein Wort, aber mein Blick signalisisert ihnen: Jetzt fick ich EUCH. Aber so, wie ihr niemals gefickt werden wollt. Dann hol ich das Besteck, und bevor der alte Böhm ins Behandlungszimmer kommt, hab ich schon den Kopftüchern und ihren Männern weh getan. Ohne Spritze. So wie sie mir weh getan haben.«

Ich betrachtete sie. Sie war zu wahr, um schön zu sein. Sie hatte rote Wangen mit aufgerauter, pusteliger Haut, als würde sie sich morgens mit einer Käseraspel rasieren.

War das Thema immer so präsent, oder war ich nur sensibler geworden? In der Gratiszeitung stand ein Bericht über eine junge Frau, die beim Wiener Multikultifest beinahe stranguliert worden wäre. Die 21-jährige arbeitete bei einem der Imbissstände an einer Teigmaschine, als sich plötzlich ihr Kopftuch darin verfing und ihr den Hals zuschnürte. Ein Besucher reagierte rasch und schnitt das Tuch mit einem Messer ab.

Ich rief Rudi an und verabredete mich mit ihm zum Abendessen, bevor ich ihn dann zum Küniglberg begleiten würde. Er war sich nicht sicher, ob das mit *ZIB 24* eine gute Idee war. Ihm wäre es lieber gewesen, möglichst wenig Staub aufzuwirbeln, in der Hoffnung, dass die Geschichte langsam in Vergessenheit geraten würde.

»Danach sieht's aber grad nicht aus«, sagte ich und brachte ihn auf den neuesten Stand. Meine Kollegin aus der Nachrichtenredaktion hatte mich informiert. »Die *Bild* hat jetzt auch drüber geschrieben, RTL will berichten, und vor der Schule gab's heute eine Demo und eine Gegendemo. Vier Pfoten haben eine Pressekonferenz gegeben und den generellen Verzicht von Schweinefleisch gefordert. Der türkische Botschafter hat sich mit dem Bundespräsidenten getroffen, *Hürriyet* hat drüber geschrieben. Es sieht nicht wirklich danach aus, als ob deine Taktik aufginge.«

Rudi stöhnte am anderen Ende der Leitung.

»Ich glaube, es wär gut, wenn du jetzt mal sprichst. Einen toten Löwen kann man leicht prügeln«, sagte ich.

»Was?«, fragte Rudi und legte auf. Er legte sich ins Bett zurück zu Laetitia. Sie las.

»Das Paradies, mein Schatz. Hör zu. ›Sie werden ehrenvoll aufgenommen in den Gärten der Wonne und sind auf Ruhebetten gelagert, einander gegenüber, während man mit einem Becher voll von Quellwasser unter ihnen die Runde macht, einem weißen, aus dem zu trinken ein Genuss ist, bei dem es keinen Schwindel gibt und von dem sie nicht betrunken werden. Und sie haben großäugige Huris bei sich, die Augen sittsam niedergeschlagen, unberührt, als ob sie wohlverwahrte Eier wären.‹«

»Was ist das?«, fragte er.

»Koran. Hübsch, was? So sittsame Huris, würd dir das gefallen?«

»Ich weiß nicht, Säckchen, ob das okay ist, nackt den Koran zu lesen. Ehrlich, ich weiß nicht, ob wir das dürfen.«

»›Die Gottesfürchtigen befinden sich an einem sicheren Standort, in Gärten und Quellen, in Sundus- und Istabraq-Brokat gekleidet auf Ruhebetten einander gegenüberliegend. So ist das. Und wir geben ihnen großäugige Huris als Gattinen, und sie verlangen darin in Sicherheit und Frieden nach allerlei Früchten. Sie erleiden darin nicht den Tod, abgesehen vom ersten Tod.‹«

»Aber den würd ich gern vermeiden, wenn's geht. Oder zumindest rauszögern. Würdest du bitte den Koran weglegen?« Er stand auf und holte ihr ein weißes T-Shirt mit schwarzen Zebras drauf. »Oder dir das überziehen?«

»Hey Mr Taliban, taliban banana? Was ist los mit dir?

Glaubst du, sie hören dich ab? Glaubst du, vorm Haus warten Selbstmordmoslems? Wovor hast du Angst? Dass im Gänsehäufl ein verrückter Islamist neben dir im Wasser eine Arschbombe macht?«

»Ich fühl mich einfach nicht wohl. Das ist alles.«

»Aber hör doch einfach mal zu, wie schön das klingt: ›Sie liegen behaglich auf Ruhebetten und erleben darin weder Sonnenhitze noch schneidende Kälte. Die Schatten des Gartens reichen tief auf sie herab, und seine Früchte sind ganz leicht zu greifen. … Die Gottesfürchtigen haben großes Glück zu erwarten, Gärten und Weinstöcke, gleichaltrige Huris mit schwellenden Brüsten und einen Becher mit Wein, bis an den Rand gefüllt.‹ Das ist Ulysses Paradies.«

»Und die nicht Gottesfürchtigen? Habe ich großes Pech zu erwarten?«

»Mais oui, natürlich. Du hast Pech und Huris mit Hängetitten und immer ein leeres Glas. Aber du musst das Gute sehen. Bei so viel Pech findest du es auch nicht so schlimm, wenn sie dich in die Luft sprengen. Das ist dann eher so eine Art Erlösung.«

Rudi nahm ihr den Koran aus der Hand. »Die Huris sind so strahlend schön, wie wenn sie aus Hyazinth und Korallen wären«, las er und klappte das Buch zu.

DER EIERMANN

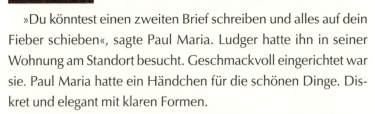

»Du könntest einen zweiten Brief schreiben und alles auf dein Fieber schieben«, sagte Paul Maria. Ludger hatte ihn in seiner Wohnung am Standort besucht. Geschmackvoll eingerichtet war sie. Paul Maria hatte ein Händchen für die schönen Dinge. Diskret und elegant mit klaren Formen.

»Du rätst mir auch, mich zu drücken? Was würde dein Herr von Galen dazu sagen, oder dein Herr Bonhoeffer?« Ludger biss in ein hartgekochtes Ei, das Paul Maria ihm zubereitet hatte.

»Nein. Wir könnten auch einen zweiten Weg wählen. Nicht so offiziell und vor allem ohne Ankündigung. Verstehst du?«

»Wir?«, wiederholte Ludger.

Paul Maria nickte.

»Was schwebt dir denn vor?«, fragte Ludger.

»Gottes Wege sind unergründlich. Willst du noch ein Ei?«

An die Standortverwaltung Lingen/Emsland

Düsseldorf, den 1. 8. 1988
Vor einiger Zeit schrieb ich Ihnen einen Brief, der das Resultat eines Fiebertraumes war. Sie werden Verständnis dafür haben, dass jemand, der drei Viertel seines Lebens grippekrank das Bett hüten muss, in einer solchen Phase Dinge tut, sagt und schreibt, die er in gesundem Zustand so nie getan, gesagt oder geschrie-

ben hätte. Falls Sie also bereits aufgerüstet haben sollten, versichere ich Ihnen hiermit, dass Sie getrost wieder abrüsten können. Frieden ist schließlich unser höchstes Gut. Mit freundlichen Grüßen, und nichts für ungut,
  Ludger Gluske

»Natürlich ist es besser so«, sagte Ludger. »Wir haben Zeit.«

»Du gibst nie auf, was?«, stellte Gretchen fest und ging ins Bad. Sie stellte sich vor den Spiegel und betrachtete sich. Ihre Haut war gut. Anders als bei Rosa. Rosa hatte viele Pickel verursacht. Töchter entziehen den Müttern die Schönheit. Dann müsste es jetzt wohl ein Junge werden.

Von hinten spürte sie einen warmen Körper. Im Spiegel sah sie Ludger neben sich stehen.

»Ein schönes Paar, nicht?«, sagte er.

Rosa kam ins Bad gelaufen. Er zog sie hinauf und stellte sie aufs Waschbecken. Jetzt waren sie im Spiegel zu dritt. Rosa lachte.

»Wie schön ihr seid«, sagte Ludger.

»Und was, wenn die Grippe verschwindet?«, fragte Gretchen in den Spiegel. Er erschien ihr so gesund wie lange nicht. Die Stirn war trocken, die Wangen rot, die Augen klar. »Ist doch gut möglich«, sagte sie.

»Man muss etwas tun«, sagte er.

»Briefe schreiben?« Gretchen sah ihn besorgt an.

»Wenn ich nichts mehr tue, hat der Virus gewonnen. Wenn ich mich nicht mehr aufrege, tut das der Erreger, und dann kannst du den Waschlappen gar nicht so schnell auswringen, wie ich austrockne. Vieles wird zusehends schlechter, anderes wegsehend nicht besser.«

»Das heißt, du gibst nicht auf?«

»Nein. Ich hab ja noch gar nicht richtig angefangen!«

»Viren sind sehr primitive Organismen«, sagte Boris.

»Willst du mich provozieren?«, schrie Ludger ihn an. »Du weißt doch, wie raffiniert sie sind. Wie sehr ich auf der Hut sein muss. Du hast es doch mitbekommen. Das sollen primitive Organismen sein? Dann ist meine Krankheit wohl auch primitiv, was? Und ich ein Neandertaler? Oder wie nennt man jemanden, der sich von primitiven Organismen niederstrecken lässt?«

»Das kommt drauf an. Liebesbedürftig vielleicht. Jemand, der sich vom erstbesten Organismus ins Bett werfen lässt, ist sehr liebesbedürftig oder sehr triebhaft.«

»Ich schlafe ja nicht mit den Viren«, rief Ludger. »Ich spreche von Organismen, nicht Orgasmen. Diese Dinger haben mein Leben zerstört, und du glaubst im Ernst, ich hätte eine erotische Beziehung zu ihnen?«

»Er hat recht, Ludger. Deine Viren sind nichts Besonderes. Glaub mir das«, sagte Gretchen.

»Woher weißt du das?«, fragte Ludger.

»Ich weiß das, weil ich gesehen habe, wie sie gezüchtet werden.«

»Viren?«, fragte Ludger, und Boris setzte sich im Bett auf.

»Viren«, antwortete Gretchen und zündete sich eine Zigarette an.

»Viren?« fragte Paul Maria.

»Viren«, antwortete Ludger.

»Und Gretchen war dabei?«, fragte Paul Maria.

»Gretchen war dabei. In Vermillion. Biochemie. Kann man sogar in South Dakota studieren.«

»Sie weiß also, wie das geht?«

»Und wie sie es weiß. Alles, was man braucht, ist der Mandelabstrich eines Infizierten«, antwortete Ludger mit breitem Grinsen.

»Gottes Wege sind unergründlich«, sagte Paul Maria feierlich.

»Allerdings«, sagte Ludger und legte auf. »Das Ei des Kolumbus«, sagte er zu Gretchen und setzte sich mit nassen Haaren ans offene Fenster, durch das der erste Frühlingsregen in die Wohnung drang.

»Kompanie Feuer frei?«, fragte Leutnant Smetz, dem unzählige Schweißtropfen von der bleichen Stirn fielen. Der heißeste April seit Jahrzehnten und der heißeste Apriltag des Jahrhunderts. Die Kompanie verteilte sich unter den Bäumen, um wenigstens ein bisschen Schatten zu bekommen, wenn schon kein Windzug ging. Die Uniformen klebten am Körper, und nur die Gruppe von Unteroffizier Stachelhaus stand noch immer in der prallen Sonne.

»Feuer frei!«, befahl Major Barkenheim schlapp, und die erschöpften Soldaten zündeten sich ihre Zigaretten an. Erst jetzt, mit der offiziellen Genehmigung, ließ auch Gruppenführer Stachelhaus seine Leute sich rühren und in den Schatten flüchten.

Mehr als sieben Kilometer waren sie mit schwerem Marschgepäck durch den Lingener Forst marschiert. Major Barkenheim, wiewohl ohne Marschgepäck, setzte sich schwer atmend unter eine halbzerschossene Eiche und strich sich über den schweißnassen Scheitel. Zigarettenqualm stieg ihm in die schweißtriefende Nase, und er brüllte: »Zigarette aus, Mensch!«

»Aber Sie haben doch selber den Befehl gegeben, Herr Major«, murrte ein junger Wehrpflichtiger.

»19 und die Schnauze aufreißen? Der Herr Major ist Nichtraucher, Mann!«, brüllte Unteroffizier Stachelhaus, der als Einziger noch immer in der prallen Sonne stand. Schweißperlen sammelten sich in seinem dunklen Oberlippenbart.

»Kommen Sie in den Schatten, Stachelhaus«, befahl Major Barkenheim. »Sonst holen Sie sich einen Sonnenstich.«

»Sonnenstich macht mir nichts, Herr Major!«, antwortete Stachelhaus zackig, setzte sich aber doch in den Schatten.

»Ich wünschte, es würde regnen«, sagte Leutnant Smetz und zuckte zusammen, weil er sich mit den Händen in Brennnesseln aufgestützt hatte.

Am Morgen waren sie um 4.30 Uhr aus der Kaserne marschiert, 36 Stunden militärischer Übung vor sich. Sie waren alarmmäßig geweckt worden. ▬▬▬▬▬▬▬▬▬▬▬▬▬▬▬▬▬

▬▬
▬▬
▬▬
▬▬

▬▬

Die Soldaten verstauten ihre privaten Sachen in Seesäcken und versahen diese mit Namensschildern, damit im Todesfall das passende Gepäck zu den passenden Angehörigen geschickt werden konnte. Dann versammelte sich die Truppe, 212 Mann, im Besprechungsraum, wo die Lage erklärt wurde.

»Annahme. Der Feind ist bis Haselünne vorgedrungen. Osnabrück ist bereits verloren.«

»Juhu«, rief ein vorlauter Rekrut aus dem wenig glamourösen Osnabrück und erntete böse Blicke der Vorgesetzten.

»Der Feind kommt aus Osten und versucht nun über Lingen nach Meppen zu gelangen, um dann in Steinfurt einen Befehlsstand für das gesamte Emsland zu errichten. Wir, als Nachschubbataillon 805, werden versuchen, dies zu verhindern. Ist das so weit klar, Männer?«, hatte Major Barkenheim um 4.12 Uhr gefragt und den Soldaten fest in die verschlafenen Augen gesehen. »Kompanie abtreten und in Zugformation in fünf Minuten auf dem Platz marschfertig erscheinen!«

Paul Maria wurde von dem nächtlichen Lärm auf dem Appellplatz geweckt. Mühsam stand er auf und zog sich seinen schwarzen Bademantel über. Er trat in die Nacht hinaus und erblickte eine Menge schwarzer Gestalten. Als seine Augen sich an die Dunkelheit gewöhnt hatten, erkannte er, dass der Haufen bepackt und bis an die Zähne bewaffnet war. Sein erster Gedanke war: Ludger! Sein zweiter Gedanke: Er hat schon zugeschlagen. Sein dritter: Sie mobilisieren gegen ihn. Bevor er seinen vierten Gedanken fassen konnte, war er schon am Telefon.

»Es ist so weit, Ludger. Sie rüsten auf. Hier steht eine ganze Kompanie abmarschbereit gegen dich! Mach, dass du wegkommst!«

»Was?« Ludger bekam nichts mit. Rosa weinte, sie war vom Läuten wach geworden.

»Du züchtest doch schon, oder nicht?«, fragte Paul Maria.

»Wie denn? Ich werde einfach nicht krank«, antwortete Ludger und legte auf.

»Osnabrück ist verloren«, sagte ein Rekrut zu Paul Maria, als die Truppe an Emsland B vorbeizog. Der Rekrut schien sich zu freuen.

»Und jetzt?«, fragte Paul Maria.

»Jetzt jagen wir sie aus Steinfurt und zwingen sie, sich in Meppen ein Fußballspiel anzuschauen«, sagte der Rekrut und grinste.

»Und wie jagt ihr den Feind?«, fragte Paul Maria.

»Der Major hat gesagt, wir ▬▬▬▬▬▬▬▬▬▬▬▬▬▬▬
▬▬▬▬▬▬▬▬▬▬▬▬▬▬▬▬▬▬▬▬▬▬▬▬▬
▬▬▬▬▬▬▬▬▬▬▬▬▬▬▬▬▬▬▬▬▬▬▬▬▬
▬▬▬▬▬▬▬▬▬▬▬▬▬▬▬▬▬▬▬▬▬▬▬▬▬
▬▬▬▬▬▬▬▬▬▬▬▬▬▬▬▬▬▬▬▬▬▬▬▬▬
▬▬▬▬▬▬▬▬▬▬▬▬▬▬▬▬▬▬

Leutnant Smetz fluchte lispelnd auf die Brennnesseln und wechselte den Baum.

»Haben Sie eigentlich noch was von diesem Gluske gehört? Gibt's da was Neues zu diesem Brief?«, fragte er den keuchenden Major Barkenheim.

»Was für ein Brief?«, fragte Unteroffizier Stachelhaus, der die Pause nutzte, um seine Waffe zu reinigen.

»Ein Grippekranker hat der ganzen Kompanie gedroht«, antwortete Leutnant Smetz und stöhnte, weil er in einen Ameisenhaufen geraten war.

»Smetz!«, brüllte Major Barkenheim, so laut es sein staubtrockener Mund zuließ. »Was habe ich gesagt? Das oberste Gebot? Was, Smetz?«

»Lust und Taktik?«, antwortete Smetz mit Ameisen im Kragen.

»Blödsinn, Smetz. Schweigen!«, krächzte Barkenheim. »Altes arabisches Sprichwort. So haben die Moslems es bis nach Wien geschafft. Wenn du redest, dann muss deine Rede besser sein, als dein Schweigen gewesen wäre. Klar, Smetz?«

»Was?«, antwortete Smetz.

Stachelhaus stand auf und trat unruhig auf der Stelle. Er wollte weiter.

DIE TABAKTRINKERIN

16. Brief

Platte, Süddakota, 15.11. 2011

Lieber Rudi,
ich sah den Staub am Horizont des Sunshine States. Es stimmt, was die Wien-Oma uns erzählt hat. Wenn am Horizont der Staub zu sehen ist, hat man noch gut 20 Minuten Zeit, Kaffee für den Gast zu machen.

Die Schoenhuts sind lieb. Ich glaube, sie haben sich erschreckt, als sie mich sahen.

Gary, Glen, Gail, Gwendolyn, all die G-Punkte unserer familiären Vergangenheit. Vielleicht, weil sie keine Erfahrung haben im Umgang mit Verwandten, deren Vorname nicht mit G beginnt. Oder weil ich scheiße aussehe.

Ich nehm jetzt mehr Medikamente, die weniger wirken. Erinnerst Du Dich an den Betrunkenen vom »Flex«? Mit den langen grauen Haaren, der immer hinten bei der Brücke saß und diesen Witz erzählt hat, über den wir, so betrunken, wie wir waren, so unendlich lachen mussten? »Ich trinke immer erst sieben Schnäpse, dann fünf, dann vier, dann drei, dann zwei und dann einen, und je weniger ich trinke, umso betrunkener werde ich.« Wir haben gegackert wie geisteskranke Kaninchen.

Sie haben mich hier nach dem Unfall gefragt: »Haben Sie anste-

ckende Krankheiten?« Da konnte ich nicht antworten. Da starrte ich den Polizisten an und weinte. Weinte. Weinte. Weinte.

Ich war so müde. Ich hatte so große Schmerzen. Ich war so leer. Und trotzdem schwer.

Ich war durch die Prärie gefahren. Ein einziger Horizont, flaches Land an flachem Land, dann kam wieder flaches Land. Am Horizont flaches Land. Pennsylvania, Ohio, Indiana, Illinois, Iowa. 1500 Meilen. Im Radio lief 1500-mal YELLOW von Coldplay. Und überall gelbe Laster und Trailer, auf denen ganze Häuser transportiert werden. Ich tankte. Ich fuhr. Ich schrie vor Schmerz. Gretchen Country. Ich stand im Nichts und brüllte »Mama« in die Steppe.

Ich hielt mich lange an die nervenzerfetzende Geschwindigkeitsbegrenzung. Ich hatte das Gefühl, mit der Bremse Gas zu geben. Papas Box auf der Rückbank. Ich beschloss, durchzufahren und nicht zu schlafen. Plötzlich dachte ich, es sei wichtig, so schnell wie möglich die Farm zu erreichen. Da, wo die Wien-Oma war, wo Mama war. Als wäre ich da geschützt. Also beschleunigte ich. Ab Iowa gab ich Vollgas.

Es war Nacht. Keine Polizei weit und breit. Gar nichts weit und breit. Felder, gerade Linien, Windräder, Wassertürme. Und Werbeschilder: Nur noch 240 Meilen bis zum Restaurant »Goldrush«. Iowa City, Cedar Rapids, Sioux City, Mitchell. In weiter Ferne sah ich den Missouri. Ich gab noch mehr Gas. Holte aus dem kleinen Japaner alles raus. Wollte schnell gegen die Strömung fahren und dann gestärkt zur Farm.

Ich hatte fast 40 Stunden nicht geschlafen, Rudi. Ich raste von der Straße. Bretterte in ein Weizenfeld, knallte gegen einen Weidezaun. Es war Nacht, doch ich sah den Staub. Schwarzen Staub.

Sie kamen im Morgengrauen. State Trooper, Highway Patrol. Ich blutete an der Stirn. Mit dem Knie war ich gegen den Schlüssel ge-

stoßen. So wie die frontal Enthemmte. Frontal war nun auch mein Auto Schrott. Mein Knie schmerzte. Ich fuhr mir vorsichtig mit der Hand über die Stirn, um meine Seele nicht wegzuwischen, falls sie aus dem Hirn getreten war. Da war zum Glück nichts. Meine versehrte Seele war unversehrt.

Drei Officers zogen mich aus dem Wagen. Ich wollte an ihrer Brust schlafen, aber sie fragten und fragten. Einer schaute sich den Wagen von innen an. Sah Papas Kiste. Ich schlief ein und wurde wach in einer Art Besprechungszimmer. Ich lag auf einer Pritsche, und es gab einen Tisch mit zwei Stühlen. Neonlicht. Ein Mann saß am Tisch und schälte eine Orange. Ich sah ihm zu. Seine Fingernägel waren gelb vom Obstsaft, Fruchtfleisch hatte sich in den Nägeln gesammelt. Er hatte eine grobe Faust und riss die Orange auseinander. Gierig. Saft lief ihm am Mund runter. Plötzlich drehte er sich zu mir.

Er hatte kahlrasierte Schläfen und einen Stiernacken. Sah aus wie ein tschechischer Türsteher in Phantasieuniform.

»Mein Name ist Officer van Hooven. Sie befinden sich in Platte, South Dakota. Im DHS-Office. Wir warten auf einen Übersetzer. Er wird bald kommen.«

Er blätterte im Roman von Paul Maria Suess, besah sich meinen Pass und schälte eine weitere Orange. Saft spritzte auf den Roman. Er betrachtete Papas Notizheft.

Ich sah mich um. Auf einem Regal stand eine merkwürdige Maschine.

»Komische Kaffeemaschine?«, fragte ich.

»Lügendetektor«, sagte van Hooven.

Da klopfte es. Van Hooven öffnete die Tür. Ein schlanker, dunkelhaariger Mann um die 50 in Tankstellenuniform stand da.

»Professor Mundprecht«, stellte van Hooven ihn vor.

Ich war todmüde. Aber ich musste lachen wie damals. Wie ein geisteskrankes Kaninchen.
  Deine Rosa

DER EIERMANN

Wer hatte ahnen können, dass ausgerechnet jetzt, wo seine Anfälligkeit einen Sinn bekommen hatte, die Sonne warm auf Deutschland herunterschien und er so gesund war und auch blieb, wie er es sich immer gewünscht hatte? Dass er sich mit nassem Haar stundenlang ans Fenster setzen konnte und kein Grad fiebriger wurde. Dass er den ganzen Tag barfuß lief, sich nackt auf den kalten Fliesenboden vor den Kühlschrank setzte, aber kein Hüsteln über seine Kehle kam? Er, der seit Jahren nicht genesen wollte, wurde nicht krank, sosehr er sich auch bemühte.

Er liebte Gretchen. Er liebte Rosa. Er wurde nicht krank. Es war zum Verzweifeln.

»Sei einfach locker«, sagte Gretchen. »Denk nicht dran, und du wirst sehen, dass du wieder krank wirst. Bisher wolltest du gesund sein und hast dich unter Druck gesetzt. Jetzt willst du krank sein und setzt dich wieder unter Druck. Lass einfach los, Ludger«, sagte die Biochemikerin aus South Dakota.

Aber wie war man locker? Wie stellte man es an, nicht daran zu denken?

»Ich hab keine Ahnung, was bei mir schiefläuft«, sagte Ludger.

»Vielleicht sollte ich das nicht sagen, aber du gefällst mir gesund sehr gut«, erwiderte Gretchen in ihrem merkwürdigen Wienerisch-Amerikanisch.

Sie bestrich saure Gurken mit Senf. Ihre Mutter hatte auf die

Nachricht glücklich reagiert. »Ein Enkel«, hatte sie gesagt. »Bleibst du beim R-Wurf or do you make a letter-change?«

»I will stay with the R«, hatte Gretchen am Telefon geantwortet.

»Was heißt schon ›gesund‹«, gab Ludger gereizt zurück. »Ich bin nicht deshalb schon gesund, weil ich zufällig gerade keine Temperatur habe. Ich hatte immer Phasen wie jetzt. Kürzer vielleicht, aber ich hatte sie immer mal wieder. Ich bin nicht gesund, ich bin nur zufällig gerade nicht krank!«

»Vermisst du deine Viren?«, fragte Gretchen.

»Ich vermisse sie nicht – ich brauche sie. Ohne Viren kein Rachenabstrich. Ohne Rachenabstrich lohnt es sich nicht, in den Amnionsack zu stoßen. Ich brauche Viren, um Viren zu züchten. Das weißt du viel besser als ich«, sagte Ludger.

»Ja. Viren brauchen den Stoffwechsel einer lebenden Zelle. Darum muss man eine lebende Zelle infizieren«, erklärte Gretchen noch einmal.

»Hühnerembryos.«

»Genau, mein Schatz. Hühnerembryos sind ganz spezielle Labortiere, in denen sich die Viren ganz hervorragend vermehren können.«

»Wie in mir«, stöhnte Ludger.

»Noch besser. Wenn man Viren züchten will, mein kleiner Virologe, braucht man ein Ei.«

Gretchen ging in die Küche, um das Frühstück zu machen. Weißbrot, Joghurt, Käse und Milch. Eier wollte Ludger nicht mehr essen. Die brauchte er noch.

»Kein Obst?«, fragte er.

»Ein Mangel an Vitamin C verursacht Skorbut, Haut- und Zahnfleischblutungen«, dozierte sie. »Aber auch Frühjahrsmüdigkeit hängt mit einem Unterangebot von Vitamin C zusammen.«

»Ich hab weder Skorbut noch Hautblutungen«, sagte Ludger.

»Auch Infektionsanfälligkeit. Ohne Vitamin C bist du anfälliger.«

Ludger verstand. Ab sofort keine Eier und weder Obst noch Gemüse. Dafür weit geöffnete Fenster.

Unteroffizier Stachelhaus fuhr mit einem Bundeswehrlaster auf der B 70 Richtung Meppen, wo ein Freund von ihm stationiert war. Er hatte ihn während der Polizeiaufnahmeprüfung in Hannover kennengelernt. Genau wie bei Stachelhaus hatte auch bei ihm der Rücken eine Aufnahme in den Polizeidienst verhindert. So war er ebenfalls bei der Bundeswehr geblieben. Im gleichen Dienstgrad wie Stachelhaus, aber Feldjäger.

Die Felder flogen an Stachelhaus vorbei, auch wenn er sich gewünscht hätte, dass der grüne Militärlaster schneller fahren würde. Der MAN 630 war zuverlässig, aber behäbig. Sicher war der Warschauer Pakt auch hier überlegen. Die Scheißkommunisten. Blitzkriege waren mit diesen Lastern unmöglich.

In der Stadt spürte Stachelhaus die Langsamkeit nicht so stark. Er liebte es, in geschlossenen Ortschaften das Gaspedal durchzudrücken. Wer hielt schon ein Bundeswehrfahrzeug an? Die linke Hand am Steuer, klopfte er mit der rechten nervös auf das Polster der Rückbank. Eine Viehherde versperrte ihm den Weg, und er verfluchte das Emsland. »Arschloch!«, schrie er den Bauer an. Unteroffizier Stachelhaus spuckte seinen Kaugummi aus dem Fenster und gab Gas. Er hatte sich den Laster nur für zwei Stunden geliehen.

»Dienstlich?«, hatte ihn der Garagenmeister gefragt.

»Selbstverständlich«, hatte Stachelhaus geantwortet und sich selbst einen Berechtigungsschein ausgestellt.

»Na, endlich!«, sagte sein Feldjägerfreund, als Stachelhaus in der Meppener Kaserne eintraf. Der Militärpolizist mit dem Rückenschaden, ein Landwirtssohn aus Brockel-Wensebrock, schlug ihm auf die Schulter und sprach von positiven Nachrichten.

Ludger steckte den Kopf aus dem Fenster. Die rote Digitaluhr vom Kaufhaus gegenüber zeigte 16.48 Uhr, als ein erster Regentropfen auf sein rotes Haar fiel. Die Wolkenschleusen öffneten sich.

Um 17.12 Uhr kam Gretchen mit Rosa vom Einkaufen zurück. Schon beim Aufschließen der Wohnungstüre hörten sie sein Husten.

»Es ist so weit«, sagte Gretchen und steckte sich eine Zigarette an.

Zwei Tage später nahm sie den Abstrich. Diesen gab sie in eine virusstabilisierende Flüssigkeit. »Die Flüssigkeit präpariere ich nun durch Zentrifugieren«, sagte Gretchen. »Die Eier sind vorbereitet?«

»10 Tage, bei 37 Grad. Wie du gesagt hast«, antwortete Paul Maria.

»Gut«, sagte Gretchen, ihr altes Biochemie-Buch in der Hand. »Dann werde ich jetzt die Schalen auffräsen.« Mit einer langen Injektionsnadel stieß sie vorsichtig in das aufgefräste Ei. »Ich injiziere in den Amnionsack«, sagte sie, während Ludger hustete und sich im Bett wälzte. »Ich muss sehr behutsam sein. Der Virus braucht ja lebende Strukturen.«

Langsam zog sie die Nadel wieder heraus. Paul Maria wagte kaum zu atmen, und auch Rosa spürte, dass hier etwas Großes, etwas Entscheidendes geschah.

»Den Defekt in der Schale klebe ich nun mit Wachs zu«, sagte Gretchen und zog an ihrer Marlboro. »Du kannst ruhig wieder atmen, Paul Maria. Die Eier müssen jetzt erst einmal etwa zwei Tage bebrütet werden, und dann muss ich einen Test machen, ob auch tatsächlich Viren entstanden sind.«

»Darauf wette ich«, sagte Paul Maria.

SUPERKNUT

Auf dem Weg ins Fernsehstudio versuchte ich, bei dem Imam gute Stimmung für Rudi zu machen.

»Wenn wir ehrlich sind, ist das Ganze doch eine lächerliche Geschichte, nicht wahr«, sagte ich freundlich zu ihm. Er war ein Imam aus Wien-Floridsdorf und in Kaftan und mit weißem Turban erschienen.

Er blickte mich grimmig an. Seinen Mund sah man im Bartgestrüpp kaum. »Das Lachen in der Moschee ist wie Finsternis im Grab.«

»Oha«, antwortete ich.

»Wir Muslime sind ein Körper«, fuhr er fort. »Wenn ein Teil des Körpers schmerzt, können seine anderen Teile nicht ruhen.«

Er und Rudi wurden verkabelt, die Moderatorin begrüßte beide. Um Mitternacht begann die Sendung. Die Moderatorin wünschte den Zuschauern einen guten Abend und fasste noch einmal zusammen, was bisher geschehen war. Ein Vorfall in einer Volksschule in Wien-Währing, Proteste der Eltern, Suspendierung des Lehrers, die Medien nehmen sich des Themas an, die Politik, Demonstrationen, erst nur vor der Schule, dann in ganz Österreich. Inzwischen gab es auch die ersten Demos in Teheran und Pakistan. Günther Grass hatte in der *Süddeutschen* ein Gedicht veröffentlicht. Rushdie hatte sich zu Wort gemeldet, Marine Le Pen auch. Das war mir alles neu. Entwicklungen der letzten paar Stunden.

Ein Zuspieler wurde gezeigt. Man sah die Schule, Mag. Hundertpfund, Abdullah Fuchspichler, den kleinen Salih, dann eine Zufahrt in den Stoß im Himmel. »Hier lebt der Stein des Anstoßes und verlässt das Haus nicht mehr aus Angst vor Fanatismus.« Auf der Straße vor seinem Haus wurde eine attraktive Frau um die 30 interviewt, die auf Englisch mit ungarischem Akzent erzählte, der Lehrer habe ihr Auto mutwillig beschädigt, sonst könne sie nichts berichten. Dies sei eine ruhige Wohnstraße, wo die Leute respektvoll miteinander umgingen.

Anschließend zeigte der ORF ein Interview mit einem türkischen Fleischhauer. »Schwein gilt für die Muslime als Raubtier. Es leckt Blut, jagt und frisst Aas. Und weil das Schwein kein Wiederkäuer ist, gilt es als unrein. Das Schwein ist in der Lage, einen Menschen zu töten und aufzufressen. Und das ist sogar bewiesen!«

Gegengeschnitten wurde der Metzger mit einer Mutter.

»Mein Sohn leidet seit Jahren unter einer Laktoseintoleranz! Wenn er auf Klassenfahrten geht, dann wird dafür gesorgt, dass für moslemische Kinder immer eine Alternative zum Schweinefleisch vorhanden ist! Mein Sohn hingegen darf aufgrund seiner Unverträglichkeit viele Sachen nicht essen. Aber man schert sich einen Dreck darum, was mein Sohn zu essen kriegt! Als Nachtisch gab es oft Schokoladenpudding, für meinen Sohn gab es nie eine Alternative. Noch nicht mal ein Schälchen Wackelpudding!«

Nun wurde noch einmal gezeigt, was Strache von der FPÖ in der *ZIB* gesagt hatte.

»Früher gab es die großen Türkenkriege, um den Westen islamisch zu machen. Sie wurden erfolgreich zurückgeschlagen. Es gibt sogar Comics über diese Zeit. Heute reicht ein Stück Schweinefleisch, um den Westen zu besiegen. Gute Nacht, Österreich!«, sagte er. Blitzblau funkelten seine Augen. Ein Thema wie ein Gottesgeschenk für ihn. »Es kann doch nicht sein, dass wir uns jetzt der Religionsfreiheit anderer Völker beugen und unsere eigenen Interessen unterdrücken! Wir Österreicher essen nun einmal Schweineschnitzel und basta! Das Schlimme ist doch«, sagte der Führer der Rechten, »dass die moslemischen Kinder selbst gar nicht so strenggläubig sind. Die Eltern üben Druck aus, weil sie sich gegen unsere Gesellschaft wehren. Ich habe einen Brief bekommen von einer Hauswirtschaftslehrerin. Sie hat moslemische Kinder in ihrer Klasse, die darauf bestehen, Schweinefleisch zu essen. Aber ihre Eltern dürfen davon nichts erfahren, weil zu Hause sonst die Hölle auf Erden herrscht. Was soll die gute Frau machen? Soll sie ihren Schülern verbieten, Schweinefleisch zu essen, obwohl sie es selber wollen? Traurig, traurig. Ganz ehrlich, als ich den Beitrag bei ATV gesehen habe, dachte ich, ich fall von der Couch. Das ist ja wohl wirklich der Oberhammer. Ich bin so was von geladen und würde zu gerne mal sagen, was ich wirklich denke. Aber leider verbietet mir das der Anstand.«

Der Beitrag war zu Ende. Die Moderatorin wandte sich an den Imam.

»Imam Schafi, was sagen Sie zu dem, was HC Strache gesagt hat? Sollte man den Kindern nicht selber überlassen, was sie essen wollen?«

»Hasan al-Basri sprach: ›Wenn Menschen sich streiten, dann sind sie der Anbetung Allahs müde. Sie sprechen, weil ihre Ehrfurcht abgenommen hat.‹ Umarra indes schaute auf alle Fremden und fand keinen besseren Freund als die Zunge, die man hütet. Elhamdulillah, alle Menschen sind tot, bis auf die Wissenden. Und diese schlafen, bis auf all jene, die gut handeln. Und die wiederum sind irrend, bis auf all jene, die aufrichtig sind. Und die Aufrichtigen sind immer in einem Zustand der Furcht.«

»Rudi Gluske ist in Furcht. Er steht im Zentrum zahlreicher Angriffe aus verschiedenen Richtungen. Können Sie seine Furcht verstehen? Und wie können Sie dazu beitragen, die Spannung aus diesem Konflikt zu nehmen?«

»Die Welt ist dunkel. Wissen ist das Licht. Aber ohne Wahrheit ist auch das Wissen nichts als ein Schatten. Das sagte schon Ali ibn Abu Talib. Es gibt vier Ozeane: Der Ozean der Neigungen ist sündhaft, der Ozean des Selbst ist gierig. Der Ozean des Lebens ist der Tod, und der Ozean der Qual ist das Grab. Ist der Mensch klug? Dann wird er gottesfürchtig sein, Elhamdulillah, und ist er gottesfürchtig, dann wird allein schon seine Furcht so in ihn dringen, dass er keine Zeit haben wird, sich mit den Fehlern von anderen zu beschäftigen.«

»Herr Gluske, hilft Ihnen das?«

»Ich weiß nicht … ich meine, ich bin gestolpert. Über meinen Hund. Das tut mir sehr leid, aber ich finde das ganz ehrlich alles unfassbar aufgebauscht. Außerdem ist es gar nicht sicher, dass es kein Huhn war. Vielleicht war es kein Huhn, aber alle tun so, als wär das fix. Ich war ja dabei und könnt's nicht sagen. Ich hab mich bei Salihs Eltern entschuldigen wollen, das wurde nicht angenommen, und jetzt stehen in Teheran Leute auf der Straße und würden meine Fahne verbrennen, wenn ich eine eigene hätte.«

»Imam Schafi, müssen Sie ihm da nicht recht geben?«

Iman Schafi blickte finster in die Kamera, strich sich durch den Bart und sagte: »Nach einem schweren Gewitter eilte Hisham ibn Hasan durch die schlammigen Gassen des Viertels. Er bemerkte, dass der vor ihm laufende Ibn Ziyad all die tiefen Lachen mied. Plötzlich wurde Ziyad angerempelt, so dass eine seiner Sandalen in eine Pfütze rutschte. Nass und voll Schlamm war Ibn Ziyads Fuß nun, und er sprach: ›So wie wir alle Pfützen bis hierher gemieden haben, so soll auch der Muslim auf seiner Reise ins Jenseits jeden Ungehorsam gegenüber Allah auslassen. Hast du die Kraft gesehen, mit der es mich in die tiefe Pfütze zog? Ein Gleiches ist es mit der Sünde: Verfällst du ihr, sinkst du tiefer und tiefer.‹ Erlegt Gott der Erhabene uns etwas auf, dann handelt es sich nicht um etwas Willkürliches. Nein, alle Verbote sind Elhamdulillah, von Allah aufs Schönste bedacht.«

»Imam Schafi, Rudi Gluske, vielen Dank.«

Beide wurden abgekabelt. Der Imam verschwand in einem der zahlreichen Gänge des Senders. Rudi war niedergeschlagen.

»Das war furchtbar«, sagte er.

Ich nickte.

»Es wird alles immer nur schlimmer«, seufzte er. Wir

gingen an einem Bildschirm vorbei, auf dem der Teletext stand: *Unruhen in Nigeria wegen Schnitzelkrieg in Österreich.*

Als wir das Gebäude verließen und am großen Teich vom ORF auf ein Taxi warteten, gingen zwei Scheinwerfer an. Wir erkannten einen Kastenwagen. Der Motor wurde gestartet, und der Wagen rollte auf uns zu. Er hatte ein französisches Kennzeichen. Aus dem Fenster schaute ein knorriger Kopf.

»Die Flößer von St. Nicolas lassen dich nicht im Stich, Rudi«, brüllte Ulysse und winkte mit einer Axt.

DER EIERMANN

Unteroffizier Stachelhaus saß in der Kantine und hielt einen Brief in den Händen. *Der Staat sind wir alle,* las er. Er faltete den Brief zusammen und steckte ihn in das Kuvert zurück, auf dessen Rückseite der Absender stand:

Ludger Gluske
Grippekranker
Brunnenstraße 21
4000 Düsseldorf

»Das Säckchen ist bummsvoll«, verkündete Gretchen. »Der Virus hat sich massiv vermehrt. Zigtausendfach!« Sie zündete sich eine Zigarette an.

Ludger lächelte. Diese Viren waren im Ei und nicht mehr in ihm.

Sie streichelte sein Haar. »Jetzt kannst du in die Schlacht ziehen. Jetzt bist du nicht mehr unbewaffnet, mein Eduard Ritter Wiener von Welten!«

Gretchen hatte einmal bei einem Spaziergang über den Wiener Zentralfriedhof das Grab von Ritter von Welten gesehen. Die Inschrift auf dem Grabstein hatte sie sehr beeindruckt: *K. u. k. privilegierter Großhändler, königlich portugiesischer Generalkonsul, Präsident des Nationalrathes der k. u. k. priviligierten Credit-Anstalt für Handel und Gewerbe, Präsident des Administrationsrathes der Ersten k. u. k. priviligierten Donau-Dampfschiffahrtsgesellschaft, Comthur des Franz-Josef-Ordens der Eisernen Krone III. Klasse, Kommandeur des königlich portugiesischen Ordens von Villa Vicosa, des königlich portugiesischen Christus Ordens und des königlich spanischen Ordens Karls III, etc, etc.*

Ludger Gluske, genesener Grippekranker, privilegiert durch Gretchens Liebe und die Freundschaft von Boris und Paul Maria, war im Besitz von 60 Eiern, deren Amnionsäcke mit einer verheerenden Flüssigkeit gefüllt, bei minus 80 Grad gefroren unbeschränkt haltbar und jederzeit einsetzbar waren. Wirkungsvoll, wie Gretchen versicherte.

Ihre Mutter hatte aus Wien Geld geschickt. Gretchen hatte dem Tropeninstitut eine moderne und mobile Isopropanol-Kältebox abgekauft. Sie sah aus wie eine normale Kühlbox, kühlte aber dauerhaft bei der gewünschten Temperatur.

»Wer sät, wird ernten. Letztendlich wird er ernten«, sagte Ludger. »Seht euch vor, Grünhemden! Meine Rache ist flüssig!«

»Er wird sich niemals darauf einlassen«, sagte Paul Maria resignierend.

»Aber er ist ein Spieler«, sagte Ludger.

»Er ist kein Spieler, er ist der Teufel«, sagte Paul Maria.

»Jetzt fall mal nicht auf deine eigene PR rein. Den Teufel gibt's nicht. Gut, er spielt besser als du, aber es ist immer noch ein Glücksspiel. Du musst dich eben mal konzentrieren. Trainieren. Besorg dir einen Profi, lies Fachzeitschriften. Malmendier ist nicht unschlagbar.«

»Malmendier ist unschlagbar. Er ist ein protestantischer Zwerg, aber er ist unschlagbar.«

»Ich bin auch ein Zwerg und habe meine Viren in 60 Eier verteilt«, sagte Ludger.

»Gretchen hat sie verteilt«, korrigierte Paul Maria.

»Aber es war mein Abstrich, oder?«

»Ich hab noch nie gegen ihn gewonnen. Ich bin schon froh, wenn ich nicht hoch verliere. Nicht dreifach. Ich habe schon so oft 12:0 gegen ihn verloren, dass es eher an ein Massaker erinnerte als an ein Spiel. Ich weiß, aus Sicht der mathematischen Spieltheorie ist Backgammon ein Zwei-Personen-Nullsummenspiel, bei dem sich letztlich bei fehlerfreiem Spiel alles aufhebt, aber Malmendier hält sich nicht dran.«

Boris stand auf und humpelte zu seinem Mantel. Er zog ein dickes Notizbuch heraus. »Hier. Der gehört zu meinem Zustellbezirk. Philipp Marmorstein. Ein Backgammon-Profi. Spielt große Turniere auf der ganzen Welt. Netter Kerl. Vielleicht kann der dir helfen.«

SUPERKNUT

Philipp Marmorstein wurde später, nämlich 1988, in Monte Carlo erster deutscher Backgammonweltmeister.

»Warum hat er nicht einfach am Computer trainiert?«, fragte Rudi.

»Weil es das damals noch nicht gab. Wir hatten ja 1988. Die ersten Backgammon-Computerspiele wurden erst kurze Zeit später entwickelt. Er hätte am Computer damals nur Pacman spielen können. Das hätt ihm nicht viel gebracht, dem schönen Priester.«

DER EIERMANN

»Was machen Sie eigentlich ständig mit dem Lastwagen, Stachelhaus?«

»Ich fahre damit, Herr Major.«

»Verscheißern Sie mich nicht. Keine Eigenmächtigkeiten, Stachelhaus. Sonst kann es sehr ernst werden. Ist das klar?«

»Das ist mir klar, Herr Major. Dann wird es ernst, Herr Major.«

»Wie spät ist es?«, fragte er Gretchen.

Die Asche ihrer Zigarette fiel ab. »In einer halben Stunde hat Malmendier Dienstschluss«, antwortete sie.

»Glaubst du, er schafft es?«

Sie nahm seine Hand und legte sie auf ihren Bauch.

Während Paul Maria atmete und blähte und prustete. Er stand in Emsland B am Fenster und atmete. Er blähte. Es klingelte. Prustend trat er Malmendier entgegen.

DIE TABAKTRINKERIN

17. Brief

Platte, S. D., 26.11.2011

Lieber Bruder einer Terroristin,
»Under God the people rule« – das ist auch Dein Staatsmotto. Zur Hälfte. Was weißt Du über Mamas Heimat, Rudi? Wer ist John Gutzon de la Mothe Borglum? Richtig, der Bildhauer von Mount Rushmore, wo Mamas Präsidenten in Stein gemeißelt sind.

Platte ist ein toller Ort. Es gibt unbegrenzt viele Möglichkeiten, sich zu Tode zu langweilen. Das haben die de Haans und die Kuips prima hinbekommen, als sie zusammen mit deutschen Spießern und böhmischen Bauern 1900 gesagt haben: Hier ist nichts, und aus diesem Nichts machen wir ein noch größeres und sinnloseres Garnichts.

Du solltest wirklich mal herkommen, die Schoenhuts sind schließlich Deine einzigen Verwandten. Deine G-Schwister und G-Brüder. Sie werden staunen, wie lang die Haare eines Mannes werden können, wenn Du Dich hier zeigst.

Die Schoenhuts kommen ursprünglich vom Niederrhein. Landwirte. Ständig hatte der alte Rhein, unser Rhein, Rudi, senile Bettflucht und trat über die Ufer. Hochwasserland. Und genauso regelmäßig saßen die armen Schoenhuts auf dem Dach ihres nassen Hauses und sagten: Da kannste nichts machen.

Doch, kannste, sagte irgendwann der vor Nässe schwindsüchtige Opa von Garth und kaufte sich in Rotterdam ein Ticket für eine trockenere Welt. Im Hotel New York wurde er dort von den Holländern aufgepäppelt, weil nur gesunde Passagiere der Schiffslinie Geld brachten. Auf dem Schiff befanden sich die de Haans und die Kuips, und schon waren sie zu dritt, um gemeinsam ein ödes Kaff zu gründen. Die Katzenmeyers schlossen sich ihnen noch an und auch die Ploosters. Sie alle zogen dorthin, wo das Land billig war und gut und wo die Eisenbahn ihnen Wohlstand und unbegrenzten Handel garantieren würde.

In Platte war nichts. Sie bauten die ersten Häuser und nannten die Straße Main Street, die zweite tauften sie Westrailway Road. Aber schon bevor sie die Eastrailway Road einweihen konnten, war die Eisenbahn 100 Kilometer weit weg gebaut worden. Jetzt hatten sie ein Nest im Nichts ohne Eisenbahnverbindung, aber mit einer traurigen Westrailway Road. Da waren sie ganz schön wütend, die Kuips und die de Haans, und der Opa von Garth Schoenhuts setzte sich aufs Dach seines Hauses und sagte: Da kannste nichts machen.

Er zog raus aus der Stadt und gründete eine Farm. In der Nähe *des Missouri, aber nicht so nah dran, dass er den Rest seines Lebens wieder auf dem Dach sitzen musste – das zumindest hatte unser Vormensch gelernt. Die Kuips und de Haans blieben im langweiligsten Ort der Welt. Ihr New Holland hat heute eine »Dutch Oven Bakery« mit einem Drive Thru. It's possible in Platte.*

Ich führe Dich über die Main Street, Rudi. Dann brauchst Du nicht extra herzukommen. Sechs Häuser aus rotem Backstein. »Mount Funeral Home« und »Platte Furniture Mattresses« begrüßen den Shoppingfan. Dann kommt schon die American Legion. Hier habe ich unvergleichliche Tage mit Mundprecht und van Hooven verbracht. Im Schaufenster der Legion thront ein Holzadler mit der US-Flagge in seinen Schwingen auf einem dicken Ast. Auf dem Ast steht eine Inschrift: FOR WHAT YOU'VE DONE, WE'RE STILL NUMBER 1. *Auf dem Gebäude hängt ein Schild:* AMERICAN LEGION CAMPBELL-TIMMERMAN POST 115. *Rechts und links auf dem Schild ist ein verblichener Coca-Cola-Schriftzug.*

Neben meinem Hochsicherheitstrakt befinden sich das Gebäude der Senior Citizens, Kirks Schusterei und Beverly Penningtons Steuer- und Vermögensverwalterkanzlei. In ihrem Schaufenster sind sieben ausgestopfte Tiere: vier Enten, ein Waschbär, ein Elchkopf und ein Hase, durch dessen kleinen Kopf ein Geweih getrieben wurde. Leider habe ich Mrs Pennington nicht kennengelernt, weil ich mit Angelegenheiten höchster militärischer Sicherheit zu tun hatte. Ich hätte gern gewusst, ob ein Hase mit Geweih besonders viele potentielle Kunden mit Geldfragen anzieht.

Neben Beverly Pennington residiert der Künstler des Ortes. »Expressions by Dee« heißt der Laden. Dee ist Fotograf und spezialisiert auf Babyfotos. In seinem Schaufenster tragen alle Babys Haarreifen mit großen bunten Blättern, wie im Berlin oder Paris der 20er-Jahre. Weiße, amerikanische Prärie-Babys im Stil von Josephine

Baker. Den Typen hätte Gursky wahrscheinlich auch nach Düsseldorf geholt. Soll er gehen – mein Platz ist frei. Kann wegen Todesfall nicht angetreten werden.

Viele hängen in »Kuip's Bar« herum oder vis-à-vis in »Fergies Pub & Barrister«, wo Spucknäpfe am Boden stehen, weil Tabakkauen hier Volkssport ist. Wenn die Zähne davon ganz braun verfärbt sind, kriegt man bei »Hoffman Drug« Zahnbleicher. Na, wie klingt das für Dich? Place to be?

Stell Dir vor: Du sparst ewig für ein Ticket nach Rotterdam und noch ewiger für ein Ticket nach Amerika. Du fährst mit dem Schiff und speibst dir in den Novemberstürmen auf dem Atlantik die Seele aus deinem kranken Körper. Kommst an, wirst als Sauerkraut und Käsekopf gedisst und fährst nicht mit der Eisenbahn in dein gelobtes Land, wo dich im Winter jeden Morgen ein Blizzard und im Sommer ein Tornado weckt. Und wenn du dir endlich irgendein Haus gegen die aggressiven Moskitos und Schlangen und Bären und Elche gebaut hast und dich umschaust, dann ist da nur Hoffman Drug und ein Hase mit Geweih. Dafür der ganze Quatsch? Ich versteh die Wien-Oma und wundere mich über die G's.

Unsere Mutter wollte mehr, als einmal am Tag beim Drive Thru der »Dutch Oven Bakery« vorbeizufahren. Unsere rauchende Mutter war mehr Josephine Baker als jedes Baby.

Der Missouri, der Rhein und die Donau. Die Schicksalsflüsse unserer Familie.

»Sie haben bei der Einreise einen Officer als Nazi beschimpft«, sagte van Hooven. »Waren Sie jemals Mitglied der Nazipartei?«

»Ja«, sagte ich betrübt, und er schüttelte den Kopf und machte sich eine Notiz.

»Waren Sie jemals Mitglied der Kommunistischen Partei?«, fragte er dann, den Kugelschreiber in seiner Orangenhand.

»Ich glaube, ja. Ja, ich denke schon«, sagte ich. »Mr Mundprecht?«

Professor Mundprecht sah mich an. Seine Hände waren noch immer ölverschmiert. Er war direkt von der Tankstelle gekommen, wahrscheinlich weil ich ein sehr brisanter Fall war. Es sah nicht gut aus für Amerikas Sicherheit.

»Ja bitte, Fraulein Gluske?«

»Sie haben mich gefragt, ob ich ansteckende Krankheiten habe, Mr Mundprecht.«

»Ansteckende Krankheiten?«

»Ja. Erinnern Sie sich?«

»Ja, ich remembere.«

»Würden Sie bitte Officer van Hooven übersetzen, was ich dazu sagen will?«

Er räusperte sich und nickte.

»Gut. Es ist nämlich so, dass ich sehr krank bin, Professor Mundprecht. Deshalb die Box mit den Medikamenten, verstehen Sie?«

»Ich bin keine Arzt«, sagte mein Übersetzer.

»Ich weiß«, sagte ich. »Sie sind Germanist. Deshalb will ich es literarisch erklären, verstehen Sie?«

Mundprecht wirkte überfordert. Van Hooven schälte weiter. »Was sagt sie?«, fragte der DHS-Mann.

»Ich weiß noch nicht genau«, antwortete der Fachmann von der South Dakota State University in Brookings. Einer von sechs Universitäten im 800 000 Einwohner-Bundesstaat. Etwas übertrieben, find ich. Dann müsste Wien an die 20 Unis haben.

Ich rezitierte nun in der Main Street von Platte in den Räumen der American Legion Thomas Kling. Das Gedicht ARNIKABLÄUE aus dem GESANG VON DER BRONCHOSKOPIE. Mein Publikum: Professoren und honorige Agenten. Die Orange tropfte, und Mundprecht glotzte.

Ich kann's auswendig, seit die Wien-Oma mir erzählte, dass Mama zum Schluss im selben Spital wie Kling gewesen war. Auf der gleichen Station. Als sich nichts mehr reimte. Als sie ihr und später er sein Leben aushustete. Wie klingt das, Rudi? Ist das nicht ein unglaublicher Ort für eine Dichterlesung? Die sterbenskranke Angeklagte trägt Lyrik eines sterbenskranken Gestorbenen vor? Das Publikum in zwei Uniformen: Tankstelle und Staat.

ARNIKABLÄUE

SO FRAN-
ST GRAFIT DAS HOCHGEBIRGE AUS MIR:
DEN KOPF, DIE ABZÄHLBAREN KUPPEN.

SONNE STRAHLT ARNIKA, TROTZDEM: FRANTIC,
REICHLICH ALLES. DIE IM BLAUEN KRANZ,
HERZKRANZ AUSTOBT SICH, PROTUBERANZEN.

Nach »protuberanzen« machte ich eine Pause und blickte Mundprecht in seine panischen Übersetzeraugen.

»Wollen Sie das Ganze hören oder Satz für Satz übersetzen, Mundprecht?«, fragte ich ihn auf Deutsch.

»What the fuck is she saying?«, fragte van Hooven.

»A poem«, antwortete er.

»What is it about?«

Mundprecht verzog das Gesicht. »It is a modern poem.«

»Genau, Mundprecht«, sagte ich und fuhr fort.

SCHRAFFUREN ERZEUGEND IM BLAU –
YVES-KLEIN-PIGMENT? SEI'S DRUM.
WENN DIAGNOSE STEHT ERSMA' – FRANTIC.

»Frantic«, wiederholte der Professor.
»Richtig«, sagte ich.

WIE MAN EINTÄUFTE IN MEINE BRUST,
RUMFUHRWERKTE DARIN UND LOREN PROBEN
ABTRANSPORTIERTEN, NIX VON GEMERKT — FRANTIC.

»Frantic«, wiederholte Mundprecht erneut.
»Haben Sie eine Papageien-Lizenz, Mundprecht? Was ist mit Ihnen? Wollen Sie meine ehrliche Meinung hören? Ihr Deutsch ist im Arsch. Vor hundert Jahren konnten Ihre Leute kein Wort Englisch, sondern nur Deutsch, und heute ist alles weg? Ich weiß, Mundprecht, wie Ihre Uroma Englisch gelernt hat. Die deutsche Bibel in der einen Hand, die englische in der anderen, und dann Wort für Wort vergleichen. Wollen wir das mit dem armen Kling auch so machen, Mundprecht? Wort für Wort? Frantic für frantic?«
Van Hooven hörte auf zu kauen. In seinem Bart klebte Orangenfleisch. »What's that? What's she sayin'?«
»The poem. She is still reciting a poem«, sagte Mundprecht.
»What the fuck ...«, murmelte der fette Heimatschützer.
Ich fuhr fort. Bis zum Ende des Textes.

UND KEIN WORT ÜBER WARTEZEIT, DAS BAHRELIEGEN,
UNTER HEIMELIGEM STAMMHEIMDECKENMOND,
DIE UNVERTRAUTEN MÄNNERSTIMMEN.

SO FRAN-
ST GRAFIT, IN SELBSTEINTÄUFUNG, MIR'S HOCHGEBIRGE
AUS. GRIESBACH UNHÖRBAR, ALS SCHLEIERNDER, AB-

SCHLEIERNDER STRIEM: SICHTBAR.
DAS HELLE EBEN-EBEN DAS NICHTTEXTBAND.
DIRETTISSIMA, VERTRAUT MIR, DES SEHENS: WIE,

WIE: GEWOHNT UND, EINGEBAUT, DIE GEMEINE
FALLHÖHE. IN DEN ZAHNSTAND, SCHLECHT AUS-
GELEUCHTET MUNDRÄUME. MEIN INSGESAMTES

GRIESGESICHT MACHT'S AUS. DA, KÖRNIG:
AM HANG DAS SPEISMOHN-GÄRTCHEN.
WO HÖHEN LUFT MICH KIRRET, DICH GLEICH MIT.

DER IRRSINN: WIE ARNIKABLÄUE REVIER
SICH ABSTECKT: UND ÜBERSTRAHLT, NATÜRLICH.
UM IN DIE BRUSTHÖHL' EINZUFAHRN.

DURCHSCHLIEFTE SCHLÜFTE,
DIE ALL DURCHSCHLAF'NEN GÄRTEN.
AN VIELZAHL: RISS UND SCHRÜNDE;

SCHACHT UND SCHICHT.
... SO ROLLIG:
GRUS ABSCHLEIERNDEN GEBIRGES HALT.

SO FOLGT NACH MUTUNG EINSCHLAG,
ÄRZTLICHERSEITS.
SIE TÄUFEN EIN.

JETZT IST ES. JETZT WERD ICH:
ZUM SCHACHT, ZUM LUNGEN-
SCHACHT WIRD ICH.

»SCHACHT ARNIKA«: DIE
FIRSTENZIMMERUNG DROHT IN
ARNIKABLÄUE AUFZUGEHN!

WOHINEIN INS
UNVERMUTETE DAS
LIECHT SICH VERLIERT.

Dass ich das konnte, bevor ich wusste, wie sehr ich es kennenlernen werde! Wegen Mama hab ich es gelernt und weil ich dachte – so ein Zufall: Der ist in Düsseldorf aufgewachsen und war später viel in Wien, der Kling. So viele Parallelen.

Also, Mundprecht, dachte ich, das wird geil, Mundprecht. Jetzt übersetz mal schön dem Fettsack van Hooven den Kling, und dann entscheidet gemeinsam: Wer sitzt hier eigentlich vor euch? Wer und wie lange noch?

Ich wünsch mir einen Bruder wie Dich, Rudi.

Deine Rosa

SUPERKNUT

Laetitia und Gözde standen in der Küche der Wohnung im Stoß im Himmel 3 und bereiteten frische Falafeln zu. Sie zerstießen Kichererbsen, gaben Tahina dazu, Limettensaft und Öl, schnitten Petersilie und Tomaten, pürierten schwarze Oliven und Melanzani, buken frisches Brot. Tulip liebte Falafeln und Börek.

»›Frauenschenkel‹ nennen wir sie«, sagte Gözde. »Ich versteh den Hund. Geiles Zeug.«

»Hast du Geschwister?«, fragte Laetitia und rollte den Teig für Lahmacun aus. Sie hatte einen Marmorblock aus der Kochschule mitgenommen. Wälzt man den Teig auf Marmor aus, wird er nicht trocken.

»Wir sind zu Hause sechs Kinder gewesen. Fünf Mädchen und ich«, sagte mein Gözde, die Lieblingsfrau des Sultans. »Seher, Petek, Özlem, Nilay und Lale. Lale bedeutet übrigens das Gleiche wie Tulip, nämlich Tulpe.« Wieder warf er dem krallenlosen Hirtenhund einen Frauenschenkel zu.

»Lale. Schön. Und was bedeuten die anderen Namen?«

»Seher ist der erste Sonnenstrahl im Morgengrauen, Petek ist die Honigwabe, Özlem die Sehnsucht und Nilay heißt ›den Nil beleuchtend‹. Tatsächlich ist Petek mit einem Bienenprofessor aus Athen verheiratet. Da haben meine Eltern ein Händchen bei der Namensgebung gehabt.«

»Das ist ihnen bei dir abgegangen.«

»Nobody is perfect«, sagte mein transsexueller türkischer Freund, während ich mit Rudi, Ulysse und Aleksey im Wohnzimmer die Scherben wegräumte. Jemand hatte nachts um vier einen Stein geworfen. An das »Schwein« an der Außenfassade hatte jemand ein »e« gehängt. Jetzt waren also alle Beteiligten gemeint.

»Graffiti zu übermalen ist das neue coole Ding«, sagte ich, während aus der Nachbarwohnung Bässe dröhnten.

»In Frankfurt wurden von Salafisten 150 000 Broschüren verteilt. Solche wie die hier«, sagte Aleksey, dessen wulstige Lippen vor Vorfreude auf das Essen schon wieder glänzten. »Ich les euch das mal vor: *Die größte Gefahr durch das Essen von Schweinefleisch besteht darin, dass Schweinefleisch Bandwürmer enthält, die zu einer Länge von 2 bis 3 Metern heran-*

wachsen können. Das Wachstum der Eier dieser Würmer im menschlichen Körper kann zu Geisteskrankheit und Hysterie führen, wenn sie im Bereich des Gehirns wachsen. Und wenn du fragst, warum Allah die Schweine erschaffen hat, obwohl die Würmer bis zu zehn Meter sogar werden können, denken wir nicht, dass du es ernst meinst, andernfalls würden wir dich fragen: Warum hat Allah solche und solche von anderen Dingen erschaffen, die schädlich oder abscheulich sind? Ist es nicht das Vorrecht des Schöpfers, seinen Dienern zu befehlen, was er will, und über sie zu herrschen, wie er will? Alles Lob gebührt Allah swt, dass er uns Muslime erschaffen hat und alles, was für uns schlecht ist, verboten hat.«

»Will noch jemand ein Glas Crémant?« Ulysse hatte 200 Flaschen Crémant de Bourgogne in seinem Kastenwagen mitgebracht. Man konnte ja nicht wissen, wie lang er gebraucht würde. Er war voller Tatendrang. »Ich lass mir von niemandem etwas befehlen. Kein Gott, kein Jahwe, kein Allah, kein Buddha hat mir was zu sagen. Ich bin Proletarier. Ich habe keinen Gott und kein Vaterland. Meine Leute haben denen die Kirchen gebaut, die meinen Louis erschlagen haben. Du willst kein Schwein essen? Gut. Iss Rind! Du willst kein Rind? Friss Schnecken, bis du platzt!«

Ulysse war wütend. Er war am Vormittag in der Célestin-Freinet-Schule gewesen und hatte sich empört. Auf Anraten von Laetitia hatte er seine Axt dabei im Wagen gelassen. Er schrie Magistra Hundertpfund an. Dass sein Freund Freinet solidarisch gewesen sei. Aufgeklärt. Sich niemals einem Mann mit Häkelmütze unterworfen hätte. Dass sie keine Eier in der Hose habe, ihre Eierstöcke aus Quark seien und ihr Rückgrat aus Gelee. Dass hier gesellschaftliche Utopien entwickelt werden sollten, an diesem Platz. Dass er, Ulysse, hier keinen Fortschritt sähe, vielmehr röche der Pestgestank des Rückschritts aus jeder Ritze. Mag. Hundertpfunds rotgefärbtes Haar sei symptomatisch. Sie sei eben nur gefärbt, nicht die Zukunft trage sie im Herzen, sondern den Kleinmut der Gegenwart.

Ulysse redete sich in Rage, während die beiden Traumtrommelhippie-Lehrer im Türrahmen standen und sich über so viel Empathie wunderten. Aber niemand im Lehrerzimmer verstand den zornigen Burgunder. Er brüllte in taube Ohren. Keiner kapierte, wer er überhaupt war. Ein wild gewordener Franzose, ja – vielleicht der Großvater eines Schüler vom nahe gelegenen Lycée Français? Was sein Anliegen war, blieb allen rätselhaft, denn niemand sprach Französisch. Ulysse führte einen einsamen Kampf.

Sprachlosigkeit machte sich breit in der Célestin-Freinet-Schule. Wütend schlug er mit der Faust auf den Schreibtisch von Mag. Hundertpfund. Die Kinder hatten sich hinter den beiden Hippies versammelt. Sie waren durch den Lärm angelockt worden, als sie in der Friedensecke gerade über Elias' Katzenbaby sprachen, das im Park von einem großen Buben mit einem Tennisschläger wie ein Tennisball weggeschossen worden war.

Lautes Reden war in der Schule nicht üblich. Man ging freundlich und bedacht miteinander um. Aus der Küche roch es nach Gemüseauflauf. Schon wieder.

»Sie sind ein Freund von Rudi?«, fragte Eni plötzlich auf Französisch. Alle starrten sie fassungslos und überrascht an.

»Ja. Ich bin ein Freund von Rudi. Aber hier hat er keine

Freunde. Hier das ist ein armer, mutloser Haufen. Feigheit vor dem Freund«, sagte Ulysse der 8-jährigen.

»Meine Mutter ist Französin«, sagte Eni. »Deswegen kann ich Sie verstehen. Meine Oma auch. Ich mag Rudi. Er hat mit mir zusammen im Park ein Zelt aufgebaut. Es fiel immer wieder zusammen. Das war sehr lustig. Und er hat mir Geschichten erzählt von Superknut und Irma, und er hat uns vorgelesen in der Büchernacht.«

»Er ist ein feiner Mann mit einem Herz aus Butter. Er hat echtes rotes Haar, nicht wie eure Verräterin hier!«

Eni nickte. Ulysse blickte noch einmal strafend auf die Direktorin, dann gab er Eni seine riesige, schwielige Hand. »Du bist in Ordnung, Kleine. Leute wie dich meinte Célestin«, sagte er und streichelte ihr über den Kopf mit den zwei Zöpfen.

Gözde kam mit den ersten Falafeln und dem Melanzanipüree ins Wohnzimmer.

»Arbeit ist die Seife des Herzens«, sagte er.

»Was?«, fragte ich. Es war so laut, dass ich ihn nicht verstanden hatte. Die Flasche Crémant auf dem Tisch gab klirrende Geräusche von sich. Die ungarischen Bässe ließen sie vibrieren.

Ulysse sprang auf, nahm seine Axt und verließ den Raum. Niemand hielt ihn auf. Nach wenigen Minuten herrschte vollkommene Stille.

Als er wieder in Rudis Wohnung kam, sah er zufrieden aus. »Diese Boomboomfaschistin muss sich eine neue Stalinorgel besorgen«, sagte er, goss sich ein neues Glas ein und stopfte sich eine ganze Falafel in den Mund.

»Im Jemen gab es Ausschreitungen«, erzählte Aleksey. »Aber meine Informanten sagen, das werde alles vom Sudan aus gelenkt.«

»Ist mir egal«, sagte Rudi blass. »Ich hab die Bilder gesehen von diesen Vollidioten in Köln, die Fotos von mir hochgehalten haben. *Mein Freund ist Österreicher. Für mich und gegen Moscheen.* Ich schaff das nicht mehr lange.«

»Hier geht es nicht um Religionsfreiheit, sondern um Religionsunfreiheit«, erklärte Ulysse schmatzend. »Das ist wie eine Gehirnburka. Und die anderen sind xenophobe Angsthasen mit Hakenkreuzschmerzen und Haltungsschäden.«

»Die Frau mit der Glatze prahlt mit dem Haar ihrer Nichte«, sagte Gözde, als Laetitia den Humus und das frische Brot hereintrug.

»Die Frage ist, ob wir sicher sind«, sagte Laetitia.

»Vertraue auf Allah, doch binde zuerst dein Kamel an«, meinte Gözde. »Vielleicht solltet ihr mal eine Weile verschwinden.«

»Ich habe heute Nacht wieder geträumt, dass wir mit dem Hausboot fahren. Ganz unaufgeregt und leise. Über uns Dickicht. Wir gleiten durchs Wasser, keiner kann uns sehen. Nur Otter und Vögel und wir zwei.« Laetitia setzte sich neben Rudi, nahm seinen Kopf in beide Hände und gab ihm einen Kuss auf den Mund. »Ich schleuse uns, Rudi. Das habe ich geträumt. Du warst ganz ruhig und ganz zufrieden.«

»Säckchen«, sagte er leise. Es schnürte mir den Hals zu.

»Ich habe in eurem Außenministerium angerufen. Sie versuchen jetzt, über die UNO zu beruhigen. Sie müssen die

Muslimbrüder auf ihre Seite kriegen, die Verrückten kann man eh nicht steuern«, sagte der erfahrene Aleksey. »Ich hab auch mit meinen Russen geredet. Mal sehen, wir sind ja auch nicht ganz ohne Einfluss.«

»Gut. Und ich könnte nachher mit denen von ›Dr. Falafel‹ sprechen«, bot Gözde an. »Bringt's nichts, schad's nichts!«

Als ich mit der U-Bahn nach Hause fuhr, sah ich in Diana Mihfus' Gratiszeitung Rudi auf dem Cover. In Indonesien lag ein Foto von ihm auf der Straße, und junge Männer traten darauf.

Der Papst rief dazu auf, religiöse Gebote zu respektieren. In Paris forderten Demonstranten, dass Burkaträgerinnen sich verhüllen sollten. Junge Libanesen demonstrierten in Wien in St. Marx vorm alten Schlachthof, bis man ihnen erklärte, dass hier schon lange kein Tier mehr geschlachtet worden sei. In Ermangelung eines anderen ihnen bekannten Schlachthofs setzten sie ihren Protest vor dem Tor mit den großen Stieren aus Stein fort.

Die Organisatoren des Young Muslim Creative Contest riefen zum Dialog auf. Junge Freiheitliche wollten sich mit jungen Moslems im »Schnitzelhaus« treffen.

Die Grünen waren uneins. Sie verstanden den wütenden Vater, nahmen aber auch den jungen Lehrer in Schutz, allerdings nicht zu sehr. Der Wiener Bürgermeister zeigte sich verstärkt sowohl im Gemeindebau als auch bei Migranten.

DIE TABAKTRINKERIN

18. Brief
Rapid City, South Dakota, 30.11.2011

Mein lieber Bruder,
wenn Du in Platte bist, leg Dich nicht mit den Schoenhuts an. Während Mundprecht den Penner Suess und die Lyriklunge Kling übersetzte und ihm »Deutsche Sprache, schwere Sprache« aus den Augen schrie und van Hooven die gesamte Orangenernte eines mittelgroßen Landes in sich hineinschmatzte, kam Cousin Gilbert mit Cousine Gwendolyn in die Legion gestürmt.

Gwendolyn hat wie Mama an der Uni Biochemie studiert, aber, anders als Mama, fertig. Sie brüllte die beiden Landesverteidiger an, dass die Medikamente wichtige Forschungsgrundlagen des Universitätskrankenhauses Wien seien, die an der University of South Dakota dringend und händeringend erwartet würden. »Hier, Dr. Djafari, Vienna« – in diesen Unterlagen sei alles genau erklärt. Stempel Wien, Stempel Vermillion. Gott sei Dank hätte eine Verwandte aus Europa den Transport übernommen, nämlich ich. Jede grippale Erkrankung im Bundesstaat würde van Hooven und auch Mundprecht persönlich angelastet, wenn ihr nicht unverzüglich die Box ausgehändigt würde, so dass sie endlich mit ihren vorbeugenden Impfungen beginnen könne. Ich sei im Übrigen halbe Amerikanerin, meine Mutter sei wie van Hooven aus Platte und eine geborene Schoenhut. Ob er da irgendwelche arabischen Wurzeln im Namen entdecken könne oder die Schoenhuts jemals schon als unamerikanisch erlebt habe? Habe er das? Nein? Habe Mundprecht in diesem dummen Roman ernsthaft auch nur einen einzigen Punkt entdecken können, der mir auch nur irgendwie angekreidet werden könne? Nein? Dann würde sie, Gwendolyn, ihre völlig übermüdete Cousine aus Österreich jetzt mit nach Hause nehmen. Van Hooven wisse ja, wo die Schoenhuts wohnten. Er hätte ja sowohl mit Gertrud als auch mit Gail schon …

»Gehen wir«, sagte Gwendolyn schließlich, und ich konnte geradezu das rasante Farbenspiel beobachten – wie die Gefahrenstufe von rot (severe) auf orange (high) und gelb (elevated) fiel, um dann auf blau (guarded) und schließlich grün (low) zu purzeln. Nun ja, Professor Mundprecht spricht halt so gut Deutsch wie ich Finnisch, und van Hooven ist ein Obstfreund, aber kein James Bond. Ich war fast traurig, so schnell vom Staatsfeind zur einfachen Cousine mutiert zu sein.

Paul Marias »Roman« war fast komplett unkenntlich gemacht worden. Ich vermute, Mundprecht hat aus sprachlicher Unsicherheit so viel wie möglich als staatsgefährdend gekennzeichnet. Aber es ist nicht schad drum, ehrlich, Rudi. Ich hab den »Roman« im Flugzeug gelesen, vor Mundprechts kommentierter Fassung. Und auch wenn's um Papa geht: Jede Streichung und jede Kürzung zeigt, dass Mundprecht ungewollt ein guter Germanist ist.

Zur Feier des Tages hat Gwendolyn mich zum Chinesen eingeladen. Das hieß fünf Stunden Autofahrt! Es gibt nämlich in ganz South Dakota nur einen einzigen! Und da der konkurrenzlos ist, schmeckt's wie aus einer aufgewärmten Dose: nach Blech und Chemie. Aber die Dakotapeople fressen dem Verbrecher alles aus den Schälchen.

Am Nebentisch saß ein Indianer, den Gwendolyn kannte. Sie hat mir Dale Rain in the Face vorgestellt, so heißt er. Er ist über 50 und DJ beim Indianer-Radio. Sie hat freiwillig ein Jahr in der Crazy Horse School mit Indianerkids gearbeitet. Thumbs up for our cousin!

Mit Dale zusammen war ich gestern im Pine-Ridge-Reservat bei einem Basketballturnier. Pine Ridge sieht aus wie Dresden nach dem Bombenangriff. Das Reservat ist der ärmste Bezirk der ganzen USA – 30 000 Einwohner und keine Jobs. 90 Prozent der Leute sind arbeitslos, 80 Prozent sind Alkoholiker. Dales 11-jähriger Neffe trinkt auch schon. Er war zu besoffen, um mir die Hand zu geben. Dale erzählte mir, dass er vor vier Tagen regungslos im Schnee gefunden wurde. Er hatte 2,1 Promille.

Stell Dir das finsterste Ruhrgebiet vor, nur ohne Fabriken. Trostlose Steppe. Dales Neffe wohnt mit seinen besoffenen Eltern in einer Baracke in Porcupine. Überall Müll, kaputte, ausgeweidete Autos, graue, viereckige, komplett verwahrloste Häuser auf unfruchtbarem Boden. Gleich hier beginnen die Badlands. Angeblich waren die Amis nie auf dem Mond, sondern haben alles hier gedreht. Wenn du durch Pine Ridge gehst, kommst du dir vor wie auf der Sondermülldeponie. Den Lebensstandard hier packst Du nicht, Rudi. Viele haben kein fließendes Wasser, und die Säuglingssterblichkeit ist doppelt so hoch wie im Rest des Landes.

Weißt Du, offiziell ist Alkohol in den Reservaten verboten, aber entlang der Reservatsgrenze gibt's überall Alkshops. Die Indianer haben keinen Job und saufen, um die Ödnis zu vergessen. Also müssen sie mit ihren Autos aus dem Reservat rausfahren, um sich Schnaps zu kaufen, und wenn sie zurückkommen, werden sie von der Polizei angehalten und wegen Alkoholbesitzes oder besoffen Autofahren festgenommen. Ich habe hier keinen kennengelernt, der noch nicht im Knast war. Schnapssträflinge. Entweder deshalb oder weil sie sich gewehrt haben!

Dale ist auch ein AIMler: American Indian Movement. Er war 1973 dabei, als sie die Schnauze voll hatten und Knarren in die Hand genommen haben, in Wounded Knee, wo man 1890 die La-

kota abgeschlachtet hat. Dale hat mir Fotos gezeigt. Es war im Winter. Die Leichen auf den Fotos sind tiefgefroren. Kinder und Frauen waren das. Wie Iglo-Zombies sehen sie auf den Bildern aus.

Hier in South Dakota gibt's übrigens eine Stadt, die nach General Custer benannt ist. George Armstrong Custer, das Oberschwein. Der hat die Massaker an den Lakota befohlen. Der Typ war komplett krank. Bei seinen Massakern hat er immer eine Musikkapelle dabeigehabt, die irgendwelche irischen Melodien spielte.

Und ob Du es mir glaubst oder nicht, Rudi (Sterbenden kannst Du vertrauen, glaub mir das; ab einem bestimmten Moment machen Lügen lächerlich wenig Sinn), bei dem Basketballturnier gestern war auch eine Mannschaft aus Custer dabei, die Custer Wildcats. Die einzige weiße Mannschaft. Sieben indianische Mannschaften aus verschiedenen Reservaten, aus Rosebud, Pine Ridge, Lower Brule, Standing Rock, Fort Yates, Cheyenne River und Crow Creek – und die weißen Pickelfressen aus Custer. Im Finale standen sich die Fort Yates Warriors und die Custer Wildcats gegenüber. Bei den Warriors spielte Dales Neffe mit. Und er spielte gar nicht so übel, dafür, dass er sturzbesoffen war. Er hat den Custer-Säcken reihenweise Körbchen geworfen, dass es eine Freude war. Aber am Ende war es wie damals: Custer hat gewonnen. Heute Morgen stand hier in der Zeitung die Überschrift: CUSTER RIDES AGAIN!

Jetzt mal ehrlich, Rudi: Hättest Du das nicht auch gemacht? Ein Ei. Ein einziges Ei ...

Natürlich, Brüderchen. Nur ein Ei. Das war ganz einfach. So eine Mensa ist phantastisch. Dale brachte mich hin. Ich war AIM.

Ich umarme Dich. Mach Dir Sorgen um mich.

Rosa

DER EIERMANN

»Wie spät ist es?«, fragte Ludger, der am Fenster stand, als könne er von dort aus bis in Paul Marias Büro nach Lingen schauen.

»Fast Mitternacht«, antwortete Gretchen.

»Wie lange dauert so ein Spiel?«, fragte er und versuchte, in dem prasselnden Regen einzelne Tropfen auszumachen.

»Komm ins Bett«, flüsterte sie, um Rosa nicht zu wecken.

Er sah sie an. »Komm«, sagte er und ging ins Bad. Sie folgte ihm leise. Er stand vor dem Spiegel. »Komm, stell dich zu mir«, sagte er und trat einen großen Schritt zur Seite. »Ein schönes Paar, nicht wahr?«, fragte Ludger. Aber er stand in einem so ungünstigen Winkel, dass Gretchen nur seinen linken Arm sehen konnte. Ludgers Rest war außerhalb des Spiegelbildes.

»Ich kann dich nicht sehen«, flüsterte Gretchen.

SUPERKNUT

»Rudi hat mich. Wir brauchen Sie nicht«, schimpfte Ulysse, der Polizisten nicht leiden konnte. Laetitia verband seine Wunde am Kopf. Vor der Haustüre hatte es ein Gerangel zwischen Jugendlichen gegeben, Moslems und Christen. Ulysse hatte sie verscheuchen wollen und sich auf die zwei Dutzend Krawallmacher gestürzt. Sie wehrten sich gemeinschaftlich mit Fäusten und Tritten gegen ihn, und dabei war seine Augenbraue aufgeplatzt. Auch sein rechtes Ohr hatte einen tiefen Riss. Aber er hatte die Rowdies vertrieben.

»Wir sind verpflichtet, Herrn Gluske zu beschützen«, sagte Major Kuppitsch, der freundliche Herr von der Cobra, der österreichischen Spezialeinheit. »Es ist sicherer. 15 Mann wurden für ihn abgestellt. Keine Sorge, wir werden so unauffällig wie möglich sein. Da sind wir Profis. Vier Mann auf dem Dach, drei in der Wohnung. Zwei am Gang, die anderen rund ums Haus. Ich verspreche Ihnen, Sie müssen nie mehr absperren, da traut sich keiner rein.« Er lachte.

»Ich glaube nicht, dass ich das möchte«, sagte Rudi, der in den letzten Tagen immer leiser sprach.

»Rushdie haben wir seinerzeit auch betreut«, erklärte ihm Kuppitsch. »Der war sogar ganz normal in der Albertina. Hat sich eine Ausstellung angesehen, als gäb's kein morgen. Wir haben ihn völlig unbegleitet alle Bilder anschauen lassen. Aber neben jedem anderen Besucher der Ausstellung standen jeweils zwei von unseren Männern.« Er strahlte. »Was das betrifft, sind wir ganz weit vorn, vertrauen Sie mir. Das sind Top-Leute. Sie werden mir's nicht glauben, aber wir haben uns genau mit Ihnen befasst. Jeder im Team hat die letzten 20 Folgen von *Superknut* gelesen. Verpflichtend. Ich hab auch eine Tochter – find ich klasse, wie toll diese Irma ist. So eine Art Pippi Langstrumpf. Hat jeder im Team gelesen, damit wir wissen, mit wem wir es hier zu tun haben. Wen wir schützen und wo.«

Rudi nickte nur, auch wenn er spürte, dass das Lob ehrlich gemeint war.

»Stoß im Himmel«, fuhr Kuppitsch fort. »Viele glauben, das hängt mit der Sage zusammen von der Frau, die so viel Wert auf schöne Kleider legt. Falsch! Stoß im Himmel bezieht sich auf den Familiennamen Hans Stossanhimls, der 1529 gestorben ist. Wussten Sie das? Und dass hier 2012 nichts passiert, dafür wollen wir sorgen.«

»Sie meinen das wirklich ernst, was Sie sagen?« Laetitia tupfte Ulysse vorsichtig das Blut vom Ohr.

»Nicht nur ich, die auch«, sagte Kuppitsch. »Wir haben uns über Ihre Familie informiert, Herr Gluske. Das gehört bei uns dazu, wir überlassen nichts dem Zufall, weil die Konsequenzen zu gewaltig wären. Ihre Eltern, Ihre Schwester. Arg. So viel Verlust. Aber ich sag immer, man soll nicht glauben, dass Kinder nicht den Tod ihrer Eltern überleben können.«

»Aber das alles hier wird doch irgendwann mal aufhören …«, murmelte Rudi fast tonlos.

»Bestimmt«, sagte Kuppitsch. »Aber wir wissen nicht wann. Solange es geht, werden wir jedenfalls verhindern, dass etwas passiert.«

»Sie können ihn nicht zwingen, von Ihnen beschützt zu werden«, schimpfte Ulysse auf Französisch. Aber Kuppitsch war mehrsprachig, blickte den 107-jährigen freundlich an und antwortete ihm:

»Wir zwingen ihn nicht. Wir sind auf seiner Seite, Monsieur Hervé. Sehen Sie, das Problem ist, dass es nicht mehr in Ihrer Macht steht, was geschieht. Hier laufen längst Mechanismen, die irreal sind. Wollen Sie diese Verantwortung übernehmen? Das kann ich mir nicht vorstellen. Wir schon.«

»Wir überlegen uns das. Danke«, sagte Laetitia, und Major Kuppitsch erhob sich von seinem Stuhl. Als Rudi auch aufstand, überragte Kuppitsch ihn um zwei Köpfe.

Nachdem der Polizist gegangen war, läutete eine Fahrradklingel. Rudis Handy. Aleksey war am Apparat.

»Ich habe von Ulysses Schlägerei gehört. Pass auf, ich hab

einen Vorschlag: Ich würde gern mit zwei Bekannten bei euch vorbeikommen, wenn es euch recht ist. So eine Art Verstärkung.«

Eine Stunde später betrat Aleksey die Wohnung im Stoß im Himmel 3, zusammen mit zwei Männern in schwarzen Trenchcoats. Beide trugen schmale schwarze Sonnenbrillen. Der etwas kleinere und stämmigere hatte eine Glatze, der größere langes, geföhntes Haar. Ulysse schaute skeptisch auf die beiden, die aussahen, als seien sie direkt einem russischen Gewaltkrimi entsprungen.

»In Wien gibt es fünf harte Jungs, und das hier sind zwei davon«, verkündete Aleksey. Als der Geföhnte Rudi die Hand gab, glaubte dieser zu hören, wie seine Knochen knirschten.

»Die treiben für's Milieu Geld ein«, erklärte Aleksey. »Wenn du zum Beispiel ein Gürtellokal hast, also ein Puff oder so was, und ihren Auftraggebern etwas schuldig bist, dann werden die beiden dich besuchen kommen und sehr bestimmt sein in ihren Forderungen. Der eine wirft dich zu Boden, der andere schlitzt dir den Oberarm auf. Anschließend tragen sie ihr Anliegen vor und geben dir dann 30 Minuten Zeit. Da haben sie ziemliche Überzeugungskraft.«

»Was soll das, Aleksey?«, fragte Rudi. »Wem sollen sie den Oberarm aufschlitzen? Reicht es nicht, dass Ulysse fast sein Ohr verloren hat?«

»Das sind Spinner. Eine Armee von Spinnern, Rudi. Wir können dich nicht alleine lassen mit denen. Schau, die beiden sind das Beste, was Wien zu bieten hat!«, erwiderte Aleksey.

»Eine Frage«, unterbrach ihn Laetitia. »Gut, ihr zwei seid harte Jungs, das glaub ich euch. Aber die, mit denen ihr es zu tun habt, sind auch harte Jungs, richtig?«

»Richtig«, sagte der Geföhnte. »Schauen Sie, es ist immer so: Da sind zwei Typen. Am Ende bleibt einer übrig. Und das bin ich!«

In diesem Moment wurde das Haus von einer gewaltigen Detonation erschüttert. Ein Riesenknall. Der Glatzköpfige warf sich zu Boden, der Geföhnte warf sich auf Rudi. Ulysse stand auf und ging fluchend zum Fenster.

Auf der kurzen Stoß-im-Himmel-Gasse stand Major Kuppitsch mit drei weiteren Sondereinheitspolizisten vor den Resten einer Kiste.

»Was ist?«, rief Ulysse dem Major durchs geöffnete Fenster zu.

»Rein prophylaktisch«, rief Kuppitsch zu ihm hinauf. »Verdächtiges Objekt. Wir haben es gesprengt. Alles in Ordnung.«

»Das war eine Kiste Crémant, Sie Kretin!«, schrie Ulysse.

»Säckchen?«, flüsterte Rudi.

»Ja, ich weiß, Rudi«, sagte sie und umarmte ihn. »Uns kann nichts geschehen, Rudi. Wir sind nicht allein. Ein 107-jähriger Flößer, ein transsexueller Marktverkäufer, zwei Geldeintreiber, ein Russe, ein deutscher Fernsehmann und ein stinkender Hund. Und wir beide. Wer könnte uns jemals besiegen?«

Tulip bellte. Nicht furchteinflößend laut, aber geruchsintensiv.

DER EIERMANN

Malmendier zog seine schiefsitzende Brille ab und legte sie vorsichtig auf den Tisch. Mit dem Ärmel seines grünen Bundeswehrpullovers wischte er sich über Stirn und Augen. Sein Mund war leicht geöffnet. Er atmete hörbar.

Paul Maria saß zusammengesunken in seinem tiefen Sessel. »Oh mein Gott«, stöhnte er, und Malmendier starrte ihn an.

»Darf ich das Fenster öffnen, Herr Suess?«

»Machen Sie nur, Malmendier«, antwortete Paul Maria erschöpft.

Malmendier öffnete das Fenster und blickte in die Nacht. Regen schlug ihm ins Gesicht.

»Sie haben mit gesicherten Stellungen gespielt«, sprach er in die Emsländer Nacht.

»Sie auch«, antwortete Paul Maria schwach.

»Ich weiß. Ich spiele immer gesichert. Aber Sie, Sie haben noch nie gesichert gespielt. Sie hatten Pech beim Würfeln, aber Ihre Stellungen haben Sie gesichert. Sie waren mutig, aber nicht dumm. Als ich gebeavert habe, war es richtig von Ihnen, die Racoon-Regel anzuwenden. Das hätte ich an Ihrer Stelle auch getan«, sagte Malmendier.

»Ich hab mir Mühe gegeben«, sagte Paul Maria. Marmorstein hatte ihm zu Klarheit im Spiel geraten; das Spiel ohne Emotionen herunterzuspielen; sich beim Verdoppeln und Verdreifachen nicht hinreißen zu lassen; Spiele verschenken zu können, um Schlimmeres zu verhindern. Er hatte sich an all das gehalten. Fünf Partien hatten sie gespielt. Zwei hatte er gewinnen können, 11:10 und 11:9 – zum ersten Mal in der Geschichte ihres Duells. Das entscheidene Spiel hatte er dann 16:0 verloren. Er hatte verdoppelt, Malmendier hatte sofort den Dopplerwürfel noch mal gedreht und auf vierfaches Spiel erhöht. Die Steine waren zu dem Zeitpunkt gut gelegen, und Paul Maria drehte den Würfel noch einmal …

Er stand auf und stellte sich neben Malmendier an das geöffnete Fenster.

»Ja, das haben Sie. Sie haben sich Mühe gegeben.« ▬▬▬ ▬▬▬ Stockfinster lag das Emsland. Die Dunkelheit stand dem Emsland besser. Kein Schuss störte die Ruhe. Hin und wieder ging die Doppelnachtwache am Haus vorbei.

»Friedlich, nicht?«, fragte der katholische Priester, und der protestantische Soldat nickte. Ökumene.

Ludger würde schon schlafen. Er entschied, erst morgen anzurufen.

»Du hast verloren?«

»Ja. Glaub mir, ich habe gespielt wie noch nie. Aber ich habe verloren.«

»Und der Emmentaler macht trotzdem mit?«

»Ja, er ist ein feiner Kerl. Er kommt übrigens aus dem Ennepetal. Er hat mich mit meinem Namen angesprochen, zum ersten Mal! Wir müssen nur einen günstigen Zeitpunkt erwischen, meint Malmendier. Er hat recht. Nicht wild angreifen, sondern gesichert. Das solltest du auch tun, Ludger!«

»Papperlapapp!«, rief Ludger und legte auf. Sein Puls raste. Er gab Gretchen einen Kuss. »Es geht los, mein Schatz. Wir brauchen die Eier. Es ist so weit!«

Stachelhaus stoppte den Laster in der Feuerbachstraße. Er überquerte die Straße und spuckte seinen Kaugummi aus. 20.00 Uhr. In zwei Stunden musste der Laster wieder in der Kaserne sein.

Zeit genug, um sich zu vergewissern. Er bog in die Brunnenstraße ein. Vor der Nummer 21 blieb er stehen und fuhr mit dem Zeigefinger über die Namensschilder. Um 20.02 Uhr saß er wieder in dem grünen Fahrzeug, startete den Motor und fuhr zurück ins Emsland. ▬▬▬▬▬▬▬▬▬▬▬▬▬▬▬▬

DIE TABAKTRINKERIN

19. Brief
　　　　　　　　　　　　　　　Platte, Schoenhuts Castle, 7. 12. 2011

Lieber Rudi,
Gwendolyn enpuppt sich immer mehr als Klassecousine. Während ihres Studiums hat sie in Minneapolis am Flughafen beim Security Check gearbeitet. Sie war damals ständig bekifft, hat sie mir erzählt. Man hätte Cruise-Missiles an ihr vorbeitragen können, sie hätte es nicht gemerkt. Sie ist die Tochter von Guy, einem von Mamas Brüdern. Es ist schwer, hier die Übersicht zu behalten. Geraldine ist meine Tante. George kann ich mir gut merken, er ist etwa so alt wie Du und der Sohn von Gladys, die wahrscheinlich eine von Gretchens Schwestern ist. Er lebt auf der Farm und ist überdurchschnittlich unterbelichtet. Er hat mir erzählt, dass Spanisch sein Hobby sei. Er kann zwar kein einziges Wort, glaubt aber, dass es viel Spaß machen würde.

Ich bin hier mit meinem Namen ein echter Freak. Aus Europa und ein R. Das ist für sie spektakulärer als mein Lungenkrebs. Ich find ja andere Sachen spektakulär. Zum Beispiel, dass der Fernseher mit angeht, wenn man im Zimmer das Licht einschaltet.

An der Wand hängt die Wien-Oma mit Opa Garth. Neben ihnen

auch ein Rodeo-Pferd mit abgebundenen Hoden und zu Recht irrem Blick, genau wie bei uns daheim. Opa Garth mit Cowboyhut, die Wien-Oma in Jeans mit Cowboyboots. Kannst Du Dich erinnern, wie sie Dir einen Cowboyhut schenkte und Du den so toll gefunden hast? Bis ich Dir sagte, dass es nicht »Koffboi«, sondern »Kauboi« heißt und dass Cowboy »Kuhjunge« bedeutet. Da wurde der Hut plötzlich uncool. Natürlich raucht sie auf dem Foto. Mama ist auch hier, auf einem Gruppenfoto mit ihren G-Schwistern und der ganzen Schoenhut-Sippe.

Getreide, Mais, Rinder. Eine ganze Welt in Scheunen und Ställen.

Die Wien-Oma suchte im Mittelwesten verzweifelt und vergeblich nach »Aida«-Mehlspeisen. Was suchten die anderen Verzweifelten hier? Land? Weite? Fruchtbare Böden? »Freiheit«? Es heißt Mittelwesten, weil's für die meisten bestenfalls mittelmäßig wurde.

Ich war mit meiner Gwen am Friedhof. Die Biochemie zwischen uns stimmt. Sie scheint gut in ihrem Job zu sein. Der Friedhof in Platte ist am Rand der »Stadt« auf einem flachen Feld ohne Bäume. Hier liegen sie seit Anbeginn der Gründung. Die Carstens, die Sprinkels, die Heplers, die Ringlings, die Kleins und die Hubbelings. Mehr als die Hälfte aller amerikanischen Farmer haben deutsche Wurzeln, hab ich mir sagen lassen. Und da liegen sie nun, die Deutschen, neben Holländern und Skandinaviern. Gordon und Grace Schoenhut liegen neben William Gukeisen und Herbert Shubert. Beloved.

If tears could build a stairway and memories a lane, I'd walk right up to heaven and bring you home again. *Das hat Gordon auf den Grabstein für Grace schreiben lassen. Unsere Urgroßeltern, Rudi. Zwei Hände sind auf dem Grabstein zu sehen, die sich berühren. Das hat mir sehr gut gefallen. Großvaters Eltern. Schon hier geboren und aufgewachsen, zusammen mit den Strands aus Norwegen, den Lublinus aus Böhmen, den Kjerstadts aus Dänemark, Ida*

Kropenske aus Brandenburg und Harry und Emma Rhein, die in den 1870er Jahren noch in Deutschland geboren wurden.

»Ich möchte nicht verbrannt werden, wenn ich sterbe«, hab ich zu Gwendolyn gesagt. »Ich möchte nicht verbrannt werden, aber trotzdem eine Urne. Sollen sich die Bestatter halt mal was einfallen lassen.«

Gwendolyn lächelte gequält und nahm mich in den Arm. Ich weinte. Es war so kalt. Gwen führte mich zu einem kleinen Grabstein. »Den mag ich am liebsten«, sagte sie.

NICOLAS SHAW RINGLING,
1995–2004
OUR LITTLE FARMER WITH A BIG SMILE AND HEART

Rudi, hier möchte ich nicht liegen. Hier gehöre ich nicht hin.

Aber wohin gehöre ich? In meinen Lungen sammelt sich das Wasser von drei gewaltigen Strömen. Der Missouri in mir erstickt mich, der Rhein ertränkt mich, und die Donau zieht mich auf ihren Grund. Der Friedhof der Namenlosen Toten. Alle drei Ströme ersticken mich. Tränenüberströmt. Mir steht das Wasser bis zum Hals, aber von innen. Ich ertrinke, obwohl ich im kalten, trocknen Wind stehe. Gwen hat mir angeboten, Wasser abzupumpen. Mich an die Aquariumpumpe zu hängen. Ich bin ein toter Fisch und stinke aus dem Kopf.

Ich hab geträumt, dass ich in den Himmel komme. Und ich habe Papa nicht finden können, weil er in echt so furchtbar klein ist, dass man ihn mit bloßem Auge nicht sehen kann, sondern nur mit einem Vergrößerungsglas, wie in der Manfred-Kyber-Geschichte von den getupften kleinen Teufelchen, der Geschichte, die uns die Wien-Oma so oft vorgelesen hat. Wo krieg ich im Himmel so ein Vergrößerungsglas her, Rudi?

Ich war mit Dale bei Walmart in Pierre. Jeder dort war unglaublich dick: die Kunden, die Verkäufer, die Kinder, die Alten, alle. Es gibt dort Elektrorollstühle mit Einkaufskorb für die Dicken, die sich mit dem Gehen schwertun. Damit fahren da Dutzende herum. Sitzen fett auf ihren Elektrothronen und schmeißen gewaltige Chipstüten in ihre riesigen Körbe. In so einem Land will ich nicht begraben sein. Da möchte ich nicht mal leben.

Dale ist großartig. Er spricht fast gar nicht. Ich bin mir nicht sicher, ob er sich einfach nur weich getrunken hat, aber das wäre mir egal. Ich gehe gern neben diesem schwerfälligen, pockennarbigen Mann im dünnen Hemd. Als wir von Pierre zurückfuhren, hielt er auf einem Hügel an. Das MissouritaI ist voller Hügel. Im Sommer leuchtet das Gras in allen Farben, von Grün bis Gelb. Jetzt ist alles weiß. Büffel lebten hier und wilde Pferde. Ein ideales Leben. Die Prärie.

»Ich glaube ans Pferd«, sagte mir Dale. »Das Auto ist meiner Meinung nach nur eine vorübergehende Erscheinung.« Wenn Du seine Schrottkarre kennen würdest, müsstest Du ihm recht geben.

Ich habe solche Schmerzen, Rudi. Wie Dr. Djafari es vorausgesagt hat. Wenn das Rückenmark dran ist, bin ich dran. Früher hatte ich Regelschmerzen, jetzt sind Schmerzen die Regel.

Ich liebe Dich, Rudi.

Deine kleine Farmerin Rosa

SUPERKNUT

Auf dem Cover der Satirezeitschrift *Titanic* war ein Schwein mit Kopftuch abgebildet. »Geht doch. So ist's erlaubt!«

Die Redaktion in Berlin wurde daraufhin von Unbekannten angezündet. Ein Praktikant wurde mit schweren Verbrennungen in die Charité eingeliefert. »Humor ist, wenn man trotzdem lacht«, wurde er im *Tagesspiegel* zitiert.

Ulysse hatte eine Anzeige bekommen. Die Ungarin war zur Polizei gegangen, wegen Nötigung und Sachbeschädigung. Major Kuppitsch stand mit einem wachhabenden Offizier vom Bezirkspolizeikommissariat Deutschmeisterplatz vor der Tür.

»Ihre Nachbarin fühlt sich von Ihnen bedroht«, sagte Kuppitsch.

»Das ist gut. Das hab ich auch bezweckt«, schimpfte Ulysse. »Ich sag's Ihnen gleich, Sie können mich nicht beeindrucken. Dieser deutsche Flic kann sich diese Anzeige in sein deutsches Popoloch stecken.«

»Er ist kein Deutscher. Er ist Österreicher«, erwiderte Kuppitsch ruhig.

»Und warum spricht er dann Deutsch? Was? Im Krieg die Deutschen, die haben genauso gesprochen wie er. Oh, dann haben wir gar nicht gegen die Deutschen gekämpft? Sondern gegen die Österreicher?«

»Monsieur Hervé, Sie können nicht einfach mit der Axt eine wertvolle Musikanlage zertrümmern.«

»Doch, Kuppitsch, das kann ich. Bonjour!« Ulysse schmiss die Wohnungstür zu. »Diese Ungarn, immer schon wie Radieschen. Nur außen rot. Kryptofaschisten«, knurrte er.

Laetitia fütterte Tulip mit selbstgemachten Andouillettes. Auch Ulysse nahm sich ein Stück. Eine Wurst aus Schweinedarm und Schweinemagen; sie wird nur wenig gewürzt, damit der intensive Geschmack von Darm und Magen nicht verfälscht wird. Laetitia hatte den Dickdarm und den Magen eines Schweins in lange Streifen geschnitten, gewaschen und abgeschabt. Dann hatte sie die Wurst im Ziehverfahren gefüllt: Die Streifen werden mit einem Faden in die Hülle hineingezogen, die aus einem unzerschnittenen Stück Dickdarm besteht. Die ungleichmäßig geformte Wurst wird in einer gewürzten Brühe gekocht und dann in Scheiben bei kleiner Flamme in Butter gebraten.

»Laetitia, das sind mindestens fünf A«, sagte Ulysse schmatzend. AAAAA lautet die Qualitätsauszeichnung für Andouillettes-Würste, die von der »Association amicale des amateurs d'andouillettes authentiques« vergeben wird.

»Danke, Ulysse«, sagte sie und schenkte ihm ein Glas Crémant ein. »Ich muss übrigens für die Ungarin kochen. Die haben ein Sommerfest in der Botschaft, und die Kochschule macht das Buffet.«

Ulysse hörte auf zu kauen. »Du kochst für die blöde Kuh?«

Laetitia nickte. »Sie weiß nicht, dass ich dort meine Ausbildung mache und die große Ehre und das Vergnügen habe, für meine Lieblings-DJane ein unvergessliches Essen zuzubereiten.«

»Ersticken soll sie an deinem Essen!«

Laetitia lächelte. »Ich weiß noch nicht genau, was ich mache. Ich hab da ziemlich freie Hand. Ich bin ja die Gardemanger, die Kaltmamsell. Ich habe allerdings eine Idee. Ich bin mir noch nicht ganz sicher, aber ich denke, es wird dir gefallen, Ulysse.«

»Was hast du vor?«, fragte Rudi.

»Sagen wir mal so: Wenn alles so klappt, wie ich es mir vorstelle, dürften die Ungarn ziemlich verschnupft reagieren!« Sie grinste und wandte sich dann an Alekseys Geldeintreiber. »Wollen Sie auch kosten?« Sie hielt Ihnen den

Teller mit den Andouillettes hin. Die beiden Gewaltmenschen nickten und erfreuten sich so wie Tulip und Ulysse an der 5 A-Wurst.

Rudi aß nichts. Blass saß er vor dem Laptop und sah sich Livebilder aus Mali an: protestierende schwarze Männer auf den Ladeflächen rostiger Pick-ups, Gewehre und lange Messer in den Händen. An der Windschutzscheibe eines Pick-ups war sein Bild angebracht. Ein Fadenkreuz war aufgemalt. Wie im Vorspann einer afrikanischen *Tatort*-Folge. Rudi war nicht viel gereist, aber sein Bild ging um die Welt.

Nachdem »Amazing« Mihfus in der Gratiszeitung einen Anfahrtsplan in den Stoß im Himmel hatte abdrucken lassen, gab es eine Straßensperre, weil der Andrang zu groß wurde. Alle wollten sehen, wo der »Schweinelehrer« wohnte. »Schweinelehrer« hatte sich als Bezeichnung durchgesetzt. Die *Krone* hatte den Begriff ins Spiel gebracht, und er war griffig. Die Cobra und normale Polizeieinheiten hatten das Viertel rund um den nahe gelegenen Judenplatz in Beschlag genommen. Man rechnete mit dem Schlimmsten und hoffte aufs Beste – so der Tenor der Sicherheitskräfte der Presse gegenüber.

Laetitia ging weiterhin zur Kochschule; nach dem Buffet für die Ungarn waren auch hier Ferien. Sie ging durch den Hof und verließ das Haus durch einen rückwärtigen Ausgang. In der Schwertgasse kam sie raus, direkt neben dem »Sztuhlbein«. Die Sztuhlbeins gaben ihr ab und an eine Bioaufstrichjause mit. Alle litten mit den beiden. Zwei Beamte begleiteten Laetitia bis in die Schule. *Die schöne Französin des Schweinelehrers* hatte in der Zeitung gestanden.

Der Stadtschulrat hatte Rudi jetzt auch offiziell suspendiert. Ulysse war daraufhin mit der Axt in der Hand zur Lehrergewerkschaft gegangen, hatte getobt und geschrien, aber die Gewerkschafter hatten Angst vor dem, was nicht absehbar war. Die Situation war so schnell derart eskaliert, da wolle man sich lieber ruhig verhalten, sagten sie. Nicht unnötig Öl ins lodernde Feuer gießen. Es sei Juli, bald seien Ferien, da hoffe man auf eine Deeskalierung, weil ja auch Moslems Urlaub machen würden, und nach den großen Ferien gäbe es vielleicht noch immer die Möglichkeit, solidarisch mit dem jungen Kollegen zu sein. Jetzt müsse man ein Zeichen setzen – den Bärtigen entgegenkommen.

Auf dem Rückweg musste Ulysse sich schon durch die Wipplinger Straße kämpfen, so viele Schaulustige hatten sich inzwischen in der Gegend versammelt. Nicht nur Wiener, auch Touristen. So kurz vor den Olympischen Spielen in London war man froh, das Sommerloch zwischen Fußball-EM und dem nächsten Großereignis füllen zu können.

Kuppitsch winkte ihn durch.

»Ich brauch Sie nicht, ich schaff das schon allein«, knurrte der 107-jährige Franzose und schubste eine belgische Seniorengruppe zur Seite. Der alte Mann mit der Axt war auch ein beliebtes Fotomotiv.

»Laetitia hat die Box mitgenommen«, sagte Rudi, als Ulysse in die Wohnung trat.

»Ludgers Box?« Ulysse lächelte. »Was sie wohl machen wird? Pochierte Eier im Salatnest? Gefüllte Eier mit Gambas und Kapern? Oder mit Portweinmayonnaise? Kalt muss es sein, richtig? Sicherheitshalber, meine ich. Damit's ein Festessen wird – für uns.«

Es klopfte an der Tür.

»Erwarten wir Besuch?«, fragte Ulysse.

»Nein«, sagte Rudi.

Die Geldeintreiber legten ihre Zeigefinger an den Mund. Der mit der Glatze zog Rudi in die Küche, der Geföhnte bedeutete Ulysse, sich aus dem Eingangsbereich zu entfernen. Ulysse umfasste seine Axt.

Es klopfte erneut. Der Geföhnte riss die Tür auf, ein Stanleymesser in der Faust.

Vor der Wohnungstür stand Kuppitsch mit sechs Kindern und einer gepflegten älteren Dame.

»Hier ist Besuch für Sie. Ich fand, dass das in Ordnung geht, Herr Gluske.«

Rudi blickte, beschützt vom Glatzkopf, vorsichtig aus der Küche Richtung Tür.

»Ich bin's, Eni«, sagte ein kleines Mädchen. »Und Jaja und Shalima und Samuel und Fatima und Jim und Dalibor. Selene grüßt dich, sie durfte nicht mitkommen, ihre Mutter hat gesagt, wegen Tulip, wegen der Allagie. Und das ist meine Oma!«

»Bon soir«, sagte sie.

»Bon soir, Madame«, sagte Ulysse und strahlte über sein ganzes 107-jähriges Gesicht.

»Wir haben ein Bild für dich gemalt, und alle haben ihre Namen draufgeschrieben. Hier!« Eni, Dalibor, Jim und Shalima überreichten Rudi ein riesiges Transparent, das sie zu viert trugen.

»Das kannst du bei dir aus dem Fenster hängen. Dafür haben wir es gemalt«, sagte Shalima.

Rudi breitete das Transparent auf dem Wohnzimmerboden aus. Es war vier Quadratmeter groß. In bunten Großbuchstaben stand darauf:

LASST UNSEREN LEHRER IN RUH!!!

Daneben hatten die Kinder ihre Namen geschrieben.

»Hier steht Eni«, erklärte Eni. »Und da hat Selene hingeschrieben. Ganz besonders groß, weil sie ja nicht mitdurfte.«

Rudi sah sich jeden Namen an. »Das ist wirklich unglaublich nett von euch«, sagte er lächelnd.

Sogar Salih hatte unterschrieben. »Darf sein Vater aber nicht wissen«, sagte Fatima.

»Hängen wir's raus?«, fragte der kleine Jim. Die Kinder hatten alles vorbereitet. Richtige Ösen hatten sie in das Tuch eingenäht und Seile durchgezogen. Sie öffneten das Fenster, und bald schon flatterte das Transparent im Stoß im Himmel.

Ulysse saß derweil mit Enis Großmutter in der Küche. Er plauderte, öffnete eine Flasche Crémant und an seinem Hemd den obersten Knopf.

DIE TABAKTRINKERIN

20. Brief
                    Badlands, Badtimes, S. D., 23.12. 2011

Dale und ich sind mit seinem rostigen Chevi durch endloses Land gefahren. Schneeverwehungen und losgerissene, abgestorbene Büsche auf der Fahrbahn. THIS IS NOT THE END OF THE WORLD, BUT IT IS FUCKING CLOSE. *So einen Aufkleber gibt's hier zu kaufen.*

Als wir losfuhren, hatte es 40 Grad minus. Bei so einer Kälte vergisst du sogar deinen Krebs. Das fühlt sich an, als würden Killerameisen an deiner gesamten Haut nagen, und das, obwohl ich diese dicke Alpenvereinsjacke von der Wien-Oma trage. Hier laufen im Fernsehen und im Radio stündlich Überlebenstipps, wie man sich gegen diese Hammerkälte schützen kann. Erst gestern ist ein Mann mit seinem Wagen liegengeblieben und erfroren. Motorschaden – Schneewehen – aus.

Und Dale? Sieht aus wie bei einem Strandspaziergang in St. Tropez. Trägt nur ein dünnes Lederjäckchen, darunter ein gefälschtes Lacoste-T-Shirt. Mehr nicht. Jacke und T-Shirt sind beide zu kurz für sein Wamperl. Darum schaut sein Bauch raus. Nackte Haut! Dale hat nicht mal Gänsehaut. »Ein Indianer kennt keinen Schmerz« – der Spruch stimmt wohl wirklich. Obwohl, als ich ihm mal einen Mitesser ausgedrückt hab, hat er geschrien, als würde ich ihm sein Herz ausdrücken. Da kannte mein Indianer Schmerz.

Wir hörten im Auto KILI-Radio. »The voice of the Lakota Nation«. Das hören hier alle. Immer.

Dale hat als Kind nicht Cowboy und Indianer gespielt. Sie spielten Wikinger. Wenn Dich mal jemand fragen sollte, Rudi, dann sag: »Meine Schwester, als sie noch lebte, da sagte sie mir, Indianer spielen als Kinder Wikinger.«

Dale und ich, wir haben am Big-Foot-Pass gehalten. Mitten in den Badlands. Dieser Ort ist unwirklicher als die Unwirklichkeit. Der Pass ist eigentlich ein schmaler Pfad, links und rechts Abgrund. Ich hab so gezittert, dass ich vor Kälte fast abgerutscht bin. Hier sind sie 1973 entlanggegangen: 200 Indianer. Auf den Spuren von Häuptling Big Foot. Dale sagte mir, er und viele andere hätten damals beschlossen, lieber zu sterben, als vor den Weißen in die Knie zu gehen. Das war ein echter Aufstand, Rudi. 200 bewaffnete India-

ner im Kampf gegen das FBI und Einheiten der US-Army. Die dürfen laut amerikanischer Verfassung eigentlich niemals gegen die Bürger des eigenen Landes eingesetzt werden. Anlass für den Aufstand war der Mord an einem alten indianischen Kriegsveteranen. Weiße Rassisten hatten ihn ermordet und die Leiche kastriert. Tote kastrieren, das ist Verhütung für Komplettgestörte. Wie impotent muss man selber sein, um so etwas zu tun? Dale und Russel Means und all die anderen wollten einfach eine Verbesserung der katastrophalen Lage in den Reservaten erreichen. Dale sagt, dass es leicht war, eine Waffe in die Hand zu nehmen – weil die Weißen das Leben nicht respektieren. Wem sagst du das, guter Dale. Ich weiß. Siehe PM. Post Mortem Inc.

Dem Massaker von 1890 waren Zwangsumsiedlung und Zwangsassimilierung gefolgt, mitsamt dem Verbot ihrer Sprache. Dann gab es zwischen 1964 und 1972 ein Programm des »Gesundheitsministeriums«, bei dem die Hälfte aller indianischen Frauen zwischen 18 und 34 sterilisiert worden sind.

Wenn ich mich kräftiger fühlen würde, wüsste ich Wege, wie man dieses kranke Gesundheitsministerium bestrafen könnte. Das wäre in Papas Sinn, oder? Das Gesundheitsministerium anstecken? Das würde mir gut gefallen. Weißt Du, wie viele Jahre die mit den Tabakschweinen unter einer Decke gesteckt haben? Sie haben alles gewusst, aber nichts getan. Und währenddessen schön Ureinwohner ausgerottet. Als würden Geisteskranke die Psychiatrie leiten.

Weil alles so ist, wie es ist, und man immer hofft, unter Tage auch einmal einen weiten Blick zu haben, die schöne Aussicht zu genießen bei völliger Dunkelheit, könnte ich heulen. Aber nicht vor Dale. Und bei dieser Kälte würden die Tränen ja auch gefrieren, bevor sie kullern.

Dale hat gestern Schnee gegessen. Dann hat er vom 29. Dezember 1890 gesprochen. Die Zelte der widerstandslos gestellten Indianer wurden von den Soldaten der 7. Kavallerie durchsucht. Ein Schuss löste sich – für die Soldaten das Signal, loszuschlagen. Mit Gewehren und Kanonen metzelten sie die hungernden Frauen, Kinder und Greise nieder. 153 Lakota verloren ihr Leben, noch mal so viele Verwundete starben im Kältesturm der folgenden Nacht. Die Soldaten vergewaltigten die überlebenden jungen Mädchen, und 26 von ihnen bekamen für ihre Heldentaten Tapferkeitsmedaillen, die bis heute nicht aberkannt wurden.

Dale sagte, er wolle wissen, wie seine Vorfahren sich gefühlt hatten. Er dachte an die Verwundeten, die im Schnee lagen und erfroren waren. Er legte sich vor mir in den Schnee. »Wie kalt muss es für sie gewesen sein?«, fragte er mich. »Sie konnten sich nicht bewegen. Sie lagen nur da und starben.«

Es war sehr ruhig. Ich legte mich neben Dale in den Schnee. Wir schwiegen.

Das wäre ein guter Moment gewesen, um aufzugeben, Rudi. Es war ganz knapp. Ganz kurz davor. In den Badlands. Bis hierher. Aber nicht weiter.

Ich umarme Dich. Es geht mir nicht gut.

Rosa

PS: Schneider, süßer Herzenswaller! Rooch nich solchen Knallerballer! Heut noch riechen meine Kleider sehr nach jestern, lieber Schneider!

Sei nicht traurig, kleiner Bruder. Wir alle sind stark genug, um zu ertragen, was anderen zustößt. Selbst wenn wir sie lieben. Liebe!

SUPERKNUT

»Der letzte Brief«, flüsterte Rudi.

»Was weißt du über ihre letzten Tage?«, fragte Laetitia.

Er schloss die Augen. »Nicht viel«, sagte er leise. »Sie las Baudelaire. Das weiß ich von Gwendolyn. Gwendolyn schrieb mir, dass Rosa auf der Fahrt zu den Schoenhuts zwischen New York und South Dakota das Gefühl hatte, auf ein Ereignis zu warten. Auf etwas Wundersames.«

Er faltete den Brief zusammen und steckte ihn in ein Fach seines Schreibtisches aus schwarz lackiertem Kiefernholz.

»Auf eine Sweet'N'Low-Packung schrieb Rosa: ›Maybe‹«, sagte er. Laetitia lächelte sanft.

»Über ihr Ende weiß ich nichts«, fuhr er fort. »Sie verschwand zusammen mit Dale Rain in the Face in den Black Hills. Irgendwo im Custer State Park, im tiefen Schnee. Ich stelle mir vor, sie verbrachte die Zeit bis zu ihrem Tod in einer Schwitzhütte und ließ irgendeinen indianischen Unfug mit sich machen, über den der Krebs nicht mal müde lachen konnte. Da hätte sie auch bei ihrer Druidin bleiben können. Die Lakota-Schnapsdrossel war bestimmt keine medizinische Verbesserung.«

»Aber sie war nicht allein. Sie war am Ende der Welt, aber nicht allein«, sagte Laetitia. »Sie hat gekämpft, ganz allein, und am Ende hatte sie einen Kämpfer an ihrer Seite. Alles Kämpfer: Dale, Rosa, dein Vater und jetzt du. Und was für Gegner …«

»Aber ich bin nicht wie Rosa und mein Vater«, schluchzte Rudi und ließ seinen Tränen freien Lauf.

»Das weiß ich doch, mein Herz«, flüsterte Laetitia ihm ins Ohr.

»Sie hat nicht mal ein Grab. Es gibt keinen Ort, wo ihr Name steht«, schluchzte er. »Als wär sie niemals da gewesen.«

DER EIERMANN

»Das ist reiner Blödsinn!«, rief Gretchen. »Wenn du die Viren in die Socken füllst, wirken sie nicht.«

»Deine Theorie gegen meine Erfahrung«, entgegnete Ludger. »Die Kluterhöhle im Ennepetal wirbt damit, das längste Behandlungszimmer Deutschlands zu sein. Und der kürzeste Ennepetaler wird bald dafür sorgen, dass das Emsland die größte Sanitätsstation der Bundeswehr bekommt. Jeder Auswurf soll sie an mich erinnern. Jeden einzelnen Virus sollen sie mit Namen kennenlernen. Ihre Waffen sollen sie fallen lassen und zu Thermometern greifen und sich beim Fiebermessen gegenseitig anstecken. Und ihr Husten soll man hören bis zu Herrn Kiesewetter, bis ins Ministerium. Gliederschmerzen wünsch ich ihnen und verstopfte Atemwege, dass keine Kluterhöhle mehr helfen kann. Damit sie endlich begreifen. Ignoranz verlangt knallvolle Amnionsäcke. Und wenn sie es dann einsehen und mir endlich, endlich recht geben, dann werde ich mich zurücklehnen und mit dir und Rosa zusammen auf Rudi warten.«

SUPERKNUT

»Wir können nicht immer nur warten, was noch geschieht«, sagte Laetitia.

»Ja«, antwortete Rudi niedergeschlagen.

»Schau uns doch mal an. Wir verstecken uns. Die Welt tanzt auf unseren Nasen. Zeit, zurückzutanzen.«

Die beiden Geldeintreiber waren mit einem gewissen »Hans« vor der »Stadtlandwirtschaft« verabredet. Aleksey hatte den Mann aufgetrieben. Vier Eier hatte Laetitia für Abdullah Fuchspichler vorgesehen. Hans würde den beiden Unterweltlern die Türen öffnen, und sie würden die Bioeier des Konvertiten austauschen gegen Ludger-Eier.

»Und wenn wir Personenkontakt haben sollten?«, fragte der Geföhnte.

»Mit Abdullah? Dann verprügelt ihn so, dass er glaubt, bald Huris zu sehen!«, antwortete Laetitia ungerührt.

»Ich hab mal eine Frage«, unterbrach Rudi die Vorbereitungen. »Sie sagen das so leicht: Personenkontakt. Ist Ihnen denn noch nie was passiert?«

»Ihm nicht«, sagte der Glatzkopf und deutete auf den Geföhnten. »Er hat noch nie den Kürzeren gezogen. Ich schon. Mir hat im letzten November jemand von hinten den Vorschlaghammer übern Schädel gezogen. Da bin ich dann drei Monate ausgefallen. Aber der andere fehlt noch immer.«

»Aha«, sagte Rudi.

»Ihre Freundin hat schon recht«, sagte der Geföhnte. »Sie dürfen sich nicht alles gefallen lassen. Sie müssen auch mal was tun – mit Maß und Ziel, aber eben klare Aktionen setzen. Schauen Sie, ich war mit Freunden auf dem Land in einer Diskothek. Ich bin dann müde geworden und zurück zum Auto auf den Parkplatz gegangen. Ein Mützerl Schlaf wollt ich mir gönnen. Ich lieg also im Auto und hör die ganze Zeit aus einem Auto neben mir lautes Gewummere. Duschduschdusch. So ein Technoschaaß.«

»Kennen wir«, sagte Ulysse.

»Ich geh also hin zu den depperten Burschen und sag: ›Ruhe jetzt, ich will hier schlafen.‹ Dann geh ich zurück zum Auto und schließe meine Äuglein. Die Musik immer noch Duschduschdusch. Steh ich also wieder auf. Geh zu meinem Kofferraum. In meinem Kofferraum ist ein Baseballschläger. Gehört zur Arbeitsausrüstung. Ich nehm den Baseballschläger und prügel auf die Motorhaube ein. Von meinem Auto.«

»Sie haben Ihr eigenes Auto zertrümmert?«

Er nickte und brachte durch eine kurze Kopfbewegung seine Haare zurück in die gewünschte Form. »Dann bin ich wieder zu den Depperten gegangen und hab gesagt: ›Wenn ihr jetzt nicht ruhig seid, mach ich bei euch weiter!‹«

»Wow«, sagte Rudi.

»Wurscht«, sagte der Geföhnte. »War eh nicht mein Wagen.«

»Was ist mit den Gewerkschaftsflaschen?«, fragte Ulysse, der ungeduldig wirkte. Außerdem konnten ihn solche Geschichten nicht beeindrucken. Ähnliche Erlebnisse hatte er in zig Jahren zu Dutzenden gesammelt.

»Zwei Eier. Das muss reichen. Da laufen ja auch Lehrer rum, die noch gebraucht werden«, sagte Laetitia.

»Aber morgen ist Zeugnistag. Die haben dann Ferien«, erwiderte Ulysse.

»Gut, drei Eier, mein letztes Wort. Okay, und sechs Eier

für die Ungarn. Außerdem ein Ei für Red Hundertpfund.« Laetitia öffnete die minus 80 Grad kalte Box und verteilte die Ludger-Eier an Ulysse und die beiden harten Jungs.

»Was ist mit der Zeitungslady?«, fragte der Glatzköpfige.

»Mihfus? Stimmt, das hätt ich fast vergessen«, sagte Laetitia grinsend. »Hier. Zwei Stück.«

»Ich weiß nicht«, sagte Rudi. »Wir haben doch überhaupt keine Ahnung von der Wirkung.«

»Hatte Salihs Vater eine Ahnung von seiner Wirkung? Nein. Hat er trotzdem gemacht, was er gemacht hat? Ja. Ich will uns nicht in dieser Opferrolle sehen, Rudi. Die Technoschlampe nebenan glaubt, sie sitzt auf dem längeren Diplomatenast? Soll sie das glauben – guten Appetit. Und die Hundertpfund? Wie viel Pfund Mut hätte es sie gekostet, zu dir zu stehen? Ein müdes Gramm, Rudi!«

»Und die Gewerkschafter hätten dir helfen müssen, Rudi«, ergänzte Ulysse. »Nur deswegen gibt es sie. Nicht, damit sie um ihre Jobs oder ihre Gemütlichkeit zittern.«.

Die Geldeintreiber setzten ihre schmalen schwarzen Sonnenbrillen auf und verließen die Wohnung. Ulysse steckte die Eier und zwei Flaschen Crémant ein. »Es kann heute übrigens etwas später werden. Ich habe noch eine Verabredung«, sagte er.

»Enis Großmutter?«, fragte Laetitia und lachte. »Wie alt ist sie? Knapp über 70?«

»Du meinst, sie ist zu alt für mich?« Ulysse gab ihr einen Kuss. »Ich muss mich mit anderen Frauen ablenken, weil ich sonst zu eifersüchtig auf Rudi wäre«, sagte er, nahm seine Axt und ging.

DER EIERMANN

»Morgen werden die neuen Rekruten eingekleidet«, sagte Malmendier.

»Und Stachelhaus?«

»Holt sich immer neue Socken, wenn ausgeteilt wird.«

»Und das ist sicher, Malmendier?«

»Sie wissen, dass ich immer sicher spiele«, antwortete Malmendier und schob sich die Brille auf seinem viel zu kurzen Nasenrücken wieder hoch.

»Morgen«, sagte Paul Maria am Telefon.

»Gut. Ich werde schon heute Abend kommen«, sagte Ludger und legte auf. Er zog den Reißverschluss der Tasche zu.

»Wann geht dein Zug?«, fragte Gretchen.

»Wir haben noch genug Zeit«, antwortete Ludger und zog sie aufs Bett.

Eine Stunde später verließ Ludger das Haus. Kurz danach hörte Gretchen den Knall.

SUPERKNUT

Seit zehn Tagen waren Ferien.

Rudi und Laetitia waren in der Kuchelau. Zusammen mit Tulip lagen sie beim Hafen im Gras und hörten Radio – die *Lange Nacht des Kunstradios auf Ö1*. Minutenlanges Plätschern am Bodensee wechselte sich im Lautsprecher ab mit miauenden Katzen am Hafen von Marseille.

Neben dem Treppelweg lagen sie. Auf solchen Wegen hatte Ulysse an der Yonne die Boote eigenhändig gezogen.

An den stehenden Booten auf der Donau leuchteten Warnlampen. Die Schleuse Greifenstein öffnete erst um 8.45 Uhr, die Bergfahrenden mussten noch länger warten.

»Da vorn liegt ein Schwarzer«, sagte Laetitia. »Schwarze sind Frachter, Weiße sind Donaudampfschifffahrtsgesellschaft.«

»Und wie geht das mit den Lampen? Welche Farbe hat man wo?«, fragte Rudi.

»Das kannst du dir leicht merken. Du lenkst mit rechts. Die ganze Zeit. Dir ist fad, okay? Alors, du schlägst dir aus Fadesse mit der linken Hand auf die linke Pobacke. Wie sieht die Pobacke dann aus?«

»Rot?«

»Voilà, Rudi. Links ist rot, rechts ist grün. Wir nennen rechts steuerbord, links backbord.«

»Ich bin Linkshänder. Ich hau mir auf die falsche Pobacke!«

»Darum lenk ja auch ich, mon amour. Ich hab die richtige Pobacke fürs Schifffahren.«

Sie liebten sich am Fluss. Es spielte keine Rolle, dass die Donau nicht blau war. Die *Ulysse 1* lag vertäut am Steg, wie eine dicke alte Frau – voller Rundungen. Laetitia hatte sie entdeckt. Sie lag in der Marina Wien und war zum Verkauf ausgeschrieben gewesen. Ulysse hatte seiner Ururenkelin ein kleines Vermögen hinterlassen. Nach dem Sommerfest in der ungarischen Botschaft hatte sie nicht lange überlegt und die Penichette gekauft.

Laetitia hatte sich für ein Eierlikör-Sorbet entschieden,

weil die Eier auf diese Art so lang wie möglich kalt gehalten werden konnten, denn sie wollte nichts von der Wirkung riskieren. Sie war in der Küche der Botschaft in der Bankgasse gestanden und hatte Wildgerichte und Terrinen aufgefahren, Galantinen und Krustentiercarpaccio, Karpfenmousse und Zanderreduktionen. Ihre ganze Aufmerksamkeit hatte jedoch dem Sorbet gegolten.

Während sie dort Muscheln gratinierte, hörte sie ihre Fahrradklingel. Sie hatte den gleichen Klingelton wie Rudi.

»Abdullah wird bald schon Probleme bekommen«, sprach Rudi durchs Telefon. »Irgendwas soll mit seinen Eiern nicht in Ordnung sein. Nicht alles ist gut, was Bio ist.«

»Hast du von Ulysse was gehört?«

»Er hat mich angerufen, als er bei meiner libanesischen amazing Exchefin in der Babenbergerstraße war. Frag mich nichts Genaueres, aber Aleksey kennt irgendjemanden, der einen Schlüssel für ihr Penthouse besitzt. Sie ist bis morgen auf Sardinien, also stand's leer. Aber dein verrückter Flößer hat seinen Gruß in der Lüftung hinterlassen. Und die Lüftung hat er so kalt wie möglich gestellt. Ihr Vater kennt sich seit Beirut zwar mit Waffen aus, aber nicht mit unseren kleinen, ovalen Biobomben ... Jetzt hat Ulysse sich ein bisschen Spaß mit Madame Eni verdient, findest du nicht?«

»Oh ja!« Laetitia lachte.

»Bis später, und pass auf dich auf, Säckchen!«

Etwa 200 Gäste waren in der Botschaft. Klassische ungarische Musik wurde von einem kleinen Orchester aus Győr gespielt. Bartók, Liszt, Lehár und Kálmán, aber auch Lajos Papp und Valentin Bakfark oder András Szöllösy und Endre Szervánszky.

Laetitia hatte Lob von den Kellnern bekommen. Alle waren zufrieden. Ein schöner Sommerabend. Jetzt das Sorbet, und dann würde das Orchester einpacken und nach Györ fahren und DJ Embässe für ostische Partystimmung sorgen.

»Hast du Dirk alles gegeben?«, fragte Laetitia, während sie auf die Donau blickten.

»Ja, er hat einen Schlüssel. Er wird Dr. Djafari die restlichen Eier bringen. Er wird schon wissen, was man damit machen kann.«

Laetitia nickte.

»Es war wohl ein schöner Tod«, sagte sie.

»Ja, glaub ich auch. Ihm hätte die Vorstellung gefallen.«

»Enis Großmutter sagte, sie hätten miteinander geschlafen, dann noch einmal, und dabei …«

»Ja, Säckchen. Er war der stärkste Mann der Welt, dein Ururgroßvater. Er hatte den größten Feind fast schon besiegt, der Tod hatte sich schon auf ein Unentschieden eingestellt. Er hatte den Tod fast zermürbt.«

»Er wurde fast fünf Mal so alt wie Rosa«, flüsterte Laetitia.

»Ja.«

Klosterneuburg thronte finster vor ihnen und bewachte den Strom. Nußdorf schlief. Richtung Wachau würden sie morgen fahren, dann weiter nach Linz und Passau und bis nach Auxerre und Mailly-le-Château, wo die Yonne eine 180-Grad-Kurve macht. Kurz nach der Steinbrücke aus dem 15. Jahrhundert würden sie anlegen – Rudi, Laetitia und Tulip.

»Wie viele Eier sind eigentlich noch da?«, fragte Laetitia.

»Ursprünglich waren es 60, wenn es stimmt, was Suess

geschrieben hat. Wir haben 17 benutzt. Und jetzt sind 22 übrig. Das heißt, Rosa hat 21 Eier eingesetzt.«

»Wow«, sagte Laetitia. »Vielleicht hätten wir auch mehr nehmen sollen? Der ganzen Stadt einen kranken Sommer schenken?«

»Nein, warum? Die Stadt kann nichts dafür.«

Als die Sonne über der UNO-City aufging, frühstückten sie Joghurt mit Honig und Nüssen. Laetitia war Capitaine und Köchin. Während sie aßen, schnitt sie ihm die Haare. Das rote Haar fiel ins Wiener Gras.

»Und?«, fragte Rudi.

»Du siehst aus wie dein Vater«, sagte sie.

»Wie sah mein Vater denn aus?«

»So wie du!«

Um 8.30 Uhr startete sie den Motor.

Er stand auf dem Steg und wartete auf ihr Zeichen, die Leinen loszumachen.

»Alt wie der Mensch ist die Sehnsucht nach der Ferne. Diesmal, mein Herz, diesmal fährst du mit«, rief sie. »Die Leinen los! In den Duft. In die Welt!«

»Aye, Aye, Säckchen!«

Rudi löste die Verheftung und sprang an Bord. Er schaute sich nicht um.

ICH

Vorsorge: Modeschöpfer Glööckler friert Eigenfett für den Popo ein.
Mann lief betrunken gegen Mauer – verletzt.
Ziege von Hausdach gerettet.

Die Welt lief wieder in normalen Bahnen.

Mein Kollege Eugen Freund hatte mir einen Tipp gegeben. Er war lange ORF-Korrespondent in den USA gewesen und hatte von einem befreundeten Journalisten gehört, dass in Virginia, zwei Autostunden von Washington, DC, in der ältesten amerikanischen Kommune eine Österreicherin mit einem Indianer zusammenlebe. Samuel Cohen, so der Name des Fotojournalisten, habe von den beiden kein Foto gemacht, aber er habe jetzt von Rosas Geschichte gehört, und es sei durchaus möglich, dass sie es sei.

Ich konnte Rudi nicht erreichen, weil ich keine Ahnung hatte, wo er und Laetitia mit der *Ulysse 1* jetzt waren. Die Kommune Twin Oaks hat kein Telefon. Ich hatte eine Woche Zeit, es war Anfang August 2012. Ich entschloss mich, nach Virginia zu fahren. In meiner Jacke das Foto: Rosa vor dem »Flex«.

Ich flog nach Washington. Als ich auf mein Gepäck wartete, sprach mich eine junge, schöne Schauspielerin aus Österreich an.

»Ich hab immer Stress, wenn das Gepäckband startet. Dass ich meinen Koffer nicht erkenne.«

»Noch schlimmer wär's, wenn wir alle das gleiche Fabrikat hätten. Jeder den gleichen Koffer«, sagte ich.

Sie lachte. »Ja, das wär noch schlimmer. Und wenn alle Gepäckstücke von allen Fliegern auf nur einem Gepäckband gleichzeitig ankämen und alle Koffer gleich aussähen!«

»Das wäre furchtbar«, sagte ich. »Und wenn man vorher gezwungen worden wäre, die wichtigsten und wertvollsten Dinge des Lebens in den Koffer zu packen.«

»Und das Band müsste viel schneller laufen«, schlug sie vor. »Wahnsinnig schnell. Und wenn man sein Gepäckstück nicht findet, wird's geschreddert.«

»Aber wie kann man's so schnell finden, wenn zehntausend idente Koffer in einem Affentempo an einem vorbeischießen?«, fragte ich.

»Weil man im Flugzeug eine Nummer mitgeteilt bekommt. Eine, sagen wir, zwölfstellige Nummer, die ganz klein auf der Unterseite des Koffers angebracht worden ist.«

»Und die Nummer wird auf Französisch durchgegeben. Sehr schnell. Quatre vingt dix huit quatorze.«

»Und genuschelt. Von einer Stewardess mit Hasenscharte!«

Bevor wir weiterspinnen konnten, kamen meine langweilige schwarze Tasche und ihr froschgrüner Koffer, und wir waren fast enttäuscht, mit wie wenig Aufregung das verbunden gewesen war.

Sie wurde von ihrem Freund abgeholt und wälzte sich mit ihm vor Wiedersehensfreude auf dem Flughafenboden. Ich ging zum Dollar-Schalter und holte meinen Leihwagen. Ob ich Rosa finden würde?

Seit 1967 gab es die Kommune. Knapp 100 Erwachsene und 15 Kinder lebten heute auf dem riesigen Gelände einer ehemaligen Tabakfarm mit Wiesen, Äckern und Wäldern. Eine Art Gruppen-*Walden* in groß. Thoreau wäre es nicht einsam genug gewesen.

Eine Tabakfarm. Wie passend.

Piper war 84 und lebte seit 42 Jahren hier in ihrem »Utopia«. Ihr Vater war Jude und Kommunist und sie schon Feministin, bevor sie Frau war. Sie führte mich herum. Viele nackte Körper, Blumen im Haar. Auch Piper zog sich aus und lud mich ein, mit ihr zur Party zu gehen. »Das wird eine verrückte Nacht«, sagte sie. Ulysse hätte seine Freude gehabt.

Ich erzählte ihr von Rosa und Dale.

»Ja«, sagte Piper und massierte ihre Brustwarzen, »die Österreicherin. Sie backt.« Piper streichelte ihre schweren Brüste und führte mich in ein Holzhaus. Mit dem Rücken zu mir stand eine junge Frau und knetete Teig.

»A Guglhupf?«, fragte Piper. »She is great in Guglhupf. We are Guglhupf County«, sagte Piper.

Die junge Frau drehte sich um.

»He is from Austria«, erklärte Piper.

»Ich suche eine junge Frau. Rosa Gluske«, sagte ich.

»Viel Glück«, lautete ihre Antwort. Sie war mindestens zehn Jahre älter als Rosa. Sie kam aus Krakaudorf in der Steiermark und hatte in Wien Ethnologie studiert. Auch wenn sie Englisch sprach, bellte sie. Und der Indianer an ihrer Seite stellte sich als Peruaner heraus.

Ich blieb über Nacht und trank irgendwas, das die Leute aus Twin Oaks selber brannten. Ich kann mich an nichts mehr erinnern, was in dieser verrückten Nacht geschah, aber morgens wachte ich neben Piper auf. Eng umschlungen.

Ich stand auf und wusch mich in einem Bach. Gözde fiel mir ein. Ob Mann, ob Frau – Hauptsache interessant. Ob alt, ob jung, Gözde …

Die Österreicherin stand mit dem Peruaner in der Backhütte. Es roch nach frischem Gebäck. Sie gab mir einen Kornspitz, der Peruaner reichte mir Schafskäse. »Own Goates«, sagte er. Ich nickte anerkennend.

»Was ist mit der Österreicherin?«, fragte die Krakaudorferin.

»Ich denke, sie ist tot. Ziemlich wahrscheinlich. Ich hatte nur gehofft ...«, seufzte ich.

Sie nahm mich in den Arm, der Peruaner kam dazu und nahm uns beide in den Arm. Da beide nackt waren, befreite ich mich höflich.

Ich verließ den Wald und suchte mein Auto. Die Klimaanlage war eiskalt.

Ich fuhr an Cincinnati vorbei, dem neuen Hauptquartier von PM. Ich hatte dort keinen Termin bekommen, aber am Telefon mit einer Marketingfrau gesprochen. Nein, von einer jungen Österreicherin hatten sie nichts gehört. Rosa Gluske, der Name sage ihnen nichts. In New York im PM-Building wisse man auch nichts. Man bedaure den Tod der jungen Dame, den man aber nicht dem Zigarettenkonsum zuschreiben dürfe. Umwelteinflüsse, genetische Disposition, das schon eher. Außerdem seien die Packungen ja gekennzeichnet, es gebe Warnhinweise, es sei die Freiheit jedes Einzelnen, zu entscheiden, ob er die Zigarette als Genussmittel verwende.

Nein, man habe keinerlei Kenntnisse über Geschehnisse in South Dakota, das sei Sache der DHS und der Regierungsbehörden.

Ja, der Tod von Gretchen Gluske und ihrer Mutter Hilde Schoenhut sei ebenfalls bedauerlich, vieles deute auch hier auf eine genetische Disposition hin. Vielleicht sei hier eine Ursache zu finden.

Ob man das richtig verstanden habe – die Frage sei, ob man ein Ei oder mehrere Eier im PM-Building gefunden habe? »Nein, Sir, das haben wir nicht.«

Ob es im Herbst 2011 irgendwelche Auffälligkeiten gegeben habe? Nein, 2011 sei ein erfolgreiches Jahr gewesen in diesen schwierigen Zeiten. Nein, tatsächlich sei nichts vorgefallen, was von Interesse sei.

Wie, speziell im Spätherbst? Nun ja, da habe man sehr aufwendig eine neue Belüftungsanlage im Hauptquartier einbauen lassen. Mit der alten habe es Probleme gegeben. Viele Mitarbeiter hätten über Krankheitssymptome geklagt. Man vermutete, eine falsch eingestellte Air Condition habe zu zahlreichen krankheitsbedingten Ausfällen im Unternehmen geführt.

Ja, auch CEOs seien im Spätsommer 2011 davon betroffen gewesen. Und ja, die Krankheitsdauer sei für einen grippalen Infekt ungewöhnlich lang gewesen. Ob man sonst noch helfen könne?

Ich fuhr von Ohio nach South Dakota, immer den blutigen Waschbärfellen nach. 2200 Kilometer. Ohio, Indiana, Illinois, Iowa, Minnesota. Das Zwischenland. Mir wurde klar, warum man hier immer weitergezogen war. Wenn man mit dem Schiff an der Ostküste ankommt und losgeht, bleibt immer die Idee, dass es nach dem nächsten Hügel sicher besser wird. Aber wieso bleibt man dann auf halber Strecke zwischen den Küsten stehen? Warum sagt man in Ohio: »Gut, jetzt sind wir seit Monaten unterwegs, hier bleiben wir.«? Weil sie erschöpft waren, die Siedler? Weil die Pferde unter ihnen weggebrochen sind? Wär man nicht besser immer weitergegangen, bis das Meer einen aufhält? Go West, ja. Aber: Stay in the middle?

Gustav Schoenhut aus Rheinberg. Der Hof der Familie befand sich »Am Kuicksgrind«, im Orsoy-Land, direkt am

Rhein. Absolutes Überschwemmungsgebiet, wie das gesamte Rheinvorland nördlich der Ossenberger Schleuse und westlich von Mehrum. Die drei Schoenhut-Brüder wären gemeinsam in den verheerenden Hochwassern untergegangen. Gustav packte daher seinen Koffer 1898 und machte sich auf den Weg nach Rotterdam.

Auf der Überfahrt lernte Gustav Gisela Tegethoff aus Hannover kennen. Mit den de Haans und den Kuips begeisterten sie sich für eine Zukunft im Westen. Die de Haans und Kuips sprachen nur Holländisch, aber Gustavs niederrheinisches Plattdeutsch war sehr hilfreich. So kamen sie nach Platte. Dem aufstrebenden Platte, das sie mitgründeten. In Erwartung der Eisenbahn, die nie kam.

Einen ihrer Nachfahren traf ich an. Will Tegethoff ist der Leiter des hiesigen Bestattungsinstituts. Er wusste nicht, dass seine Vorfahren aus Deutschland kamen. Er hatte bis jetzt immer gedacht, Tegethoff sei ein Sioux-Name. Ein Häuptling mit 30 Frauen sei sein Vorfahre gewesen, so hatte er überall erzählt. Der stolze Häuptling habe sich ständig die Kleider vom Leib reißen müssen, deshalb der Name »Takeitoff«. Er schien enttäuscht zu sein, stattdessen Vorfahren aus Niedersachsen zu haben. Das fand ich verständlich.

Als ich 20 Minuten von Platte entfernt die Farm am Horizont sah, dachte ich daran, dass sie jetzt langsam damit begannen, frischen Kaffee aufzusetzen. So lange würde es noch dauern, bis die Staubwolke vom Horizont vor ihrer Türe stand.

Ich hatte Gwendolyn mein Kommen angekündigt. Sie war größer, als ich erwartet hatte. Ich hatte Rudi als Familienmaßstab genommen, aber bei ihm hatten sich wohl

Ludgers Gene durchgesetzt. Gwendolyn war groß und blond. Sie hatte amerikanisch-weiße Zähne und war braungebrannt. Verrückt, dachte ich – die erste lebende Verwandte von Rudi, der ich leibhaftig gegenübersaß. Seine Cousine. Die Tochter von Gretchens Schwester.

Nur Gwendolyn und George waren da, alle anderen arbeiteten auf dem Feld. George erzählte mir, er habe vor, vielleicht nach Südamerika zu reisen: Texas, New Mexico, Florida. Offensichtlich war er tatsächlich etwas zurückgeblieben.

»Ich war in Twin Oaks, aber das war blinder Alarm«, sagte ich und nippte an meinem Kaffee. Eine Kaffeebohne auf zwei Liter Wasser.

»Ich habe in Pierre einen Termin ausgemacht«, sagte Gwendolyn. »Im Department of Public Safety.«

Wir tranken aus und fuhren zwei Stunden am Missouri entlang in die Hauptstadt von South Dakota, durch die Indianerreservate der Crow Creek und Lower Brule. Sanfte Hügel. Das Land von Sitting Bull, Crazy Horse, Big Foot und Red Cloud. Und von Buffalo Bill. Für die Büffel war das hier ein Paradies. Gräser ringsum, Moose und Flechten, dazwischen niedrige Sträucher und Heidekrautgewächse, jetzt im Sommer in den unterschiedlichsten Farbschattierungen von Grün bis Gelb. Gabelböcke, Bisons, Rinder und Pferde waren zu sehen. Kaum Bäume, dafür Maisfelder und Getreidefelder. Sonst wuchs hier nichts.

»Das St. Josephs College«, sagte Gwendolyn und deutete auf eine sehr gepflegte große Anlage direkt am Fluss. »Das haben deutsche Pfarrer gegründet. Eine Indianerschule. Die Deutschen hatten übrigens fast nie Probleme mit Indianern. Ich weiß, ihr habt mit allen auf der Welt schon mal Probleme gehabt, aber die deutschen Siedler waren vergleichsweise echt in Ordnung.«

Pierre hat 14 000 Einwohner und ist die achtgrößte Stadt im Staat. Niemand spricht hier Pierre französisch aus, sondern wie »Pier«. An der Capitol Avenue thront auf einem Hügel das Capitol. Wie in Washington, nur wirkt es so, als sei es zu klein aus der Waschmaschine gekommen. An der West Capitol Avenue liegt das Sutherland Building. Hier sitzt die Behörde für öffentliche Sicherheit.

Eine Frau, die aussah, als habe man ihr schwere Gewichte in den Po implantiert, begrüßte uns. Sie schaffte es nicht, sich ganz aus ihrem Schreibtischsessel zu erheben. Sie trug eine Art Zelt um ihren gewaltigen Körper und atmete schwer.

»Wir haben die Suche nach Rosa Gluske und Dale Rain in the Face im März offiziell eingestellt. Wir wollten die Schneeschmelze abwarten, das war Ende März 2012.« Sie inhalierte aus einem Spray, wahrscheinlich war sie Asthmatikerin. »Am Morgen des 23. Dezember wurden sie zuletzt gesehen im Custer State Park in den Black Hills.«

»Dem heiligen Land der Sioux«, ergänzte Gwendolyn.

»Sie sprachen mit einem Mitarbeiter vom Devils Tower National Monument. Sie gaben an, von Spearfish durch den Canyon gegangen zu sein. Bei den Temperaturen kein Vergnügen, Sir. Kennen Sie Spearfish?«

Ich verneinte.

»Spearfish? Deadwood? Der Wilde Westen? Wild Bill Hickock, Calamity Jane, Wyatt Earp, Doc Holiday? Der Frau sei es sehr schlecht gegangen, hat der Beamte angegeben, und der Indianer sei sehr dünn bekleidet gewesen. Sie sind durch Cheyenne Crossing vorbei Richtung Mystic und Silver City gegangen, zum Mount Rushmore. Die Präsidenten? In Stein?« Jeder Satz der Frau war irgendwie eine Frage, immer ging ihre Stimme am Ende in die Höhe.

»Ja, ich weiß«, sagte ich.

»Sie wollten Richtung Blue Bell zum Cicero Peak weitergehen. Das haben sie zumindest gesagt. Es war bereits nach 17 Uhr, als das Gespräch stattfand? Der Beamte wies die beiden darauf hin, dass in der Nacht die Temperatur noch einmal fallen würde. Es wurden dann, Moment, ich schau für Sie in Celsius, minus 31 Grad? Aber durch den scharfen Wind fühlt sich das viel kälter an. Wie minus 40, minus 45? Der Wind kommt aus dem Norden Kanadas. Nichts hält ihn auf. Er nimmt die Kälte mit und schießt sie dir um die Ohren. Da willst du nicht in den Black Hills sein. Da schützt dich kein Baum, nichts. In dieser Nacht sind Pferde im Stall erfroren? Es war wirklich verdammt kalt in dieser Nacht, und die beiden waren verdammt noch mal nicht ausgestattet für solche extremen Temperaturen!«

»Was vermuten Sie?«, fragte ich.

»Ganz ehrlich? Wenn ich mir vorstelle, eine Nacht am Grizzly Creek? Wir haben nicht nur Bären, auch Wölfe? Dutzende von Höhlen? Ich will's Ihnen nicht ausmalen, was ich mir vorstelle. Aber es sind keine schönen Vorstellungen? Nein, Sir. Wirklich keine schönen Vorstellungen.«

Wir fuhren nach Pine Ridge. Gwendolyn kannte sich in dem Reservat gut aus. Die Crazy Horse School, an der sie unterrichtet hatte, befand sich auf dem Gebiet von Pine Ridge. Es sah dort trostlos aus. Trailer, Müll, fruchtloser Boden. Ein Nichts im Nirgendwo.

Im Radiosender KILI saß ein dicker, pockennarbiger Mann mit langen, schwarzen Haaren hinterm Mikrophon. Er ignorierte uns. Während indianische Musik lief, fragten wir ihn nach Dales Familie. Er erklärte uns den Weg zu deren Haus.

Hunde streunten herum, Kinder starrten, niemand sonst war zu sehen. Dales Trailer war genauso trostlos wie die anderen.

Wir klopften, obwohl die Tür offen stand. Ein junger Indianer, vielleicht 12 oder 13, saß auf einer zerfetzten Couch, offensichtlich betrunken.

»Wir kommen wegen Dale«, sagte ich.

Der Junge sah nicht einmal auf.

»Ich komme aus Österreich und bin ein Freund von Rosas Bruder«, sprach ich weiter. »Rosa, die Frau, mit der Dale in den Black Hills verschwunden ist.«

Der Junge glotzte auf eine leere Pizzaschachtel.

»Bist du sein Neffe? Ich hab von dir gelesen«, versuchte ich eine weitere Kontaktaufnahme. »Du spielst sehr gut Basketball, hab ich gehört.«

Er glotzte, als spräche die Luft zu ihm.

»Man hat die beiden nicht gefunden. Man nimmt an, dass sie tot sind, aber man kann es nicht mit Bestimmtheit sagen.« Ich wollte nicht aufgeben. »Wenn du etwas hören solltest, ich geb dir meine Telefonnummer. Österreichische Vorwahl, ist eine Handynummer.«

Ich merkte selber, wie bescheuert ich klang. Ich sprach mit einem volltrunkenen Kind wie mit einem nüchternen Erwachsenen. Dennoch schrieb ich ihm die Nummer auf den Pizzakarton. Immerhin starrte er genau dorthin, also bestand eine kleine Möglichkeit, dass er die Nummer registrierte. Meinen Namen schrieb ich dazu, meine Mailadresse und »Rosa und Dale«.

Wir verließen den Trailer und kehrten zurück zum Auto.

»Du musst das verstehen«, sagte Gwendolyn. »Die haben hier wirklich nichts. Gar nichts. Sie haben den Krieg verloren, und in dem Zustand sind sie seit 100 Jahren. Alkohol und Drogen ja, alles andere nein. Der Kleine schmeißt mit 13 die Schule, das machen viele hier. Sie müssten raus aus dem Reservat, in die Städte. Aber ihnen fehlt schon in dem frühen Alter jeder Antrieb.«

Ein verhungerter Hund schnappte nach mir, und wir stiegen ein.

»Hier«, sagte Gwendolyn. »Eine Überraschung aus Brookings. Mundprecht hat mir das für dich gegeben.« Sie überreichte mir einen Umschlag. »Er hat das selber übersetzt. Ich kann's nicht beurteilen, ich kann ja kein Deutsch. Ein Gedicht von einem Lakota, einem gewissen Hamp. Mundprecht war so stolz auf seine Übersetzung, echt rührend. Ich hab ihm versprochen, dir das zu geben.«

Hamp

Die Lakota
Auf dem Land, wo der Büffel durchstreiften,
Ein wilder Indianerstamm,
Einmal zu Hause angerufen.
Der weiße Mann träumt, dieses Land,
Dakota.
Ihr einziges Problem,

der Stamm der Lakota genannt.
Sie schicken die Armeen, von den generälen geführt.
Sie wollten dieses Land,
Sie schätzten ihre Minderalien.
Über den Land, würde der Weizen winken,
Darunter der Boden,
Die Lakota Grab.
Leider stand er, ein tapferer ganz allein.
Er wollte sich rächen,
Auf der weiße Mann ist falsch.
Innerhalb des Stammes, hatte er Berühmtheit erlangt.
Von der Vision von ihm,
zwei Buffalo, seinen Namen.
Die Regierung tat weh, denn diese roten Manner verstecken.
Sie schickten ihre Soldaten,
weit und breit.
Sie suchten nach ihm,
im Labyrinth Dakota,
Aber nie verstanden,
die Lakota die Wege.
Die Jahre sind sie nicht mehr suchen weitergegeben.
Aber immer noch ein Problem dar,
der Lakota die Heiterkeit.

»Und?«, fragte Gwendolyn.

»Na ja. Geht so«, murmelte ich. Spätestens jetzt verstand ich, warum Mundprecht in Paul Marias Text wild herumgestrichen hatte. Er hatte das alles einfach gar nicht kapiert. Sicherheitshalber hat er gestrichen – nicht wegen der Sicherheit Amerikas, sondern wegen seiner sprachlichen Unsicherheiten. »Ich glaub, Lyrik ist nicht seine Stärke. Oder Sprache überhaupt«, sagte ich. »Nein, Sprache ist nicht seins.« Ich musste lachen. »Entschuldige, ich glaube, ich habe noch nie einen schlechteren Text gelesen.« Es schüttelte mich in Gwendolyns kleinem Wagen vor Lachen, und sie lachte mit. Wir lachten und lachten.

»Bist du eine so gute Biochemikerin, wie er ein guter Germanist ist?«, fragte ich sie.

»Nein. Er ist viel erfahrener auf seinem Gebiet«, entgegnete sie, und wir mussten vor Lachen anhalten.

»Aber für Wien scheint's zu reichen, was ich kann«, sagte sie, als wir uns beruhigt hatten. »Ich hab mit diesem Dr. Djafari gesprochen. Ich werd ein Gastsemester in Wien machen im Institut für Infektionskrankheiten.«

»Das heißt, die Stadt wird nicht ohne eure Familie auskommen müssen?«

»Genau!«, sagte sie.

»Das ist endlich mal eine gute Nachricht.«

In Custer, South Dakota, sprachen wir mit einer Sekretärin der High-School. Mein Interesse galt der Basketballmannschaft. Könne sie sich noch erinnern, dass die Custer Wildcats 2011 das Turnier in Pine Ridge gegen die Fort Yates Warriors gewonnen haben?

Ja, das wisse sie noch, antwortete sie. Es habe in den *Lakota News* auf der Titelseite damals einen großen Bericht gegeben.

Und sei ihr im Anschluss an den großen Sieg noch etwas in Erinnerung? Etwas Auffälliges?

Ja, natürlich. Die Schule sei kurz danach geschlossen worden. Eine merkwürdige Grippewelle. Sie sei schon sehr lange an der Schule, 28 Jahre, aber sie könne sich nicht erinnern, dass jemals so viele Schüler und Lehrer gleichzeitig krank gewesen seien. Rosa Gluske, nein, das sage ihr nichts. Aber sei das nicht die junge Australierin gewesen, die vermisst wurde? Österreicherin? Auch das sei möglich, aber sie wüsste da auch nicht mehr. Sie hätten jedenfalls damals das Gesundheitsministerium informiert. Dort tobte jedoch zu dem Zeitpunkt auch eine Krankheitswelle.

»Wow«, sagte Gwendolyn beim Hinausgehen. »Meine kleine, kranke Cousine hat sich wirklich mit dem Land angelegt.«

»Deine kleine, kranke Cousine war hart im Nehmen, sie konnte aber auch austeilen«, sagte ich.

»Das Ei des Kolumbus«, sagte sie. »Ich habe nach Rosas Verschwinden alles nach Wien geschickt. Die Box mit den Eiern, den Roman – und auch die Briefe, die Rosa in ihrem Koffer für Rudi gesammelt hatte. Der letzte Brief lag in einem Motel in Deadwood. Den hab ich dort gefunden, als wir nach ihr suchten.«

»Du hast die Eier mit der Post geschickt?« Ich war fassungslos.

»Ich hatte ja keine Ahnung«, sagte Gwendolyn. »Und es war auch kein Problem. Ein Kinderspiel. Van Hooven hatte nicht genug Eier, um mir die Eier nicht zu geben. Ich hab sie nach Europa geschickt wie ein Carepaket. Geschenke von der reichen Cousine aus Amerika …«

Wir verabredeten uns in Wien, und ich flog über New York zurück ins schwerfällige Europa. Die Olympischen Spiele in London waren inzwischen fast zu Ende. Am Terminal 4 des JFK-Airports unterhielten sich vier blau uniformierte Sicherheitsbeamte – zwei Männer und zwei Frauen, die zusammen um die 1000 Kilo wogen.

»Ich habe eine Statistik gelesen. Die USA sind Erster im Medaillenspiegel, aber selbst wenn nur die US-Frauen gezählt würden, wären die noch auf Platz 3 von allen Teilnehmern.«

»Wow«, sagten die anderen 750 Kilogramm.

Im Flugzeug über dem Atlantik las ich eine österreichische Tageszeitung. *So endet UNSER Olympia: 0 Medaillen – wie Tuvalu und Burkina Faso!*

Zurück in Wien, hatte ich noch etwas Zeit, bis *Willkommen Österreich* wieder anfangen würde. Ich fuhr ins Emsland. Moorgebiete und Geestrücken umgaben mich dort, wie der Hümmeling nördlich des Flusses Hase oder weiter südlich die Lingener Höhe. Das alte Armenhaus Deutschlands. Die Leute bauten hier früher Torf ab und sprachen verdrießlich Platt. Dann gab's ein Atomkraftwerk und die Bundeswehr, eine kurze, vermeintliche Blüte, aber beides war heute wieder weg. Die Atomkraft hatte eine verblüffend kurze Halbwertszeit, und die Kaserne des 3. Nachschubbataillons 805 war Kürzungen der Bundeswehr zum Opfer gefallen. Auch der frühere Krupp'sche Schießplatz, an dem Paul Maria tätig gewesen war, existierte mittlerweile nicht mehr.

Ich hatte in Berlin bei der zentralen katholischen Militärseelsorge Erkundigungen eingeholt. Kurz nach Ludgers Tod hatte Paul Maria Suess gekündigt. Er zog mit Malmendier zusammen nach Köln und schrieb seinen »Roman«. Tatsächlich hat er den *Eiermann* 1990 auch dem Berliner Ullstein-Verlag angeboten.

Die Absage kam umgehend. Sie lautete:

Sehr geehrter Herr Suess,
haben Sie vielen Dank für die Zusendung Ihres Manuskripts »Der Eiermann«. Wir haben es geprüft, müssen Ihnen aber leider mitteilen, dass wir keine Möglichkeit sehen, Ihren Roman in einem unserer Programme zu veröffentlichen.
Ich danke Ihnen für Ihr Interesse an einer Zusammenarbeit und verbleibe
mit freundlichem Gruß
Norbert Buttgereit
Lektorat Belletristik

Malmendier spielt heute professionell Backgammon und gilt neben Philipp Marmorstein und Michael Meyburg als stärkster deutscher Spieler. Ob Suess und Malmendier mehr als Freunde sind, habe ich als unwichtig erachtet. Suess betreut Malmendier bei großen Turnieren. Er bucht die Flüge und Hotels. Der ehemalige Militärpriester ist heute Manager.

Stachelhaus lebt noch im Emsland, nicht weit vom Brennereimuseum Berentzen in Haselünne und dem Moormuseum Groß-Hesepe. Nahe dem Erdöl-Erdgas-Museum Twist und dem Speicherbecken Geeste wohnt er in einer Einraumwohnung. Wegen seines Rückenleidens war er mit 44 in Frührente gegangen. Gretchen hatte ihn nach Ludgers Tod angezeigt. Augenzeugen hatten einen Bundeswehrlaster gesehen, der Ludger beim Überqueren der Brunnenstraße regelrecht abgeschossen hatte. Man konnte Stachelhaus nachweisen, dass er zur Tatzeit ein Bundeswehrfahrzeug gelenkt hatte, aber für eine Mordanklage reichte es nicht. 1989, kurz nach Rudis Geburt, war die Anklage fallen gelassen worden.

Ich traf Stachelhaus in der tristen Gaststätte »Zur ewigen Lampe«. Er trug noch immer einen schmalen Oberlippenbart, wie in Paul Marias Text beschrieben, und hatte eine schlechte Körperhaltung. Seine Bundeswehrrente lässt keine großen Sprünge zu. Er war betrunken, als ich mit ihm sprach.

»Wenn ich den Balkon nicht hätte, dann hätt ich mich schon aufgehängt«, sagte er.

»Nach all den Jahren, Stachelhaus: Haben Sie Ludger Gluske überfahren?«, fragte ich ihn.

Er lächelte mich an. »Ich hätt ihn gern überfahren. Jederzeit.«

»Und warum?«

»Weil ich diese Typen hasse. Und weil es geil ist, diese Typen zu hassen.«

Nach zwei Stunden Emsland hatte ich genug. Ich fuhr mit dem Mietwagen nach Düsseldorf und hielt in der Brunnenstraße vor dem Haus neben dem Programmkino. Aus dem Kino hatte sich Ludger damals die Styroporbuchstaben RADIES gestohlen. Ich sah hinauf. Die Fenster standen offen. Ein warmer Tag am Rhein, keine Angst vor Grippe.

Ich fragte bei der Post nach Boris. Er war noch immer Fahrradpostbote. Ich traf ihn in Kaiserswerth im Burghof bei der Kaiserpfalz. Unter uns fuhren Schiffe auf dem Rhein zwischen Rotterdam und Basel.

»Ist er klein?«, fragte Boris.

»Rudi? Ja, er ist klein. Klein und rothaarig«, antwortete ich.

Er nickte. »So wie Ludger.«

»Ich weiß nicht, wie Ludger aussah«, sagte ich. Tatsächlich hatte ich kein einziges Bild von ihm gesehen.

»Er war auch klein und hatte rote Haare. Er sah immer aus, als würde er woanders hinschauen. Das war vielleicht die Krankheit«, sagte Boris.

»Sie mochten ihn?«

»Sehr. Er war merkwürdig. So ziellos und zielstrebig. So planlos klar. Ich weiß nicht. Sie kennen die Geschichte?«

»Ich habe den Roman von Suess gelesen.«

»Suess – das ist ein Schwätzer! Ich hab damals auch reingelesen. So ein Quatsch.« Boris lachte. »Wenn Ludger so ein Vollidiot gewesen wäre, glaub ich nicht, dass wir Freunde gewesen wären. Ludger war ganz schön clever, wissen Sie? Er hat viel gelesen und Gretchen auch. Die beiden hatten echt was drauf, soweit ich das beurteilen kann. Die waren hier in Düsseldorf in der Fichtenstraße mit Anarchisten unterwegs. Hausbesetzer. Die hatten so einen Wehr-dich-Instinkt im Blut. Gretchen und Ludger, die haben sich nichts gefallen lassen.«

Die Boote tuckerten langsam an uns vorbei. Eine Fähre verband Kaiserswerth mit Langst auf der anderen Rheinseite. Am Rheinufer grillten Jugendliche.

»Und die beiden wollten wirklich die Bundeswehr attackieren?«, fragte ich.

Er lachte erneut. »Attackieren ist ein großes Wort. Reagieren wollte er. Er wollte ihnen so richtig auf die Eier gehen!«

»Glauben Sie, dass Stachelhaus ihn totgefahren hat?«

»Natürlich war er das. Er hat erst mich angefahren und

dann Ludger getötet. Das steht für mich fest. Aber er ist zu spät gekommen.«

»Wie meinen Sie das?«

»Die Eier waren schon vor Ort. Er hätte vorher zuschlagen müssen. Bevor Ludger seine Wunderwaffe hatte.«

»Aber er hat sie ja gar nicht eingesetzt«, sagte ich.

»Er nicht. Aber Gretchen. Zusammen mit Paul Maria und Malmendier. Die Box war ja unversehrt geblieben bei seinem Tod. Gretchen ist nach dem Knall auf die Straße gelaufen. Die Box lag vor dem ›Metropol‹. Haben Sie das nicht gewusst?«

»Nein, davon hatte ich keine Ahnung«, sagte ich.

»Das Manöver ›Graue Gans‹, davon wissen Sie auch nichts? Das stand doch damals überall. Das ganze Manöver musste abgesagt werden. Hunderte von Soldaten waren völlig fertig. Im Emsland hat die Bundeswehr gegen eine Virenübermacht kapitulieren müssen. Ludger hat sie besiegt. Allein eine ganze Armee in die Knie gezwungen, beziehungsweise ins Bett. Die haben mit weißen Taschentüchern gewunken – ganze Kompanien!«

Boris lachte. Sein Lachen war ansteckend. Die Sonne ging über dem Rhein unter. Wir tranken Altbier und erhoben unser Glas auf Ludger und Gretchen.

»Wo immer ihr seid und gegen wen auch immer. Auf euch!«, rief Boris.

»Auf euch«, sagte ich und hielt mein Glas in die Höhe.

Jetzt hatte ich alles gesehen. Düsseldorf, das Emsland, South Dakota, die Wohnung im Stoß im Himmel. Nur in Burgund war ich noch nicht. Dort würde ich auch nicht hinfahren. Man musste die beiden zur Ruhe kommen lassen, fand ich. Auch wenn die Proteste gegen den Schweinelehrer mittlerweile weltweit aufgehört hatten. Der Krieg der Kulturen hatte ein neues Opfer gefunden: In Málaga hatten Gymnasiasten in ihrer Schülerzeitung nach dänischem Vorbild Mohammedkarikaturen abgedruckt. Der 16-jährige Chefredakteur musste untertauchen, auf die Schule wurde ein Brandanschlag verübt, bei der Teile der Turnhalle abbrannten. Fotos von einem geschmolzenen Reck und einem zerbrochenen Schwebebalken gingen um die Welt. Im Jemen und in Nigeria, im Gaza-Streifen und in Pakistan hatten die Fanatiker nun ein neues Feindbild. Der arabische Präsident des FC Málaga verkaufte den Verein, und in Marokko verbrannten Studenten einen spanischen Stier bei lebendigem Leib. Von einem in Europa ortsunkundigen Afghanen wurde ein Portugiese niedergestochen.

Ich flog von Düsseldorf nach Wien zurück. In meinem Briefkasten lag eine Einladung von Gwendolyn. »Ich bin schon da. Ich will dich gerne sehen. Stoß im Himmel. Jederzeit.«

Ich ging auf den Naschmarkt und kaufte bei Gözde frische Falafeln. Wir sprachen über den verrückten afghanischen Attentäter.

»Ein Freund von mir ist Afghane. Auch Transgender. Kannst du dir das vorstellen? Er ist als Mann in Kabul mit einer Burka gegangen, zwischen den verrückten Taliban. Die Burka war sein Fummel. Wenn die das gewusst hätten, die hätten ihn nicht gesteinigt, die hätten ihn gefelst.«

»Und du? Hast du dich jetzt schon entschieden? Wirst du ein Mann?«, fragte ich ihn.

»Ich bin ein Mann. Und eine Frau. Ich weiß es noch nicht. Ich werde mir vielleicht erst einmal einen neuen Namen nehmen. Umut. Das ist ein Mädchen- und ein Jungenname.«

»Umut? Klingt schön. Was bedeutet der Name?«

»›Wunsch‹, ›Hoffnung‹ – ein hoffnungsvoller Mensch.«

»Passt zu dir. Aber ich mag Gözde auch.«

»Mal sehen. Hast du Lust, mal wieder was trinken zu gehen? Du warst so viel weg, ich hab schon überlegt, Fernraki zu verwenden. Wenn's Fernreiki bei den Esoterikern gibt, dann sollte es bei uns Trinkern auch Fernraki geben, findest du nicht?«

»Ich muss da aufpassen. Bei Raki riecht's bei mir nach Filmriss«, sagte ich.

»Echt? Interessant, ich krieg von Raki auch Filmrisse«, sagte Gözde.

»Echt? Interessant.« Ich nahm die Falafeln und ging.

Karim El-Gawhary, der ORF-Nahost-Korrespondent, rief mich an. Seit Tagen schon war es überall ruhig. In Ägypten, im Jemen, im Sudan, nirgendwo wurde mehr gegen Rudi demonstriert. Eine gute Nachricht. Keine Fatwa, nichts.

Ich fuhr mit der U-Bahn zum Schottenring. Neben mir standen zwei ältere Damen.

»Am Abend gibt's in ORF 2 einen Film mit dem Fritz Karl, der gfallt mir so«, sagte die eine.

»Kenn ich nicht. Hat der eine Glatze?«

»Nein, der hat Haare.«

»Passt gar nicht zu dem!«

Ich stieg aus und ging die Stiegen hinunter zum »Flex«. Am Donaukanal war an diesem lauen Spätsommerabend viel los. Der Biergarten vorm »Flex« war brechend voll, am

Wasser saßen zahllose Jugendliche. Ich hatte mir eine Spraydose besorgt. An die Wand neben dem Eingang schrieb ich *ROSA*.

Es war eigenartig, in das Haus Stoß im Himmel 3 zu gehen, ohne dass Rudi und Laetitia zu Hause waren. Die Hausverwaltung hatte versucht, das *SCHWEINE* von der Fassade zu reinigen, aber die Schrift war hartnäckig. Nur die ersten drei Buchstaben waren einigermaßen beseitigt worden, dann hatte den Hausmeister die Kraft verlassen. *WEINE* stand jetzt da. Ich läutete, und Gwendolyn öffnete mir. Aus der Nachbarwohnung hämmerten prollige Beats. Dazwischen hörte ich die Ungarin husten.

Die Falafeln ließ ich fallen. Wir küssten uns. Und wir zogen uns aus.

Ich wollte nicht in Rudis Bett mit ihr schlafen, das wäre mir merkwürdig erschienen. Also liebten wir uns neben den Falafeln auf dem Boden.

»Du bist vielleicht die erste Amerikanerin, mit der ich geschlafen habe«, sagte ich ihr danach. »Auf jeden Fall bist du die erste unter 80.«

»Und du bist der älteste Deutsche, mit dem ich je geschlafen habe«, sagte sie, und weil sie Expertin auf dem Gebiet der Biochemie war, tat sie es gleich noch einmal.

Später saßen wir im Schneidersitz am Boden und aßen Gözdes Falafeln. Wie schön das war. Ein Semester lang würde Gwendolyn auf jeden Fall bleiben, dann würden wir weitersehen. Und ich hatte das Gefühl, dass so, über viele Umwege, die Geschichte der Gluskes und Schoenhuts irgendwie zu meiner eigenen wurde.

»Die Wohnung hat einen merkwürdigen Geruch«, sagte Gwen.

»Tulip«, sagte ich. »Früher roch's hier nach dem Tabak eurer Oma, jetzt nach Hund. Wir werden viel lüften müssen.«

»Wir?«

»Ja, wir.«

»Warum tust du das eigentlich alles?«, fragte Gwendolyn. »Ich meine, unsere Familiengeschichte aufzuschreiben. Die Reisen, die ganze Arbeit.«

Ich dachte kurz nach. »Weil ich Rudi mag. Wegen der Rasanz der Entwicklungen. Wegen der Dramatik. Weil er und Rosa allein im Wind standen. Weil sie großartige Menschen sind, denen die Welt den Arsch gezeigt hat. Weil ich mittendrin war, als das Leben verrückt spielte und dieser kleine Mann mit seiner wunderbaren Französin machtlos war. Und je mehr ich über eure Familie erfuhr, umso weniger ließ mich eure Geschichte los.«

»Und weil du Urlaub hattest. Sommerpause. Und weil du es nicht gewohnt bist, dass mal nichts passiert. Und weil du dir keine anderen Pläne für die Zeit gemacht hast, als jeden Monat in einem anderen Café zu frühstücken.«

»Auch das.«

»Und jetzt ist dein Sommer zu Ende, und du schließt dein Urlaubsprojekt ab.«

»Nein«, sagte ich und küsste sie.

»Magic Life«, sagte Gwendolyn.

Im Februar 2013 bekam ich eine Postkarte aus Mailly-le-Château. Auf der Karte sah man die 180-Grad-Kurve der Yonne. Hoch am Steilufer über dem Fluss thront das Château, das Mailly seinen Namen gegeben hat. Auf der Karte erkannte man außerdem einen steilen Weg mit zahlreichen Stufen aus brüchigem Schieferstein, der bei der Brücke zwischen den Häusern hindurch nach oben führt. Ging man die Stiege bis zum Ende, gelangte man zu Ulysses Haus, das wusste ich.

Auf der Karte stand dieser Text:

Nicht auf dem Röntgen, sondern am Ultraschall hat man jetzt doch unsere Verliebtheit gesehen. Ich werde bald jemandem SUPERKNUT *vorlesen. Und wenn er mich dann fragt:* »*Sind eigentlich alle Mädchen so stark?*«*, dann werde ich antworten:* »*Nein, aber deine Mutter und meine Schwester.*« *R. G.*

Ich hängte die Postkarte im Stoß im Himmel an Rudis Schreibtisch aus schwarz lackiertem Kiefernholz, der so viele Laden hatte. Ein Erbstück von Ludger, das Ludger wiederum von seinen Eltern geerbt hatte. Eine Lade klemmte seit jeher, das wusste ich. Ich versuchte, sie zu öffnen. Es gelang mir nicht. Was auch immer ich probierte, es war sinnlos. Ich bekam die Lade nicht auf.

Als das Wiener Museumsquartier umgebaut wurde, durfte man das Gelände lange nicht betreten. Irgendwann hingen Plakate in der Stadt, mit einer Tür, die einen Spalt breit offen stand. Man sah nicht, was dahinter war. Auf dem Plakat stand: *Museumsquartier. Neugierig?*

So saß ich vor Rudis und Ludgers Schreibtischlade.

Ich rief Aleksey an.

»Natürlich«, sagte mein russischer Freund und Tausendsassa. »Ich kenn da wen. Ich komm mit ihm vorbei.«

Zwei Stunden später stand Aleksey mit einem gepflegten, älteren Herren vor der Tür.

»Das ist Hans. Es gibt in Wien drei geschickte Jungs, und das ist einer von ihnen«, sagte Aleksey und fuhr sich mit der Zunge über seine feuchten Lippen. »Ist Tulip da?«, fragte er.

»Nein, nur sein Geruch«, antwortete ich.

Hans setzte sich wortlos an den Schreibtisch. Er hatte sein Werkzeug dabei. Hauchdünne Schraubenzieher aus Edelstahl. Er berührte den Tisch, wie man ein Neugeborenes berührt. Er drückte das Holz sanft. Wie ein Blinder erforschte er das Möbelstück. Dann zog er die Lade heraus. Ohne Schraubenzieher. Ohne Kraft. Er massierte die festgefahrene Lade frei.

»Und?«, fragte ich, weil ich nichts sehen konnte. »Ist etwas drin?«

Hans nickte und rutschte zur Seite. Ich trat an den Tisch. Ein schmales Buch lag in der Lade. Ich nahm es heraus. Es war ein Reiseführer von Teneriffa.

QUELLENANGABEN

Das Zitat auf S. 5 stammt aus dem 1914 erschienenen Roman *The Flying Inn* von Gilbert Keith Chesterton, siehe z. B. Neuausgabe London, Catholic Way Publishing 2012.

Der Auszug aus dem Gedicht *Auf eine Schnupftabakdose* auf S. 26 von Johann Christian Günther stammt aus ders., *Gesammelte Gedichte*, München, Hanser 1981.

Das »Knallenballer-Lied« auf S. 29 und S. 292 ist die verkürzte Version von *Tabaksblüthe* von Adolf Glasbrenner, aus ders., *Buntes Berlin*, Drittes Heft, 2. Auflage, Berlin, Plahn'sche Buchhandlung 1839, S. 44.

Die Strophe aus dem Lied *Kapitalismus* von Fanny van Dannen auf S. 52 stammt aus dem Album *Groooveman* (Trikont/Indigo 2002; Text: Joseph Hagmanns Dajka).

Der Auszug aus der *Ansprache eines Kippenrauchers* auf S. 70 stammt von Heinz Hartwig, in Volker Kühn, *Kleinkunststücke*, Bd. 4: *Wir sind so frei. Kabarett in Restdeutschland* 1945–1970, Berlin, Quadriga 1993.

Das Zitat »Der warme Atem (...) glühende Sonne« auf S. 71 stammt aus Robert Cudell, *Das Buch vom Tabak*, Coeln, Neuenburg 1927.

Der auf S. 101 erwähnte Aphorismus von Novalis lautet wörtlich: »Sollen wir Gott lieben, so muß er hilfsbedürftig sein.« (Siehe z. B. Novalis, *Schriften*, hrsg. v. Ludwig Tieck u. Friedrich Schlegel, 1. Teil, 4. Aufl. Berlin, G. Reimer 1826, S. 193.

Die Textauszüge aus dem Lied *Vier Stunden vor Elbe 1* auf S. 193 f. von Element of Crime stammen aus dem Album *Damals hinterm Mond* (Polydor/Universal 1991; Text: Sven Regener).

Der zitierte Artikel *Zeitbombe im Meer* auf S. 202 stammt aus dem *Spiegel* 37/1989, S. 225 f.

Die Koranzitate auf S. 231 ff. stammen – in dieser Reihenfolge – aus Sure 37 (Vers 40–50), Sure 44 (Vers 51–56), Sure 76 (Vers 13 f.), Sure 78 (Vers 31–34) und Sure 55 (Vers 58).

Das zitierte Gedicht *Arnikabläue* von Thomas Kling auf S. 261–264, stammt aus dem Zyklus *Gesang von der Bronchoskopie*, erschienen in Thomas Kling, *Auswertung der Flugdaten*, Köln, © DuMont Buchverlag 2005, S. 11–14.

Dirk Stermann
Sechs Österreicher unter den ersten fünf

Roman einer Entpiefkenisierung
272 Seiten. Klappenbroschur
ISBN 978-3-550-08835-3

Leben mit Ö

»Ich hatte keine Meinung zu den Österreichern. Aber womit ich nicht gerechnet hatte: Jeder Österreicher hatte eine Meinung zu den Deutschen.« Der Roman des rheinischen Wahlwieners Dirk Stermann: ein einzigartiger Reigen an skurrilen Geschichten, wie sie nur in Österreich stattfinden und nur von einem Deutschen erlebt werden können.

»Jeder Mensch trägt einen Roman in sich. Dirk Stermann hat seinen geschrieben. Zum Glück, denn es ist ein kluger, furioser, fesselnder, drastischer, umwerfend komischer, großartiger Roman geworden.« *Thomas Glavinic*

»Der fröhliche Melancholiker Stermann ist ein Meister des Absurden.« *Süddeutsche Zeitung*

Claire Vaye Watkins
Geister, Cowboys

Aus dem Amerikanischen von Dirk van Gunsteren
304 Seiten. Gebunden mit Schutzumschlag
ISBN 978-3-550-08882-7

Ein alter Mann findet in der Wüste ein junges Mädchen und rettet sie vor dem sicheren Tod, ihre Anwesenheit verändert für eine kurze Zeit sein Einsiedlerleben.
Ein Fremder betritt den Mikrokosmos eines Bordells und bringt die fragile Ordnung aus Emotion und Kalkül durcheinander. Ein Haus in Nevada wird über Jahrzehnte hinweg Zeuge, wie seine Bewohner lieben und leiden, hoffen und scheitern, sich neu erfinden und gefunden werden. In dieser Erzählung greift die Autorin, Tochter von Charles Mansons rechter Hand Paul Watkins, auch ihre eigene Familiengeschichte auf.

In zehn beeindruckenden Stories erzählt Claire Vaye Watkins den Mythos des Wilden Westens neu. Sie handeln von Verlassenden und Zurückgelassenen, Suchenden und Verfolgten, sie spielen vor der gewaltigen Landschaft des Westens, unter dem weiten amerikanischen Himmel, in der Glitzerhölle von Las Vegas und in entlegenen Geisterstädten.

Michael J. Sandel
Gerechtigkeit

Wie wir das Richtige tun
Aus dem Amerikanischen von Helmut Reuter
416 Seiten. Gebunden mit Schutzumschlag
ISBN 978-3-550-08009-8
www.ullstein-verlag.de

»Michael Sandel verlagert die ewigen Rätsel der Philosophie ins Jetzt.« *Spiegel online*

Darf ein Soldat einen vermeintlichen Verräter töten, um das Leben seiner Kameraden zu retten? Ist Leihmutterschaft eine bezahlbare Handelsware? Dürfen Dachdecker nach einem Sturm den Preis für Reparaturen drastisch erhöhen? Was sind überhaupt die Kriterien für gerechtes Handeln? Diese für jede Gesellschaft entscheidende Frage diskutiert Michael J. Sandel in diesem grundlegenden Buch. Eine provokante, lebendige und spannend zu lesende Einführung in die Moralphilosophie – und ein Plädoyer für den aktiven Bürgersinn.

Vom Autor des Bestsellers *Was man für Geld nicht kaufen kann*